Charles Bukowski

PEDAÇOS DE UM CADERNO MANCHADO DE VINHO

Tradução de PEDRO GONZAGA

Edição e introdução de
DAVID STEPHEN CALONNE

www.lpm.com.br
L&PM POCKET

Coleção **L&PM** POCKET, vol. 1080

Texto de acordo com a nova ortografia.
Título original: *Portions from a Wine-Stained Notebook*

Este livro foi publicado em formato 14x21cm pela L&PM Editores em 2010
Primeira edição na Coleção **L&PM** POCKET: março de 2013
Esta reimpressão: outubro de 2021

Capa: Ivan Pinheiro Machado. *Foto*: Oleg Golovnev "Old Paper.Series".
Tradução: Pedro Gonzaga
Preparação: Bianca Pasqualini
Revisão: Marianne Scholze

CIP-Brasil. Catalogação na fonte
Sindicato Nacional dos Editores de Livros, RJ.

B949p

Bukowski, Charles, 1920-1994
Pedaços de um caderno manchado de vinho / Charles Bukowski; edição e introdução de David Stephen Calonne; tradução Pedro Gonzaga. – Porto Alegre, RS: L&PM, 2021.
336p. – 18 cm (Coleção L&PM POCKET, v. 1080)

Tradução de: *Portions from a Wine-Stained Notebook*
ISBN 978-85-254-2750-2

1. Conto americano. I. Gonzaga, Pedro. II. Título. III. Série.

12-7127. CDD: 813
CDU: 821.111(73)-3

Rua Comendador Coruja, 314, loja 9 – Floresta – 90.220-180
Porto Alegre – RS – Brasil / Fone: 51.3225-5777

Pedidos & Depto. Comercial: vendas@lpm.com.br
Fale conosco: info@lpm.com.br
www.lpm.com.br

Impresso no Brasil
Primavera de 2021

Charles Bukowski
(1920-1994)

CHARLES BUKOWSKI nasceu a 16 de agosto de 1920 em Andernach, Alemanha, filho de um soldado americano e de uma jovem alemã. Aos três anos de idade, foi levado aos Estados Unidos pelos pais. Criou-se em meio à pobreza de Los Angeles, cidade onde morou por cinquenta anos, escrevendo e embriagando-se. Publicou seu primeiro conto em 1944, aos 24 anos de idade, e somente aos 35 começou a publicar poesias. Foi internado diversas vezes com crises de hemorragia e outras disfunções geradas pelo abuso do álcool e do cigarro. Durante a sua vida, ganhou certa notoriedade com contos publicados pelos jornais alternativos *Open City* e *Nola Express*, mas precisou buscar outros meios de sustento: trabalhou catorze anos nos Correios. Casou, teve uma filha e se separou. É considerado o último escritor "maldito" da literatura norte-americana, uma espécie de autor beat honorário, embora nunca tenha se associado com outros representantes beats, como Jack Kerouac e Allen Ginsberg.

Sua literatura é de caráter extremamente autobiográfico, e nela abundam temas e personagens marginais, como prostitutas, sexo, alcoolismo, ressacas, corridas de cavalos, pessoas miseráveis e experiências escatológicas. De estilo extremamente livre e imediatista, na obra de Bukowski não transparecem demasiadas preocupações estruturais. Dotado de um senso de humor ferino, autoirônico e cáustico, ele foi comparado a Henry Miller, Louis-Ferdinand Céline e Ernest Hemingway.

Ao longo de sua vida, publicou mais de 45 livros de poesia e prosa. São seis os seus romances: *Cartas na rua* (1971), *Factótum* (1975), *Mulheres* (1978), *Misto-quente* (1982), *Hollywood* (1989) e *Pulp* (1994), todos na Coleção **L&PM** POCKET. Em sua obra também se destacam os livros de contos e histórias: *Notas de um velho safado* (1969), *Erections, Ejaculations, Exhibitions, and General Tales of Ordinary Madness* (1972; publicado em dois volumes em

1983 sob os títulos de *Tales of Ordinary Madness* e *The Most Beautiful Woman in Town*, lançados pela L&PM Editores como *Fabulário geral do delírio cotidiano* e *Crônica de um amor louco*), *Ao sul de lugar nenhum* (1973; L&PM, 2008), *Bring Me Your Love* (1983), *Numa fria* (1983; L&PM, 2003), *There's No Business* (1984) e *Miscelânea Septuagenária* (1990; L&PM, 2014). Seus livros de poesias são mais de trinta, entre os quais *Flower, Fist and Bestial Wail* (1960), *O amor é um cão dos diabos* (1977; L&PM, 2007), *You Get So Alone at Times that It Just Makes Sense* (1996), sendo que a maioria permanece inédita no Brasil. Várias antologias, como *Textos autobiográficos* (1993; L&PM, 2009), além de livros de poemas, cartas e histórias reunindo sua obra foram publicados postumamente, tais quais *O capitão saiu para o almoço e os marinheiros tomaram conta do navio* (1998; L&PM, 2003) e *Pedaços de um caderno manchado de vinho* (2008; L&PM, 2010).

Bukowski morreu de pneumonia, decorrente de um tratamento de leucemia, na cidade de San Pedro, Califórnia, no dia 9 de março de 1994, aos 73 anos de idade, pouco depois de terminar *Pulp*.

Sumário

Agradecimentos

Muitas pessoas me ajudaram na produção deste livro nos últimos oito anos. Agradeço a Ed Fields, do Departamento de Coleções Especiais da Universidade da Califórnia em Santa Bárbara, à Biblioteca Davidson, pela permissão de incluir o manuscrito inédito "Prefácio a *7 on Style* de William Wantling", assim como trechos do manuscrito "A cena de LA"; a Roger Myers, da Biblioteca da Universidade do Arizona, Coleções Especiais; à equipe de empréstimos do projeto de bibliotecas interligadas da Universidade do Leste de Michigan; e a Julie Herrada, coordenadora da Coleção Labadie, Coleções Especiais, Universidade do Michigan, Ann Arbor. Jamie Boran me foi de extremo auxílio no início deste projeto, em 2000. Agradeço a Abel Debritto, da Espanha, um acadêmico de notável conhecimento sobre a obra de Bukowski, que chamou minha atenção para diversos ensaios e contos, todos soberbos e ainda desconhecidos. Michael Monfort gentilmente passou seu tempo comigo em Freiburg, na Alemanha. Meus mais profundos agradecimentos, como sempre, a Maria Beye. Elaine Katzenberger, da City Lights, orientou meu projeto com pulso firme. Um agradecimento especial também ao meu editor na City Lights, Garret Caples, por sua inteligência refinada, seu gosto requintado e profissionalismo e por ter tornado o desafiador processo de criação deste livro uma experiência das mais prazerosas. Minha mais profunda gratidão a Ludwig Wittgenstein, que sempre me manteve focado e motivado. Finalmente, um agradecimento especial a John Martin por seu apoio e a Linda Lee Bukowski, que generosamente cedeu seu tempo e, com paciência, encorajou-me a encontrar o lar adequado para a obra de Hank.

Introdução

*David Stephen Calonne**

Somente agora, catorze anos depois de Charles Bukowski (1920-1994) escrever suas últimas palavras, torna-se possível avaliar em profundidade seu proteico potencial criativo. Embora tenha sido conhecido primeiramente como poeta**, também é autor de uma quantidade significativa e variada de prosa: contos, ensaios autobiográficos, introduções às obras de outros poetas, resenhas de livros, ensaios literários, a famosa série "Notas de um velho safado", assim como uma sequência de "manifestos" sobre o desenvolvimento de sua poética e estética. Além disso, ele era também um prolífico autor de cartas (atualmente reunidas, de modo parcial, em cinco volumes) e publicou seis romances: *Post Office* (1971), *Factótum* (1975), *Mulheres* (1978), *Misto-quente* (1982), *Hollywood* (1989) e *Pulp* (1994). Por ser Bukowski tão prolífico, os estudiosos não foram capazes de acompanhar seus passos e ainda não há uma bibliografia completa e adequada de sua produção. O presente volume demonstra a riqueza e a variedade de sua *oeuvre* e contém contos e ensaios que ainda não haviam sido reunidos ou publicados.[1] ***

Os primeiros contos de Bukowski, "Consequências de uma longa carta de rejeição" (1944) e "20 tanques de Kasseldown" (1946), representam a um só tempo os

* David Stephen Calonne é editor e professor. Nasceu em Los Angeles e leciona em várias universidades na Europa e nos Estados Unidos. (N.E.)

** No Brasil ocorreu fenômeno inverso. Sua obra em prosa foi amplamente traduzida, tornando-o conhecido como prosador. Somente nos últimos anos sua poesia tem sido vertida ao português de modo mais sistemático. (N.T.)

*** As notas numeradas estão no final da *Introdução*.

estilos complementares e opostos que marcariam toda a sua carreira. "Consequências" é um retrato inventivo do jovem artista quixotesco como um *outsider* e um bufão, enquanto em "20 tanques" Bukowski é sombrio e meditativo, na mesma tradição de seus mestres Nietzsche e Dostoiévski, nos confins da solidão espiritual, rabiscando notas angustiadas do subterrâneo. É possível que sua originalidade seja, em última instância, combinar a dureza da existência com a verve humorística, criando a inimitável fusão do que conhecemos como "bukowskiano". Como seu personagem niilista e filosofante, Bukowski era, ele mesmo, a personificação de um gênio sensível e vulnerável, enclausurado, mas também possuía um senso de humor esquisito, além de ser um adorável cartunista, seguindo a linhagem de outro de seus heróis literários, James Thurber.

Bukowski fez sua estreia aos 24 anos, com a publicação de "Consequências" na prestigiosa *Story*, editada por Whit Burnett e Martha Foley, seguida, dois anos mais tarde, por "20 tanques" na *Portfolio*, publicação de vanguarda dirigida por Caresse Crosby, na qual apareceu ao lado de Jean Genet, Federico Garcia Lorca, Henry Miller e Jean Paul Sartre. Contudo, ao contrário do que diz o mito, Bukowski não escreveu apenas prosa durante esse período, mas também poesia. Por exemplo, na edição de verão da *Matrix*, de 1946, seu primeiro poema publicado, "Hello", aparece junto com o conto "The reason behind reason". E na edição de outono da *Matrix* de 1947, tanto o poema "Voice in a New York subway" e o conto "Cacoethes scribendi" foram publicados. De modo que desde o início sua prática foi alternar entre a poesia, o conto e o ensaio, estabelecendo uma identidade dupla de poeta e prosador. Essa "duplicidade" pode ser discernida em uma obra escrita em 1959, mas publicada em 1961, *Pedaços de um caderno manchado de vinho*, na qual Bukowski compõe um gênero híbrido, que extrapola as categorias da prosa, da poesia ou da prosa-poética.

Boa parte de seus trabalhos subsequentes apareceria em uma imensa variedade de "pequenas revistas"[2]. Assim como os famosos berços do modernismo – *Blast*, *Criterion*, *Little Review*, *The Dial*, *Transition* – exerceram papel central na publicação das obras-primas de Ezra Pound, T. S. Eliot e James Joyce, mesmo papel tiveram os jornais literários e a imprensa alternativa – *Trace*, *Ole*, *Harlequin*, *Quixote*, *Wormwood Review*, *Spectroscope*, *Simbolica*, *Klactoveedsedsteen* – ao abrirem espaço para os escritos não convencionais de Bukowski. E na tradição dos grandes modernistas, Bukowski se tornou um militante escritor de manifestos. Em seu ensaio sobre poesia acompanhada por jazz para a *Trace* (editada por James Boyer May e publicada em Londres), começou a desenvolver teorias estéticas que não deixou de expandir e refinar. O estilo de Bukowski e o seu modo de aproximação eram essencialmente experimentais, e, como certa vez declarou, "não há leitores suficientes para compreender, desfrutar e digerir um estilo avançado de escrita".[3]

Em um de seus manifestos mais contundentes, "Em defesa de um certo tipo de poesia, de um certo tipo de vida, de um certo tipo de criatura com sangue nas veias que um dia morrerá", ele começa a desenvolver uma poética do coração, uma poética da ternura e da franqueza: *Ela toma meu coração em suas mãos*. Bukowski escolhe esta variação de um verso do poema "Hellenistics", de Robinson Jeffers, como título para uma de suas primeiras obras de poesia, que descreve com precisão seus anseios românticos e espirituais em nosso "mundo fraturado".[4] Ao longo da infância, Bukowski havia sido brutalmente espancado e emocionalmente abusado por seu pai. De modo que aqui "a criatura com sangue nas veias" guarda múltiplos significados: o "sangue" ou instinto/intuição de

D. H. Lawrence, como um sentimento primevo mais sábio que o intelecto, mas também o sangue literal expelido por Bukowski durante as agônicas sessões de punição corporal e por fim o sangue que viria a brotar de seu corpo em 1955, quando, aos 35 anos, seria internado na ala de caridade do Los Angeles County Hospital, ocasião em que esteve perto da morte, vitimado por uma poderosa hemorragia estomacal provocada pelo excesso de álcool.[5] A partir desse momento, e com razão, ele passaria a se perguntar por que a literatura oficial, segura e estabelecida por gerações, tão frequentemente se mostrava reticente sobre aqueles que mais sofriam dor: os vitimizados, os pobres, os loucos, os desempregados, os mendigos, os alcoólatras, os desvalidos, as crianças abusadas, os trabalhadores braçais. Seu mundo poético, assim como o de Samuel Beckett, é o mundo dos despossuídos, "a morte esquálida e orgulhosa", e ele define a si mesmo como um "poeta fora da lei"; não pode haver nenhuma segurança em uma vida vivida *in extremis* nos limites da loucura e da extinção. A ira mais intensa de Bukowski estava reservada para os "garotos universitários", os elitistas que traíram a poesia com seu modo profissional e tranquilo, sagaz e limpo, de jogar com as palavras para esconder o vazio de inspiração, que tentaram domesticar a Musa sagrada e bárbara: as forças primais, disruptivas, violentas, rudimentares do inconsciente criativo. A arte de Bukowski está dedicada a revelar seus próprios estigmas sanguinolentos, a dramatizar a si mesma (em geral com bom humor) como uma vítima sacrificial em uma linguagem simples, direta, crua, impactante, livre de afetação ou pretensão. Como ele escreve no prefácio não publicado para *7 on Style*, de William Wantling: "O estilo não é uma espécie de escudo. O estilo não é uma frente de batalha. O estilo é o último estágio da naturalidade. O estilo é um homem sozinho com outros bilhões de homens ao redor".[6]

Em muitos desses manifestos, cujos títulos são a um só tempo ultrajantes e líricos, tais como "Um ensaio errante sobre a poética e a vida visceral escrito ao longo de seis cervejas (grandes)" e "Sobre a matemática da respiração e do caminho", Bukowski explora a relação da escrita com a busca pelo caminho da autenticidade. Ele vai às corridas de cavalo para examinar a Vida a fim de que possa chegar em casa e sentar à "máquina" e transformar aquilo em Arte. Como Henry David Thoreau, ele quer encurralar a vida para descobrir o que há ali: nenhuma torre de marfim do esteticismo. Bukowski vê a criação artística diretamente relacionada com sua evolução interior, e há nisso uma disciplina tão séria quanto a disciplina necessária para se tornar um monge zen. Ele combina uma "matemática" da percepção aguçada com a Respiração e o Caminho de um praticante do taoísmo: o escritor está com o pé na estrada e deve observar com exatidão tudo o que vê em seu caminho através do mundo verdadeiro e cotidiano. Nas corridas, no bar, ouvindo Sibelius no radinho de pilha em seu quartinho humilde, nas ruas desertas e maltratadas, ele encontrará o caminho que procura. Bukowski, como ele nos diz em "Confissão de um velho safado", era beat antes dos beats e não é acidental que sinta uma grande afinidade pela poesia de Allen Ginsberg: percebe corretamente no jovem Ginsberg de *Empty Mirror* o poeta talentoso que viria a se tornar mais tarde o visionário de *O uivo*.

As publicações alternativas – pequenas revistas, jornais, edições populares e mimeografadas – para as quais Bukowski contribuía com seus contos e ensaios começaram a proliferar durante os anos 60, e foi então que sua criatividade explodiu em múltiplas direções. É preciso lembrar que Bukowski estudou jornalismo no Los Angeles City College e originalmente tinha esperanças de trabalhar em um jornal. Talvez o modelo de Hemingway tenha inspirado esse desejo, mas ele nos diz, ao final de sua nota autobiográfica na conclusão de *Longshot Poems for Broke Players* (1962) que "...o mais perto que cheguei de me tornar um repórter foi como assistente de composição no *New York Item*. Havia por ali um bar barato nos fundos, e as noites passavam rápido, enquanto eu bebia cervejas de um níquel"[7]. Mas isso estava para mudar com a chegada do Verão do Amor em 1967, pois então temos a curiosa sincronicidade dos 47 anos de Bukowski, no auge de sua meia-idade, realizando finalmente a carreira tantas vezes adiada de jornalista, no exato momento em que a revolução hippie/jovem/sexual chegava ao apogeu. Foi quando começou a escrever a série "Notas de um velho safado": a primeira parte, relativa ao procedimento adequado diante das autoridades ao ser pego dirigindo embriagado, apareceu no *Open City* de John Bryant, no número de 11 de maio de 1967. Dois anos mais tarde, em novembro de 1969, com a ajuda financeira de seu editor John Martin, da Black Sparrow Press, Bukowski finalmente escapou dos longos anos de servidão nos Correios e começou uma nova vida como escritor profissional.

"Notas de um velho safado" apareceria em diversos veículos, como *Los Angeles Free Press*, *Berkeley Tribe*, *Nola Express*, *The New York Review of Sex and Politics*, *National Underground Review* e, mais tarde, nos anos 80, no *High Times*. A série cobria uma quantidade ampla de tópicos, que incluía rebelião estudantil, a Guerra do Vietnã, a guerra dos sexos, racismo e os infortúnios de Henry ("Hank") Chinaski (a primeira vez que somos apresentados ao alter ego literário de Bukowski é num antigo conto de 1946, intitulado "The reason behind reason", no qual se chama "Chelaski"). As colunas, tal como no *LA Free Press*, eram compostas de maneira artística, porque apareciam decoradas com cartuns bem-humorados do próprio Bukowski, colocados nos momentos apropriados da narrativa. Depois que uma coletânea da série foi publicada em forma de livro, em 1969, pela Essex House, a fama de Bukowski começou a se espalhar, e Los Angeles, São Francisco/Berkeley e Nova Orleans se tornaram o eixo triplo de suas atividades literárias. Bukowski havia estabelecido ligações com São Francisco no início dos anos 60 quando enviara seu ensaio contra a guerra "Peace, Baby, Is Hard to Sell" para a revista *Renaissance*, de John Bryant. E ele também havia sido publicado na *The Outsider*, de Nova Orleans, editada por John Edgar Webb e sua esposa, Gypsy Lou, cuja Loujon Press também publicara o primeiro grande livro de poesia de Bukowski, *It Catches My Heart in Its Hands: New Selected Poems 1955-1963* (1963) e *Crucifix in a Deathhand* (1965). O *Nola Express*, situado em Nova Orleans, também foi significativo na expansão da reputação de Bukowski para além de Los Angeles.[8]

Bukowski começava então a refinar sua imagem/máscara de sobrevivente luxurioso, violento e astuto, que desavergonhadamente bebe, briga, procura sexo e escreve poemas e contos enquanto escuta Mozart, Bach, Stravinsky, Mahler e Beethoven. Ele inventa um novo gênero literário, entre a ficção e a autobiografia: uma mistura de referências locais, alusões literárias e culturais e elaboração imaginativa de experiências pessoais. Naquele momento, todos os anos de escrita de cartas e de devoção ao trabalho começavam a ser recompensados, porque a prosa de Bukowski exibia então um destacado grau de autoconfiança e autocontrole; estava aguda, vivaz, divertida, peculiar, sólida, constantemente em movimento. Ele havia tomado de Hemingway o vocabulário simples e os diálogos rápidos, mas sem deixar de se mover sob esse modelo com sua tremenda energia, seu humor e sua imprevisível comicidade, como se pode ver em "A noite em que ninguém acreditou que eu fosse Allen Ginsberg", em que sua narrativa asfixiante, focada e jocosa cruza de uma cena improvável para outra. A história também ilustra as maneiras como Bukowski combina fantasia com autobiografia. A aparência de Hal Norse ao final e o relato da feroz discussão por telefone envolvendo a *Penguin Modern Poets 13* (na qual Bukowski havia de fato sido publicado em conjunto com Norse e Philip Lamantia) permitem a Bukowski executar uma virada em sua própria carreira poética de um modo espontâneo e hilário. Depois da cena sexual grosseira, da violência ao estilo pastelão, das piadas literárias internas, a história se conclui em uma graduação calma e perfeita, resignada, enquanto imagens surreais, talvez oriundas das memórias mais profundas da infância do narrador, vêm à tona ("O BATALHÃO DE ABRAHAM LINCOLN e os onze girinos mortos sob um varal em 1932") no momento em que ele fala com a pequena filha ao telefone, de um jeito terno.

A maneira como Bukowski rompe tabus possui uma intencionalidade certeira e feroz – e também irônica/humorística. Ele é violento e sexualmente maníaco de um modo que seus dois grandes mestres americanos – William Saroyan e John Fante – não são, embora essa pose agressiva possa ser compreendida como uma dura carapaça que ele adota para se proteger da violação.[9] Ainda que não haja nada em sua "obscenidade" que não esteja presente na longa tradição da literatura clássica: no *Satyricon*, de Petrônio; no *Asno de ouro*, de Apuleio; nos angustiados, fervorosos e febris poemas de amor/ódio de Catulo para Lesbia; ou no *Decamerão*, de Boccaccio, a partir do qual Bukowski extraiu o modelo para o seu romance *Mulheres*.[10]

Entretanto, Bukowski é um rebelde literário à maneira de Céline e Artaud. Bukowski tinha adoração por *Viagem ao fim da Noite*, de Céline, e homenageia com frequência o misantropo francês em seus poemas e entrevistas, enquanto vê Antonin Artaud como um artista que odiava a hipocrisia da sociedade que tanto fora incapaz de compreendê-lo quanto o desprezara.[11] E Bukowski era um transgressor dentro da tradição de um terceiro autor que ele não chegou a conhecer: Georges Bataille. Bataille havia teorizado sobre a ligação entre tabu, obscenidade, violência, loucura e o sagrado, ressaltando que "as palavras que em várias línguas designam o sagrado significam 'puro' e 'sujo'. O significado do sagrado pode ser dado como perdido à extensão que a consciência dos horrores secretos na base das religiões está perdida".[12] Dessa forma, o alter ego de Bukowski é o velho *dirty*, captando em inglês a dupla valência do termo, carregando o aspecto sexual da palavra ao longo de toda a sua obra. Um conto como "O cristo prateado de Santa Fé" exemplifica diversas correntes bataillianas: o jogo entre a psiquiatria e a loucura, os indígenas "primitivos" invadindo o banheiro dos "civilizados" anglicanos, o encontro sexual "ilícito" quando o personagem principal observa um horripilante crucifixo prateado, *la nostalgie pour la boue.* * Ainda que em Bukowski haja virtualmente sempre um elemento de humor sombrio – negro – a impregnar sua absurda visão existencial.

De fato, parte do fracasso da crítica americana em avaliar com propriedade a obra de Bukowski reside na ignorância da sensibilidade cultural essencialmente europeia do autor. Isso serve para explicar, por outro lado, seu sucesso na Alemanha e na França, onde tanto os intelectuais quanto os "leitores comuns" puderam compreender rapidamente sua originalidade e seu lugar dentro da tradição filosófica da Europa. Podemos imaginá-lo em um bistrô de Paris com Bataille, ou quem sabe trocando aforismos adstringentes e sardônicos com o grande escritor romeno E. M. Cioran com muito mais rapidez do que enxergá-lo na companhia de seus contemporâneos americanos Saul Bellow ou John Updike. O aspecto vagamente "obscuro, as meditações impraticáveis e os desejos reprimidos de um homem do leste europeu", características que ele menciona de forma

---

* Em francês no original. A nostalgia pela podridão. (N.T.)

bem-humorada em "Consequências de uma longa carta de rejeição" descrevem, habilmente, aspectos significativos de seu próprio personagem*.

A "obscenidade" na escrita de Bukowski o tem colocado recentemente no centro do debate sobre censura nos Estados Unidos, o que não vem a ser algo novo: *Ulysses*, de James Joyce; *O amante de Lady Chatterley*, de D. H. Lawrence; *Trópico de Câncer*, de Henry Miller; *Lolita*, de Vladmir Nabokov; *Almoço nu*, de William Burroughs; e *Uivo*, de Allen Ginsberg, haviam, todos, enfrentado a fúria oficial, e tais batalhas ainda não estavam encerradas nos anos 60. Bukowski escreveu dois ensaios em apoio a d. a. levy, um poeta de Cleveland que tinha sido acusado de "obscenidade", enquanto que uma batida na livraria Asphodel, de Jim Lowell, na mesma cidade, inspirou outro ensaio de Bukowski em *Um tributo a Jim Lowell*, em que se juntou a uma lista de importantes escritores americanos, incluindo Robert Lowell, Lawrence Ferlinghetti, Guy Davenport e Charles Olson. A própria escrita "provocante" de Bukowski para os periódicos alternativos e sua defesa da liberdade de expressão acabaram por torná-lo alvo de uma sindicância do FBI, um dos fatores que levou ao seu desligamento como funcionário dos Correios.[13]

Tivesse o FBI se ocupado de ler na íntegra um ensaio espirituoso como "Devemos queimar o rabo do Tio Sam", teriam descoberto que Bukowski estava longe de acreditar que a Era de Aquário já havia chegado. Escrevendo sobre o incêndio do Bank of America provocado por estudantes em Isla Vista, em Santa Bárbara, e sobre o Chicago Seven Trial, Bukowski declara que "slogans românticos não são

* Em inglês a palavra usada é *character*, que traduzi por personagem, mas que também poderia se referir ao caráter do próprio Bukowski ou mesmo à sua individualidade. Optei por personagem tendo em vista que esta escolha contempla a ideia tantas vezes associada ao Velho safado como um personagem de si mesmo. (N.T.)

o suficiente". Depois de um levantamento dos escritores de esquerda dos anos 30 – John dos Passos, Arthur Koestler, John Steinbeck e a mutabilidade de suas convicções políticas –, Bukowski diz aos estudantes revolucionários: "O tom principal de seu pensamento não deve ser como destruir um governo, mas como criar um que seja melhor. Não sejam mais uma vez aprisionados e enganados." E aconselhou aos hippies que se preparavam para a revolução com um slogan que teria feito felizes não só Gandhi como também Thoreau: "Tudo o que vocês têm deve caber numa mala de mão: só então vocês serão livres". Bukowski simpatizava com os ideais da contracultura californiana, mas era essencialmente apolítico e anarquista e, como muitos artistas, um sonhador antes de um homem de ação. Poetas, como ressaltou Shelley, podem muito bem ser "os inconfessos legisladores do mundo", mas quando colocam seus dedos na água quente da política (Esquerda ou Direita), geralmente se queimam, como aponta Bukowski em seu ensaio sobre Ezra Pound, "Olhando para um dos grandes em retrospectiva".

No final dos anos 50, a contracultura do sul da Califórnia havia sido documentada por Lawrence Lipton em *The Holy Barbarians* (1959), e Bukowski similarmente descreve alguns dos personagens da boemia contemporânea que encontrou na cidade no ensaio "A cena de LA". O melhor Bukowski se localiza num grupo recorrente de vizinhanças: East Hollywood, MacArthur Park, Lincoln Heights, Bunker Hill, Venice Beach, o correio do Terminal Annex, Melrose Ave., Alvarado St., Carlton Way, Hollywood Blvd., Western Ave., DeLongpre Ave[14]. O hipódromo em Santa Anita, Hollywood Park e Los Alamitos, as lutas de boxe no Olympic Auditorium, a mistura de neblina e sujeira, as autoestradas infinitas, os infinitos automóveis, o infinitamente silencioso oceano Pacífico, as plantações de laranja e as palmeiras formam os pontos de referência para este terrível universo poético erguido com tanta beleza.[15] Além disso, sua admiração por John Fante tem raízes no fato de que, em livros como *Pergunte ao pó*, Fante fazia com que a cidade de Los Angeles fosse digna de figurar como um local em que grande literatura pudesse ser escrita. Bukowski via a si mesmo como um seguidor dos passos de Fante no esforço de reivindicar igual ou maior importância a Los Angeles do que qualquer outro centro literário americano; mais tarde, em sua carreira, ele iria render uma homenagem a Fante no conto "Eu conheço o mestre".

Los Angeles era o "furo" jornalístico de Bukowski, e seu trabalho de reportagem incluiu uma cobertura de um show dos Rolling Stones no Forum. Em "Jaggernauta", ele se coloca no centro de um evento que de fato ocorreu, tanto como participante quanto como observador, borrando a linha divisória entre realidade e ficção quase à maneira de Norman Mailer e Hunter S. Thompson em suas incursões pelo "New Journalism". Talvez também seja digno de nota que foi durante essa época que o proeminente teórico da cultura Hayden White publicou *Metahistory* (1975), o que possibilitou aos historiadores que olhassem mais uma vez para a estrutura ficcional das narrativas que compunham para descrever acontecimentos pretensamente "objetivos", enquanto que, em caráter simultâneo, escritores como Bukowski exploravam a intersecção entre os "fatos" de uma suposta autobiografia e a recriação imaginativa da experiência.[16]

Nos anos 70 e 80, entrevistas com Bukowski apareceram em revistas como a *Rolling Stone* e a *Interview*, de Andy Warhol, enquanto o filme *Barfly*, com Mickey Rourke, em 1987, trouxe-lhe reconhecimento internacional. Durante esse período, a fim de aumentar seus vencimentos, Bukowski começou a colaborar com revistas adultas, incluindo *Fing*, *Rogue*, *Pix*, *Adam*, *Oui*, *Knight*, *Penthouse* e *Hustler*, e também com algumas revistas de droga/rock and roll e contracultura, como a *High Times* e a *Creem*.[17] Como observado acima, a prática de Bukowski ao longo de sua carreira foi alternar de modo bastante metódico a produção de poemas, ensaios e contos. O último período da sua vida não foi exceção, e de 1980 até sua morte, em 1994, continuou a criar de modo prolífico e magistral em cada um dos gêneros.

Entre os últimos contos, "Como tudo aconteceu" é uma parábola gnóstica sobre a reversão e a violação da ordem natural em que Bukowski retorna aos temas apocalípticos tão evidentes em muitos dos seus primeiros contos e poemas, enquanto "Apenas matando tempo" evoca o bar da Filadélfia rememorado em "Pedaços de um caderno manchado de vinho". Este conto também introduz personagens e situações que Bukowski em breve utilizaria de modo remodelado em *Barfly*: os bartenders Jim e Eddy, e o clima de unidade mística e transcendência que, infelizmente, não pode ser mantido: "E todos ficávamos bem, dava para sentir aquilo se espalhando no ar: estávamos ali, afinal, todos eram lindos e grandiosos e interessantes, e cada momento era único em seu brilho, reluzente e intacto".

A habilidade zen de Bukowski de conferir um intenso sentido de completa realidade durante cada experiência momentânea é demonstrada em "Distrações na vida literária". As frases iniciais de cada parágrafo estão todas no presente do indicativo, conferindo um sentido de vívido imediatismo à narração, colocando o leitor no centro dos acontecimentos: "É uma noite quente de verão"; "O telefone toca na outra peça"; "Seja como for, Sandra me alcança o telefone"; "É meu traficante, que vive numa casa cujo pátio dá de frente para o meu". Também encontramos aqui um tropo típico de Bukowski: um escritor que escreve sobre a história que está escrevendo, apagando os limites entre a arte e a vida, e mencionando ao longo do caminho outros escritores: Updike, Cheever, Ginsberg, Mailer, Tolstói,

Céline. Bukowski era completamente "pós-moderno" e "metaficcional": seus escritores escrevem com mais frequência sobre escrever e serem escritores do que sobre qualquer outra coisa.[18]

Seu último conto, "O outro", é uma história muito bem amarrada de *doppelgänger*, que antecipa alguns dos temas de seu último romance, *Pulp*: uma história de mistério na qual um Outro/a Morte/o Self se torna um gêmeo íntimo e inimigo. E em "Treinamento básico", seu derradeiro ensaio sobre a escrita, Bukowski declara: "Voltei-me para o meu deus pessoal: SIMPLICIDADE. Quanto mais compacto e menor você se tornar, menor é a chance de errar ou de mentir. Os gênios são aqueles capazes de dizer algo profundo de maneira simples. Palavras eram balas, raios solares, palavras eram capazes de romper o infortúnio e a danação". No fim está o início, e a longa jornada literária de Bukowski descreve um círculo perfeito quando ele invoca, por uma última vez, os fogos mágicos da *poiesis*: a máquina de escrever, a garrafa de vinho e Mozart no rádio.

Notas

1. Dorbin, Sanford. *A bibliography of Charles Bukowski,* Los Angeles: Black Sparrow Press, 1969; Fox, Hugh. *Charles Bukowski: A critical and biographical study*. E. Lansing: Abyss Publications, 1969; Krumhansl, Aaron. *A descriptive bibliography of the primary publications of Charles Bukowski*, Santa Rosa: Black Sparrow Press, 1999; Fogel, Al. *Charles Bukowski: A comprehensive price guide and checklist: 1944-1999*, Surfside, Fl: The Sole Proprietor Press, 2000. Os imensos arquivos de Bukowski foram legados à Biblioteca Huntington em San Marino, Califórnia, em setembro de 2006. Há ainda grandes coleções de trabalhos publicados e inéditos, incluindo manuscritos na Universidade da Califórnia em Santa Bárbara e na Universidade do Arizona, em Tucson.

2. Ver: Anderson, Elliott e Kinzie, Mary. *The little magazine in America: A modern documentary history*. Yonkers: The Pushcart Press, 1978; Glazier, Loss Pequeno. *Small Press: An annotated guide*. Westport: Greenwood Press, 1992; Gleesing, J. Robert. *The underground press in America*. Bloomington e Londres: Indiana University Press, 1970; Peck, Abe. *Uncovering the Sixties: The life and times of the underground press*. Nova York; Pantheon, 1985;

Rothenberg, Jerome com as contribuições de Steven Clay e Rodney Phillips, *A secret location on the lower east side: Adventures in writing 1969-1980*. Nova York: Granary Books; Dorbin, Sanford. "Charles Bukowski and the little mag/small press movement", in *Soudings: Collections of the University Library, University of California, Santa Barbara*, may 1970, p. 17-32.

3. Ensaio sem título em *A tribute to Jim Lowell,* Cleveland: Ghost Press, 1967, n.p.

4. "Hellenistics" em *The Collected Poetry of Robinson Jeffers*, ed. Tim Hunt, volume dois, 1928-1938. Stanford: Stanford University Press, 1989, p. 526. "Sou a infância passada, olho para este oceano e para os pássaros pescadores, os/ rochedos berrantes, a água luminosa,/ As cristas de espuma, o exultante alvorecer se erguendo para oeste, os pelicanos, suas/ asas enormes semiabertas, mergulhando como pedras./ O que quer que seja isso, apanha meu coração entre suas mãos, o que quer que seja isso, faz com que eu estremeça de amor/ E de uma dolorosa alegria..." E o sentido de alienação gnóstica de Bukowski e o alto grau de romantismo lembram Hart Crane: "E assim foi, entrei no mundo fraturado/ Para seguir a visionária companhia do amor, sua voz/ Um instante ao vento (não sei para onde arremessado)/ Mas não o suficiente para agarrar cada uma das vozes desesperadas." "The Broken Tower" em *The Complete Poems and Selected Letters and Prose of Hart Crane*, ed., com introdução e notas de Brom Weber. Nova York: Anchor Books, 1966. p. 193.

5. A infância brutal produziu tanto os traumas que dispararam sua vida de alcoolismo e os frequentes surtos de uma depressão suicida como também a força que alimentava sua genialidade. Sobre a relação entre criatividade artística e as feridas pessoais, ver Edmund Wilson, "Philoctetes: The Wound and the Bow", em *The Wound and the Bow: Seven Studies in Literature*. Athens: Ohio University Press, 1997. Sobre escritores e o uso de drogas, ver a excelente pesquisa de Marcus Boon, *The Road of Excess: A History of Writers on Drugs*. Cambridge: Harvard University Press, 2005. Para informações biográficas, ver Barry Miles, *Charles Bukowski*. Londres: Virgin Books, 2005; de Howard Sounes, *Charles Bukowski: Locked in the Arms of a Crazy Life*. Nova York: Gorve, 2000; e de David Stephen Calonne, ed., *Charles Bukowski: Sunlight Here I Am/ Interviews & Encounters 1963-1993*. Northville: Sundog Press, 2003.

6. Prefácio não publicado para *7 on Style*, de William Wantling.

7. Charles Bukowski, *Longshot Poems for Broke Players*. Nova York: 7 Poets Press, 1962.

8. Ver Jeff Weedle, *Bohemian New Orleans: The Story of the Outsider and Loujon Press*. University Press of Mississippi, 2007. Capítulo 6, "Focusing on Bukowski"; Capítulo 7, "Meeting Bukowski." O *Nola Express* era editado por Darlene Fife e Robert Head. O nome do periódico é um acrônimo: Nova Orleans, Louisiana, e foi baseado no título de um romance de William Burroughs, *Nova Express*.

9. Sobre a influência de Saroyan e Fante em Bukowski, ver David Stephen Calonne, "Two on the Trapeze: Charles Bukowski and William Saroyan", em *Sure: The Charles Bukowski Newsletter*, 5/6, 1992, p. 26-35.

10. O poema de Bukowski "To the Whore Who Took My Poems" é uma homenagem ao poema 42 de Catulo: "*Adeste hendecasyllabi, quot estis omnes*". Ver *Burning in Water Drowning in Flame: Selected Poems, 1955-1973*. Santa Bárbara: Black Sparrow Press, 1978, p. 16; também a tradução de Peter Green, *The Poems of Catullus: A Bilingual Edition*. Berkeley: University of California Press, 2005, p. 88-91. As referências de Bukowski a Hamsum, Turguêniev, Li Po, Boccaccio, Tu Fu, Vallejo, Catulo, Pound, Céline, Dostoiévski, Nietzsche e Schopenhauer ilustram o amplo escopo de suas leituras. Ele também possuía um grande conhecimento e uma paixão genuína pela música clássica. Por exemplo, o primeiro conto de Bukowski, "Consequências de uma longa carta de rejeição" (1944), faz referência à *Sexta Sinfonia* de Tchaikovsky. "Difícil sem música" também inclui referências a um grande número de compositores clássicos, e o personagem principal pronuncia um fervoroso discurso sobre o poder extático, transcendente e inefável da grande música. Ideias semelhantes aparecem na poesia de Bukowski, como se pode ver no exemplo deste magnífico poema da última fase não recolhido em livro sobre a *Décima Sinfonia* de Shostakovich, "Duas da manhã": "e então/ A Décima de Shostakovich,/ quase duas/ da manhã/ mas não aqui/ nesta noite,/Dmitri faz tudo/ perdurar/ e tomo emprestado sua/ imensa força psíquica,/sinto-me melhor e melhor/ e melhor/ ouvindo sua música,/ que me cura progressivamente,/ cada bebida/ mais perfeita, / minhas feridas estúpidas/ se fecham,/ a Décima continua/ girando nessas/ paredes,/ eu devo para esse canalha..." em *The New Censorship*, vol. 2, nº 3, 1991. E em "A música clássica e eu", Bukowski se inebria com Mahler: "agora Mahler está no quarto/ comigo/ e os arrepios correm por meus/ braços, chegam a minha/ nuca.../ é tudo tão inacreditavelmente/ esplêndido..." em *The Last Night of the Earth Poems*. Santa Rosa: Black Sparrow Press, 1992, p. 374. Bukowski compôs uma ampla lista de poemas que são homenagens diretas a grandes compositores ou que fazem referência a suas vidas e obras, incluindo Bach, Beethoven, Brahms, Bruckner, Chopin, Handel, Haydn, Mozart, Schumann, Sibelius, Stravinsky, Vivaldi e Wagner.

11. Sobre Céline, ver *Sunlight Here I Am,* p. 41, 69, 129, 134, 160, 163, 168, 198, 215, 242, 246, 267, 273, e "Céline with Cane and Basket" em *The Last Night of the Earth Poems*. Santa Rosa: Black Sparrow Press, 1992, p. 242. Céline é, além disso, um personagem importante no último romance de Bukowski, *Pulp*.

12. Georges Bataille, *Visions of Excess: Selected Writings, 1927-1939*. Edição e introdução por Allan Stoekl. Minneapolis: University of Minnesota Press, 1985. Em outro lugar Bataille comenta: "...*sagrado* tem dois significados contraditórios. Qualquer que seja o objeto de uma proibição, este é basicamente sagrado. O tabu oferece uma definição negativa do objeto sagrado e nos inspira com a reverência do plano religioso... Os homens oscilam entre

duas emoções simultâneas: são afastados pelo terror e atraídos por uma fascinação reverencial. Tabu e transgressão refletem esses anseios contraditórios." Bataille, *Erotism: Death & Sensuality*. São Francisco: City Lights, 1986. p. 68. O autor de *História do olho* acharia congenial a matéria objetiva de muitos dos poemas e dos contos de Bukowski: voyeurismo, fetichismo etc. Ver também Mary Douglas, *Purity and Danger: An Analysis of the Concept of Pollution and Taboo*. Londres e Nova York: Routledge Classic, 2002.

13. Ver o recentemente publicado *Federal Bureau of Investigation File #140-35907, 1957-1970. Henry Charles Bukowski, Jr. (a.k.a. "Charles Bukowski")*.

14. Lawrence Lipton, *The Holy Barbarians*. Nova York: Julian Messmer, Inc., 1959. Ver também Hebert Gold, *Bohemia: Digging the Roots of Cool*. Nova York: Simon and Schuster, 1993.

15. Sobre a tradição literária de Los Angeles, ver também Lionel Rolfe, *Literary LA*. São Francisco: Chronicle Books, 1981; John Miller, Ed., *Los Angeles Stories: Great Writers on the City*. São Francisco: Chronicle Books, 1991; David M. Fine, *Imagining Los Angeles: A City of Fiction*. Albuquerque: University of New Mexico Press, 2000; David L. Ulin, *Writing Los Angeles: A Literary Anthology*. Nova York: Library of America, 2002.

16. Hayden White, *Metahistory: The Historical Imagination in Nineteenth Century Europe*. Baltimore: John Hopkins, 1975.

17. Em uma entrevista para Silvia Bizio, Bukowski destacou: "A razão por que o sexo entra tanto em minhas histórias é porque quando eu deixei os Correios, aos cinquenta anos, eu precisava ganhar dinheiro. O que eu queria mesmo fazer era escrever sobre algo que me interessasse. Mas lá estavam todas aquelas revistas pornográficas da Melrose Avenue, e os caras tinham lido os meus textos na *Free Press*, e começaram a me pedir para lhes mandar alguma coisa. Então o que eu tinha de fazer era escrever uma boa história e, no meio, dar um jeito de colocar alguma cena grosseira de sexo. Assim, ao começar a escrever uma história, chegava um momento em que eu me dizia: 'Bem, esta na hora de pôr algum sexo no esquema'. E então eu jogava algum sexo na trama e seguia escrevendo o conto. Funcionava bem: era só mandar a história pelo correio e faturar imediatamente um cheque de trezentos dólares". *Sunlight Here I Am: Interviews & Encounters, 1963-1993*. p. 181.

18. Ver Patricia Waugh: *Metafiction: The Theory and Practice of Self-Consuming Fiction*. Londres: Routledge, 1990; Robert Scholes, *Fabulation and Metafiction*. Urbana: University of Illinois Press, 1979; Jules Smith, "Charles and the Avant-Garde", em *The Review of Contemporary Fiction: Charles Bukowski and Michel Butor*, vol. 5, número 3, outono de 1985, p. 56-59.

As consequências de uma longa carta de rejeição

Dei uma volta na rua, pensando no que tinha acontecido. Era a maior que eu já recebera. Normalmente, diziam apenas: "Lamentamos, mas esta obra não segue nossos padrões" ou, "Lamentamos, mas não temos como enquadrar seu texto em nossa linha editorial". Ou o que era mais comum, a boa e velha rejeição impressa e padronizada.

Mas esta era a maior de todas. Era sobre o meu conto "Minhas aventuras em meia centena de pensões". Fui até um poste de luz, retirei a carta do bolso e a reli:

> Caro sr. Bukowski:
> De fato, trata-se de uma reunião de ideias ótimas, mas também de outras coisas tão cheias de prostitutas idolatradas, manhãs de ressaca e vômito, misantropia, elogio ao suicídio etc. que não creio que qualquer revista em circulação possa aceitar o conto. Há, no entanto, uma espécie de saga de um certo tipo de pessoa no que o senhor escreve, um trabalho feito com honestidade. É possível que publiquemos alguma coisa sua em breve, só não podemos precisar quando. Depende do senhor.
> Atenciosamente,
> Whit Burnett

Ah, eu conhecia aquela assinatura: o longo "h" que se curvava em direção à extremidade do "W", e o começo do "B" que descia página abaixo.

Coloquei a carta de volta no bolso e segui caminhando pela rua. Sentia-me muito bem.

Fazia então apenas dois anos que eu estava escrevendo. Dois breves anos. Hemingway precisou de dez.

E Sherwood Anderson tinha quarenta antes de publicar alguma coisa.

Enfim, me parecia que o melhor a fazer era largar a bebida e as mulheres de má fama. De toda maneira, estava difícil de conseguir uísque, e o vinho estava arruinando o meu estômago. Millie... bem, me livrar de Millie seria muito mais complicado...

...Mas Millie, Millie querida, precisamos nos lembrar da arte. Dostoiévski, Górki, a invasão russa, e agora a América quer alguém do Leste Europeu. A América está cansada de tantos Browns e Smiths. Os Browns e os Smiths são bons escritores, mas há milhares deles, todos escrevendo igual. A América deseja algo obscuro, as meditações impraticáveis e os desejos reprimidos de um homem do Leste Europeu.

Millie, Millie, seu corpo é perfeito: todo ele desce firme até os quadris, e fazer amor com você é fácil como calçar um par de luvas no auge do inverno. Seu quarto está sempre quente e alegre e você tem discos e queijos e sanduíches que me agradam. E, Millie, tem o gato também, lembra? Lembra quando era um filhotinho? Tentei ensiná-lo a dar a patinha e depois rolar, e então você me disse que ele não era um cachorro e que não ia conseguir fazer aquilo. Bem, eu consegui, não é verdade, Millie? O gato agora já cresceu e já tem seus filhotinhos. Mas a hora dele chegou, Millie: os gatos e o seu corpo perfeito e a *Sexta Sinfonia* do Tchaikovsky. A América precisa de um homem do Leste Europeu...

Quando dei por mim estava na frente da minha pensão e resolvi entrar. Foi quando percebi uma luz acesa na minha janela. Olhei para dentro: Carson e Shipkey estavam sentados na mesa com alguém que eu não conhecia. Jogavam carta, e no centro havia uma enorme garrafa de vinho. Carson e Shipkey eram pintores que não conseguiam se decidir se imitavam Salvador Dalí ou Rockwell Kent, e trabalhavam no estaleiro enquanto tentavam chegar a uma conclusão.

Então avistei um homem sentado de modo muito calado na beirada da cama. Usava um bigode e cavanhaque e me pareceu familiar. Tinha a impressão de lembrar o seu rosto. Devia tê-lo visto em um livro, num jornal, num filme, talvez.

Então lembrei.

Quando lembrei quem ele era, fiquei em dúvida se entrava ou não. Afinal, o que dizer? Como agir? Com um homem como aquele era difícil saber. Era preciso tomar cuidado para não dizer a coisa errada, era preciso ser cauteloso em relação a tudo.

Decidi, primeiro, dar uma volta na quadra. Li em algum lugar que isso ajudava a diminuir o nervosismo. Ouvi Shipkey blasfemar enquanto eu me afastava e alguém deixou cair um copo. Isso em nada me ajudaria.

Decidi treinar meu discurso para a ocasião. "Na verdade, não sou muito bom com as palavras. Sinto-me muito tímido e nervoso. Guardo tudo para pôr no papel. Tenho certeza de que o senhor ficará desapontado comigo, mas sempre fui assim."

Pensei que aquilo funcionaria e, assim que terminei de dar a volta na quadra, fui direto para o quarto.

Percebi que Carson e Shipkey já estavam para lá de embriagados, e vi que não me ajudariam em nada. O tampinha que eles tinham trazido para o jogo também estava fora de combate, excetuado o fato de que ele acumulara todo o dinheiro da mesa.

O homem de cavanhaque se levantou da cama.

– Como vai o senhor? – perguntou.

– Bem, e o senhor? – Trocamos um aperto de mão. – Espero que o senhor não esteja esperando há muito tempo? – eu disse.

– Ah, não.

– Na verdade – eu falei –, não sou muito bom com as palavras...

– A não ser quando ele está bêbado, então ele fala pelos cotovelos. Às vezes ele vai até a praça e começa a discursar e se ninguém o escuta ele fala com as aves – disse Shipkey.

O homem de cavanhaque deixou escapar um riso. Tinha uma risada maravilhosa. Evidentemente um homem de fino entendimento.

Os outros dois seguiam jogando cartas, mas Shipkey virou a cadeira e ficou a nos observar.

– Sinto-me muito tímido e nervoso – continuei – e...

– Nervoso que nem bife nervoso – gritou Shipkey.

Tinha sido uma péssima sacada, mas o homem de cavanhaque riu novamente e eu me senti melhor.

– Guardo tudo para pôr no papel e...

– Nervosinho ou nervosão? – gritou Shipkey.

– ...e tenho certeza de que o senhor ficará desapontado comigo, mas sempre fui assim.

– Escute, senhor! – gritou Shipkey, avançando e recuando o corpo na cadeira. – Escute aí, ô do cavanhaque!

– Pois não?

– Escute, tenho um metro e noventa de altura, cabelos cacheados, um olho de vidro e dados vermelhos.

O homem riu.

– Então não acredita em mim? Não acredita que eu tenho um par de dados vermelhos?

Shipkey, quando ficava bêbado, sempre queria, por alguma razão, fazer com que as pessoas acreditassem que ele tinha um olho de vidro. Apontava para um dos olhos e afirmava que aquele era de vidro. Alegava que o olho tinha sido feito pelo pai, um especialista internacional, que havia, infelizmente, sido morto por um tigre na China.

De repente, Carson começou a gritar:

– Vi você pegar aquela carta! Onde você a enfiou? Vamos, devolva, *devolva agora*! Cartas marcadas, *marcadas*! Por isso está ganhando! Assim até eu!

Carson se levantou e agarrou o pequeno jogador pela gravata e começou a sufocá-lo. Carson estava com o rosto vermelho de raiva, e logo o do pequeno jogador começou a adquirir a mesma cor por causa da esganação.

– O que está pegando, hein? Rá! O que está pegando? Rá! – gritou Shipkey. – Deixe eu ver, hein! Passa pra cá!

Carson estava tão vermelho que mal conseguia falar. Silvou as palavras por entre os lábios com grande esforço, sem deixar de puxar a gravata. O pequeno jogador começou a se debater, os braços parecendo os de um polvo que tentasse chegar à superfície.

– Ele nos passou a perna! – silvou Carson. – Trapaceou! Puxou uma carta da manga, tenho certeza! Trapaceou a gente, não há dúvida!

Shipkey se posicionou atrás do pequeno jogador e o agarrou pelos cabelos, sacudindo a cabeça dele para frente e para trás. Carson se atinha à gravata.

– Você nos passou a perna, não é? Trapaceiro! Diga alguma coisa! – gritou Shipkey, aferrado aos cabelos do outro.

O pequeno jogador não dizia nada. Apenas debatia os braços, começando a suar.

– Vou levá-lo a um lugar onde possamos tomar uma cerveja e comer alguma coisa – eu disse ao homem de cavanhaque.

– Vamos! Desembucha! Desista! Você não pode nos enganar!

– Ah, não creio que seja necessário – disse o homem de cavanhaque.

– Seu verme! Seu rato imundo!

– Eu insisto – eu disse.

– Querendo roubar um homem com olho de vidro, não é verdade? Vou mostrar pra você, seu rato imundo!

– Bem, é muita gentileza de sua parte. Estou com um pouco de fome, de fato – disse o homem de cavanhaque.

– Fale alguma coisa, rato imundo! Se não disser nada em dois minutos, nos próximos dois minutos, arranco seu coração para usar de maçaneta!

– Vamos sair daqui – eu disse.
– Tudo bem – disse o homem de cavanhaque.

*

Todos os lugares que serviam comida estavam fechados àquela hora, e era uma longa distância até a cidade. Não podia levá-lo de volta para o meu quarto, de modo que tive que tentar a sorte com Millie. Ela sempre tinha bastante comida. Na pior das hipóteses, ela *sempre* tinha queijo.

Eu estava certo. Preparou uns sanduíches para a gente e nos serviu café. O gato me reconheceu e veio se acomodar no meu colo.

Pus o gato no chão.

– Veja, sr. Burnett – eu disse.

– Dê a patinha – eu disse ao gato. – Dê a patinha!

O gato ficou ali sentado.

– Muito espertinho, ele sempre faz isso – eu disse. – Vamos, dê a patinha!

Lembrei de Shipkey dizendo ao sr. Burnett que eu falava com as aves.

– Vamos! A patinha!

Comecei a me sentir um idiota.

– Vamos *lá*! Me dê a patinha!

Aproximei minha cabeça do gato e dei o melhor de mim.

– Dê a patinha!

O gato não se mexeu.

Voltei a me recostar na cadeira e peguei meu sanduíche de queijo.

– Os gatos são animais curiosos, sr. Burnett. Nunca se pode dizer como vão reagir. Millie, coloque a Sexta do Tchaikovsky para o sr. Burnett.

Escutamos a música. Millie se aproximou e se sentou no meu colo. Vestia apenas um *négligé*. Ela se escorou sobre mim. Deixei meu sanduíche de lado.

– Quero que o senhor repare – eu disse ao sr. Burnett – na seção que conduz ao movimento andante nesta sinfonia. Acho que é o mais belo movimento na história da música. E além de sua beleza e força, a estrutura é perfeita. Pode-se notar a inteligência a pleno vapor.

O gato pulou no colo do homem de cavanhaque. Millie colou o rosto no meu, pôs uma mão em meu peito.

– Onde você andava, garotão? A Millie sentiu sua falta, sabe?

O disco terminou e o homem de cavanhaque tirou o gato do colo, levantou-se e virou o lado. Ele devia ter pegado o segundo álbum de dentro da capa. Ao virar o lado, chegaríamos muito cedo ao clímax. Eu não disse nada, no entanto, e escutamos o disco até o fim.

– O que lhe pareceu? – perguntei.

– Ótimo! Simplesmente ótimo.

Colocou o gato no chão.

– Dê a patinha! Dê a patinha! – ele disse ao gato.

O gato lhe estendeu a pata.

– Veja – ele disse –, consigo fazer o gato me dar a patinha.

– Dê a patinha!

O gato se fingiu de morto.

– Não, dê a *patinha*! Dê a *patinha*!

O gato ficou ali parado.

Aproximou sua cabeça do bicho e falou em seu ouvido:

– Dê a patinha!

O gato enfiou a pata direto em seu cavanhaque.

– Viram só? Fiz ele me dar a patinha!

O sr. Burnett parecia satisfeito.

Millie se apertou forte contra mim.

– Me beija, garotão – ela disse –, me beija.

– Não.

– Credo, você está numa ruim hoje, garotão? O que está pegando? Tem alguma coisa fodendo sua paciência essa noite, tenho certeza! Conta pra Millie o que é! A Millie dá a vida por você, garotão, você sabe disso. O que está pegando, hein?

– Agora vou fazer o gato se fingir de morto – disse o sr. Burnett.

Millie me apertou forte com os braços e me deu uma olhadela de cima para baixo, que eu retribuí. Ela parecia triste e maternal e cheirava a queijo.

– Diz pra Millie o que está fodendo com você, garotão.

– Finja-se de morto! – o sr. Burnett disse ao gato.

O gato não se mexeu.

– Escuta – eu disse a Millie –, está vendo aquele homem ali?

– Sim, estou vendo.

– Bem, ele é Whit Burnett.

– Quem é?

– O editor da revista. Para quem eu mandei meus contos.

– Você quer dizer aquele que manda uns bilhetinhos pra você?

– Cartas de rejeição, Millie.

– Bem, ele é malvado. Não gosto dele.

– Finja-se de morto! – o sr. Burnett disse ao gato. O gato se fingiu de morto. – Vejam! – ele gritou. – Fiz o gato se fingir de morto! Quero comprar esse gato! Ele é maravilhoso!

Millie se apertou ainda mais contra mim e me olhou nos olhos. Eu não via escapatória. Sentia-me como um peixe ainda vivo, imerso no gelo do balcão do açougue numa sexta-feira de manhã.

– Escuta – ela disse –, posso dar um jeito dele publicar um dos seus contos. Posso arrumar para ele publicar *todos*!

– Vejam-me fazer o gato se fingir de morto! – disse o sr. Burnett.

– Não, não, Millie, você não está entendendo. Editores não são como homens de negócio cansados. Editores têm *escrúpulos*!

– Escrúpulos?

– Escrúpulos.

– Finja-se de morto! – disse o sr. Burnett.

O gato ficou parado.

– Conheço bem esse negócio de *escrúpulos*! Não se preocupe com escrúpulos! Deixa comigo, garotão, vou fazer ele publicar *todos* os seus contos!

– Finja-se de morto – disse o sr. Burnett para o gato. Nada aconteceu.

– Não, Millie, isso não vai acontecer.

Ela estava toda enroscada em mim. Era difícil de respirar e ela era bastante pesada. Senti meu pé ficar dormente. Millie apertou a bochecha contra a minha e passou a acariciar meu peito com uma das mãos.

– Garotão, não precisa dizer nada.

O sr. Burnett aproximou sua cabeça da do gato e disse algo em seu ouvido.

– Finja-se de morto!

O gato enfiou a pata no meio do cavanhaque de Burnett.

– Acho que o gato está com fome – ele disse.

Com isso, retornou a sua poltrona. Millie se aproximou e se sentou sobre seu joelho.

– Onde você conseguiu esse cavanhaque charmoso?

– Com licença, vou pegar um copo d'água – falei.

Fui até a cozinha e me sentei à mesa de café da manhã e olhei para os desenhos de flores sobre o tampo. Tentei descascá-los com uma das unhas. Já era bastante difícil dividir o amor de Millie com o vendedor de queijo e o soldador. Millie remexendo os quadris. Merda, merda.

Fiquei ali sentado e depois de um tempo retirei do bolso a carta de rejeição e a li mais uma vez. Os lugares onde a carta fora dobrada começavam a ficar sujos, amarelados e carcomidos. Deveria parar de olhar para aquele pedaço de papel, guardá-lo entre as páginas de um livro como aquelas antigas rosas.

Comecei a pensar no que estava escrito ali. Sempre tive esse problema. Mesmo na época da faculdade, deixava-me arrastar para essa vasta depressão. Certa noite, a professora de escrita criativa me levou para jantar e depois para um show a fim de me falar sobre as belezas da vida. Eu havia lhe mostrado um conto em que eu, como personagem principal, tinha ido até uma praia à noite e me estendido na areia, mergulhando numa meditação sobre Cristo, sobre o significado da morte, da completude e do movimento de todas as coisas. Então, no meio de minhas meditações, surgia um mendigo de olhos turvos, que jogava areia na minha cara. Eu falava com ele, depois acabava comprando uma garrafa e nós enchíamos a lata até ficarmos enjoados. Mais tarde, seguíamos até uma casa mal-afamada.

Depois do jantar, a professora abriu a bolsa e puxou o meu conto da praia. Destacou o texto na parte em que o mendigo de olhos turvos entrava em cena e lá se iam as meditações sobre Cristo.

– Até aqui – ela disse –, até aqui o texto estava muito bom, de fato, estava maravilhoso.

Então ela ergueu os olhos do papel e me encarou daquele modo que somente quem possui inteligência artística e conseguiu fazer carreira e dinheiro com isso pode olhar.

– Agora sinto muito – ela disse, batendo com os dedos na parte inferior do meu conto –, mas isso aqui não presta. Que diabos *afinal* você quer com *este* trecho aqui?

*

Eu já tinha ficado afastado por tempo demais. Levantei e segui em direção à sala principal.

Millie estava toda enroscada nele, olhando-o de cima para baixo. Ele parecia um peixe no congelador.

Millie deve ter pensado que eu queria falar com ele sobre detalhes editoriais.

– Me deem licença, mas preciso ajeitar meus cabelos – ela disse, deixando a sala.

– Uma bela garota, não é mesmo, sr. Burnett?

Ele se ajeitou e apertou o nó da gravata.

– Me desculpe – ele disse –, mas por que segue me chamando de sr. Burnett?

– Não é este seu nome?

– Me chamo Hoffman. Joseph Hoffman. Trabalho para a Seguradora Curtis. Vim atendendo à sua solicitação.

– Mas não mandei a vocês nenhuma solicitação.

– Ora, recebemos sua carta.

– Não enviei carta nenhuma.

– O senhor não é Andrew Spickwich?

– Quem?

– Spickwich. Andrew Spickwich. Taylor Street, 3.631.

Millie voltou e se enroscou em Joseph Hoffman. Não tive coragem de lhe dizer a verdade.

Fechei a porta com muito cuidado e desci a escada em direção à rua. Segui quadra abaixo e então vi as luzes se apagarem.

Corri como um louco em direção ao meu quarto, esperançoso de que houvesse sobrado um pouco de vinho naquela enorme jarra sobre a mesa. Não acreditava, porém, que fosse ter essa sorte, porque represento como ninguém um certo tipo de pessoa: tomada por uma vasta depressão, por meditações infrutíferas e desejos reprimidos.

20 tanques de Kasseldown

Estava sentado em sua cela, tamborilando os dedos na garrafa, pensando, é muito espírito esportivo da parte deles me dar esta garrafa. Enquanto ele batia no vidro, sentia uma sensação agradável nos dedos, esticando-os um bocado, o toque fresco e limpo da superfície. Bebera uísque anteriormente, tinha descoberto que ele tornava a vida suportável; suavizava as coisas; lavava bem as mentes agitadas demais: selecionando-as, retardando-as, estabelecendo uma marca visível para elas.

Uma barata cruzou o chão, como um raio, depois parou de súbito ante um de seus sapatos. Ficou ali e ele parou de bater, prestando atenção. Dos dedos imóveis na garrafa à forma do próprio sapato junto à barata, seus traços eram magros, flexíveis, delicados sem ser femininos; e havia uma dignidade que fazia pensar em reis, em príncipes, em coisas protegidas e arruinadas, e se você não o conhecesse pensaria que a vida não lhe provocara qualquer marca. (Esticou o pé e esmagou a barata.) Tinha aproximadamente trinta anos e seu rosto, como o rosto de um pensador, parecia a um só tempo jovem e idoso. Os movimentos eram contidos e suaves, sempre subordinados à mente, e às vezes, quando no meio da multidão, eram abruptamente dissimulados e restritos, de modo a não atrair a atenção. Durante o julgamento, quando ainda era notícia, a cela vivia cercada por repórteres. Ele sorria continuamente quando o questionavam, contudo podiam ver que ele não estava nem um pouco feliz – como se *pudesse* estar! No entanto, não se tratava de um sorriso de escárnio. De um certo modo, era até agradável. Não parecia conter muito ódio; apenas um traço vago, uma inconsistência. Não se dava ao trabalho de se barbear e cultivava uma barba macia, fina, como os pelos sob as axilas. Isto lhe *conferia* um ar de mártir, aquela barba, os olhos de fantasma, e então ele se inclinava para trás, de encontro à parede, acendendo o cigarro com movimentos refinados, os olhos voltados para baixo. Então sorria para os repórteres:

– Bem, amigos, o que posso fazer por vocês? Apenas mantenham os padres afastados...

Estava na cela, sentado, quando os dedos começaram a tamborilar outra vez na garrafa. Era a segunda vez que fazia aquilo, e já não pôde obter o mesmo prazer pois tamborilar já não lhe era surpreendente. Começou a sorrir.

Teve tempo para escrever um livro. Deveria ter escrito um livro. Letras impressas nas páginas, sabe. A primeira letra de cada capítulo cheia de firulas. Feita como uma rosa ou como uma folha ou mesmo o joelho de uma donzela. Deveria ter escrito um livro. Todos fazem isso. "Traição... é estar no lado derrotado da revolução." Este é um país pequeno, mas eu poderia ter escrito um grande livro... É um país pequeno, mas com vinte tanques a mais, apenas vinte, e eu estaria em Kasseldown e Curtwright estaria aqui – escrevendo um livro. Inferno, até com cem cavalos...

Mas agora você é o alvo privilegiado para tornar a glória do país mais belicosa nos manuais de História. Veja bem, você matou uma barata e eles também – quero dizer, é o que eles farão hoje quando o sol se pôr... Consegue ver os pequeninos lendo, lendo, e então a professora, com sua longa vara de madeira e o quadro-negro, apontando para um mapa colorido. Os cadernos, a tinta densa nas mesas... memorizem, memorizem isso. Um movimento completo, um fluxo completo de palavras e pensamentos e ideias... horas de falação e contra-argumentos, exames, a tradição entrando custosamente nas mentes maleáveis, e para sempre inalterada. E agora eles cantam, cantam, e marcham para fora das salas de aula e jogam bola e acreditam no que lhes disseram... e crescem e leem jornais, e acreditam... tudo isso por uma diferença de cem cavalos, cem pedaços da carne bestial, que apenas se alimentam e defecam; massa estúpida, massa estúpida de carne bestial que fez soar as notas da canção... Os cavalos de *Curtwright*.

Bebeu outra vez da garrafa, sentindo-se muito sozinho, mas não por causa das quatro paredes molhadas e areentas.

Mas *ainda assim*... você tentou. E se você tivesse vencido, seria a mesma coisa, só que no extremo oposto... Por que isto lhe causou aborrecimento? Não sabia que com um número tão reduzido isso representaria o fim? ...Não, não se tratava de ambição – não nesse sentido... Eram apenas as pessoas, todas as vidas correndo, todas as vidas que corriam fracas, mergulhadas completamente no medo. Tudo não passava de um ritual de não fazer, não machucar, não aguardar. Ele tinha sentido apenas uma fome, fome de *fazer*... fazendo qualquer coisa para quebrar aquela redoma sufocante.

Sentou-se na cela e trouxa a garrafa para diante dos olhos. A luz era fraca, mas ele ainda podia entender as palavras marcadas no vidro: A LEI FEDERAL PROÍBE A VENDA OU REUTILIZAÇÃO DESTA GARRAFA...

Pôs-se de pé e logo se deu conta de que olhava para as paredes. Paredes de um cinza curioso, cobertas por um suor frio, grossas – submetidas a seu próprio drama – e tão velhas... Velhas. Envelhecendo como as mulheres... Do mesmo modo como elas envelhecem. Triste, realmente triste. Você viu os jovens andando todos aprumados e altivos... e você odiou o orgulho que ostentavam, porque não havia lugar para orgulho entre coisas mecânicas e momentâneas. O orgulho só podia pertencer àqueles que criaram novas formas, aos que venceram... Ele sorriu outra vez e permaneceu olhando para as paredes. Pareciam agradáveis e cheias de significado, e ele tocou com um dos dedos a borda áspera, cinzenta e molhada.

Estava com a garganta seca e foi à torneira encher o copo de lata. A água jorrou com força, fazendo um redemoinho, aumentando a branca espuma no copo. Fechou a torneira, mas demasiado tarde, e houve um transbordamento que provocou uma mancha porosa visível no couro de um dos sapatos. Alguma coisa girou lentamente em sua testa e ele pensou, tudo está muito calmo. Bebeu a água, mas o gosto de lata era horrível, e, de súbito, sentiu-se doente, muito doente. Voltou a se sentar no catre, o quarto todo sombra e cimento, e teve consciência de sua respiração, e a cada inalar vinha o gosto de lata. Bebeu o que restara da garrafa de uísque, então a depôs com muito cuidado no chão. Assentar corretamente a garrafa era uma das poucas ações independentes que lhe haviam restado. Encostou-se outra vez na parede, fechou os olhos, abriu-os, e soube então que talvez estivesse apenas amedrontado, a mente tentando elaborar alguma desculpa para a morte da carne.

Quando os pensamentos encontraram seu destino, um frio que começou nos dedos foi subindo por ambos os braços, fazendo com que mexesse os ombros em espasmos, para não deixar que a agitação tomasse conta das costas. Tudo está muito calmo, pensou outra vez, e subitamente sua mente encontrou uma saída, uma base, e ele odiou o redemoinho, o redemoinho embebido de sentido, o imenso volume e a soma, o peso dos números e das possibilidades; o volume e a pressão das coisas não canalizadas e não embasadas que poderiam matar sem um pestanejar, um suspiro, um clique.

Mas foque no presente, pensou, nunca deixe a paixão deformar o momento. A paixão, disforme, é um sinal da inferioridade! Escute. Tome isso, tudo isso, e para *eles* – faça numerais, símbolos, fórmulas resistentes e bem equilibradas.

Então, por fim, começou a rir – não uma risada, mas um risinho efeminado, quase imperceptível, quase louco.

– Guarda! – ele gritou.

O guarda apareceu e ficou ali parado, para além das grades.

– Você quer ver o padre? – perguntou.

O guarda era careca e gordo e parecia olhar para ele; careca e gordo, sua cara é um misto de brutalidade e humor, sem que haja uma definição, e os olhos são tão pequenos, tão pequenos.

– Você não deve me acusar de grosseria ou de amargura, guarda, mas um homem como você... não faz nenhuma diferença em que época você vive: se agora, ou daqui a dois mil anos, ou em alguma época intermediária. Você não tem nenhuma marca, nenhum som específico, nada a ser registrado... Apesar disso, é ótimo estar vivo, ótimo até mesmo para você. É ótimo estar aí e me perguntar se eu quero um padre, é ótimo jogar seu joguinho seguro e aguardar o grande estrondo do que está por vir. Afinal de contas, você absorve alguma coisa, mesmo sem participar de nada diretamente... mas me sinto enojado de ouvir minha própria voz. Diga alguma coisa. O que você acha, guarda?

– O que eu acho?

– Sim.

– Vai querer o padre?

– Não. Suma daqui.

Sentou-se na cela, sentindo-se mal.

Eu tento, tento... *tento* ver. Mas esse maldito mundo inteiro me parece falso, *falso*... Ah, eu deveria ter permanecido no hospital, interagindo com as pessoas, pintando à noite. Poderia ter feito meu próprio mundo à noite. Mas eu quis agitar toda a lagoa, fazer tremer as bases. Ah, maldita fome...

Olhou para o chão, para o ponto que havia sido uma barata, e sorriu outra vez.

Difícil sem música

Larry foi interrompido por sua senhoria no saguão assim que chegou da rua.

– Há gente lá em cima no seu quarto. Viram seu anúncio sobre o toca-discos e os discos. Achei que não haveria problema em deixar eles subirem. Falei com eles por um bom tempo, e além disso...

– Tudo certo.

Cruzou por ela.

Ela o deteve pelo cotovelo.

– Larry.

– O quê? – Ele se voltou na direção dela.

– São freiras.

Ele não respondeu.

– Você está bem, Larry?

– Sim, estou bem.

– Tem certeza, Larry? São Irmãs. Não haveria problema se não fossem Irmãs.

Subiu as escadas, entrou no banheiro. Fechou a porta e se olhou no espelho. Bebeu um copo d'água, depois acendeu um cigarro. Deu umas boas tragadas. A fumaça ergueu-se no banheiro e o cigarro produziu uma cinza vermelha, fina e dura. Puxou uma última baforada, seguiu em direção à privada e deixou o cigarro cair dentro. Então voltou para a frente do espelho e se olhou outra vez...

A porta do quarto estava aberta e ele foi entrando. Uma das freiras estava sentada na cadeira de encosto reto, e a outra caminhava na direção do toca-discos com um disco nas mãos.

A que estava na cadeira o viu primeiro.

– Ah, são encantadores, *encantadores*!

Larry foi na direção da poltrona e sentou-se. Ficava junto à janela. Podia ver as árvores e o quintal. Seria verdade o que disse Paul? Que elas raspam as cabeças?

A freira com o disco nas mãos colocou-o ao lado do toca-discos e olhou para o homem.

– Escute – ele disse –, vá em frente. Escute o disco. Pode escutar todos os que quiser.

– Oh, eu estou certa de que são *todos* encantadores – disse a que estava na cadeira.

– A Irmã Celia conhece todos eles – disse a que estava de pé.

A da cadeira sorriu. Seus dentes eram muito brancos.

– O senhor tem um ótimo gosto. Quase todas as obras de Beethoven, e Brahms, e Bach e...

– Sim – disse Larry. – Sim, obrigado. – E voltou-se para a outra freira: – Não gostaria de se sentar? – perguntou. Mas ela não se moveu.

O suor brotava na testa dele, nas palmas das mãos, na altura de sua garganta. Limpou as mãos nos joelhos. Por que tinha esse sentimento de que iria fazer algo terrível? Como eram negras aquelas vestes; e o branco: que contraste. E os rostos.

– Minha obra favorita – ele disse – é a Nona de Beethoven.

Não era. Não tinha predileções.

– Gostaria de usá-los nas minhas classes – disse a Irmã Celia, a da cadeira. – É tão difícil... sem música.

– Sim – disse Larry. – Para todos nós – a voz dele tinha soado dramática. Sentiu-se uma figura alheia àquele quarto. Era o auge do verão. Seus olhos pareciam cobertos por uma névoa, a garganta estava seca. Uma fina brisa passou por um momento através de sua testa. Pensou em hospitais, em desinfetantes.

– É uma pena ter de vendê-los. Quero dizer... para o senhor – disse a Irmã Celia. Ela era evidentemente a compradora, ele pensou; a outra tinha vindo apenas para acompanhá-la.

Larry esperou um momento e então respondeu:

– Tenho que me mudar daqui. Para uma outra cidade. Acabariam se quebrando, a senhora sabe.

– Tenho certeza de que seriam excelentes para minha classe, para as garotas mais velhas.

– Garotas mais velhas – disse Larry. Então seus olhos se abriram e ele olhou fixamente para a Irmã Celia, para o rosto liso e os olhos pálidos de freira. – Isto é sábio – ele disse. – Extremamente sábio – a voz tinha se tornado áspera e metálica. O suor que se formava em suas pernas fazia desagradável o contato da lã das calças. Suas mãos se moviam sobre os joelhos. Olhou para baixo, e depois de novo para a Irmã Celia. A outra freira parecia estar distraída, distante.

Então ele começou:

– A instrução básica moderna, por razões desconhecidas, ao menos para mim, considera plausível introduzir Beethoven às almas de oito anos. Alguém uma vez fez uma pergunta, "Os compositores são seres humanos?". Bem, eu não sei, mas o que sei é que os sons que saíam do toca--discos do meu professor na terceira série não eram, para mim, sons humanos, sons que de modo algum guardavam qualquer relação com a vida real e com os seres vivos, com o mar ou com o campo de beisebol. E a professora embebida em suas ponderações etéreas e magnânimas, seus óculos sem aros, a peruca branca e a Quinta Sinfonia não eram uma parte mais real da vida do que o resto deles... Mozart, Chopin, Handel... Os outros aprendiam o significado dos pequenos pontos pretos com caudas, e sem caudas, que subiam e desciam as escadas marcadas a giz no quadro-negro. Mas eu, vencendo o medo e a revolta, à moda de uma tartaruga, recolhia minha cabeça, mergulhando na escuridão do casco. E hoje, quando erro pelas notas programadas de meus álbuns... tudo continua escuro...

Ele riu. Sentiu-se de repente idoso e mundano. Esperou que as freiras dissessem alguma coisa, mas elas não disseram nada.

– A boa música me chegava sorrateira. Não sei como isso acontece. Mas de repente, lá estava eu, um jovem em São Francisco, gastando todo o dinheiro que eu conseguia juntar em sinfonias para alimentar as famélicas entranhas da enorme vitrola de madeira da minha senhoria. Acho que aqueles foram os melhores dias, ser jovem e poder olhar a ponte Golden Gate da minha janela. Quase todos os dias eu descobria uma sinfonia nova... Escolhia meus álbuns praticamente por acaso, nervoso e perturbado demais para compreendê-los nas divisórias de vidro das lojas de disco que mais pareciam clínicas... Há momentos, descobri, quando uma peça, depois de audições prévias, estéreis e secas... Descobri que um momento vem quando, por fim, a peça se revela por inteiro à mente...

– Sim, há muita verdade em suas palavras – disse a Irmã Celia.

– Você está escutando a música casualmente, distraído. E então, através do brilho preguiçoso que você produziu, quase *sobre* esse brilho, escalando por sobre ele, através dele, centrando-se flexivelmente sobre o cérebro desprotegido... vem a melodia, ondulando, cantando, dançando... Toda a potência das variações, das notas em contraponto, deslizando com frescor de modo inacreditável na mente. No que diz respeito à bondade é... como o zumbido de incontáveis abelhinhas de aço girando em torno de uma beleza em constante elevação... Um movimento repentino do corpo, um *esforço* para acompanhar, com frequência vai matá-lo, e após algum tempo você acaba aprendendo isso. Você aprende a não matar a música. Mas suponho que é isso o que estou fazendo agora, não é?

As freiras não responderam. A que estava de pé se moveu um pouco.

– Não é mesmo? – Larry repetiu.

– Quanto você quer? Quanto? – perguntou a Irmã Celia.

Olhou para fora da janela. Então se sentiu incomodado. Era a hora do jazz e das laranjas, de agitar as cadeiras. Tinha esperado tempo demais. Viu uma mulher pendurar um lençol lá fora.

– O anúncio – ele disse, calmo e firme – falava em quarenta dólares.

Formou-se um círculo do silêncio. A mulher terminara de estender o lençol. Alguém tropeçou no andar de cima da pensão.

– Contudo – olhou para Irmã Celia e sorriu –, posso fazer por 35...

Elas partiram num táxi depois que ele desceu as coisas e as colocou no banco traseiro entre as duas. Sentiram-se muito mal por tomarem o táxi, mas era a única maneira. Ele concordou. Sentiram-se mal quanto aos 35 dólares também, mas não disseram nada...

Larry encontrou a senhoria quando subia novamente a escada.

– Vai ser bom – ela disse.

– O quê?

– Para a escola, para as meninas.

– Ah, sim – ele disse –, acho que sim.

Subiu as escadas e voltou para o quarto. Sentou-se na beira da cama e retirou a carteira. Correu os dedos ao longo das bordas das notas. Então as puxou e as espalhou sobre a cama. As notas não eram nem velhas nem novas; de meia-idade. Havia três de dez e uma de cinco.

Pareceu muito pouco.

Traço: Escrita de editor

Charles Bukowski (antigo editor da *Harlequin*): "...Neste *rifacimento* estamos deliberadamente dourando a pílula que o público terá de engolir? Quem é o poeta que dançará diante da multidão comprimida? Jazz não vai bem com poesia. O jazz pode ser vital, estimulante. Pode ser parte do folclore e ser convertido – às vezes – em arte, mas o jazz não chega a ser uma verdadeira arte. O jazz é uma batida, o jazz é uma superfície, o jazz sugere ritmos sexuais e o ato em si: jazz é congo, jazz é bom, jazz é mau; mas jazz, em tudo o mais, é esquálido e confinado e tênue – pega seus truques emprestados dos clássicos, mas nunca aprende. Poesia? Poesia é boa e má e grandiosa – a maioria é péssima – e se for para cama com o jazz não produzirá filhos fortes.

Tudo bem, você tem uma audiência. Mas trata-se de uma audiência intelectual ou de um grupo de gaiatos? E de quem estão tirando sarro? Que ermitão, que personagem saído de sua Torre de Marfim virá cantar para eles enquanto as próprias nereidas se afogam? Me parece que um poeta que se coloca nesta posição deve ser, de alguma maneira, um ator e um extrovertido e, de todo modo, estar faminto por reconhecimento imediato: o aplauso daqueles suficientemente dispostos para lhe dar as boas-vindas e o reconhecimento que nada mais fazem do que garantir que ele ao menos está vivo, percebam ou não quaisquer intenções e conceitos que o poeta pretende preservar depois de ter cedido tanto.

Não estou desmerecendo o público das leituras poéticas – estou louvando a poesia. Quando a poesia se torna popular a ponto de encher cabarés e casas de show, então alguma coisa está errada com essa poesia ou então com a audiência. Ou a plateia olha para o poeta como um louco, um palhaço sacolejando ao som do jazz, para ser lembrado como algo bizarro entre uma bebida e outra, ou o poeta está deliberadamente lendo para aquela audiência a fim de cativá-la. Merecemos o abutre barbudo por sentar com o crupiê, e daqui a dois ou cinco ou dez anos, quando olharmos para nós mesmos por termos caído na armadilha, aqueles que estão agora envoltos na mais feérica das satisfações, tenho certeza de que serão os de fraseado mais inarticulado em suas contribuições à prostituição e à castração da musa".

Pedaços de um caderno manchado de vinho

nenhuma correção ao falcão ou ao rebolar de suas cadeiras, querida – correção ao destino do homem... morte, deus a morte é inacreditável... tenho visto as paredes verdes e o rosário e a morte antes do Natal, uma porta trancada, desviada... gramados irrigados; e sempre o sol, o sol... por quê?

Enfrentei um inferno mais terrível do que qualquer conjectura pessoal possa conceber, e imagino que virão outros, deveria imaginar que a risada estaria atrás de qualquer respiro, mas os livros dizem que não, os livros falam de coisas monótonas, coisas muito monótonas e de um jeito monótono – não há ninguém com uma faca no leprosário dos urros; não deixemos a vida para que os idiotas possam cuspi-la como se fosse um mingau, ou então para as garotas entupidas de gim. Acho que hoje vou estourar uma janela e ouvir E. Power Biggs. Qual é a sua desculpa?

Já expulsei as prostitutas daqui e passei um esfregão no chão da cozinha. O próximo problema é o aluguel. Logo terei 39, daqui a sete dias, e ainda vivo como um cigano. Penso que a poesia é importante, se você não a persegue exaustivamente, se você não a enche de estrelas e falsidades. Poesia, pintura, areia, putas... comida, fogo, morte, bobagem... o ligar de um ventilador... a garrafa.

...bem, quem você considera o maior escritor de todos os tempos?

Não penso no maior escritor de todos os tempos. Penso em alguns modernos, então esqueço. Não se trata de um conceito, mas sim de uma defesa contra a intrusão.

você acredita em Deus?

Não se Deus foi inventado e somente se Ele me permitir a invenção. Deus deve nos inventar sem considerar a Si próprio, e se há mesmo Um, é o que provavelmente Ele faz. Uma questão impossível.

Por que você escreve?

Escrevo para ter uma função. Sem isso cairei doente e morrerei. É tanto parte de alguém como o fígado ou o intestino, e quase tão glamoroso quanto.

A dor cria um escritor?

A dor não cria nada, assim como a pobreza. O artista está lá primeiro. O que será dele está diretamente ligado à sorte. Se sua sorte é boa (falando literalmente), ele se torna um mau artista. Se sua sorte é ruim, ele se torna um dos bons. Em relação à substância envolvida.

morte é vitória.
Estou morto
Estou morto
MORTO

um gatilho frente aos distantes
olhos da China
e três velhos fumando na
neblina;
quase, quase, diz o cano

e o cachorro salta sobre os
galhos dourados.
diante do mastro de Deus
esfregado abruptamente em algodão e
azeite de oliva,
as ondas se erguem altas como
filmes de celuloide
revelando o belo rosto de
Satã.

talvez, claro, o delicado
raciocínio das teclas do
piano:
talvez, mesmo o correr dos
cavalos
montados por homenzinhos em trajes
marrons e verdes e vermelhos
e azuis de seda
açoitando suas montarias através do
mato
evocando nomes através do lago,
e aqui com a loira de peitos
fartos,
o prêmio, eu espero o cavalo
vencedor,
as pernas
escancaradas para o campeão,
mas como ela é simples e
irracional
esperando por um número
para testar minha fertilidade através
de um quilômetro de sujeira
quando
qualquer garanhão
faria o mesmo.

Não há vidas suficientes em um só homem para conquistar a Arte, e há ainda menos homens em um só mundo para criticá-la. foi a pintura; não foi minha culpa; o cenário estava mal. Estou morrendo sem estar doente, estou morrendo de uma existência fria demais para resistir. Olho através de uma janela para a luz de um dia terrível, que embrulha meu estômago. Ninguém mais se sente assim? Estarei completamente louco?

ah, ser um armário sustentando pedaços
                    de roupa
um santuário de entranhas quentes tão
                    imortal quanto Rodin,
e livre
porque
está morto.

Caro E. T.: No que diz respeito à sua carta, sinto uma propensão oculta, um sentimento pela humanidade, um sentimento de sanidade e ciência e política, uma luta por progredir nas Artes, ou ao menos a esperança disso tudo. Admiro de verdade (nos momentos de fraqueza) a perspectiva ampla e calorosa de um intelectual e desejo (nos momentos de fraqueza) possuir tal visão. Mas o fato é que a época em que vivemos me parece cretina, indecente e castradora como o assassinato de um velho cervo para conseguir um pedaço de bife vencido. O homem já apodreceu e se radicou num buraco de anfigêneo e não quer mais sair. Muito bem, eu provavelmente estaria descontente em qualquer outra época, talvez mais do que estou agora. De todo modo, qualquer coisa é perdoável se você acredita em Deus, e eu acredito no Deus de Mim Mesmo: o que encontra tanta cor num tijolo quanto numa rosa, superável mas adamantino. *Trappo! Smolzando sognado solenne.*

Gostaria ainda de dizer que seu amigo que conserta óculos em algum lugar (arrumou o meu, lembra?) tão revoltado e apesar disso tão revoltante com aquela sofisticada confiança na calvície atraente, a palidez da pele rosada e limpa, gostaria de dizer que não consigo olhar nos olhos dele, ou mesmo para o rosto ou qualquer parte daquela superfície fina e morta de sua figura vitoriosa. Eu não estava jogando (uma vez na vida), comia apenas uma azeitona e pensava no grupo Ballet Russe de Monte Carlo quando esses caras apareceram com chapéus de palha e começaram a dar socos com soqueiras e pauladas e não havia nada a fazer senão mergulhar e acabei aterrissando sobre um canteiro de jacintos e tentei me assemelhar a um botão em flor, mas um dos caras me descobriu com uma lanterna do tamanho de um holofote de penitenciária, e eu cruzei com uma direita e ele com uma bola presa a uma luva de couro, e quando me dei conta despertei em uma cela que não era maior que o closet de uma anã, não havia espaço para ler Rimbaud ou pra desfilar com minha cartola... Ah, *México!*

e o truque é ficar preparado para os 50 ou 60 ou 70 ou 80 ou 90 anos sim os olhos abertos enquanto as moscas acabam presas no papel e os grandes quadros são roubados e as belas e fiéis esposas fogem com seus amantes infiéis, condenadas todas a morrer numa manhã qualquer, sem abraços nem beijos, frias.

Houve então aquele dia em que Deus caiu do céu, na esquina da Haggerty com a 8th, despencando como uma pipa rasgada, caindo, caindo, a corrente de poder rompida... amarrada ao redor de Seu pescoço, e uma lança movida a pistões perpassando-lhe o coração.

Corri até o lugar aberto em que Ele se estatelou como uma baleia arpoada, gotas douradas de suor sobre a testa, e Ele

piscou para mim, piscou-me o olho magnificente e disse:
– Velho amigo, tudo não passa de uma enorme perda de tempo, não acha?

tudo o que sei é que acredito no som da música e no correr de um cavalo. tudo o mais é ruído.

talvez a maior conquista do Homem seja sua habilidade para morrer, e sua habilidade de desconsiderar tal fato. por certo a poesia e a pintura não são impedimentos, nem os mais altos obstáculos da mente sobre as caveiras do realismo. sejamos honestos de uma vez por todas, a verdade não é o que de fato importa – frequentemente é deixar a verdade de lado.

Você me enganou seu veado ele disse à procura da chave de roda, que já estava comigo. escute, Lou, eu disse, tudo o que eu faço é escrever poesia e beber e ouvir música e trepar, não tenho outra escolha... não confio em gente que lê, ele disse. Vocês não passam de umas bichinhas que não conseguem acertar uma tacada. Você me entendeu mal, Lou: não estava *interessado* em acertar uma bola de beisebol. e se eu *tivesse* me interessado e achasse isso importante, teria mandado essa bola para a estratosfera e poderia inclusive lamber o seu rabo se achasse que valia a pena. Deixou um riso aparecer no rosto estúpido e jamais pôde perceber o quão perto da morte havia chegado...

precisamos é de um herói para proteger os derrotados, um Quixote dos moinhos de vento, aqui e agora, e depois de pensarmos tê-lo descoberto, será tarde demais para vê-lo engajado contra o inimigo, sorridente e tocando o chapéu, como se nos considerasse um bando de idiotas por acreditar nele, e realmente éramos.

bêbado outra vez num quarto do tamanho de um pacote de biscoitos, sonhando com Shelley e juventude, barbudo, um filho da puta desempregado com uma carteira cheia de bilhetes premiados tão impossíveis de reembolsar quanto os ossos de Shakespeare. todos odiamos poemas de comiseração e lamúrias de um pobre sofredor – um bom homem pode vencer qualquer parada e saudar a prosperidade (assim nos disseram), mas quantos homens de valor você consegue apanhar num jarro hermeticamente fechado? e quantos poetas de qualidade você consegue encontrar na IBM ou roncando sob lençóis de uma prostituta de cinquenta dólares? mais homens de valor morreram pela poesia do que todos os seus campos de batalha de merda; então se eu cair de bêbado num quarto de quatro dólares: você já ferrou com sua história – deixe que eu me vire com a minha.

eles chegam devagar, os rostos como os rostos de pescadores num barco que passa, e pescadores com suas varas e iscas e redes douradas, com seus insultos, suas chamadas e acusações. sim, como se fossem eles mesmos peixes, pendurados nas pontas das linhas, seus olhos saltados lançando estranhos pontos de luz debaixo da cadavérica película de medo.

Quando eu tinha 24 ou 25, entregava sanduíches e limpava venezianas e respondia a perguntas sobre os clássicos num bar na Filadélfia, junto à penitenciária Leste. A maior parte dos dias não deixou lembranças, mas nem por isso careceu de sentido: eu me sentia em busca de mim mesmo, e quase encontrei o que estava procurando certo dia quando caí em uma de minhas entregas, numa viela, como um grande pássaro ferido, minha barriga branca exposta ao sol, e as crianças começaram a aparecer e a me dar cutucões e então uma mulher disse:
– Está bem, agora deixem o homem em paz! – e eu ri, íntima e serenamente, por ser incapaz ao ponto da castração

num dia maravilhoso de primavera, um jovem impresso nos dois lados do Atlântico, o sanduíche de alguém imerso na sujeira.

passe por uma escrivaninha com seu rosto, passe por caixões cheios de amor, passe pelo pardal doente de sonhos.

eles removem os mortos à noite em silenciosas macas enquanto os vivos dormem. a vida se torna menos e menos vida assim que cada momento cai sobre outro momento, como folhas secas.

O capricho eleva a perdição à estatura de conhecimento.

Certa vez em Paris vi uma porca tão boa quanto a mãe de qualquer um de vocês e o tesão da minha alma indecente se acendeu e ofereci a ela um cigarro e um maço de vinho em flor, e nos sentamos entre os jovens e férteis, e ela percebeu que eu estava muito louco, e eu disse a ela, amo você, mamãe, amo a juventude que um dia esteve aí; ainda posso vê-la, a morte não vai nos assaltar, porque eu posso ver debaixo d'água. E a gente bebeu e ela, tendo aceitado o louco, o que era tudo de que se precisava, me levou até seu quartinho e, através do fedor de sua idade, fiz um tipo de amor que matou o restinho de amor que ainda havia em mim, e quando Barbara escreveu de Nova York, fiquei olhando para a tinta, e rasguei sua avidez e me voltei umas quantas vezes para minha porquinha e disse, uma criança, nada além de uma criança.

se eu pudesse simplesmente lavar o significado das coisas como se lava um machucado, deixando que o animal em minha sabedoria comesse e vomitasse meu cérebro macio.

"Os poetas são confrontados com a tremenda tarefa de reconquistar a confiança do público."
Warren G. French, EPOS, Inverno 1959.

Se alguma vez eu chegasse a ter a confiança do público, faria um autoexame e me perguntaria onde e quando eu havia falhado. Não consigo enxergar na poesia um veículo público, nem como, por extensão, um veículo privado para poucos. É menos do que isso – quando um de meus poemas é aceito por uma revista que publica aquilo que se chama de poesia de qualidade, me pergunto onde falhei. A poesia deve se mudar continuamente para fora de si mesma, para longe das sombras e das reflexões. A razão para que tanta poesia ruim seja escrita reside no fato de que são escritas como poesia e não como conceito. E a razão pela qual o público não entende poesia é porque não há nada para entender, e a razão pela qual a maioria dos poetas escreve é porque eles acreditam entender. Não há nada a ser compreendido ou "recuperado". É simplesmente para ser escrita. Por alguém. Algum dia. E não com muita frequência.

um bom violino apoiado com agonia, pianistas bêbados em botecos ordinários; luzes, luzes, gatos nos becos; padres adormecidos, homens lustrando bombas.

e assim, peço desculpa aos mortos por viver, com cascos de esquife e livros de caveiras e histórias de abutres; eu deveria ter pintado como se fosse uma nuvem em direção à margem da exterioridade, mas dei uma parada para olhar um derradeiro protetor de joelhos de nylon, o ronronar vadio dos gatos, a blasfêmia do vinho e da comida. li sobre Napoleão e Cícero e plantei coisas que floresceram. Ah, bem, quantos já não pararam diante da rachadura... olhando para trás e fazendo sinais de voo, mesuras ou gestos de traição? olho para dentro do poço, para as faces de deus, as ardentes máscaras da alucinação e me pergunto: como posso ocupar minha cabeça com uma bateria arriada ou com o futuro da Espanha? preciso fechar a porta esta noite?

nossa Arte é nossa agonia transformada em razão. Somos o prêmio de uma mente pervertida, pedaços sujos de argila que se assentam e esperam sobre uma mesa imbecil numa escuridão imbecil. nosso mundo dá voltas sobre uma roda violada, mantida em posição pelas magras vozes da poesia...

Perdi 5 canetas esferográficas em 2 meses e quebrei 3 unhas dos dedos do pé contra o pé da cama. Se você acha que Cristo foi crucificado, volte outra vez; o telefone não toca há 7 semanas e eu estou aqui deitado com uma barba de 4 dias, subindo e descendo as persianas, subindo e descendo, tentando descobrir se é meio-dia ou meia-noite, e eles continuam me mandando malas-diretas pelo correio oferecendo lápides, lápides grudadas no papel como mariposas numa lâmpada, enquanto estou ocupado em ouvir alguma ópera em italiano que também anuncia lápides.

...ser engolido por uma baleia deve ser melhor do que ser rasgado e mordiscado por barracudas. não se trata da morte, mas sim do jeito de morrer. talvez seja por isso que os mergulhemos em flores, para amenizar a aflição, envolver e distorcer o final para que seja como um começo, uma coisa controlada e calculada. isto é a civilização, e, é claro, ela falha.

Estou aqui sentado, bêbado, me perguntando onde e como estarei amanhã. O cortiço não é lugar para um homem que deseja a privacidade de seus pensamentos. dizem que sou um poeta honesto e que manejo o pincel com destreza, e recebo cartas perfumadas de mulheres distantes, mas estou pronto para os corvos que se voltam contra o sol da minha razão, enquanto escuto Rachmaninoff no rádio preciso jarretear amanhã, digo a vocês que somos todos loucos e desajustados e que os figurões da universidade, que ensinam poesia das janelas empoeiradas de um campus tranquilo, não sabem nada a respeito destas paredes, ou das senhorias de South Hollywood, ou dos rostos desgastados no cortiço, onde as palavras de Rimbaud ou Rilke significam menos do que um centavo, onde todo o amor da humanidade e a vida valem menos do que rolos de papel que nos fazem as vezes de lençóis, menos do que os ratos que nos conhecem e com quem dividimos os becos, nossas pequenas e mudas derrotas.

Não forço a mão para escrever uma mentira em benefício da criação de outro poema.

a morte se debate em minha mente como um morcego selvagem encarcerado em meu crânio.

como uma penteadeira amarela numa velha pensão em Nova Orleans ou Atlanta ou Savannah, ou na Temple Street em Los Angeles, plantado com um cigarro e jogando com a insanidade e a morte. você pode me falar de rios e da chuva e eu posso lhe falar sobre os corpos emaciados pela droga e sua agonia, sonhando com uma vida mais luminosa do que a que receberam, sem mulher ou emprego ou nação, tombados em bares floridos de homossexuais tocando pianos desafinados, e os caixas com caras apáticas assoviando em moedas fora de circulação.

A polícia pergunta, o que você está fazendo aqui, aí junto à água?, enquanto cuspo um dente podre e contenho o sangue num dos lados. a polícia pergunta, por que você não está dormindo a uma hora dessas?, enquanto os peixes atacam os peixes e os ossos de César continuam estáticos, a polícia pergunta, onde você mora?, e não, por que você vive? mas sim, onde? e eles me levam para sua cadeia, um negócio de aço e madeira. qual é seu nome?, eles perguntam. fazem todas aquelas perguntas fáceis e eu suponho que é por isso que são tão gordos e destemidos e limpos.

Meu jovem amigo é *muito* jovem e faz aquelas perguntas de jovem. Duvido que sequer tenha tido uma relação sexual. Mas isso não tem importância. Alguma puta vai encontrá-lo. Não há escapatória.

Você acredita que a vida tem um preço?, ele pergunta. Não entendo bem a dúvida dele. Não acredito que nada tenha um preço. Sou um sonhador. Acredito em possuir sem sentir dor. Não sou um realista. Falta-me fibra, tenho pavor do tédio e da batalha. Prefiro escutar o prelúdio do Sansão de Handel.

Você acredita em Deus?

Tudo é possível...

será que consigo estourar meus miolos com uma 45 sem pensar, a grama está tão verde.

frio é o vento no meu coração
de velho.

os ossos do meu amor estão entre minhas mulheres, lá entre minhas mulheres, e meu langor agora é muito precioso.

os mortos são tão velhos e os
vivos práticos demais.

rimas bestiais assaltam meu coração, congregam-se nele, batem seus pés lassos entre a praga e os escombros.

seu amor é Cuba com uma barba, uma multidão de dez centavos respirando rum; seu amor é beisebol de gravata-borboleta tocando bandolim para Brahms; seu amor são 14 gatos agitados em minha mente; seu amor é um bêbado de gim e loucos santarrões vendendo panfletos na East First; seu amor é um traje sob medida numa cela solitária; seu amor é o naufrágio dos navios, o torpedo da dúvida; seu amor é vinho e pintura e a pintura de Picasso; seu amor é um urso hibernando no porão do *Moulin Rouge*; seu amor é uma torre em ruínas, destruída pelo raio de Eiffel; seu amor percorre as colinas e escala as montanhas e dispara russos para a lua.
por que
você se
afasta?

a morte, por fim, é uma coisa aborrecida – não mais do que um fechar de persiana. não morremos todos de uma só vez, mas, geralmente, passo a passo, pouco a pouco, o jovem morre com mais dificuldade e vive com mais dificuldade e não entende nada, mas ele é mais generoso e mais verdadeiro e mais bem preparado para comandar do que o sábio cauteloso. quem pode sobreviver à sinceridade? nem mesmo uma aranha. mostre-me aqueles que sobraram e eu não lhe mostrarei nada. o jovem precisa ainda se render ao fato, e o fato nada mais é do que a fuligem dos séculos. o jovem camarada é o mais resistente. eu sou velho, assim você não pode me censurar com seu preconceito.

todos nós andávamos bebendo e tinham nos recolhido das ruas. a cela estava cheia de bêbados que não cantavam ou que nunca haviam escutado a maravilhosa nona sinfonia de Beethoven. é como uma espécie de monastério, só que Deus está bem longe daqui. os guardas passam de lá para cá, me veem de pé. – Vá dormir – eles dizem. – Vá dormir. – Eles me lembram minha mulher.

por que eles sempre querem dormir? por que eu simplesmente fecho meus olhos nesse universo bestial? sonho com uma canção... como esses homens roncam enquanto a lua pinta seus rostos com a morte... pela manhã acordarão e se esticarão e praguejarão enquanto as gaivotas giram e mergulham para arrancar seus olhos turvos a bicadas.

você só está tirando uma, camaradinha, ele disse, e eu lhe dei uma porrada no olho com um tubo de platina, arranquei-o da órbita e o lancei a um abutre que passava. sei que você pode fazer melhor do que isso, ele disse, enquanto eu lhe cortava a barriga como um tabuleiro de damas, você é o maior, ele disse, quando você se senta para escrever as montanhas se movem. esqueça essa bobagem, eu disse. quero o vencedor do sexto páreo. escreva-me um soneto, ele gargalhou, escreva-me um *belíssimo* soneto! Voltei a cortá-lo e ele emborcou para frente, então ele ergueu pela última vez a cabeça horrenda e ensanguentada: comecei como acompanhante de cavalos aos doze anos, ele sorriu, sabendo que eu estava encurralado, e eu lhe digo uma coisa: é impossível vencer os cavalos de corrida.

apaguei a luz e o deixei chafurdando em seu próprio sangue. do lado de fora as luzes dos postes estavam acesas e a neblina cerrada e eu estava enojado de tudo, especialmente da poesia.

especialmente poesia. poesia. minha cabeça dói como um coco rolando sobre as pedras. poesia. a maldita artilharia deles tem disparado pesadamente e desde a Páscoa de Cristo, e a sujeira cai em meus ouvidos, meus dentes doem, meu fígado está negro (nenhum preconceito racial aqui), estou constipado (novamente nenhum preconceito racial aqui – preciso tomar cuidado uma vez que vivemos numa democracia e eu sou branco), mas pelo amor de Deus, você acha que vale a pena viver? acha mesmo? não se trata disso: meus dentes doem e meu fígado está branco. não há nada além de estilhaços de metralha e confusão e ninguém sabe por que diabos ele está lutando. Ainda assim, todos eles seguem em frente. seguem em frente. sempre em frente.

você quer um final?

escreva você mesmo. eu?

vou servir outra virita, virita não, birita. você serve e eu bebo. e tente escrever tanto quanto eu sem cair da sua cadeira. nesse meio-tempo vá para o inferno até que consiga entender o aspecto desesperador de viver a arte sem um bigode falso. eu sei, eu sei, não se trata disso, certamente não é isso: minha cabeça dói como um coco rolando sobre as pedras e todas as loiras estão velhas, e as folhas se partem sob meus pés.

Um ensaio errante sobre a poética e a vida visceral escrito ao longo de seis cervejas (grandes)

Nos dias em que me considerava um gênio e passava fome e ninguém me publicava eu costumava gastar muito mais tempo em bibliotecas do que faço agora. Era uma beleza pegar uma mesa vazia onde o sol incidia através da janela e sentir o sol no meu pescoço e na minha nuca e nas minhas mãos e então não me sentia tão mal com o fato de todos os livros serem monótonos em suas capas laranja e verdes e azuis espalhados por ali como objetos de escárnio. Era uma beleza sentir aquele sol no pescoço e então sonhar e cochilar e tentar não pensar no aluguel e na comida e na América e na responsabilidade. Ser ou não um gênio me importava menos do que o fato de não desejar nenhuma parte daquilo tudo. A força animal e a energia dos meus companheiros humanos me assombravam: que um homem pudesse trocar pneus ao longo de um dia inteiro ou dirigir um caminhão de sorvetes ou concorrer a uma vaga no Congresso ou abrir as entranhas de um homem numa mesa cirúrgica ou cometer assassinato, isso estava além da minha compreensão. Não queria nem começar. E continuo não querendo. Cada dia em que eu conseguia escapar desse modo de vida tinha para mim um sabor de vitória. Eu bebia vinho e dormia em parques e passava fome. Suicídio era minha melhor arma. Só de pensar nisso eu sentia certa paz; o pensamento de que a jaula não estava completamente fechada me dava de fato um pouco de força para aguentar dentro da jaula. A religião me parecia um jogo de vigaristas, um truque de espelhos, e eu sentia que se houvesse alguma Fé, a fé deveria começar a partir de mim sem as facilidades dos auxílios pré-fabricados, deuses pré-fabricados... As mulheres pareciam fazer parte de tudo isso: punham valor em si mesmas e extraíam daí um preço, mas por causa da sensibilidade de meu olhar e da alma que eu possuía todas pediam mais do que valiam. E tendo observado meu pai, aquele monstro brutal que abastardou minha experiência sobre esta triste terra, percebi que um homem podia trabalhar a vida inteira e ainda assim continuar pobre; seus vencimentos se consumiam na compra de coisas de que ele precisava, pequenas coisas, como automóveis e camas e rádios e comida e roupas, pelas quais, como as mulheres, pediam mais do que valiam e o mantinham pobre, e até mesmo seu caixão foi um ultraje final à decência: toda aquela bela e lustrosa madeira para os cegos vermes do inferno.

De outra parte, você poderia ficar rico e isso também não significaria nada. Ria se quiser. Pegarei todo o dinheiro que você me mandar mas saberei que essencialmente não vou ter nada. Se os ricos são nossa raça superior quero abandoná-la agora mesmo. Já vi as caveiras dos mortos, cabeças de porcas devorando maçãs podres que são menos feias; isto em comparação não chega sequer a ser feio. Sentado àquela mesa na biblioteca, passando fome, sentado ao sol. Eu sentia tudo: a guerra de merda, a estupidez, a morte, o zumbido das moscas...

Então eu era jovem e estava perdido; agora sou velho e estou perdido. Naquela época eu me sentava na biblioteca, o conhecimento de gerações ali reunido e aquilo não valia nada para mim, não havia uma voz no mundo que tivesse dito alguma coisa. Lá estava eu sentado entre todos aqueles livros e pensando, o modo como eles matam as pessoas, deveriam usar chave de fenda e alicate e despejar ácido em seus olhos; deveriam quebrar suas pernas agora mesmo; deveriam colocá-los em jaulas com tigres. O modo como eles matam as pessoas, mal deixam que uma ou duas sobrevivam em um milhão, e quem está fazendo isso, e por quê?

E se eu deixasse a biblioteca teria de caminhar pelas ruas e passar por portas trancadas, janelas que eram fechadas à noite. Mulheres que me viravam o rosto porque eu me vestia com trapos mas mulheres que seriam capazes de dormir com qualquer porco que tivesse um haras de cavalos de corrida ou fosse dono de casas de penhores. Teria de caminhar pelas ruas de homens mortos que se moviam e falavam e tinham nomes e orgulho e posses mas que na verdade já estavam mortos. Cada avenida de rostos era um horripilante pesadelo – os rostos depravados & cadavéricos & nojentos... Tal procissão me deixaria realmente tonto, não pela fome mas por saber que eu estava vivo e que teria de viver para sempre nesta vida, num mundo de mortos.

A biblioteca, meu quarto durante o dia. Paredes afinal! Nada de bancos de metal ou madeira pintados de verde. A biblioteca! Meu único lar. Eu tinha começado a ler cedo, aos catorze, escondendo um bico de luz debaixo das cobertas, porque meu pai exigia que as luzes fossem apagadas às oito da noite, a fim de que ele pudesse recuperar as energias para o seu próximo dia sem sentido como burro de carga contemporâneo.

Bem, comecei pelas salas de Filosofia e Religião e com o passar do tempo passei para a sala de Assuntos Contemporâneos com suas cópias do *New York Times*, eu continuava uma aposta furada para a vida, e as lâminas de barbear e os canos de gás e as pontes e o raticida tomado por Thomas Chatterton seguiam lutando pelo primeiro lugar. Novamente era o velho problema: assuntos mortos sobre homens mortos de um ponto de vista morto, páginas e mais páginas desperdiçadas! O velho jogo conservador, a velha piada sobre um conhecimento que nunca chegou a existir, disfarçado por uma terminologia vistosa & atraente. A bem da verdade na maior parte do tempo eles falavam de coisas que nada tinham a ver COMIGO; e que o diabo carregue o ego, mas o que podia ser mais importante (eu quase disse impotente) do que eu? Eu balançava de fato para cima e para baixo na gangorra da morte e eles falavam de bolinhos esfriando na janela! Ou pior, seguiam por páginas e mais páginas com uma conversa fiada pretensiosa, e quando estavam prestes a TOCAREM ALGUM PONTO IMPORTANTE!, então, DEIXAVAM O ASSUNTO DE LADO! Naquela época eu pensava que isso poderia ser intencional; agora me dou conta da verdade: simplesmente não tinham nada a dizer. Já naquele tempo eu suspeitava disso. Tinha consciência da prisão de vidro da terminologia: aquelas palavras elegantes, longas e rebuscadas não passavam de evasão, muletas, fraqueza. E então comecei a ver tudo isso como um "palavrório de merda": uma papagaiada inútil numa terminologia inútil.

Ainda assim eu estava mergulhado numa área: que respostas pareciam e que forças pareciam (mesmo débeis) existir na criativa arte da escrita – romance, conto, poesia. E eu usava mais o amor do que a razão para descobrir (e que melhor ferramenta de razão do que essa?). E desde então decidi que a POESIA é a forma mais curta, mais doce, mais explosiva. Para que escrever um romance se é possível dizer o mesmo em dez linhas? Para que escrever dez romances quando você pode escrever 10.000? CRIME E CASTIGO, claro, não poderia ter sido escrito em dez linhas, e embora eu discorde do final que foi forçado por uma fórmula pressurizada de nossa sociedade hipócrita, segue sendo um belo ato, e agradeço a esses poucos romancistas verdadeiros, mas eles certamente não podem salvar o 1/10 de sabedoria que daí segue. As 3/4s de C. e C. são uma das poucas coisas que mantêm vivo um jovem faminto na monotonia de nossas bibliotecas públicas. Sherwood Anderson era bom até descobrir que podia enganar os tolos fazendo pose: alguma coisa despontava primeiro em Faulkner (uma das maiores e mais vis farsas de nossa época, amplamente aceito) e mais tarde em Hemingway, e uma pose que ele mais tarde considerou sua por legitimidade. Por essas e outras a poesia é o grande cavalo na amplidão: não se pode negá-la; no fim é o seu número que vão chamar. Avance.

Então eu ficava lá deitado nos bancos do parque e ia até a biblioteca, as bibliotecárias encolhendo o nariz para minhas roupas, e eu enfrentava os artigos críticos nos suplementos literários *Kenyon* e *Sewanee*, e por alguma vaga razão essas coisas pareciam muito legais quando você estava sem comer há dias. Suponho que se tratasse do sentimento de impassibilidade, e eu gostava do cheiro das páginas virgens de leitura e da mistura da linguagem dura e sutil como se eles realmente soubessem o que estava acontecendo e pudessem falar sobre aquilo tudo sob uma fachada de gentileza e compreensão. Uma linguagem tão eficiente e musical! E que maneiras maravilhosas de apunhalar! Eu lia essas revistas tão oficiosas e inteligentes, que me davam alguns instantes de prazer – três ou cinco minutos e era tudo –, para mais uma vez me SENTIR ENGANADO: as revistas não tinham qualquer compromisso com a realidade, não falavam do que acontecia nas ruas, sobre os bancos do parque, os rostos, a quase que completa falta de sentido da vida. Falavam de homens mortos que haviam conquistado segurança e suficiente permanência para que se falasse deles.

Escrevi contos e os finalizei à mão porque não tinha máquina de escrever e frequentemente me faltava também um endereço fixo, e eu imaginava que um editor muito gordo e acalorado os lia e depois de uma boa gargalhada os jogava fora, com exceção de Whit Burnett da velha revista *Story*, que parecia interessado numa espécie de fascínio fora de moda, e eu os jogava fora de qualquer jeito quando retornavam – até que ele finalmente escolheu um. De todo modo eu não deixava de pensar vez ou outra na poesia.

Era como se ela ficasse rodando em algum lugar do meu crânio. Acho que pensava nela enquanto seguia para oeste na direção de Sacramento com o pessoal da estrada de ferro. Acho que pensava nela enquanto dividia a cela com o inimigo público número 1 Courtney Taylor; acho que pensava nela enquanto escrevia numa máquina de escrever portátil sobre a cabeça de um filipino ao tentar escapar de um quarto destruído e cheio de bebidas em Los Angeles. Mas bem, você conhece a América. A certa altura, no caminho que vai do pátio da escola até sua vida atual, eles conseguem alcançá-lo. E então lhe dizem, poesia é coisa de marreca. E não é que estejam sempre errados. Certa vez, fruto da minha loucura, resolvi fazer um curso de Escrita Criativa no LA City College. Eram todos uns marrequinhas, doçura! Maravilhosos talentos jeitosos, risonhos, sem nenhuma garra. Escreviam sobre adoráveis aranhas e flores e estrelas e piqueniques de família. As mulheres eram maiores e mais encorpadas do que os homens mas escreviam igualmente mal. Eram corações solitários e curtiam estar juntos; gostavam da conversinha miúda e íntima; gostavam de suas fúrias e de suas opiniões gastas e mortas e nunca originais. O instrutor se sentava ao centro sobre um tapete feito à mão, seus olhos pareciam vitrificados por sua estupidez e falta de vida interior, e eles se reuniam ao seu redor, sorrindo em direção ao seu deus, as mulheres com suas enormes saias babadas e os homens com suas bundinhas masculinas arregaçadas de alegria. Eles se liam e soltavam risinhos e chiavam e bebiam chá com biscoitos.

Ria!... Eu me sentava contra a parede, os olhos vazios e bêbado e tentava escutar e percebia que mesmo quando discutiam uns com os outros aquilo não passava de uma espécie de trégua entre mentes limitadas.

– Bukowski – o instrutor me perguntou um dia –, por que você nunca diz nada? O que você acha?

– Que é tudo lixo – eu disse –, que tudo o que se diz nesta sala não passa de lixo.

E este foi o melhor poema do semestre. 3 semanas depois, após a sorte me sorrir nos dados no mictório do bar local, eu estava dormindo nas areias de Miami Beach e trabalhando meio turno como funcionário de estoque da Di Prima's.

É como aquela velha piada sobre a previsão do tempo: todo mundo fala sobre poesia mas ninguém pode fazer nada a respeito. Bem, geralmente, e ainda mais do que nas outras Artes, nós brincamos e abusamos demais da tradição. Não sei por que a palavra escrita não pode ser composta como a pintura ou o som. Por certo que não temos desculpa para nos jogarmos nas cordas e deixar que as outras Artes nos tomem a ação. Mas a tradição já fez sua parte e também os macacos estão encontrando uma maneira de chegar cautelosamente ao *hurra! hurra!* A tradição é jogo duro, doçura: se você está de ressaca, toma um sonrisal. Se quer escrever um poema você relê o seu Keats e o Shelley, ou se você quer parecer moderno, relê o seu Auden, Spender, Eliot, Jeffers, Pound e W. C. Williams e o seu E. E. C. O jogo todo é podre. Não há sequer 5 homens na face da Terra capazes de escrever 4 linhas verdadeiras. O jogo continua nas mãos dos marrequinhas, dos admiradores de estrelas, das lésbicas e dos professores de inglês.

Pode me chamar de cabeça dura se quiser, inculto, gambá, fique à vontade. O mundo me moldou e eu moldei o que pude. Já carreguei novilhos ensanguentados até o caminhão frigorífico e os pendurei pelas cartilagens em ganchos suspensos; entrei no banheiro feminino com um esfregão enquanto você dormia; passei por poucas e boas; rezei para o painel de aposta das corridas; tomei porrada num mictório por mexer com a garota de um gângster; casei com uma mulher que tinha um milhão de dólares e a abandonei; rastejei bêbado nos becos de costa a costa; fui frentista, trabalhei numa fábrica de biscoitos para cachorro, vendi árvores de natal, cheguei até a ser capataz; dirigi caminhão, fiquei plantado, atrás de rabos num puteiro do Texas; vivi um ano num iate, tentando aprender como dar a partida no motor auxiliar e fazendo amor com a mulher de um maluco rico de um só braço que se considerava um gênio do órgão e eu tinha que escrever o texto para suas malditas óperas, e eu passava bêbado a maior parte do tempo e ele também estava bêbado a maior parte do tempo e o arranjo funcionou até o dia em que ele morreu, mas por que seguir com essa conversa? O assunto aqui é poesia.

O tema é estúpido.

A poesia precisa se fazer, se retificar. Whitman conseguiu isso às avessas: eu tinha dito que para se conseguir grandes audiências precisávamos *antes* ter grande poesia. Nunca disse isso antes mas agora estou suficientemente alto para ao escrever isso dizer que Ginsberg tem sido a força mais vivaz na poesia americana desde Walt. É uma puta vergonha que ele seja homo. É uma puta vergonha que Genet seja homo. Não que se trate de vergonha ser homo mas sim que nós tenhamos que deixar que os homos nos ensinem como escrever de verdade. Whitman, pelo que sei, costumava correr atrás de marinheiros. Aquele homem viril, com aquelas suíças tão brancas, suíças de contemplação, com aquele rosto tão belo: correndo atrás de marinheiros!

Pode-se culpar os garotos do pátio do colégio por dizerem que os poetas são marrecas? Vocês conseguem ver Whitman dando um beliscão na perna de um marinheiro idiota e depois um risinho? Conseguem imaginar o resto?

Os que restam de vocês, os dois que sobraram, aproximem-se. Tenho consciência de que estou escrevendo um texto dos bons, mas não suficientemente bom. Mas estou ficando velho, bebo demais, e já é hora de um certo rabugento cabeça-dura se superar...

faça por fim
aqueles valentões do pátio da escola

baixarem seus punhos e seus tacos e
suas pedras
para escutar a real
força de
...E. E. Cummings em bronze.
do lado de fora, na frente de um prostíbulo e
do secundário...
o velho Ezra chegando em casa aos
100 anos
tatuado com hieróglifos chineses e
sendo eleito governador de New Hampshire.

E agora eu escuto a velha na peça vizinha balançar minha criança no berço: squique! squique! squique!

É bom, e ainda assim é uma vergonha o que fazem aos homens, e é uma vergonha que tenham feito isso comigo, de modo cuidadoso e negligente, eu passei por isso. Eu diria que um poeta deve ser cuidadoso com sua ocupação e com seu pau e com seu ego se está disposto a sobreviver para além de um simples momento. Mas a primeira coisa a fazer é cancelar a sua assinatura da *Kenyon Review* e vir aqui para a *Ole* onde você tem que apertar os olhos para conseguir ler e rirá porque somos incapazes de pontuar corretamente ou mesmo de usar a grafia certa. Você se sentirá muito melhor. Engordará 7 quilos e vai começar a dormir com sua irmã ou com a melhor amiga da sua esposa. Há chance para quase tudo acontecer.

Até mesmo terminar este artigo.

Viu só?

Em defesa de um certo tipo de poesia, de um certo tipo de vida, de um certo tipo de criatura com sangue nas veias que um dia morrerá

Para alguns de nós o jogo certamente não é fácil porque conhecemos o escárnio da maioria dos funerais e da maioria das vidas e da maioria das opções. Estamos cercados pelos mortos que ocupam posições de poder porque, de maneira a obter esse poder, é necessário que morram. Os mortos são fáceis de encontrar – estão por toda a parte à nossa volta; a dificuldade está em achar os que estão vivos. Repare na primeira pessoa com quem cruzar na calçada lá fora – os olhos já não guardam qualquer cor; o modo de caminhar é brutal, desajeitado, feio; mesmo os cabelos parecem brotar de maneira doentia. Há ainda outros tantos sinais de morte: um deles é uma sensação de *radiação*, os mortos emitem verdadeiros raios, o fedor de suas almas, que podem arruinar o nosso apetite para o almoço caso o contato dure muito tempo.

> Encontrar Vida e mantê-la até a morte
> é que é
> em nossa sociedade de fachada, covarde e cruel
> o problema, disse o gato,
> saltando para trás e pousando sobre o próprio
> cu.

Tivemos uns bons professores nas Artes. E alguns péssimos. Mas ao longo da história das nações todos os líderes dos séculos que nos antecederam, nossos líderes políticos, foram péssimos professores e nos conduziram agora quase que a um beco sem saída. Nossos líderes de Estado foram necessariamente vis, homens estreitos e estúpidos... porque para liderar as massas de mortos os nossos chamados líderes tiveram de usar palavras mortas e pregar de um jeito morto (uma dessas maneiras de morrer é a guerra) a fim de serem ouvidos por mentes mortas. A História, por ser construída à semelhança de uma colmeia, deixou-nos nada além de sangue e tortura e desperdício – mesmo hoje depois de quase 2.000 anos de cultura semicristã as ruas estão cheias de bêbados e pobres e gente faminta, e assassinos e a polícia e o aleijado solitário, e o recém-nascido que é lançado bem no centro da merda que resta – a Sociedade.

Não sei se o mundo um dia poderá ser salvo; seria preciso uma reviravolta tremenda e quase impossível. Mas se não podemos salvar o mundo, que ao menos possamos saber o que ele é, qual é o nosso lugar nele.

Você pode encontrar milhares de salvadores do mundo. Quase tantos salvadores quanto mortos. E, infelizmente, a maioria dos salvadores do mundo também já está morta. Esqueceram, em algum lugar, de salvar a si mesmos.

O que nos conduz neste exato momento àquela palavra suja: POESIA. Tudo bem:

Os escritores de poesia, como membros de uma sociedade sobrevivente, são, por necessidade, uma das engrenagens dessa sociedade à *exata* extensão em que se envolveram com ela, dentro dela. Em realidade, se eles sobrevivem bem – em termos de $$$$, dentro dessa sociedade, precisam necessariamente mantê-la com a sua poesia, ou se estão em desacordo com a história ou a sociedade são corruptos ou espertos o suficiente para gentilmente não mencioná-lo. Na maior parte das vezes fazem da poesia um palco para coisas desimportantes compostas com grande sutileza. Um joguinho tolo e de cartas marcadas. Boa parte da nossa poesia ruim e aceitável é escrita por professores de inglês mantidos pelo estado, por fortunas privadas, por indústrias e universidades. São professores selecionados com cuidado para preparar com cuidado os homens que manterão o jogo de alto nível enquanto o jogo baixo, o dos homens e das nações de baixo escalão segue seu rumo. Este jogo ocorre com cooperação *completa* entre os néscios da alta cultura... exceto por pequenas disputas de poder, amarguradas e aveadadas, entre eles mesmos.

Um homem com o mínimo de juízo na cabeça ou de sentimento no coração jamais deveria ir para a universidade, mesmo que pudesse pagar. Não há nada que ele possa aprender por lá, senão o que aconteceu na história das coisas e ele já sabe o que aconteceu na história das coisas com uma simples caminhada a qualquer momento por qualquer quadra da cidade. Deixe-nos dizer então que um homem vem ao mundo com uma certa noção que lhe é própria e que ele retém uma parte dela à medida que ele cresce em centímetros, em palmos, em anos. A universidade não funciona porque não é mais do que uma extensão da história da morte. Ainda assim a sociedade diz que um homem sem a educação universitária, porque se recusa a levar a farsa adiante, deve atuar como um jogador coadjuvante ou secundário: entregador de jornais, cobrador, lavador de pratos, lavador de carros, zelador, qualquer coisa que o valha.

Então você pensa sobre isso e resolve falar. Das duas escolhas dadas: ser um professor de inglês ou um lavador de pratos, você fica com a segunda. Talvez não para salvar o mundo, mas para causar menos mal. Mas, considerando que você tenha a inclinação, reserve a si mesmo o direito de escrever poesia, não como ela é *ensinada*, mas enquanto a força ou a falta de força que existe nela entra em você durante a vivência de sua pequena escolha. Se você tiver sorte é capaz até de escolher passar fome, pois mesmo lavar pratos guarda em si a própria morte.

Ontem uma revistinha literária, de certa reputação, chegou na minha caixa de correio. E dentro dela havia uma longa avaliação de um professor de inglês, palestrante e poeta que todos parecem temer, e quem, obviamente, escreve de um modo terrível e frígido. Escreve sobre nada com grande tenacidade e faz sua poesia ser acompanhada de grandes teorias "orgânicas" e de uma terminologia inerme e morta, que, assim como sua arte, quase parece dizer alguma coisa, se você dedicar bastante tempo a cavoucar. Mas até os grilos parecem dizer alguma coisa se você cavoucar na linguagem deles, e se pode chegar a um monte de papagaiadas falando sobre isso. Dei a revistinha para alguém que passava ali fora (o papel era muito duro para limpar a bunda) ou eu teria chegado a citações bem mais literais. Me desculpe. Mas no longo, adorável e temido artigo desse professor de inglês e poeta e erudito era mencionado o que esta criatura tão verdadeira e amável havia dito em uma de suas palestras, alguma coisa como:

> "Agora, talvez, quem sabe, meus problemas, sejam
> os seus
> problemas, também."

Tal declaração foi avaliada como sendo por demais profunda e sutil, saturada de sabedoria, mas é claro que não passava de uma declaração roubada, mil vezes dita em qualquer esquina há milhares de anos, e, neste caso, nada mais que uma fraude de dois centavos. Os problemas dele *não* são os meus problemas. Ele escolhera entre ter problemas e morrer. Eu escolhi entre ter problemas e viver.

Apesar da banalidade, o artigo não terminava ali. Ao longo do resto do texto, o tal poeta recebia crédito por percepções incríveis enquanto escrevia frases insípidas e planas e sem vida... declarações impuras e bocejantes. E ele tem seguidores e a tripulação inteira escreve da mesma maneira – inscientes do ponto principal: A VIDA –, acrescentando mais histórias mortas a uma história já morta, mais truques medíocres a truques já medíocres, mais mentiras banais a mentiras já banais... mais bocejos e imundície a uma alma já pobre e liquidada.

E então surgem os imbecis de sempre, que orbitam no círculo externo, loucos para fazer parte da *coisa*, enquanto o círculo interno segue ludibriando todo mundo, até que se chegue a uma poesia de cretinos que está sempre falando de nada, nada, NADA...

eu & meeley////
pauzinhos/7---*
&
aquilo estava lá
eu estava lá eu &
a massa gwatammurrrra #9/ .
1/4///. . ./ .

Um poema como esse pode ser considerado cheio de *insights* por dizer quase qualquer coisa que você pretenda que ele diga, porque quem pode provar que não? Escute o seu grilo particular. Não sou contra a livre exploração nas Artes, mas sou contra ser tomado por idiota por um homem desprovido de capacidade criativa. Estamos interessados nos verdadeiros excrementos e no desespero da Arte.

Nossos dias nas cadeias e nos manicômios e nos albergues fazem com que possamos saber melhor onde nasce o sol do que qualquer conhecimento prático de Shakespeare, Keats, Shelley... Fomos contratados e demitidos, pedimos demissão, levamos tiros e apanhamos; fomos arrastados enquanto estávamos bêbados; cuspiram em nós porque não jogamos de acordo com a história *deles* e porque esperávamos por um momento em nossos cubículos com uma máquina de escrever ou até mesmo sem ela, apenas o papel de nossas peles, claro, e o que havia por baixo, e assim, é claro, quando sentávamos para escrever – espancados e combalidos mas sobreviventes – não escrevíamos *com exatidão*, como uma POESIA pensada deveria ser escrita ou como se *qualquer* pensamento devesse ser escrito. Não cabíamos, é claro, na forma agradável e entorpecida de suas mortes. Não há nada que provoque maior ódio nos mortos do que ver algo vivo. Assim, de alguma maneira, fomos publicados nos poucos lugares que tiveram coragem de fazê-lo. E então começou a gritaria dos mortos:

NOJENTO! FÉTIDO! ISTO NÃO É *POESIA*! Vamos entregar vocês às autoridades postais.

Para muitos, a poesia deveria dizer apenas coisas seguras ou mesmo nada, pois a poesia é um mundo seguro e um caminho seguro para essas pessoas. A delicadeza de sua poesia reside em falar apenas sobre aquilo que não importa. A poesia no mundo deles é como uma conta bancária. A poesia é como a *Poetry Chicago*, que já está morta há tanto tempo que nem vale mais a pena atacá-la: seria como dar uma bofetada numa velhinha de oitenta anos enquanto ela reza na igreja.

Mas acredito que aquelas pessoas cheias de morte, insidiosas, pequenas e repulsivas sempre estarão por ali. E enquanto nós dizemos, deixem-nas viver, deixem que existam, deixem que sigam seus próprios caminhos, deixem que *nós* respiremos... eles virão para cima de *nós*, irmãos, a história enrugando seus cérebros universitários de gnomos recurvados, com suas esposinhas e suas cabeças ocupadas apenas por jardinagem e versos antigos e irreais do século XVII enquanto seus maridos neuróticos suavemente despojam alguns pobres filhos da puta em nome do Progresso e do Lucro, eles, todos eles, banem nossos trabalhos, condenam nossos trabalhos chamando-os de irreais, ordinários, desagradáveis, perturbados, impiedosos, cegos...

Meu deus, meu deus, se eu pudesse simplesmente arrancar meu coração esta noite e fazer com que o vissem!

Mas ainda assim eles o tomariam apenas como um damasco, um limão seco, uma semente velha de melão.

As coisas mais comuns e reais são inconcebíveis para eles. Digamos meramente que é possível que um zelador que limpa o banheiro das mulheres seja igual ou superior ao presidente dos Estados Unidos da América, em sua inutilidade indestrutível, ou que ele possa ser um homem melhor do que o líder de qualquer nação semelhante que já existiu dentro desta terrível e vergonhosa história da morte. Isto é algo que eles jamais poderiam ver com seus próprios olhos, porque foram ensinados a só enxergar, reconhecer e aclamar a morte.

Nós, que escrevemos a poesia da Vida, muitos de nós estão ficando assaz cansados e tristes e doentes, quase derrotados (mas não por completo). Mas ainda sabemos que não precisamos de Deus para sermos Divinos, que não precisamos de versos paradisíacos para sermos Salvos, que não precisamos da guerra para sermos Livres, que não precisamos de Creeleys para admirar, que não precisamos de Ginsbergs que se desfaçam em extravagantes bizarrices, mas talvez precisemos de fato de algumas pequenas lágrimas em nome de todas as garotas que envelhecem, em nome da cerveja derramada, das brigas no gramado de uma casa qualquer, tendo como motivo nada além da bebedeira de nossos tristes amores. Defendo de verdade nossa poesia, vivemos na Geração das Armas Atômicas, defendo de verdade nossa poesia e o direito de recitá-la, nosso direito de escrevê-la. Sem processos. Sem que a revista seja caçada pela polícia como "obscena". Sem que percamos nossos empregos de merda. Por favor, entenda que não defendo qualquer coisa que eu escreva como sendo imortal; não peço por nenhuma preciosidade em especial – embora tudo seja precioso o suficiente: quando calço meus sapatos só vejo dois pés lá embaixo. Mas digamos o seguinte: foram muito poucos os homens que fizeram a escolha que eu fiz, não importa se talentosos ou não, o certo é que cansamos desse contínuo jogo da morte, tentamos atingir, entre tantos braços e narizes e cérebros e vidas rompidas, aquele pequeno elemento de sanidade e de luz solar: VIVER? Sim, viver, algo que tocará a todos nós, vocês, os mortos-vivos, e nós, os vivos-vivos.

O mundo da poesia atrai alguns cretinos da pior espécie. Geralmente os maiores cretinos. As Artes com frequência servem de esconderijo para pessoas que *prefeririam* estar em outro lugar. Suas cuecas carimbadas e suas calcinhas sujas poderão prová-lo. Mas a Arte, mais do que a história e as escolhas das nações, precisa de tempo. Mas as patrulhas de polícia costumam indicar onde alguma coisa criativa está acontecendo. E o mais bonito nisso tudo é que grande parte dos melhores criadores não tem nada ou quase nada a ver com a política. Por essa razão as patrulhas de polícia cuidam das cidades, e não a polícia nacional, que está bastante ocupada em outro lugar. O principal problema é que hoje em dia ser inocente não basta mais para nossas cortes. É preciso dinheiro para combater os truques da injustiça e o estado mental de nossos juízes e membros do júri. Caralho, você pode dizer a um advogado o que está pensando, mas ele deve renivelar o seu pensamento de modo a adequá-lo aos procedimentos das leis mortas, escritas por homens mortos e protegidas pelos mortos. Ninguém realmente entende; foram todos afogados em meio à névoa ao longo de anos de irrealidade.

Costumo pensar nas Artes quando estou razoavelmente sóbrio e me parece que o tempo queimará quase tudo o que já se produziu, mesmo que as ARMAS NUCLEARES não o façam. Olho para o futuro e vejo que Van Gogh será eliminado como um maravilhoso moleque otário cujo fracasso final será atribuído à falta de inocência, coração e discernimento – justo pelo que é hoje reconhecido. Mas esta é a maneira como funciona o Tempo. Matisse, ao contrário, perdurará porque ele não vai nos cansar. Dostoiévski vai durar, embora partes de sua obra passem a não provocar mais do que risadas, julgadas como criações de um excêntrico e de um atormentado. O'Hara, nosso jovem romancista, logo desaparecerá, seguido de perto por Norman Mailer. Kafka, embora seja um verdadeiro realista, não sobreviverá quando novas dimensões forem descobertas. D. H. Lawrence permanecerá, por razões, entretanto, que não posso dizer no momento. Meu cérebro não as tem, não passa de uma sensação. Alguns dos primeiros contos de William Saroyan vão perdurar. Conrad Aiken durará por um longo tempo e então será engolido pela maré. Dylan Thomas não, e Bob Dylan, sem dúvida, não. Não sei, com certeza não sei de nada, ah, Cristo, tudo parece um *desperdício*, não é mesmo? Camus, claro. Artaud, claro. Então preciso voltar a Walt Whitman, aquela bicha que desejava e provavelmente chupava o pau de marinheiros, e aí está sua *cultura*, o quê?

Mas se você acha que o Tempo e a polícia são barra pesada por aqui, ouça esta carta de J. Bennet, editor da *Vagabond*, de 2 de dezembro de 1965, Munique, Alemanha: "...não estão imprimindo todos os seus velhos poemas por aqui – poemas como os seus são queimados. Trata-se de um elogio. Acabaram de fazer uma fogueira em Düsseldorf com as obras de Günter Grass, Heinrich Böll & Nabokov – uma organização cristã feroz. Realmente botaram para quebrar em Berlim – colocaram fogo na antiga casa de Günter Grass. Grass apenas sorriu de um modo esquisito e seguiu escrevendo..."

Eles andam atrás de nós desde sempre (veja o Lorca) ou então andamos atrás de nós mesmos com nossas próprias facas. Somos as borboletas de um verão desgraçado. E ainda assim, porra, este artigo *segue* sendo uma defesa da poesia contra aquilo que se chama de poesia e de vida. Muitos de nós não conseguem, mas com sorte e, ah, pelo amor de deus, muitos de nós, de alguma maneira, conseguirão, o que não significa dirigir Cadillacs, mas sim *não* dirigir um, e muitas outras coisas. Escrevi este artigo porque tão poucos de nós, poetas fora da lei formulamos qualquer base ou razão para resistir. Os cabeças de vento e os professores de inglês falam continuamente de uma plataforma de vida de total ausência e invalidez. Espero que essas poucas palavras vindas da quina de um balcão de bar tenham chegado até alguém – que nossas vidas e poesias apenas em aparência fracassadas sejam vistas como o caminho que *escolhemos*. Não somos, em grande maioria, nem assassinos, nem farsantes. Mas um dia escreveremos a palavra com tanta beleza, ó, tão perfeita e tão real, que vocês todos, seus macacos, sairão de seus jardins e *começarão* a ser suficientes para que eu olhe para

aquilo
que faz a
face e o corpo e o amor de vocês
e
não me contrairei em meu maldito
catre alugado
por horas de
espasmos e dores e horror

eu morro e rezo por vocês e por
mim

se pudesse desejar a todos vocês
idiotas mortos e curvados
o punhado que me resta de vida
eu o mergulharia em vocês
e
dormiria para sempre.

Antologia de Artaud

Antonin Artaud Anthology,
PUBLICADO POR JACK HIRSCHMAN.
CITY LIGHT BOOKS, SAN FRANCISCO; 255P. U$ 3.

É de louvar a generosidade e a genialidade da City Lights por publicar nossos imortais enquanto ainda respiram. Isto bate qualquer queima de fogos de artifício ou esconder o jogo ir lançando nomes aos poucos. Entre as quase quatro dúzias de títulos que publicaram estão quase todos os clássicos com capacidade de permanência: *Gasoline* (Corso); *Bottom Dogs* (Dahlberg); *Human Songs* (Kay Johnson – kaja); *Selected Poems* (Lowry); *Meat Science Essays* (McClure); *Poems of Humor and Protest* (Patchen); *Poem from Jail* (Sanders) e *Korea in Hell*: *Improvisations* (W. C. Williams). O *Uivo,* de Ginsberg, embora histórico (e que veio na hora certa para afrouxar nossas gravatas), contém uma energia vital triste e honesta, mas sua possível durabilidade artística é tão suspeita como o musical "Guys and Dolls" – que também ajudou a salvar minha vida. Um pouco de tempo e tinta também foram perdidos nos "Bês" – Bowles, Buckley e Burns –, mas sempre há aqueles momentos em que não há nada na linha de montagem e as máquinas ficam paradas. Ponham para imprimir, por que não?

Contudo, o último, a antologia de Artaud, editada por Jack Hirschman, é o livro que agora bate à porta, e o que virá depois dele: algo ainda mais formidável? Ou uma desculpa? A aposta é sua, ou minha, ou de todo mundo. Na última vez que Jack Hirschman e eu nos encontramos, as coisas não correram muito bem. Foi culpa minha. Não, foi culpa DELE: não estava tão bêbado quanto eu. Apesar disso, o cretino fez um maravilhoso trabalho na seleção, e com exceção de um ou dois de seus tradutores Artaud chega a nós – puro e sem gelo. O único jeito de servi-lo.

O público artístico é sempre indecente. Admirará um homem pelo modo como leva a vida e não pelo que produz. Preferem, em especial, os loucos, os assassinos, os drogados, os que passam fome... ainda que seja esse MESMO público artístico que o reverencia o que o levou a beber como louco e a perder o juízo, drogar-se à loucura, por não poder suportar a visão desses otários e o seu modo de vida. Para eles Artaud agora deve ser mais fácil de digerir... ele está morto desde 4 de março de 1948.

Não sou um estudante de literatura. Tudo o que sei é o que posso sentir. O livro está dividido em duas partes: "Antes de Rodez" e "Rodez e depois". Não se pode dividir um homem por manicômios. Ou rupturas com o surrealismo. Seguimos a alma de um homem como a uma corda rota. Que começa em qualquer lugar...

"Para Adolph Hitler", na página 105, é seguido por uma explicação (apologia) por Artaud ter produzido tal coisa. Trata-se de um velho jogo de Artaud: provar que NÃO é um antissemita. É um velho jogo de salão que se torna cansativo. Artaud escreveu e escreveu aquilo que lhe agradava escrever. Escreveu o sangue negro e a flecha. Que vez ou outra um judeu ou um ditador entrasse em cena ou tivesse seus testículos fatiados não preocupava Artaud. Pontos tediosos podem ser elencados por eruditos estúpidos a fim de louvar ou criticar um homem pelo que quer que seja. Artaud não se deixava incomodar pelo jogo das pressões históricas ou mesmo pelas extravagantes ejaculações de seu próprio ser-ego. Artaud disse o que tinha de dizer, não o que deveria dizer. Isso, claro, é o que distingue os loucos dos homens da polícia motorizada.

"Toda escrita é merda de porco", página 38, define para mim (ao menos) algo que sempre pensei – que (junto com o mundo) os artistas, os escritores também são intoleráveis, mais peso a um mundo já chumbado, mais dor a uma dor já existente, mais toneladas de merda à merda com a qual já é quase impossível permanecer vivo, mijar, o que quer que seja, vestir roupas e sair porta afora, ganhar as ruas. A imbecilidade e o horror e a ganância e o egoísmo de nossas ditas melhores mentes da atualidade... a embriaguez dominante, esta glória aceita, este dente canino rompendo a camada de nossas almas presa aos grilhões... é óbvio, ou deveria ser, que todos os olhos estão fechados, a perdição é tão ordinária quanto dar corda a um relógio especial de bazar e esperar que todas as entranhas tênues e serpenteadas não parem, não saltem fora. Quase sem exceção nossos escritores – quaisquer escritores – são as criaturas mais fracas de nossa existência, posando como mártires, videntes, diretores, deuses. Sua fraqueza é tamanha que suas mentiras de ocasião se transformam em literatura.

Artaud, claro, por ser louco, sabia disso tudo:

"Todos aqueles que têm vantagens em seus espíritos..."

"...todos aqueles que são mestres da linguagem..."

"...todos aqueles para quem palavras gastas têm um significado..."

"...todos aqueles que são o espírito dos tempos, e que nomearam essas correntes de pensamento..."

O que Artaud está mostrando são aqueles que rapidamente mordem QUALQUER isca para fazer mais sublimes os seus fins através da fraqueza e da morte. Suas células pensantes indo bem rápido para a cama com tudo perto em vez de ter tudo de verdade. Não posso culpar os mortais comuns por falharem porque estão cansados e desanimados; mas os culpo por falharem e tentarem espalhar sua adorável lama por cima de mim.

"aqueles que são nervosos..."

"aqueles que brandem quaisquer ideologias que pertençam à hierarquia dos tempos..."

"aqueles sobre quem as mulheres falam tão bem, que falam das correntes contemporâneas de pensamento..."

"seus cretinos barbudos, seus porcos pertinentes, mestres do palavrório falso, tecedores de retratos, panfleteiros, colecionadores de trepadeiras que vão até o chão, entomologistas, praga da minha língua."

*

Em "Van Gogh, o Homem Suicidado pela Sociedade" Artaud nos diz: "De fato, não há um psiquiatra que não seja um notório erotomaníaco".

Quando o analista de Artaud objetou esta acusação, Artaud respondeu:

– Tudo o que eu preciso fazer, dr. L., é apontá-lo como prova.

– Você carrega o estigma de sua lama, seu cretino sujo. – Então Artaud começou a explicar a coisa toda em detalhe. O pobre dr. L. atraiu um leão para si.

A percepção de Van Gogh por Artaud – um maluco falando de outro – é uma vituperação contra a sociedade e a vida, uma vida que Artaud sentiu Van Gogh liberar em suas pinturas, de verdade: uma coisa tremida e de certa maneira horrenda e preocupante, girando com morcegos e sangue negro e energia triturada, áspera e fedorenta, paisagens cauterizadas e fervilhantes, velas, cadeiras...

– Acho que ele morreu aos 37 porque, pobre coitado, havia chegado ao fim da história sombria e revoltante de um homem estrangulado por um espírito maligno – diz Artaud.

Ao dr. Gachet, com quem Van Gogh se tratava, foi atribuída boa parte da responsabilidade pelo suicídio de Van Gogh. Artaud tinha isso em mente em sua condenação aos bons Médicos e à Medicina, como teria qualquer homem inteligente que tivesse passado algum tempo em hospitais ou instituições. Está cada vez mais claro que o primeiro impulso da Medicina é ganhar dinheiro. O segundo? Torturar o paciente, matá-lo, sempre que possível. Se um paciente morre há outra cama vazia e mais uma oportunidade de lucrar – incluindo aí os serviços funerários (e, às vezes, os homens do clero).

Artaud diz, "eu mesmo passei nove anos num asilo de loucos e nunca tive tendências suicidas, mas sei que cada conversa que tive com um psiquiatra durante a visita matinal me deu vontade de me enforcar, já que sabia que não podia lhe dar um talho na garganta".

Artaud não tem papas na língua porque é um dos raros Artistas que não se ocupou de enganar os outros ou a si mesmo. Sua clareza, suas frases irritadiças, seu desgosto diante da Mentira não são mais do que o resultado de um homem feito em pedaços pela Vida, pelo horror massivo da percepção de que seus camaradas, seus companheiros Artistas não passam, em certo sentido, de "merda de porco".

Quando um homem dos grandes, um homem verdadeiro aparece não há ninguém capaz de entender a mais simples de suas frases – as massas são o pesadelo da Vida, os Artistas e os intelectuais são um pesadelo ainda pior do que as massas (porque então, na última chance de entendimento, ele percebe que as chamadas melhores mentes e almas não compreendem nada – que entendem MENOS, de fato, do que as massas). O amor é impossível. As mulheres, por natureza, deixam-se atrair pela Mentira. De tal maneira que acabam ao final se casando para sempre com a Mentira. É o modo que a Natureza encontrou para manter esse horrendo creme flutuante em funcionamento, os cistos abertos, o arranjo para que esses bocós se agarrem uns aos outros a fim de que os futuros bocós agarrem uns aos outros a fim de que... Quanto mais forte for um homem, mais ele estará sozinho – é uma questão de matemática. E se tiver que passar a vida em hospícios ou em fábricas de aviões, isso em nada alterará sua dor... ou sua grandeza.

Este livro grosso, são 255 páginas, bem vale os três dólares que estão pedindo por ele. Além disso, estão encartadas várias fotos de Artaud, e também alguns de seus desenhos. Os desenhos têm seu charme – sim, amor – e o suco da vida os agita. Não tenho como deixar de sugerir que você o compre. Certamente quando a tristeza pegar você, quando a velha luta contra a correnteza o derrubar, a leitura de algumas dessas linhas irá recompor seu sangue para aguentar o resto da jornada. Artaud foi um dos mais belos loucos que este mundo já teve. Tente encontrar algo comparável nas ruas ou mesmo aí no quarto com você, ou no quarto ao lado. Você não conseguirá. A City Lights Books e Jack Hirschman já o encontraram. A honra está por toda parte. Tudo o que você precisa fazer é tocá-la.

Um velho bêbado que a sorte abandonou

Papa Hemingway, DE A. E. HOTCHNER, BANTON BOOK, 355 PÁGINAS, COM 16 PÁGINAS DE FOTOS, U$ 1,25.
RESENHADO POR CHARLES BUKOWSKI

Se ainda não há, logo haverá mais livros sobre acima abaixo dentro e fora de Hemingway do que os que foram feitos – e se fazem – sobre D. H. Lawrence. Alguns homens aguçam a curiosidade da multidão por escândalos, sendo que boa parte dessa multidão não está em nada preocupada com o que este homem criou, apenas com o que ele fez, como fez, com os cabelos no peito, a orelha cortada para uma prostituta, o suicídio cometido no barco, o ser homossexual; nada próximo ao *que* eles criaram, a multidão quer olhar para os pentelhos de seus cus, para a cama onde fazem sexo, para suas caixinhas de remédio, suas roupas sujas. É uma multidão predatória e fútil, mas é uma multidão que vai COMPRAR essas coisas, assim como eu comprei, este livro da editora Bantom. E a primeira coisa que você faz, é claro, é olhar as fotos. E, sim, claro, o velho não parece muito bem. É isso o que acontece quando você escreve livros como aqueles? Ele poderia muito bem ter sido o corretor de uma casa de penhores. Material quente para os rapazes sedentos de escândalo. Especialmente aqueles que não conseguem escrever nada que preste e precisam de um protetor, um financiador, uma desculpa. Veja só *eles* – descendo os degraus do coliseu romano em Nimes, 1949. Hemingway parece um rabino artrítico e Mary uma corista cega. Mas há fotos piores, fotos de sobra para o pessoal da rapinagem. Vamos à história, à biografia...

Hotchner conheceu Hemingway em Cuba, 1948, em Havana, para ser mais preciso, a soldo da *Cosmopolitan*, para conseguir, ou ao menos tentar, que E. H. escrevesse um artigo sobre "O futuro da literatura" – o artigo nunca saiu, mas Hotchner deu um jeito de ir ficando por lá, até o suicídio de Hem, e o que temos aqui são pedaços, reunidos, das andanças de Hotch atrás de seu Papa pela Espanha, por Paris, Cuba, Key West, Ketchum, e assim por diante. Há conversas, descrições, e assim por diante. Hotchner não é um grande escritor, é claro, mas seu estilo é suficiente para fazer com que você siga em frente sem muita dificuldade ou sem perder o fio da meada. Hotchner adaptou alguns dos textos de Hem para a tevê e o cinema. Em outras palavras, Hotch fez uma grana em cima do Ernie, e o Ernie também levou a sua. Hotchner frequentemente atuava como intermediário na negociação dos direitos. Hem tinha uma aptidão para escolher os amigos apropriados; aprendeu isso muito cedo e permaneceu fiel a este aprendizado. Por outro lado, reuniu alguns sicofantas, lambedores de rabo que o drenaram quase sem qualquer tipo de retorno, seja em caráter, seja em reverência. O mundo está poluído por esses sanguessugas que atacam e seguem grudados no vencedor, no campeão, e Hemingway não foi exceção – eles se aferraram a ele e pegaram carona no barco. Vez ou outra conseguia descolar um deles, mas logo aparecia outro para tomar seu lugar. O nome de Hem, sua imagem, foram expandidos para muito além das proporções de seu talento. Certa vez, em Cuneo, ele foi reconhecido pela massa e, se não fosse a intervenção de um esquadrão do exército, teria sido esmagado. Esta adulação violenta é uma doença causada pelo fato de que a multidão não tem nenhum tutano, nem alma, nem nada, e está à procura de alguma coisa em que se agarrar em meio ao vazio. Hem era o cara certo. Um garanhão. Bom de punhos e armas e trago e mulheres e guerra, e, além disso, escrevia, escrevia o quê?, e assistia a touradas e apanhava uns enormes duns peixes. Ao cometer suicídio deixou a rapaziada na mão. Por pouco tempo. Sempre surge um outro. Outro garanhão. Ou outro Van Gogh. Ou outro Artaud. Ou outro Céline. Ou mesmo um Genet. Um trago puxa o outro... vamos deitar e rolar!

Naquele momento da vida de Hemingway, Hotchner encontrou um homem que já não podia mais escrever como o jovem Hemingway escrevera. (minha opinião.) *Do outro lado do rio e entre as árvores* e *Paris é uma festa* não possuíam a secura do estilo de Hemingway. E além do estilo o conteúdo também parecia ineficaz, frouxo, insípido. Ambos os livros eram difíceis de ler porque esperávamos mais. Em *O velho e o mar*, que enganou o pessoal do Nobel e muitas outras pessoas que conheço, Hemingway, percebendo suas falhas (minha opinião), tentou retornar ao estilo telegráfico de seus primeiros textos. Conseguiu recuperar o estilo, isto é, a estrutura, mas o *conteúdo* voltou a falhar. Para a maioria daqueles que *leem* literatura, parecia um belo retorno, mas para aqueles que *escrevem* literatura e que também a leem os sinais estavam ali: Hem estava acabado. Lado a lado com Ava Gardner e Gary Cooper; admirado na América, amado na Espanha em Paris em Cuba; sentado em noites de vinho a uma mesa cheia de vagabundas ele falava e falava e falava, apenas um velho bêbado falando do passado, vendo a sorte lhe fugir também num par de acidentes de avião e na morte do seu parceiro Cooper. Que situação! Ele conheceu Toots Shor, Leonard Lyons, Jimmy Cannon, *todos* os vencedores. Falou de um campeão aposentando-se quando estava pronto. Falou de Ted Williams, de DiMag. Ele tinha uma lista. O resto foi um rápido declínio. Primeiro ao pensar que ficaria cego. As disputas por dinheiro. A velha lavação de roupa suja. Sua mente se perdendo, imaginando coisas. Entrando furtivamente em instituições sob outro nome; ou ainda, quase sendo levado para lá. Choques elétricos. O mundo conhece a história. A espingarda. Ketchum, 1961, à idade de 61. Pouco tempo atrás. Parece que Hemingway está morto há muito mais tempo. Talvez seja verdade.

A tragédia é uma situação americana em que um homem deve ser vencedor. Nada menos do que isso é aceitável. E quando o vencedor desce, ele não salva nada. O vencedor não leva nada. Hotchner termina o livro assim: "Ernest havia entendido tudo: o Homem não foi feito para perder. O Homem pode ser destruído, mas não derrotado".

Não, Ernest entendeu tudo errado: O homem foi feito para a derrota. O homem *pode* ser destruído *e* derrotado. Enquanto o Homem for feito apenas para ascender e não para cair, o Homem será derrotado, e destruído e derrotado e derrotado e derrotado e destruído. Somente quando o Homem *aprender a salvar o que puder* é que será menos derrotado e menos destruído. A lição que Hemingway nos deixa é a de um homem que viveu bem, mas de um jeito ruim, que enxergou na vitória o único caminho possível. Viveu para a guerra e para o combate e, quando esqueceu como lutar, desistiu. Mas ele não nos deixou alguma obra da juventude que talvez seja imortal? Mas alguma coisa se move às escondidas por lá. Alguma falha. Ah, mas quem se importa? Tomemos uma em sua memória!

Open City, 12-18 DE MAIO DE 1967

Bem, você sabe o que acontece quando uma dupla de policiais me para quando saio para comprar charutos? Quero mudar toda a estrutura penal da sociedade. Não me entenda mal – não estou dizendo que um motorista bêbado deve estar acima das leis. Certa vez fui atingido por um bebum ao volante. E as companhias de seguro também não gostam deles. Mas o que estou dizendo é que há muitos casos em que um homem consegue chegar em *casa* sem fazer mal a uma mosca e ele é interceptado e mandado para a cadeia pelo simples fato de que as cadeias estão lá para serem usadas. E quando os agentes estão soltos pelas ruas, fazendo rondas, é quase como se fossem OBRIGADOS A PRENDER ALGUÉM.

Sempre me sinto culpado quando sofro uma abordagem de um policial porque ele é ENSINADO a sentir que SOU CULPADO. Então lá estão a culpa e o complexo de Édipo: o distintivo, o quepe, a arma, os ruídos do rádio, as luzes vermelhas, a face bem-alimentada e inalterável. É uma cena de verdadeiro terror. E nós nem somos tão MAUS assim. Deve haver um jeito melhor do que a voz que não vai entender, que não se importa em entender o que quer que outra pessoa diga.

Meu conselho aos leitores da *Open City* é ficar dentro de casa por um momento. Fiquem sóbrios, tranquem as portas e deixem que eles façam a ronda pelos bulevares, para lá e para cá, deixando que seus faróis e lanternas iluminem a lua. Não há nada lá fora, de qualquer maneira. E nós podemos curtir uns ótimos tragos em casa, enquanto relemos Tolstói ou escutamos a 4ª sinfonia de Mozart. Amém.

Há uma semana fui parado nas ruas. Arrancado do carro por dois policiais motorizados que disseram que minhas luzes de freio não estavam funcionando. Como eu já tinha tomado umas cervejas, fui submetido a vários testes de equilíbrio. Não fui amparado e nem me fizeram responder perguntas, exceto: de onde eu estava vindo e aonde estava indo?

Já ter recebido uma condenação por dirigir embriagado fez com que a situação ficasse ainda mais tensa. Não tenho muita certeza se podemos sobreviver *com* ou *sem* a polícia. É uma questão para mentes mais poderosas do que a minha. Os franceses têm um dito: "Quem cuida dos que cuidam?". Para mim, a coisa é mais simples: "Para quem os guardas trabalham?". Ou então me vem à mente uma fala que ouvi certa vez de um comediante: "OS ESCROQUES? ONDE ESTÃO OS ESCROQUES? É A POLÍCIA QUE SÓ ME ARRUMA CONFUSÃO!".

*

A última parte dos testes é o uso da lanterna. Eles colocam o foco bem nos seus olhos. Suponho que seja para verificar se as pupilas estão dilatadas por entorpecentes. Mas o estranho foi que, após focar a lanterna nos meus olhos, o policial se afastou e lançou o feixe da lanterna nos olhos do seu companheiro. E me *pareceu* que o policial sob a luz estava bastante assustado. Vamos supor que esse camarada tivesse fumado uns três ou quatro baseadinhos antes de subir na sua moto? Que flagra, não? Já podia ver a cena:

– Certo, parceiro, você está chapado! Tenho que prender você!

– Mas, Marty, a gente é do *mesmo* batalhão, cara! A gente costuma queimar uns toda noite! Deixe de bobagem! Só dei uns pegas!

– É o que *todos* dizem!

– Não seja um *fodido*, Marty!

– Não rola, cara. Em primeiro lugar sou polícia, depois seu amigo...

Mas não foi o que aconteceu. O agente baixou a lanterna e me disse:

– Tudo bem, o senhor pode seguir. Passou nos testes. Mas é melhor ir direto para casa.

Foi o que fiz. Depois de uma rápida parada na loja de bebidas da esquina.

*

Tudo bem, você diz. E daí? Do que se trata, afinal? Qual é a solução divina para o confronto entre bêbados e policiais? Você sabe, esses policiais são um pouco diferentes quando estão debaixo do chuveiro, ou jogando bola com os filhos, ou cortando a grama. Também sofrem de constipação, insônia, medo, amor, dor de dente, com divórcios e tudo o mais, como de resto todos nós.

A diferença entre um homem que faz o mal e aquele que não o faz é muito pequena.

Eu diria que uma das teorias de Prevenção ao Crime é prevenir o crime antes de ele acontecer. Em outras palavras, um homem pode ser punido se dirige bêbado não porque *tenha* infligido algum dano a outra pessoa e/ou propriedade, mas porque ele é *capaz de fazê-lo*. E também sou capaz de presumir que a linha que separa o estar bêbado do não estar bêbado é bastante *tênue* e que muitas vezes esta linha está muito mais próxima da sobriedade. E ainda que um homem consiga provar, novamente segundo os parâmetros deles, que não estava bêbado, o dano já terá ocorrido, pois ele teve de pagar a fiança e os custos com advogado, sem falar no massacre sobre seus nervos; e a depressão, a preocupação, a surpresa e a perda de tempo também não poderão ser reparadas.

Em outras palavras, por seguir a teoria de que um motorista bêbado *possa*, em probabilidade, infligir dano e/ou dor, ele acaba preso e multado pesadamente, pois é condenado pelo mal que *poderia* ter feito. Bem, vamos estender agora esta teoria a outras áreas da vida ativa e já veremos que *toda criatura humana deveria* ser presa porque cada uma delas *pode* ser capaz de cometer algum tipo de crime, em maior ou menor grau, contra a sociedade.

Vamos analisar agora o caso de um motorista bêbado que não tenha infligido nenhuma dor/perda – embora ele mesmo *tenha* sofrido na carne a dor e a perda imposta pela lei sob o nome de justiça. Em outras palavras, A LEI INFLIGE DOR ONDE ANTES NÃO HAVIA DOR NENHUMA. Além da multa e da cadeia, há ainda a perda da habilitação ou mesmo do emprego desse homem, e muitas vezes se torna difícil encontrar um novo emprego em função da "ficha suja".

Se pretendemos viver num mundo melhor (e quem é suficientemente sofisticado para não desejar algo assim?), a eliminação das dores desnecessárias é um bom começo. Querem dar umas boas risadas? Querem saber o que eu acho que os policiais deveriam fazer com os bêbados? Deveriam levá-los para casa em vez de mandá-los para a cadeia. Enfiem os bebuns inveterados debaixo das cobertas, arrumem uma saideira e digam para ficar em casa o resto da noite. Ridículo? Por quê? Pago meus impostos para ser assistido, não molestado.

Se necessário, se o bêbado se mostrar furioso e beligerante, arrume-se um jeito de trancá-lo em casa, onde ainda pode usar o banheiro e contar com um telefone para ligar para aquela tia em New Haven. Isto é muito melhor do que a cadeia. E daria uma desafogada nos tribunais. Assim deixaríamos os juízes livres para tapar os buracos nas ruas ou algo do gênero. Posso ver o dia, o grande dia em que não haverá mais cadeias. Posso ver o dia em que quase todos os homens, sem usar o senso comum, rejeitarão prejudicar/machucar/matar deliberadamente seus semelhantes. Claro, haverá sempre um lobo fora da matilha. Mas este lobo se integrará cada vez mais à medida que a compreensão tomar o lugar do castigo.

Ensaio sem título em *Um tributo a Jim Lowell*

A Grande Arte, a Criação, está, no geral, duas décadas ou dois séculos à frente de seu tempo em sua relação com o *establishment* e o estado policial. A Grande Arte não é apenas incompreendida mas também temida, pois para fazer um futuro melhor é preciso afirmar que o presente é ruim, muito ruim, e isto dificilmente agrada àqueles que estão no controle – pois ameaça seus empregos, suas almas, seus filhos, suas esposas, seus carros novos e seus roseirais, para dizer o mínimo. "Obscenidade" é a palavra que eles usam para proteger sua própria podridão, para atacar as obras e as posições de vanguarda dos homens criativos. A livraria de Jim Lowell foi atacada quase ao mesmo tempo que a de Steve Richmond, aqui na Costa Oeste, de modo que o câncer se espalha por toda a nação e é como alguém me disse: "É apenas o *Uivo* outra vez". O que só demonstra que não chegamos muito rápido a lugar nenhum. O problema com esses ataques é que os próprios juízes estão somente um pouquinho mais sintonizados na atualidade e no significado da criação pura do que os próprios policiais. As "revistinhas" não circulam tão pouco porque os escritores escrevam tão mal, mas porque não há leitores suficientes para entender, desfrutar, digerir uma escrita avançada. O artista criativo sempre é assediado, de forma contínua, pelas autoridades e pelo próprio público – Van Gogh era vaiado por crianças que jogavam pedras na sua janela. E teve sorte de ter uma janela. E teve sorte de ter um ouvido. Hemingway teve sorte de ter uma espingarda. Tenho sorte neste instante por ter esta máquina de escrever, este quarto, por escrever isto aqui, por lhes falar disso. Não estou pedindo que se tenha piedade do artista, não estou pedindo financiamentos públicos, não peço sequer compreensão; peço apenas que nos deixem em paz na alegria e no horror de nossas obras, e se as venderem por milhões de dólares depois que morrermos, depois que tivermos sido carregados de nossos quartos cheios de baratas e ratos e fantasmas, isso não nos interessa. Mas peço que nos deixem em paz – já deixamos que vocês ficassem com as melhores mulheres, os castelos, os carrões, os televisores, a guerra, os filés, os sapatos de 45 dólares, os funerais de 5.000 dólares, os jardins de cactos de mais de um quilômetro, os Van Goghs originais – apenas não venham nos incomodar com sua "obscenidade" e tratem de perseguir as bancas de jornais e fotos de peitos e rabos, página após página, carne nua, tola e estúpida, carnes com rostos vazios para os garotinhos do colegial baterem uma, para alimentar os velhos pervertidos que estupram crianças, são esses que vocês devem perseguir, ataquem esta indústria de milhões de dólares SE PRECISAM ATACAR ALGUMA COISA, mas nos deixem em paz, NOS DEIXEM EM PAZ. Daqui a cem anos estes livros que vocês estão confiscando serão ensinados em suas universidades se os seus líderes não forem tolos o suficiente para nos mandarem para o inferno. Acredito que, quando alguém persegue algo, persegue seu próprio medo, persegue a própria consciência (e quão pouco há a perseguir), persegue, tomado de raiva, a perdição de sua própria alma. Não peço que vocês entendam muito. Por favor, não me obriguem a fazê-los entender. Estou ocupado com outra coisa no momento.

Notas de um velho safado

National Underground Review, 15 DE MAIO DE 1968

– Uou!

Eu vinha tendo visões nos últimos dias. Apareciam mais quando eu estava na seca, sem beber, esperando algum dinheiro ou alguma coisa acontecer, e as visões eram bem reais – em tecnicólor e com trilha sonora –, costumavam brilhar no teto enquanto eu estava deitado na cama, num estado de semi-inatividade. Tinha trabalhado em fábricas demais, passado por muitas cadeias, bebido muitas garrafas de vinho barato para manter qualquer tipo de sangue frio ou inteligência diante de minhas visões:

– AH, SUMAM DA MINHA FRENTE, SUAS PUTAS! ESTOU IMPLORANDO! SUMAM DAQUI! VÃO FODER COMIGO! OH, MEU DEUS, JESUS, TENHA PIEDADE!

Estava em São Francisco. Então ouvi uma batida na porta. Era a velha que tocava o local, Mama Fazzio.

– Sr. Bukowski – ela disse através da porta.

– AAAAAAAIII!

– O quê?

– Argh. Ummmf...

– O senhor está bem?

– Ah, claro.

– Posso entrar?

Fiquei de pé e abri a porta, suor gelado escorrendo atrás de minhas orelhas.

– Sabe...

– O quê?

– O senhor precisa de alguma coisa para manter a cerveja e o vinho gelados, o senhor não tem uma geladeira.

Até mesmo uma panela com água e gelo seria melhor do que nada. Vou arrumar uma panela com água e gelo para o senhor.

– Obrigado.

– E lembro que quando o senhor esteve aqui há dois anos costumava ter também um toca-discos. O senhor estava sempre ouvindo sinfonias. Não sente falta da sua música?

– Claro.

Então ela se foi. Tive medo de me deitar na cama e as visões voltarem. Sempre surgiam um pouco antes de eu dormir. Ou no momento anterior ao que seria o momento em que outras pessoas estariam dormindo. Coisas horríveis: aranhas devorando bebês gordos em suas teias, bebês de pele branca como leite e olhos azuis da cor do mar. Então apareciam os rostos, a um metro, com os buracos das bocetas secundadas por círculos vermelhos, brancos e azuis. Coisas desse tipo. Me sentava em uma cadeira de madeira, de espaldar duro e ficava olhando para a ponte da baía de São Francisco. Então escutei um som estrondoso nos degraus. Alguma besta se arrastava na minha direção? Abri a porta. Ali estava Mama Fazzio, oitenta anos de idade, empurrando e sacolejando uma antiga vitrola verde de madeira, daquele tipo à corda, e o aparelho devia ter o dobro do peso dela, sem falar na dificuldade que seria subir qualquer coisa por aquela escada estreita, e eu estava ali plantado quando disse:

– Jesus Cristo, pare aí, não se mexa!

– Pode deixar que dou conta!

– A senhora vai se matar!

Venci os degraus e agarrei o aparelho, mas ela insistia em me ajudar. Levamos a vitrola para o meu quarto. Parecia ainda funcionar.

– Aí está. Agora o senhor pode ouvir a sua música.

– Sim. Muito obrigado. Tão logo eu arranje alguns discos.

– Já tomou café?

– Estou sem fome.

– Desça para tomar café um dia desses.

– Obrigado.

– E se não tiver dinheiro para o aluguel, não se preocupe.

– Farei o possível para pagar.

– Perdoe-me, mas minha filha estava me ajudando a limpar o seu quarto quando encontrou alguns papéis escritos. Ela ficou fascinada com os textos. Ela e o marido querem que o senhor vá jantar na casa deles.

– Não.

– Eu lhes disse que o senhor era um sujeito engraçado. Disse que o senhor não iria.

– Obrigado.

Depois que ela se foi, dei algumas voltas na quadra e quando retornei havia uma enorme panela cheia de gelo, com seis ou sete garrafas de cerveja boiando e mais duas garrafas de um bom vinho italiano. Mama apareceu cerca de três ou quatro horas depois para tomar uma cerveja.

– O senhor vai jantar com a minha filha?

– A senhora conquistou meu coração, Mama. Só dizer a noite.

Ela havia me levado na conversa. Marcou uma noite.

Passei o resto daquela noite bebendo e dando corda na vitrola, vendo o prato de feltro rodar vazio em diferentes velocidades, depois encostei minha cabeça nos frisos de madeira da caixa de som e fiquei escutando o chiado. O aparelho todo tinha um cheiro agradável, sagrado e tristonho; o objeto me fascinava como sepulturas e retratos dos mortos, e a noite seguiu bem. Já de madrugada, descobri um único disco nas entranhas do aparelho e o coloquei para tocar:

He's got the whole world
*In His hands**

He's got you and me, brother

He's got the little babies
In His hands

He's got everybody
In His hands...

Aquilo me assustou tanto que no dia seguinte, apesar da ressaca, fui em busca de um emprego e consegui um trabalho como funcionário de estoque numa loja de departamentos. Comecei no dia seguinte. Uma velhusca da seção de cosméticos (parecia estar naquela terrível idade para as mulheres – entre 46 e 53) não parava de gritar que precisava das coisas IMEDIATAMENTE. Acho que havia uma nota estridente na voz dela que denunciava sua insanidade. Eu lhe disse:

– Mantenha a calcinha no lugar, baby, logo vou estar aí para aliviar você de todas as tensões...

O gerente me demitiu cinco minutos depois. Dava para ouvir os gritos dela no aparelho:

– Nunca na vida ouvi um GAROTO DE ESTOQUE TÃO DESBOCADO!!! Quem ele pensa que é?

– Muito bem, agora se acalme, sra. Jason...

No jantar as coisas também foram confusas. A filha tinha uma ótima aparência e o marido era um italiano enorme. Ambos eram comunistas. Ele tinha um emprego noturno dos bons, num lugar bem elegante, e ela ficava por ali, lendo livros e alisando aquelas pernas deliciosas. Serviram-me vinho italiano. Mas nada daquilo fazia sen-

* Algo como "Ele tem o mundo inteiro ao alcance de Suas mãos", e por aí vai. (N.T.)

tido para mim. Sentia-me um idiota. O comunismo não fazia mais sentido para mim do que a democracia. E por várias vezes naquela noite, também à hora da mesa, um pensamento me veio à mente: eu sou um idiota. Será que todos conseguem ver isso? Que história é essa de vinho? Essa conversa? Não estou interessado em nada disso. Isso não tem nada a ver comigo. Será que enxergam através da minha pele, será que podem ver que não sou nada?

– Gostamos dos seus textos. Você nos lembra Voltaire – ela disse.

– Quem é Voltaire – perguntei.

– Oh, meu Deus – disse o marido.

Eles passaram quase todo o tempo falando e comendo, enquanto eu bebia o vinho italiano. Tive a impressão de que se sentiam incomodados por me ter ali, mas, uma vez que eu já esperava por isso, não me importei. Quero dizer, não muito. Ele tinha que sair para o trabalho e eu fiquei por ali.

– Posso estuprar a sua mulher – eu lhe disse. Ele gargalhou escada abaixo.

Ela se sentou em frente à lareira, mostrando as pernas acima do joelho. Sentei-me numa cadeira, fiquei olhando. Não comia ninguém há dois anos.

– Tem um cara muito sensível – ela disse – que sai com uma amiga minha. Eles ficam sentados e conversam por horas e horas sobre o comunismo e ele nunca a toca. É muito estranho. Ela está confusa e...

– Suba um pouco mais o seu vestido.

– O quê?

– Eu disse, suba um pouco mais o vestido. Quero ver um pouco mais das suas pernas. Finja que eu sou Voltaire.

Ela me mostrou mais um pouquinho. Aquilo me surpreendeu. Mas foi mais do que eu podia aguentar. Avancei em sua direção e arregacei seu vestido para além de seus quadris. Então a arrastei para o chão e montei nela de um jeito doentio. Tirei a calcinha dela. Estava quente na frente do fogo, muito quente. Então, depois que tudo acabou, voltei a ser o mesmo idiota:

– Sinto muito. Perdi a cabeça. Quer chamar a polícia? Como você pode ser tão jovem se a sua mãe é tão velha?

– É minha avó. Ela gosta de me chamar de "filha". Vou até o banheiro. Já volto.

– Claro.

Me limpei na cueca e, quando ela voltou, conversamos fiado por um tempo e depois eu abri a porta para ir embora e acabei entrando num closet cheio de casacos e outras coisas. Nós dois rimos.

– Mas que merda – eu disse. – Sou mesmo maluco.

– Não é não.

Saí, desci a escada, retornei às ruas de São Francisco e depois para o meu quarto. E lá na panela havia mais cervejas, mais vinho, flutuando na água e no gelo. Bebi tudo, sentado na cadeira de madeira junto à janela, as luzes todas apagadas, olhando para fora, bebendo.

A sorte estava do meu lado. Um rabo que bem valeria cem pratas e pelo menos dez dólares em bebida. Isso bem poderia seguir para sempre. Já me via cada vez mais sortudo. Mais vinhos italianos de qualidade, mais daquele rabo italiano de qualidade; cafés da manhã grátis, nada de aluguel, o fluir e o incandescer da maldita alma tomando conta de tudo. Cada homem era um nome e uma maneira de ser, mas que horrível desperdício era tudo isso ao final. Eu tinha que fazer diferente. Segui bebendo e não me lembro de como fui parar na cama.

Pela manhã as coisas não estavam tão ruins. Restava ainda uma garrafa de cerveja choca pela metade. Bebi. Então voltei a me deitar na cama, comecei a suar, fiquei ali estendido por um longo tempo, comecei a ficar sonolento.

Desta vez foi um abajur que se transformou num rosto muito grande e vermelho e depois voltou a ser um abajur. Aquilo seguiu indefinidamente, como um filme repetido, e eu suava e suava sem parar, pensando que, a cada vez, aquele rosto pudesse se tornar insuportável para mim, o que quer que fosse aquela coisa insuportável. Então ela VOLTOU a reaparecer!

– AAAAAAAAAAAAIIIII! AIIIII! JESUS! JESUS FODEDOR! ME SALVE, OH, SENHOR JESUS!

A batida na porta.

– Sr. Bukowski?

– Hein?

– Tudo bem com o senhor?

– Hein?

– Eu disse, "Tudo bem com o senhor?"

– Oh, sim, estou bem!

Mama Fazzio entrou.

– O senhor bebeu tudo.

– Sim, a noite passada foi uma daquelas quentes.

– Ainda não arrumou uns discos?

– Só aquele com "*He's got the little babies in His hands**".

– Minha filha quer que o senhor vá jantar com ela de novo.

– Não posso. Estou com um rolo. Preciso resolver o negócio primeiro.

– Do que o senhor está falando?

– Sacramento, lá pelo dia 26 deste mês.

– O senhor está com algum problema?

– Ah, não, Mama, nenhum problema.

– Gosto do senhor. Quando voltar, venha morar com a gente.

– Claro, Mama.

Escutei a velha descer a escada. Então me joguei no colchão. Como o vento uiva na boca do cérebro; como é triste estar vivo com braços e pernas e olhos e um cérebro e

---

* "Ele tem os *bebezinhos* em Suas mãos", substituindo "o mundo inteiro" (*whole world*) da letra original. (N.T.)

um pau e bolas e um umbigo e todo o resto e estar esperando e esperando e esperando que tudo isso morra, de um jeito tão estúpido, sem que haja nada que se possa fazer, nada a fazer, de fato. Uma vida de Tom Mix com uma prisão de ventre de rachar. Eu estava quase dormindo.

– AAAAAAAAAAAAAIIII! UIIIIII! NOSSA SENHORA MÃE DE DEUS!

– Sr. Bukowski?

– Auauglaglagla.

– O que está acontecendo?

– Hein?

– O senhor está bem?

– Ah, sim, claro.

*

Chegou finalmente a hora de dar o fora de São Francisco. Estavam me deixando louco. Com seu vinho de graça e todo o resto. Estou em Los Angeles agora, onde não dão nada de mão beijada, e estou me sentindo um pouco melhor...

EI! Mas que diabos é ISSO???...

A noite em que ninguém acreditou que eu era Allen Ginsberg

Berkeley Tribe, 19-25 DE SETEMBRO DE 1969

Dirigi até Venice só para ver esse cara e não o encontrei e eu já estava um pouco bêbado e acabei batendo primeiro na porta errada:

– Estou procurando o Hal. Ei, ele já se arrumou com uma putinha! Você não é nada má, garota, nada má!

Forcei minha entrada, ela me barrou com o braço.

– Ei, pare!

– Pare o quê? Quero ver o Hal.

– Qual é o seu problema? Não tem nenhum Hal aqui.

– Norse. Hal Norse.

– Mora um andar acima. Você está no andar errado.

– Bem, e que tal, já que estou aqui, se eu entrasse e a gente curtisse junto? O que me diz disso, belezura?

– Ei, você perdeu a noção? Cai fora!

Putas. Sempre acham que sua boceta é algo especial. Subi correndo as escadas debaixo de chuva. Apertei a campainha de Norse. E ele não estava.

Sempre quis ser um compositor de músicas. Agora que eu não tinha nada a fazer, comecei a compor uma canção (sobre mim mesmo):

Ah, você não tem salvação
di da da
Ah, você não tem salvação
da da da da...

Ah, diabos. Isso era da Carmen, e eu odeio Carmen.

Esqueci onde havia estacionado meu carro e segui caminhando a esmo debaixo da chuva. Cheguei num bar. Entrei. Para uma noite chuvosa, o lugar estava bastante cheio. Mal pude arrumar um lugar. Havia uma mulher sentada por ali. Nada de mais, mas resolvi tentar a sorte.

– Olá, belezura, sou escritor. Um grande escritor!

Ela virou o rosto por completo na minha direção. Podia ver o ódio tomando forma sob sua carne.

– ESCUTE, CARA! – ela gritou, permitindo que todo o bar ouvisse: – VOCÊ QUER, POR FAVOR, PARAR DE ME ENCHER O SACO?

O atendente ficou à espera do meu pedido.

– Uísque duplo com gelo.

Um sujeitinho de aspecto seboso, de terno e gravata, caminhou na direção dela.

– Olá, Helen, querida!

– Oh, Robbie! Robbie! Faz tanto tempo que a gente não se vê, TANTO TEMPO!

Robbie retirou uma rosa de sua lapela e lhe estendeu. Então lhe deu um beijo na bochecha.

– Ah, Robbie!!

Onde diabos eu tinha me metido? Num ninho de atores? Todos atuavam como se estivessem em frente às câmeras. Era como estar sentado no Barney's.

– Quem é esse cara? – ele perguntou a ela. Estava falando de mim.

– Sou Allen Ginsberg – eu disse –, e ela não quer falar comigo.

Ela voltou a me olhar. Parecia que o tempo estava sujeito a raios e trovoadas.

– SEU IDIOTA! PENSA QUE EU NÃO SEI COMO É O ALLEN GINSBERG?

– Escute, por que você fica gritando desse jeito? Você está me deixando numa situação desconfortável. Isso não está certo.

– VOCÊ ESTÁ ME ENCHENDO O SACO! ESSA É A RAZÃO! VOCÊ NÃO PARA DE ME ENCHER O SACO!

– Escute – eu disse, inclinando-me na direção dela –, por que você não mete o dedo no cu e rasga?

– Robbie! Ouviu só o que ele me disse?

– Não, querida, o que foi que ele disse?

– ELE ME DISSE PARA ENFIAR O DEDO NO CU E RASGAR! QUE CRETINO!

Virei meu uísque.

– Escute, senhor – disse Robbie –, não sei quem o senhor é, mas acho que está a fim de um lábio inchado!

Lábio inchado? Deus, isso parecia uma fala do James Cagney. 1935?

Então resolvi devolver na mesma moeda, algo na linha Cagney:

– Certo, boneca, se estiver a fim de dançar, estarei lá fora esperando!

Imaginei que fosse sair dali e seguir caminhando até encontrar meu carro, sem problema, mas logo ouvi os passos dele às minhas costas.

O bar inteiro começou a se levantar e segui-lo até o lado de fora.

– ACABE COM ESSE FILHO DA PUTA, ROBBIE!

– ENSINE A ELE UMA LIÇÃO, ROBBIE!

– ACABE COM ELE, ROBBIE! SE VOCÊ NÃO FIZER ISSO, NÓS FAREMOS!

Ah, Senhor, tende piedade da minha pobre Alma, pensei. Cinquenta anos de idade. Venho tendo desmaios. Mal consigo amarrar os sapatos, me vêm uns pretos, o mundo gira. Estou fodido. Por que o Norse não estava em casa? Por que continuo me metendo nessas confusões? Em qualquer bar, em qualquer lugar, em qualquer tempo...

Robbie me deu um empurrão e eu cambaleei um pouco, as mãos ainda baixas ao lado do corpo. Então ele me acertou. Direto no nariz. Era bom estar embriagado. Não doeu nada. Então me acertou na altura do meu cavanhaque falhado. Nada também. Sorri.

Então lancei um golpe. Em câmera lenta. Um soco fajuto. Sem força. Só para dar uma alegrada no espetáculo. Nem de longe um golpe direto. Um soco pesado e fedorento de 115 quilos de cerveja.

Robbie gritou como se estivessem lhe arrancando um dente sem anestesia.

Então ele se contorceu, dobrou-se ao meio, indo um pouco para trás, depois caiu de frente, sobre os joelhos. Logo se lançou ao chão como um homem que fosse mergulhar sob uma onda. E ficou estendido. Naquele cimento molhado e sujo. Por um momento me senti como um jovem Jack Dempsey, mas sabia que aquilo não era de verdade. Robbie era louco. Havia alguma coisa errada com ele... Ó, Cristo misericordioso, ele era ainda mais covarde do que eu! O mundo era um lugar esplêndido, apesar de tudo!

Ao se levantar, tinha um aspecto estranhamente desmazelado. Uma das pernas da calça tinha se rasgado e dava para ver o joelho esfolado e sujo de sangue através do buraco.

– Quer um pouco mais, mamãezinha? – perguntei, como faria um cara durão.

– Chupa aqui! – ele silvou.

Me pareceu uma boa resposta. Desci mais um golpe. Era como se ele estivesse esperando por isso. Eu não conseguia entender aquilo. Já estivera em lutas mais duras com garçonetes.

Ele voltou a cair.

– Ele está tentando matar o Robbie!

Então:

– ELE ESTÁ TENTANDO MATAR O ROBBIE!

Então:

– PEGUEM ELE! PEGUEM ELE! PEGUEM ELE! – gritava a vadia que sabia qual era a aparência do Allen Ginsberg.

Mesmo assim ninguém se moveu. Ficamos olhando Robbie com a face voltada para baixo, como se estivesse morto. A chuva caía sobre suas costas naquele estacionamento vagabundo. Abri passagem entre duas ou três pessoas, cruzei correndo o estacionamento e comecei a correr na direção da calçada. O bar ficava bem junto à praia.

Cinco ou seis deles vieram atrás de mim.

Dei a volta em torno do abrigo de um banco, os pés afundando na areia, e eles no meu encalço, latindo como cachorros atrás da raposa, diminuindo continuamente a distância que nos separava, e só havia uma maneira de fugir: correr em direção à água (Ginsberg. Eles não fariam isso com o Ginsberg). Corri na direção das ondas, do beijo delicioso e ardiloso da Morte, e consegui chegar até a areia molhada, olhei ao redor, e ali estavam eles:

Quatro ou cinco caras e duas ou três mulheres, incluindo ela:

– PEGUEM ELE! ACABEM COM ELE! ELE TENTOU MATAR O ROBBIE!

Recuei na direção do mar, a água já invadindo meus sapatos, envolvendo as barras da minha calça.

– VOU MATAR O PRIMEIRO VEADO QUE CHEGAR PERTO DE MIM! – gritei.

Continuaram se aproximando. Sete ou oito deles. Homens e mulheres misturados. Recuei ainda mais. Uma onda me acertou nas costas e me derrubou.

– COVARDE! – alguém gritou.

– UM DE CADA VEZ! – gritei de volta. – Encaro UM DE CADA VEZ! É SÓ O QUE PEÇO! UMA CHANCE JUSTA!

– CERTO! SAIA DAÍ! LOUIE VAI DAR UM JEITO EM VOCÊ!

(Louie? Aquilo não me soou mal.)

Saí morrendo de frio, a calça encharcada e pesada, pernas e meias e sapatos gelados, cheios de areia e sujeira e morte.

Caminhei na direção deles.

– Quem é o Louie? – perguntei.

– Sou eu – disse um gordão, destacando-se, fumando um charuto e parecendo bastante estúpido. Era baixo, devia ter um metro e cinquenta e uns oitenta quilos. Não parecia muito durão.

– Vou acabar com a sua raça, filho da puta! – eu disse.

Avancei. Parti direto para cima dele. Hemingway teria se orgulhado de mim. Depositei toda a minha força para atingi-lo no meio da sua barriga gigante.

Jogou o charuto para o lado e então...

ME VIROU.

Voei pelo ar. Aterrissei pesado. Direto sobre minha bunda, depois sobre minhas costas.

Me levantei e corri novamente na direção dele.

MAIS UM GIRO!

Cada vez que eu me levantava e corria na direção dele, novamente ele me virava.

As aterrissagens recaíam sobre minha bunda, minha cabeça, minhas costas. Chegou até a acender um novo charuto. Aquilo me emputeceu. Mas quanto mais irritado eu ficava, com mais força eu avançava – e cada vez parecia mais fácil para o gordo Louis me jogar de costas no mar.

Resolvi lhe dar um verdadeiro golpe de touro à moda Tijuana.

E a última das viradas foi a maior de todas. Minha cabeça pareceu bater contra uma pedra escondida sob a areia. Então o oceano e as estrelas e a agonia deram a impressão de se misturar perfeitamente.

Mais uma vez me levantei e corri contra Louie. Desta vez, porém, no último momento, fiz um desvio, seguindo para leste, e comecei a correr ao longo da água...

– OLHEM! ELE ESTÁ FUGINDO!

– AH, SEU COVARDE!

– ATRÁS DELE!

E lá foram eles atrás de mim. Homens, mulheres, o Gordo Louie, e até mesmo o atendente do bar com o avental sujo.

Quem estava cuidando do bar? Foi o pensamento que primeiro me ocorreu.

Quem se importa? Foi o segundo.

O problema de fugir de sete ou oito pessoas é que há normalmente três ou quatro que correm mais do que você.

– PEGUEM ELE!

– MATEM ELE!

Venice, Califórnia. Quem eram essas pessoas? Onde estavam os hippies? Onde estavam as Crianças das Flores? Onde estava o AMOR? Que diabos era tudo aquilo?

Então começou a chover, subitamente e com força. Era uma tormenta gelada e maléfica, impiedosa com a humanidade.

– Jesus, ESTÁ CHOVENDO!

– DEIXEM ELE IR! QUE SE FODA!

A espécie humana era demente – preferiam ficar secos a me dar porrada. Tinham medo de gotas de água, mas nenhum receio de mergulhar numa banheira cheia delas.

Gostei bastante daquela chuva, especialmente por vê-los dar meia-volta e correr em direção ao bar. Corri pela areia fofa em direção ao calçadão. Mas até mesmo para mim a chuva estava muito forte – era quase como se fosse um bloco compacto de água. Minha roupa se encharcou como se fosse um esfregão. Podia sentir minha cueca pesada e pendendo, ensopada em volta do meu pau, escapando da minha bunda.

Corri por um dos lados da rua, encontrei uma casa velha, parei junto à varanda.

Um cara veio até a porta. Uma mulher atrás dele. Lá dentro havia uma tevê. Um aquecedor ligado. Uma luz amarelada e quente.

– EI, CARA! O QUE ESTÁ FAZENDO AÍ NA MINHA VARANDA?

– Paz, irmão – eu disse. – Está chovendo. Só estou aqui para me secar um pouco. Não vim com nenhuma má intenção.

– Você não tem direito de estar na nossa varanda – falou a mulher por sobre o ombro.

– Tudo bem, assim que parar de chover eu vou embora.

– Queremos que você vá agora – disse o homem.

– Escutem, não estou fazendo nada de mais...

– Saia da nossa varanda! – disse o homem.

– Sim, saia da nossa varanda! – disse a mulher.

– Vão pro diabo que os carregue – eu disse em voz baixa.

– Está atrás de confusão, não é?

– Sim, estou atrás de confusão.

Esperei que ele saísse. Mas ele foi lá para dentro e pegou o telefone. Ia chamar a polícia. PIEDADE!

Abandonei a varanda e retornei para a chuva gelada e desumana. Corri até o fim da quadra, segui na direção leste e caminhei ao longo da chuva. Quando conseguem derrubá-lo, realmente fazem questão de mantê-lo no chão. Sentia-me pior do que uma pulga na virilha de um cachorro.

Quer dizer que isso era Venice? O novo Village de Los Angeles, mas onde estavam os escritores, os pintores, os hippies, os vagabundos? Quando chovia, todos tinham um lugar para ir. Eu era um condenado. O único a estar debaixo daquela chuva.

Então, enquanto caminhava sem direção, avistei um carro que parecia o meu. Impossível. Me aproximei. Era... aquele Comet azul de merda, 1962. O meu carro! Bem, daqui a quatro prestações. O MEU CARRO! Eu tinha alguma coisa...

Será que ainda estava com as chaves depois de toda aquela luta? Outra noite eu havia chegado até o carro em circunstâncias semelhantes. Zona Leste de Los Angeles, uma briga com três rapazes mexicanos. Consegui ficar com a carteira, mas perdi as chaves.

Vasculhei os bolsos – ali estavam elas. Úmidas, cheias de areia, milagrosas chaves.

Abri a porta e entrei. O motor deu a partida, embora resmungando um pouco. Fiquei ali sentado, esquentando o motor, enquanto o carro da polícia dava as caras. Vi-o dobrar a esquina e se aproximar do homem com sua varanda extremamente possessiva. Engatei a marcha e comecei a andar.

Quando cheguei em casa, tirei minhas roupas, me enxuguei, coloquei um quimono japonês que John Thomas havia me dado e abri uma garrafa de cerveja.

O telefone tocou. Atendi.

– Puteiro do Bukowski.

– Hank?

– Sim.

– É o Hal, onde você estava? Tentei falar contigo pelo telefone.

– Fui às corridas.

– E que tal?

– Jogo duro, muito duro.

– E como saiu?

– Terminei empatado.

– Ouvi notícias do Stangos. Ele mandou a *Penguin 13* pelo correio. Recebeu uma cópia?

– Sim.

– Parece que tem uma boceta na capa. Era para ser uma pedreira, mas parece uma boceta.

– Uma boceta num mensário. Queria que eles tivessem publicado uma de verdade.

– Vai sair no dia 29 de junho nos Estados Unidos. Mas já saiu na Inglaterra... blá, blá, blá... Nikos diz que é a melhor da série... blá, blá... *establishment*, blá, blá, grupos universitários, blá, blá, logo depois dos nossos rabos e blá, blá... Beiles escreveu uma boa crítica blá, blá, blá que a *London Magazine* recusou e blá, blá, blá, e depois mais blá, blá, blá num jornal da África do Sul e blá, e eles também se recusaram a blá, blá, blá, mas segue o acordo e eles estão atrás de nós e blá, blá.

– É isso aí.

Ele ainda falou um pouco e depois desistimos. Terminei a cerveja e abri outra, e começou a chover FORTE mais uma vez... Os salva-vidas das pessoas caindo dentro de cânions, fendas na terra, insegurança que as companhias de seguro já conheciam, que os arquitetos e construtores já conheciam... Em quinze minutos eu teria de ir em busca de uma dúzia de cervejas, mas antes seria preciso trocar o quimono japonês. Uma dúzia de cervejas, três charutos e um *LA Times*.

O telefone tocou.

– Por onde você andava, Hank? Estava tentando falar com você. Sua filhinha quer falar com você.

A garotinha estava com quatro anos e a mulher a colocou na linha, e eu ri e tomei minha cerveja enquanto ela falava muito seriamente comigo. Coisas muito bem-estruturadas também. Coisas sérias. Tudo era bastante sério e ao mesmo tempo muito engraçado enquanto eu a escutava junto com a chuva, o som contínuo das sirenes do lado de fora. De um modo vago, pensei em coisas estranhas como no BATALHÃO DE ABRAHAM LINCOLN e em onze girinos mortos sob o varal em 1932. Então ela me disse até logo. Foi preciso um longo tempo para poder dizer até logo.

Depois de encerrada a ligação, tirei meu quimono e me preparei para enfrentar a imundície da rua.

Deveríamos queimar o rabo do Tio Sam?

Deveríamos queimar o rabo do Tio Sam?

Ou ele queimará os nossos? Terei 50 em agosto, portanto não confie em mim. São 20 anos mais 30, e eu me pergunto em quem os garotos com menos de 30 vão confiar quando tiverem mais de 30? Mas talvez você deva confiar em mim um pouquinho – estou desempregado, chego a ter até um cavanhaque ralo, bebo todas as noites até o amanhecer, escrevo meus poeminhas e meus contos sujos, ainda em busca do alvo, talvez errando, levantando ao meio-dia em busca de um antiácido, topando com aquarelas cobrindo o chão junto com garrafas de cerveja vazias e o *Programa de Corridas* da semana passada. *Berkeley Tribe* me manda uma cópia de seu jornal todas as semanas, então devem saber que estou aqui. Além do mais, bebo com todo mundo e os escuto. Minha porta está aberta tanto para a Esquerda quanto para a Direita, para brancos e negros e amarelos e vermelhos e homens e mulheres e sapatões e homos variados. Não fico palestrando; eu aprendo. Eu era contra a guerra quando ser a favor era moda. Acreditava que deveríamos ter permanecido fora da Segunda Guerra Mundial e o curso da história se revelaria semelhante ao que temos agora. Esta é uma declaração forte e, claro, pode ser discutida. Continuo sendo contra a guerra. Independente de a guerra ser contra a Esquerda ou a Direita, para mim nunca deixa de ser uma guerra. Entre os intelectuais americanos uma guerra “boa” é aquela travada contra a Direita; uma guerra “ruim”, contra a Esquerda. Isso é fácil demais. A lição é não se deixar iludir. Se vocês estão dispostos a sacrificar vidas humanas por uma Causa, sigam em frente. Troquem a constituição por uma nova ou façam a antiga funcionar. Digam: "Nós morremos. Agora é isso que queremos". No momento em que um inimigo é removido em uma guerra, isto cria um vazio de desequilíbrio e um novo inimigo se forma. Se você destrói a Esquerda, a tendência é que você se torne a Esquerda; se você destrói a Direita, a tendência é que se torne a Direita. Tudo não passa de mercúrio, de uma gangorra, e grandes homens se deixaram enganar e aprisionar pelas mudanças no equilíbrio. Políticas, guerras, causas – por milhares de anos acabamos transformados em sacos de merda. Já é hora de aprendermos a pensar.

Ainda nos anos 30, e caminhando direto para a Segunda Guerra Mundial, havia um forte sentimento revolucionário neste país. Franco estava prestes a dominar a Espanha – escritores foram fisgados pela "nobre causa" – Hemingway, Koestler, que se converteu mais tarde – de fato, *Darkness at Noon* foi um dos primeiros sinais de conversão. Depois houve também Lillian Hellman; Irwin Shaw, o queridinho dos intelectuais e o chuchu da *New Yorker* – vejam o conto "Sailor Off the Bremen" ...e, claro, havia Steinbeck e Dos Passos – que se converteram depois. Mesmo William Saroyan, que disse que nunca iria à guerra, acabou enquadrado, foi, e escreveu um péssimo romance sobre isso – *The Adventures of Wesley Jackson*. Houve dúzias, centenas de outros. Você nem poderia ser considerado um escritor se não fosse a favor da guerra. E, claro, antes da guerra havia uma depressão. As pessoas, tanto jovens quanto velhas, costumavam se encontrar em garagens escuras e conversar sobre revolução. Formou-se A Brigada Abraham Lincoln para ir à Espanha deter "a escalada do fascismo. Parem-na agora!". Bem, a Brigada estava pobremente armada e eles gritavam às multidões: "Junte-se ao Partido! Junte-se à Brigada! Precisamos detê-los agora! Nossas vidas estão em jogo!". Em São Francisco acontecia o mesmo. Os bailes do Partido Comunista eram bem frequentados. Nenhum homem poderia ficar de fora, eles diziam. Qualquer homem que não estivesse minimamente envolvido nem poderia ser considerado parte sensível e pensante da espécie humana. Tempos empolgantes para alguns. Mas onde foram parar? O que houve com a Esquerda depois que Hitler foi derrotado? O que aconteceu com Irwin Shaw, Hemingway, Dos Passos, Steinbeck, Saroyan, a galera toda? Bem, houve aquele romance estúpido do Steinbeck, *The Moon is Down*, e aquele romance estúpido de Hemingway, *Além do rio e entre as árvores*, e não faço a menor ideia se essas coisas foram escritas depois, durante ou um pouco antes da guerra – fazem parte do processo. Dos Passos desistiu. Os outros descobriram que já não podiam escrever. Camus passou a fazer o circuito de palestras nas Academias até que um acidente de carro o salvou desse tipo de vida.

Meu ponto é que já ouvi gritaria similar a essa que agora toma as ruas antes, e tudo isso não deu em nada. Houve traições e viradas em abundância. As pessoas tinham comida em suas barrigas. As pessoas tinham feito dinheiro na guerra. A Rússia aliada passou a ser a Rússia inimiga. Joe Stalin, agora que o mundo tinha sido salvo, dava uma de Hitler com seu povo. Mais uma vez – como sempre – os intelectuais tinham sido enganados. A realidade superou a teoria. A ganância e a mesquinhez humanas se tornaram história. A proclamada bondade do homem revelou-se um belo golpe. Traição. Documentos. Conversa para boi dormir. Irwin Shaw percebeu isso e colocou no papel – seu melhor livro, embora eu já não lembre mais o título. Joe McCarthy fez sua aparição a tempo. As meias sujas de Adolph. Tivemos o assunto exaurido pela indústria cinematográfica. A Direita estava de volta. Mas como? Não tinham sido destruídos na Segunda Guerra? Cada homem era suspeito. "Vocês nunca participaram do Partido Comunista? Não éramos a maioria de nós?" Mas ninguém nunca disse isso. Eles recebiam suas ordens de cima e, como bons meninos, obedeciam. E agora as crianças judias que salvamos dos fornos fazem parte da Direita. Comandam

Panzers e guerras-relâmpago e ataques aéreos contra a ESQUERDA. É desconcertante.

Agora mais uma vez os intelectuais gritam "Revolução". Um banco é incendiado. A IBM sofre um atentado, uma companhia telefônica também, e outros lugares... Policiais são apedrejados; seus carros queimados; policiais são mortos, policiais matam – sempre acontece. Então nós temos os 7 grandes de Chicago e um velho inacreditável, senil, como juiz. Se Kunstler não tivesse avisado a rapaziada para parar num discurso recente, aquilo poderia ter acontecido. Mas Kunstler sabia que poderia ter ocorrido um massacre e que a Revolução teria terminado ali mesmo. Garantiu a eles mais um dia. Bem, vocês podem se perguntar, qual é o meu PROPÓSITO? Bem, sou um fotógrafo da vida, não um ativista. Mas antes de se decidir por uma Revolução tenham certeza de que vocês têm uma boa chance de vencer – com isso, me refiro a uma vitória pela violência. Antes de isso acontecer vocês precisam promover alguma revolução dentro dos ranques da Guarda Nacional e da força policial. Isto não acontecerá em nenhum grau. Então é preciso fazer isso através dos votos. E suas chances são dizimadas pela presença dos dois Kennedy. A essa altura já há muitas pessoas temendo por seus empregos, há muitas pessoas comprando carros, aparelhos de tevê, casas, créditos estudantis. Crédito e propriedade e um trabalho de oito horas são grandes amigos do Establishment. Se vocês precisam comprar coisas, usem apenas dinheiro, e só comprem aquilo que tenha real valor – nada de bugigangas ou engenhocas. Tudo o que vocês possuem deve caber dentro de uma mala; só então suas mentes poderão estar livres. E antes que vocês enfrentem as tropas nas ruas, DECIDAM e SAIBAM o que estão fazendo, quem colocarão no lugar dos que aí estão e por quê. Slogans românticos não farão o serviço. Tenham um programa definido, com palavras claras, pois se vocês VENCEREM terão uma forma de governar decente e adequada. Pois tenham em mente que em todos os movimentos há oportunistas, gente ávida de poder, lobos sob vestes Revolucionárias. São esses os homens que derrubam uma Causa. Estou do lado dos que querem um mundo melhor, para minha filha, para mim mesmo, para vocês, mas é preciso ter cuidado. Uma mudança no poder não significa uma cura. Entregar o poder às pessoas não é uma cura. O poder não é uma cura. O grande esforço de suas mentes não deve ser como destruir um governo, mas sim como criar um governo melhor. Não sejam mais uma vez enganados e aprisionados. E se vocês vencerem, tenham cuidado com um governo que seja mais Autoritário e que acabe por deixá-los numa situação mais opressiva do que a anterior. Não sou exatamente um patriota, mas apesar de todas as enormes e fodidas injustiças ainda se pode expressar uma opinião e protestar e agir num amplo espectro social. Digam-me, poderia eu escrever um texto contra o governo DEPOIS que vocês assumirem? Poderia ficar nas ruas e parques e dizer a vocês o que eu penso? Espero que sim. Mas sejam cuidadosos se for para perdermos esse direito em nome da Justiça. Peço que me apresentem seu programa para que possa escolher entre o de vocês e o deles, entre a Revolução e o governo existente. Será que não me colocarão para cortar cana? Isso me deixaria bastante chateado. Por acaso construirão novas fábricas? Passei minha vida inteira fugindo de fábricas. Teriam meus escritos, minha música, minhas pinturas que levar em conta o bem-estar do Estado? Deixariam que eu ficasse largado em parques e cubículos bebendo vinho, sonhando, me sentindo bem e tranquilo? Deixem-me saber o que têm reservado para mim antes que eu saia por aí queimando bancos. Preciso de mais do que colares hippies, uma barba, um turbante indiano, maconha legalizada. Qual é o seu programa? Estou cansado de todos os mortos. Não vamos desperdiçá-los mais uma vez. Se é para enfrentar a baioneta das Tropas Estaduais, digam-me o que vou ganhar para isso.

Digam-me.

O cristo prateado de Santa Fé

Recebi uma carta de Marx, que havia se mudado para Santa Fé. Dizia pagar a passagem de trem e que iria bancar minhas despesas se eu ficasse lá por uns tempos. Ele e a esposa tinham um acerto com um psiquiatra rico e não precisavam pagar aluguel. O psiquiatra queria que eles mudassem a gráfica deles para lá, mas as máquinas eram muito grandes para passar pelas portas, então o psiquiatra se ofereceu para contratar alguém para derrubar uma das paredes e pôr as máquinas lá dentro e depois erguer a parede de novo. Acho que era isso que preocupava Marx – ter sua preciosa gráfica trancada lá dentro daquele jeito. Então Marx queria que eu fosse até lá e desse uma olhada no psiquiatra e lhe dissesse se o psiquiatra era boa gente ou não. Não sei bem como aconteceu, mas eu andava me correspondendo com esse psiquiatra rico, que era também um péssimo poeta, havia algum tempo, mas nunca o vira pessoalmente. Também estava me correspondendo com uma poeta, uma poeta não muito boa, Mona, e quando dei por mim o psiquiatra tinha se divorciado da mulher e Mona tinha se divorciado do marido e então Mona se casou com o psiquiatra e agora Mona estava lá e Marx e sua mulher estavam lá e a ex-mulher do psiquiatra, Constance, ainda estava na área. E era para eu ir até lá e ver se estava *tudo* bem. Marx achava que eu sabia das coisas. Bem, eu sabia. Podia dizer a ele que não estava tudo bem, não precisava ser nenhum gênio para se dar conta disso, mas acho que Marx estava tão envolvido na situação, além do lance de não pagar aluguel, que não conseguia ver. Jesus. Bem, eu não estava escrevendo. Tinha escrito umas histórias obscenas para as revistas de sacanagem e elas tinham sido publicadas. Eu tinha uma porção de histórias obscenas publicadas pelas revistas de sacanagem. E então estava na hora de reunir material para mais uma história obscena e eu estava certo de que havia uma história obscena em Santa Fé. Então disse a Marx para mandar o dinheiro...

*

O nome do psiquiatra era Paul, caso alguém esteja interessado.

Eu estava sentado com Marx e sua mulher – Lorraine – e bebia uma cerveja quando Paul entrou empunhando um copo de uísque com soda. Não sei de onde saiu. Ele tinha casas espalhadas por toda a costa. A porta ao norte dava para quatro banheiros com quatro banheiras e quatro privadas. Parecia que Paul tinha simplesmente caminhado ao longo dos quatro banheiros com quatro banheiras e quatro privadas com a bebida nas mãos. Marx nos apresentou. Havia uma hostilidade velada entre Marx e Paul, porque Marx tinha permitido que alguns indianos se banhassem em uma ou mais das banheiras. Paul não gostava de indianos.

– Veja, Paul – perguntei, dando um gole na minha cerveja –, me diga uma coisa?

– O quê?

– Eu sou louco?

– Custa caro para descobrir.

– Deixa para lá. Eu já sei.

Então Mona surgiu de dentro dos banheiros. Estava segurando um menino nos braços, do seu outro casamento, um menino de aproximadamente três ou quatro anos. Os dois estavam com cara de choro. Fui apresentado a Mona e ao menino. E então eles seguiram para outro lugar. Na mesma hora Paul saiu com seu copo de uísque.

– Eles promovem leituras de poesia na casa de Paul – disse Marx. – Todos os domingos. Fui pela primeira vez no domingo passado. Ele manda as pessoas fazerem uma fila única em frente à porta. Então os convida a entrar, um por um, e faz com que se acomodem e lê as coisas dele primeiro. Ele tem um monte de garrafas espalhadas por toda parte, os caras ficam secos por uma bebida, mas ele não serve nada. O que você acha dum filho da puta desses?

– Bem – eu disse –, não vamos nos precipitar. Pode ser que, por baixo dessa casca, Paul seja um homem muito bom.

Marx me encarou e não respondeu. Lorraine apenas riu. Fui buscar outra cerveja, abri a garrafa.

– Não, não, veja bem – eu disse –, pode ser por causa do dinheiro. Todo aquele dinheiro está causando algum tipo de bloqueio; a bondade dele está trancada, não consegue sair, entende? Talvez, livre de um pouco desse dinheiro, ele pudesse se sentir melhor, mais humano. Talvez isso seja o melhor para todos...

– Mas e os indianos? – perguntou Lorraine.

– Daremos um pouco para eles também.

– Não, não é isso. É que eu disse para o Paul que deixaria eles virem aqui tomar banho. E eles também podem cagar.

– É claro que podem.

– E eu gosto de falar com os indianos. Gosto dos indianos. Mas Paul disse que não quer eles por perto.

– Quantos indianos vêm aqui por dia tomar banho?

– Ah, uns oito ou nove.

– Alguma moça jovem?

– Não.

– Bem, não precisamos nos preocupar tanto com os indianos...

*

Na noite seguinte, Constance, a ex-mulher, apareceu. Tinha um copo de bebida nas mãos e estava um pouco alta. Ainda estava morando em uma das casas de Paul. E

Paul ainda a visitava. Em outras palavras, Paul tinha duas esposas. Talvez até mais. Ela se sentou ao meu lado e senti suas costelas encostarem nas minhas. Tinha uns 23 anos e era muito mais bonita do que Mona. Falava com um sotaque meio francês, meio alemão.

– Acabo de chegar de uma festa – ela disse –, quase morri de tédio. Uma gentinha de merda, bando de fingidos, simplesmente não pude aguentar!

Então Constance se virou para mim.

– Henry Chinaski, você é simplesmente igual ao que você escreve!

– Doçura, eu não escrevo tão mal assim!

Ela riu e eu a beijei.

– Você é uma moça muito bonita – eu disse a ela –, você é uma daquelas vadias de classe que eu não vou pegar nem depois de morto. Há uma lacuna tão grande, social, cultural, de formação, todas essas besteiras... tipo idade. É triste.

– Eu podia ser sua neta – ela disse.

Eu a beijei de novo, pondo as mãos em seus quadris.

– Não preciso de netas – eu disse.

– Tenho bebida na minha casa – ela disse.

– Pro inferno com essa gente – eu disse –, vamos para sua casa.

– Muito bem – ela disse.

Eu me levantei e a segui...

Sentamos na cozinha para beber. Constance estava usando um desses, bem, como se chama?... um desses vestidos de estilo camponês, verde... um colar de pérolas brancas que dava voltas e voltas e voltas no pescoço, e a curva de seus quadris se alongava no lugar certo e seus seios brotavam do lugar certo e seus olhos eram verdes e seu cabelo era loiro e ela dançava ao ritmo da música que vinha dos alto-falantes – música clássica –, e eu fiquei lá sentado bebendo, e ela dançava e girava com o copo na mão e eu levantei e a agarrei e disse:

– Jesus, Jesus, NÃO POSSO AGUENTAR!

Beijei-a e toquei todo o seu corpo. Nossas línguas se encontraram. Seus olhos verdes permaneceram abertos e olharam dentro dos meus. Ela se afastou.

– ESPERRE! Eu já volto!

Me sentei e tomei outro drinque.

Então ouvi a voz dela:

– Estou aqui!

Fui até a outra peça e lá estava Constance, nua, estirada sobre um sofá de couro, os olhos fechados. Todas as luzes estavam acesas, o que só melhorava as coisas. Ela era muito branca, dos pés à cabeça, apenas os pelos de sua boceta tinham um tom alaranjado, diferente do loiro dos cabelos. Comecei tocando seus seios e os mamilos ficaram duros imediatamente. Coloquei a mão entre suas pernas e deslizei um dedo para dentro dela. Beijei todo o seu pescoço e orelhas, quando a penetrei, fui de encontro à sua boca. Sabia que finalmente iria conseguir. Estava quente e ela estava gostando, remexia seu corpo em movimentos sinuosos, como uma serpente. Finalmente eu havia recuperado minha masculinidade. Minha hora havia chegado. Todos aqueles fracassos... foram tantos... aos cinquenta anos... essas coisas podiam deixar um homem inseguro. E, afinal de contas, o que restava de um homem se ele não pudesse dar conta do recado? De que serviam os poemas? A habilidade de foder uma mulher bonita era a maior das Artes concebida pelos Homens. Todo o resto era besteira. Imortalidade era ser capaz de foder até que a morte chegasse...

Então olhei para cima, entre uma estocada e outra. Na parede à minha frente havia um Cristo prateado em tamanho natural, pregado a uma cruz prateada em tamanho natural. Seus olhos pareciam estar abertos, e Ele me olhava.

Parei por um instante.

– Que foi? – ela perguntou.

É apenas um objeto, pensei, é só um pedaço de prata pendurado na parede. Não é nada além disso, um pedaço de prata. E você não é religioso.

Os olhos Dele pareciam estar se abrindo, palpitando. Aqueles pregos, os espinhos. O pobre Sujeito fora assassinado, agora não passava de um naco de prata na parede, olhando, olhando...

Minha pica amoleceu e eu saí de dentro dela.

– O que houve? O que houve?

Vesti minhas roupas.

– Vou embora!

Saí pela porta dos fundos. Ouvi o clique da fechadura quando a porta bateu atrás de mim. Jesus! Estava chovendo! Um aguaceiro colossal. Era daquelas chuvas que você sabia que não ia parar tão cedo. Gelada para burro! Corri para a casa do Marx, que era logo ao lado, e bati na porta. Bati de novo e de novo e de novo. Não abriram. Corri de volta para a casa de Constance e bati na porta, e bati e bati.

– Constance, está chovendo! Constance, meu AMOR, está chovendo, estou MORRENDO DE FRIO AQUI FORA NESSA CHUVA E MARX NÃO QUER ME DEIXAR ENTRAR! MARX ESTÁ BRABO COMIGO!

Ouvi a voz dela do outro lado da porta.

– Vá embora, sua... sua filho da puta ordinárrio!

Corri de volta para a porta de Marx. Bati, bati, bati. Nada. Tinha uma porção de carros estacionados ali em volta. Conferi as portas para ver se algum estava aberto. Todos trancados. Havia uma garagem, mas era feita apenas de tabuinhas de madeira; deixava entrar chuva. Paul sabia como economizar dinheiro. Paul jamais seria pobre. Paul jamais ficaria trancado do lado de fora, na chuva.

– MARX, PELO AMOR DE DEUS! EU TENHO UMA FILHINHA! ELA VAI FICAR TRISTE SE EU MORRER!

Enfim, o editor da *Overthrow* abriu a porta. Entrei. Peguei uma garrafa de cerveja e sentei no meu sofá-cama depois de tirar a roupa.

– Você disse 'pro inferno com essa gente!' quando saiu – disse Marx. – Você pode falar assim comigo, mas não pode falar desse jeito com Lorraine!

Marx continuou batendo na mesma tecla – você não pode falar com a minha mulher desse jeito, você não pode falar com a minha mulher desse jeito, você não pode – tomei mais três garrafas de cerveja e ele continuou repetindo a mesma coisa.

– Pelo amor de Deus – eu disse –, vou embora amanhã cedo. Você está com a minha passagem de trem. Não tem nenhum trem funcionando a essa hora.

Marx resmungou mais um pouco e depois dormiu e eu tomei mais uma cerveja, a última da noite, e pensei, será que Constance já está dormindo?... Chovia.

Confissão de um velho safado

Nasci ilegítimo – isto é, fora de um laço matrimonial – em Andernach, Alemanha, no dia 16 de agosto de 1920. Meu pai era um soldado do exército de ocupação americano; minha mãe era uma camponesa alemã, simples e ignorante. Trouxeram-me para os Estados Unidos com dois anos de idade – primeiro Baltimore, depois Los Angeles, onde desperdicei a maior parte da minha juventude e onde vivo hoje em dia.

Meu pai era um homem brutal e covarde que me surrava continuamente com uma tira de couro de afiar navalha, por qualquer motivo que fosse. Minha mãe estava de acordo com o tratamento que me era dado. 'Crianças devem ser vistas, mas não ouvidas', era a máxima preferida do meu pai.

Davam-me infindáveis tarefas na casa e no jardim, e se eu não as cumprisse com cem por cento de perfeição levava uma surra. As tarefas, aparentemente, nunca eram cumpridas com perfeição. Eu levava uma surra por dia. Aos sábados, era obrigado a cortar a grama duas vezes – uma vez em cada direção –, aparar e debruar as áreas exteriores, depois tinha que molhar os dois gramados e regar todas as flores. Enquanto isso, meus amigos estavam jogando futebol americano e beisebol nas ruas, rindo e descobrindo uns aos outros.

Meu pai inspecionava o gramado quando o serviço estava terminado. Ele se ajoelhava, deitava a cabeça na grama e a examinava minuciosamente, à procura do que chamava de 'pelos'. Se encontrasse um 'pelo', uma folha de grama maior do que as outras, eu recebia a minha surra. Ele sempre encontrava um 'pelo'.

Eu só abria a boca para dizer sim ou não. Depois dos cinco ou seis anos de idade, deixei de chorar quando apanhava. Odiava tanto aquele cara que meu único jeito de me vingar dele era não chorar, o que fazia com que ele me batesse ainda mais forte. As lágrimas corriam dos meus olhos, mas eram lágrimas silenciosas. As surras sempre aconteciam no banheiro – talvez porque a tira estivesse lá. E quando ele terminava, dizia "Vá para o seu quarto".

Entrei cedo no submundo.

Minha bunda e a parte de trás das minhas coxas estavam sempre cobertas de marcas e hematomas. Quando eu era chamado para o jantar – comer sempre era algo penoso para mim –, eles me deixavam sentar numa almofada, ou se a surra tivesse sido excepcionalmente forte às vezes me deixavam usar duas almofadas.

Eu tinha que dormir de bruços por causa da dor. Embora tenha nocauteado meu pai com um soco, numa bela noite, quando tinha dezessete anos, e o tenha enterrado vários anos depois, o hábito de dormir de bruços permaneceu.

Não quero fazer desta confissão uma choradeira; gosto de rir como todo mundo – agora. Ou quem sabe não seja engraçado, olhando para trás, me ver deitado de bruços na cama, ouvindo os dois roncar ou foder, e pensando, 'Que chance um cara de um metro e vinte de altura pode ter?' Hoje eu tenho um metro e oitenta e três e outros monstros tomaram o lugar do meu pai.

Na escola não foi muito diferente. Como não tinha nenhuma prática em esportes de rua, mal sabia a diferença entre uma bola de beisebol e uma bola de futebol americano. Minha primeira tentativa foi na hora do recreio. Beisebol. Lançaram a bola e eu não consegui acertar a tacada. Jogaram a bola de futebol e eu não consegui pegar. Não entendia nem a metade do que eles falavam. Eu era um 'veadinho'. Eles me seguiam em bandos depois da aula e me insultavam durante todo o caminho de casa. Não havia lugar para mim entre eles.

Até na sala de aula eu era dos mais atrasados. Ainda estava lutando contra a figura paterna, e também contra a figura materna. Aquilo que me incomodava na sala de aula, eu decidia não aprender. Às vezes era a cara do professor; às vezes era simplesmente a monotonia do processo de aprendizagem. Me recusava a aprender as notas musicais, as regras da gramática. Me recusava a aprender álgebra. Apenas mais tarefas estúpidas.

Na maioria das vezes eu tirava '4' ou 'D', mas às vezes tirava um 'F'. Estava sempre levando a culpa por alguma coisa – nunca me diziam exatamente o quê – e quase sempre ficava de castigo depois da escola.

Eu não tinha amigos, mas isso não parecia me fazer falta.

Então em algum ponto, à medida que os anos passaram, ocorreu uma mudança; começou em algum momento entre o ensino médio e meus dois anos na LA City College. Passei a ser o cara mais durão do pedaço. Deve ter sido depois que saí do County Hospital. Tive que ficar afastado por seis meses. Tinha espinhas do tamanho de maçãs espalhadas por todo o meu rosto e costas – ao redor dos olhos, no nariz, atrás das orelhas, no couro cabeludo. Aquela vida intoxicante tinha finalmente explodido para fora de mim. Lá estavam – todos os gritos contidos – irrompendo transformados.

Os médicos me furaram com uma enorme agulha. Foi a única coisa que lhes ocorreu fazer, me furar com uma agulha. Eu podia sentir o cheiro de sebo queimado quando a agulha esquentava. Eles picavam aquelas bolas imensas, fazendo jorrar sangue para todos os lados.

– Nunca vi um caso assim – disse um dos médicos. – Olha o tamanho desses troços! Uma super Acne Vulgaris!

Então cinco ou seis deles se amontoavam à minha volta para olhar o tamanho dos troços.

Idiotas. Foi aí que coloquei a categoria médica na minha lista negra. Para falar a verdade, nada escapava da minha lista negra. Eu não odiava os médicos como odiava o meu pai; simplesmente os achava um bando de idiotas.

– Nunca *vi* um cara aguentar isso no osso! Ele nem treme ou esboça qualquer reação. Não consigo entender.

Quando voltei para a escola, alguma coisa em mim tinha mudado. Eu tinha enfrentado chumbo grosso. Nada mais importava. Em vez de ficar confuso e sentir medo da multidão, eu tinha me transformado num "garoto durão". Outros garotos durões tentaram fazer amizade comigo. Eu os mandei cair fora.

Descobri que podia dar ótimas tacadas no beisebol. E o futebol americano era uma beleza. Especialmente quando jogávamos em meia-cancha nos estacionamentos vazios e nas ruas asfaltadas – e a gente costumava mesmo jogar nas ruas nos anos 30.

Do dia para a noite passei de veadinho a super-homem, e então perdi o interesse. Esportes eram tão estúpidos quanto qualquer outra coisa, talvez até mais.

Descobri uma pequena biblioteca no cruzamento das avenidas La Cienega e West Adams. Comecei a retirar livros nesta biblioteca sem nenhuma orientação. Para ver se um livro era bom eu abria na primeira página e observava o aspecto da impressão no papel. Se me parecesse bom, eu lia um parágrafo. Se o parágrafo fosse bom, eu lia o livro. Foi assim que descobri D. H. Lawrence, Thomas Wolfe, Turguêniev – não, Wolfe foi um pouco mais tarde, na biblioteca grande que ficava no centro –, mas na biblioteca pequena também descobri o velho Upton Sinclair, Sinclair Lewis, Górki e o grande Fiódor Mikhailovitch Dostoiévski. Tudo isso antes de alguém me dizer que eles eram mais do que a ponta de estoque das porcarias que entulhavam as bibliotecas públicas. É claro, apenas Dostoiésvski e alguns contos do Turguêniev permaneceram gravados em mim.

Bem, se você ainda estiver me acompanhando, deixei meus queridos pais e me mudei para um apartamento na esquina da Third com a Flower, onde vivi às custas da minha sorte – que na época consistia na capacidade de ganhar competições de copo e de me dar bem nos jogos de dados. Também tinha sorte nas disputas com estranhos a dez dólares a rodada.

Fui despejado do apartamento da Third com a Flower por um velho que era dono do lugar. Ele chegou para mim e disse:

– Meu filho, você está destruindo o meu apartamento.

Ele tinha mau hálito. E o lugar, ratos.

– Você está destruindo o meu apartamento e não está deixando o pessoal dormir à noite. Tem um monte de camaradas velhos aqui que só querem um pouco de sossego. Você vai ter que se mudar.

Merda. Eu conhecia esses velhotes. Só havia dois tipos: os que adoravam Deus e os que adoravam o vinho. E os que adoravam Deus eram os que reclamavam.

*

Encontrei um apartamento na Temple Street, que na época ficava no bairro dos Filipinos, bebia pesadamente, seguia tendo sorte com as apostas. Meu quarto mais uma vez se tornou ponto de encontro de jogadores, mas a senhoria era durona, não parecia se importar nem um pouco, era dona de uma parte do bar que ficava no térreo e tenho quase certeza de que encaminhava alguns jogadores para o meu quarto. Eu bebia enquanto jogava e isso me deixava relaxado o bastante para ter sorte. Meu esquema era sempre o mesmo – eu dominava o jogo durante *um certo* tempo todas as noites, e assim que conseguia a quantia que queria, começava a cambalear para lá e para cá fingindo estar bêbado e furioso.

– Muito bem, todos para fora! Pelo amor de Deus, vocês não têm nenhum lugar para *dormir*? Isso aqui não é igreja nem bordel! Eu *moro* aqui!

Depois vociferava mais uma série de xingamentos e dizia a eles, atirando um copo cheio de uísque contra a parede:

– Eu disse "*todos para fora*"!

Eles se enfileiravam e marchavam em direção à porta.

– A próxima rodada começa amanhã às seis da tarde. Não se atrasem.

Eles iam embora. Eu ainda era o garoto durão. Ou o garoto bufão. Não sabia ao certo.

Fui ficando cada vez melhor, até que numa noite acabei brigando com um cara que eu achava que era meu amigo. Ele era fuzileiro naval, mas apesar disso tinha uma cabeça boa, quase conseguia acompanhar meu ritmo com a bebida, mas tinha certo apreço por Thomas Wolfe e Teddy Dreiser. O problema era que Wolfe era um bom homem que escrevia mal e Dreiser era um homem inteligente que *de fato* não sabia escrever.

Uma noite, depois que os jogadores foram embora, nos sentamos com uma garrafa de uísque e tentamos discutir o assunto. Eu também disse a ele que Faulkner era para criancinhas. Tchékhov, não – um joguete das massas abastadas. Steinbeck, um técnico. Hemingway, apenas meia-boca. Ele gostava de *todos* eles. Era um imbecil. Então eu disse que Sherwood Anderson era melhor que todo esse maldito bando. Isso mexeu com ele.

Foi uma boa briga. No final, todos os espelhos e móveis do quarto estavam caídos no chão.

Você consegue imaginar o motivo de uma briga ser o sentido da literatura e não uma boceta qualquer? Somos tão loucos quanto os outros.

Não sei quem venceu a luta. Provavelmente foi ele. Mas quando acordei na manhã seguinte e olhei em volta, achei que não seria justo pagar sozinho a conta dos estragos. Juntei meus trocados, saí e peguei um ônibus para New Orleans.

Achei o Bairro Francês um embuste e fiquei no lado oeste da Canal Street, dormindo com os ratos. Por alguma razão, decidi me tornar um escritor. Comecei a escrever contos, manuscritos à tinta, e a enviá-los para a *Harper's*, para *The Atlantic* ou para a *New Yorker*. Quando os mandavam de volta, eu rasgava as folhas.

Escrevia de seis a dez contos por semana, bebia vinho e frequentava bares de quinta.

Ia de cidade em cidade, trabalhando longas horas em empregos tediosos e miseráveis – Houston, Los Angeles, St. Louis, Frisco duas vezes, Nova York, Miami, Savannah, Atlanta, Fort Worth, Dallas, Kansas City, e provavelmente mais algumas que não lembro mais.

Trabalhava nos matadouros, nas equipes das ferrovias, despachando pequenos carregamentos, recebendo pequenos carregamentos. Trabalhei até para a Cruz Vermelha (bravo!), fui gerente numa distribuidora de livros. Além disso, fui uma espécie de leva e traz beberrão no último banco de um bar na Fairmount Avenue, na Filadélfia, saindo para buscar sanduíches para a moçada de peso. Uma cerveja ou um uísque de gorjeta, geralmente uma cerveja.

Conheci alguns vagabundos da pesada. A maior virtude desses caras, além do terrível mau hálito, era que no meio do seu bando errante de homens você às vezes encontrava uma pérola. Mas decidi não me juntar a eles.

Tornei-me um bêbado como outro qualquer, pensando em suicídio, me enfurnando por dias a fio em quartinhos minúsculos com as venezianas fechadas, me perguntando o que acontecia lá fora e o que havia de errado com aquilo – sem saber se culpava meu pai ou a mim mesmo ou a *eles*.

Eu era pacifista numa época belicista. Não sabia quais guerras eram benéficas e quais eram nocivas – ainda não sei. Eu era hippie quando os hippies não existiam; eu era beat antes de surgirem os beats.

Eu era um movimento de protesto, sozinho.

Fazia parte de uma espécie de submundo, como um espião clandestino, e sequer existiam outros espiões.

É por isso que eu não conseguia ver as coisas com clareza, entender o que estava acontecendo. Eu já tinha feito de tudo. E quando Tim Leary disse "caia fora" 25 anos *depois* de eu já ter caído fora, não consegui sentir nada. O grande "caia fora" de Leary significou ser demitido de seu cargo de professor em algum lugar (Harvard?).

Eu era a contracultura quando não existia a contracultura. Eu era o jovem safado. Meu corpo de 1 metro e 83 e 97 quilos de puro músculo passou a ser um esqueleto de 63 quilos. Fui preso, dividi a cela com Courtney Taylor, o grande vigarista e inimigo público número um da época. Um injustiçado, é claro. Eu, não o Taylor.

E saí, fui de novo para a Filadélfia, voltei para aquelas pensões, era despejado uma vez por semana.

Caminhando pela rua às nove da manhã, ouvia as velhinhas cochicharem em suas cadeiras de balanço:

– Está vendo aquele moço? Já está *bêbado*! Botei ele para fora do *meu* apartamento! Meu Deus, fiquei tão *feliz* de me livrar dele!

Aquelas senhoras de antigamente, seus maridos morreram cedo de tanto trabalhar para que elas pudessem usar calcinhas de renda. Aquelas senhoras de antigamente, que hoje em dia ficam horrorosas de calcinha de renda, me culpam por tudo o que acontece, porque não me entreguei de corpo e alma a um ofício medíocre qualquer.

– Você trabalha? – elas sempre perguntavam quando eu batia à porta.

– É claro – eu dizia, no sentido de que meu trabalho era sobreviver, e era um trabalho de merda. Então elas deixavam você ficar ali a primeira noite e nas paredes havia placas com dizeres como "JESUS TE AMA!".

*

De repente eu estava no Village, em Nova York – o antigo Village, um lugar ordinário, cheio de impostores, como suponho que o novo Village seja agora. O artista deve estar em constante movimento, um passo à frente do vulgo.

No Village, passei por uma farmácia e na prateleira das revistas estava a então famosa revista *Story*, editada por Whit Burnett e Martha Foley. Se você chegava à *Story* isso significava que você era uma espécie de gênio legítimo e aprovado. Eu havia tentado a *Story* algumas vezes, junto com as investidas na *Atlantic-Harper's-New Yorker*. Apanhei a revista para dar uma olhada, então vi o meu nome na capa! Eles haviam publicado um texto meu. Aos vinte e quatro. Eu tinha mudado de endereço tantas vezes que a correspondência não chegou a tempo ou se perdeu. Peguei a revista, fui em direção ao caixa e paguei.

Na mesma época eu havia conseguido um emprego, muito a contragosto. Cuidava do estoque de uma distribuidora de livros e revistas. Alguns dias depois meu chefe chegou com uma cópia da *Story*. Ele disse:

– Ei, veja que coisa engraçada. Olha, tem um cara nessa revista com o mesmo sobrenome que você!

– Não – eu disse –, sou eu mesmo.

– Ah, corta essa! *Você* escreveu essa história?

Alguns dias depois fui chamado ao departamento pessoal. Eu tinha faltado dois ou três dias por motivo de embriaguez. Fui recebido por uma vadiazinha jovem e bonita.

– Você é Charles Bukowski?

– Sim.

– Você escreveu aquele conto na *Story*?

– O que importa?

– Estamos promovendo você a chefe da seção de remessa de livros.

– Você é quem sabe – eu disse a ela.

Eu sabia que isso era uma manobra estúpida. Ser escritor não tinha nada a ver com ser qualquer outra coisa.

Eu não era um bom chefe de seção. Chegava bêbado e batia na bunda dos operários com o cabo do martelo, enquanto eles pregavam as caixas de madeira. Mas eles gostavam de mim. Isso não estava certo – um bom chefe deve ser temido. O mundo todo funciona na base do medo.

Minha função era contar o número total de livros enviados nas caixas, assinar a nota fiscal, largar ali dentro e dizer: "Pode pregar!". Eu apenas fingia contar. Era tão fácil e tão tedioso. E eles sabiam das coisas melhor do que eu. Eu simplesmente fechava os olhos, fingia que estava contando, assinava a nota e dizia: "Ok, pode pregar!".

Eu era experiente o bastante para saber que logo todos perceberiam que eu estava cagando para o trabalho, então pedi demissão antes que alguém me dedurasse.

Mas antes que eu deixasse a cidade uma coisa muito estranha aconteceu. Conheci meu ídolo! *Eu* conheci o grande Whit Burnett, o todo-poderoso editor da *Story*. Mas ele não me reconheceu. Porque não sabia como eu era fisicamente. Mas eu o reconheci por conta das inúmeras fotografias dele que tinha visto. Eu caminhava na direção norte, e ele, na direção sul. Estava passando pelo maior editor do mundo. Ele tinha uma expressão de sofrimento nos olhos, mas pude perceber que era um sofrimento superficial e reservado, ainda que seus olhos fossem bonitos. Mas ficou claro para mim que nós éramos *muito* diferentes. Encolhi a barriga e comecei a gargalhar na frente dele. Meu ídolo havia desmoronado. Foi uma risada verdadeiramente idônea, sem malícia. Ele me encarou por um instante, depois seguiu andando.

Bem, houve mais um sucesso na *Portfolio* de Caresse Crosby. Eu estava lado a lado com Henry Miller, Genet, Sartre, Lorca, muitos outros que já esqueci, porque meus dois exemplares foram roubados por amigos.

Então larguei tudo. Parei de escrever. Desisti. Enchi a cara durante dez anos. Me estabeleci novamente em Los Angeles. Trabalhava o suficiente para sobreviver, mal e porcamente. Bebia o suficiente para me destruir, ou quase. Tornei-me o grande comedor das prostitutas da Alvarado Street.

Bem, como quis a sorte, tive que conhecer a mulher mais bonita e mais feroz de todas – Jane; o nome era antiquado, mas ela era uma selvagem mistura de sangue indiano e irlandês. Era irritadiça e colérica, mas tinha pernas lindas e uma bunda ótima, e havia algo diferente nela – uma presença de espírito –, quero dizer, quase tudo o que ela dizia era absolutamente relevante, e *nunca* houve alguém que trepasse tão bem quanto ela.

Não sei dizer o que fazia com que fosse tão boa de cama. Acho que era a mistura equilibrada entre amar e odiar, tudo ao mesmo tempo – ela nunca iludia você –, e então finalmente se entregar a uma submissão total e definitiva. Além disso tudo, ela tinha uma boceta muito gostosa.

Lembro-me da primeira noite em que a conheci, da primeira noite em que a levei para minha casa. Big Johnny, o figurão das vendas, me disse:

– Ninguém consegue domar essa aí, Hank, mas se alguém for capaz, acho que é você.

Ela estava bem vestida, roupas caras, especialmente os sapatos, e não *parecia* ser uma pessoa difícil. Comprei duas garrafinhas de bourbon, vários maços de cigarro, e pegamos um táxi em direção à minha casa, que estava bastante limpa, para variar. Tudo correu bem por algum tempo. Ela sentou no sofá, cruzou aquelas belas pernas e eu conversei com ela, pensei em como iria fodê-la, dei a ela uma das garrafinhas de bourbon, peguei a outra para mim e disse:

– Beba no gargalo.

– Você acha que é o sr. Van Bilderass, não é mesmo?

– Não, na verdade não. A vida foi bastante dura para mim.

– Corta essa! Você acha que é o sr. Van Bilderass!

Os olhos de Jane se arregalaram. Ela pegou sua garrafinha de bourbon, ergueu-a acima da cabeça.

– Espere! – eu disse.

– O que foi?

– Jogue essa porcaria em mim – e trate de acertar e me nocautear! Caso contrário, vou atirar de volta na sua cara. E não vou errar! Agora, vamos, atire!

Ela me olhou e pousou a garrafa.

Transamos algumas vezes naquela noite. Foi muito bom.

No fim das contas, moramos juntos de seis a oito anos no inferno.

Estou tentando ser sucinto aqui, fazendo um apanhado de tudo o que aconteceu, mas como você vai enfiar 49 anos em quatro ou cinco mil palavras? Então tenho que contar coisas aleatórias sobre Jane – como na primeira noite em que a estava comendo e parei no meio de uma estocada e disse:

– Puxa, não sei o seu nome! Qual é o seu nome?

A resposta dela:

– Porra, que diferença isso faz?

Certa noite, com a minha Jane, estava tão bêbado que havia caído do sofá, ficando junto a ela, olhando para seus tornozelos finos naqueles sapatos de salto alto, aquelas panturrilhas, perfeitas, aqueles joelhos, perfeitos, e ela ali na minha frente. Eu havia bebido duas vezes mais do que ela e acabara de cair do sofá. E, deitado de barriga para cima, olhando para aquelas pernas, proferi a imortal sentença:

– Doçura, eu sou um gênio e ninguém além de mim sabe disso.

E ela respondeu com a imortal sentença:

– Ah, levanta do chão e senta direito, seu imbecil!

Um dia, também tive de enterrá-la. Como meu pai. Como minha mãe. Enterrei-a dois anos depois de nos separarmos.

Mas antes disso, fui à ala beneficente do County Hospital (meu antigo lar) e me colocaram num porão escuro, e meus documentos sumiram.

– Os documentos – disse a enfermeira-chefe – foram para o térreo e eu estava no andar de cima.

Então fiquei perdido em algum lugar naquele aposento subterrâneo, um corpo sem documentos, morrendo, sangrando sem parar pela boca e pelo cu. Todo aquele vinho barato e a vida desregrada escoando para fora – rios de sangue. Então alguém achou meus documentos e depois de três dias no porão fui conduzido a uma área mais iluminada. Mas aí descobriram que eu não tinha crédito no banco de sangue.

– Sr. Bukowski – a enfermeira-chefe me disse –, se o senhor não puder comprovar que tem crédito, não poderá receber sangue.

O que significava que eu iria morrer.

Aparentemente tudo o que eles faziam pelos moribundos e enfermos era deixá-los ali deitados para morrer. Eu os via retirando os mortos de todos os lados. Assim eles liberavam espaço para os corpos novos que chegavam. O problema era a falta de espaço. E não tinha enfermeiras, nem médicos. Quando aparecia um médico residente era praticamente um milagre.

Então descobriram que meu pai possuía crédito no banco de sangue na época em que trabalhava. Além disso, eu estava emporcalhando toda a ala com o meu sangue, e estava demorando demais para morrer. Uma enfermeira apareceu como um anjo caído do céu e enfiou uma agulha na minha veia, pendurou a bolsa. Recebi sete litros e meio de sangue e sete litros e meio de glicose de uma só sentada.

Achei um apartamento na Kingsley Drive, arrumei um emprego como motorista de caminhão e comprei uma velha máquina de escrever. E todas as noites depois do trabalho eu me embebedava. Despejava rapidamente oito ou dez poemas.

Não sei como deixei de escrever contos. Estava escrevendo poemas, mas não sabia por quê. De algum modo, descobri J. B. May e sua revista *Trace*, que na época era a única força concentrada no recente cenário emergente das revistas de pequeno porte. E os 'pequenos' naquela época eram um terreno muito mais agradável para a escassa literatura autêntica e de qualidade que era produzida. Agora os pequenos mudaram, materializaram-se em um bando de operários com aparelhos de mimeógrafo baratos que se tornaram um depósito de literatura e poesia medíocres. Os pequenos e os grandes agora operam da mesma forma: ambos publicam lixo e só estão interessados em fama e grupos de influência e dinheiro, custe o que custar. A boca do cavalo finalmente encontrou o cu e está comendo a própria bosta.

Escrevi mais poemas, troquei de trabalho e de mulher, enterrei Jane, e então eles começaram a me perseguir. Pequenos livros surgiram no mercado: *Flower, Fist and Bestial Wail*. *Run With the Hunted*. *Longshot Poems for Broke Players*. Meu estilo era muito simples e eu dizia tudo o que tinha vontade. Os livros esgotavam-se rapidamente. Eu era compreendido por prostitutas de Kansas City e professores de Harvard. Quem sabe mais do que eles?

As coisas estavam mudando depressa. Whit Burnett havia se aposentado. A *Story* acabara. O novo grande editor do nosso tempo era Jon Edgar Webb da Loujon Press Books, organizador da revista *The Outsider*. Logo minha foto estava na capa da *The Outsider* – a caneca lascada e gasta, e os poemas e cartas dentro. Eu era o novo conceito poético – bem diferente da poesia culta e meticulosa – eu escrevia visceralmente. Alguns odiavam, outros amavam. Eu não estava nem aí. Apenas bebia mais e escrevia mais poemas. Minha máquina de escrever era uma metralhadora e estava carregada.

O novo grande editor, o velho Jon Webb, sempre lançava edições de qualidade. Meus dois livros, *It Catches*

My Heart in Its Hands e *Crucifix in a Deathhand*, foram impressos num papel que deve durar 2.000 anos. Sabe, isso é assustador. Os livros esgotaram-se rapidamente, comprados por colecionadores, que agora pedem de 25 a 75 dólares por exemplar, enquanto Webb e eu estamos na maior merda, aflitos para saber de onde virão nossos próximos tostões. Webb finalmente ficou desesperado e esperto o suficiente e publicou uma série de cartas de Henry Miller para um pintor, um pintor francês, se não me falha a memória. Miller escreveu algumas coisas muito boas, mas as cartas não eram grande coisa, em termos de literatura. De qualquer forma, Webb começou logo de saída a vender os exemplares por 25 dólares cada. Os colecionadores que se virem com essa.

Mas voltando um pouco no tempo. Você ainda está acordado? Saíram apenas quinhentos exemplares assinados do livro *It Catches*. Webb queria imprimir 2.500 do *Crucifix*. Eu não tinha nenhum poema pronto, então fui escrevendo na máquina e mandando direto para a prensa – todos os poemas do *Crucifix,* com exceção de um, não foram enviados às revistas. Foram direto para o livro. Por um lado isso era um inferno.

Webb dizia:

– Preciso de mais poemas, Bukowski.

– Maldição! Me dê um pouco mais de tempo!

Era um inferno, mas também era emoção pura, e sempre gostei de coisas emocionantes.

Desta vez, a parada era em New Orleans, e o último poema estava pronto, e o livro estava saindo da gráfica, e então veio o golpe – eu tinha de assinar 2.500 malditas folhas! As folhas eram roxas e formavam uma pilha de mais de dois metros de altura. Parecia que eu nunca ia terminar. E Webb queria que todas as folhas fossem assinadas com uma caneta especial, de ponta prateada, e cada página levava cinco minutos para secar. Enchi o saco de assinar meu nome e a data, então passei a incluir desenhos, escrever umas coisas. Fiz isso para não enlouquecer, mas os desenhos e escritos apenas tornavam o processo mais lento, e eu só fazia beber e beber e beber e insultar a mulher que haviam arranjado para ficar comigo.

Alguns dias depois eu ainda estava enterrado lá, sempre bêbado, assinando aquelas 2.500 páginas com tinta prateada. Fiquei de saco cheio do nome Charles Bukowski. Passei a odiar o filho da puta.

Enquanto isso, uma mulher e uma criança pequena, minha própria filha, esperavam por mim em Los Angeles. Depois que todas as páginas haviam sido assinadas, resolvi tirar cara ou coroa. A resposta foi: voltar para mulher e filha. Obedeci.

Mas havia Jon Webb, o grande editor, e se não era um dos meus livros, era alguma outra coisa. Ele gostava de me ter por perto. Gostava de discutir comigo. Eu não gostava de discutir. Uma vez me arranjaram o cargo de poeta-residente no chalé da Universidade do Arizona, o que não foi nada fácil, já que me recuso a ler meus textos em público, pois sentia que aquilo não passava de babação de ovo e adulação pública, que debilitava o que quer que houvesse sobrado da minha alma. (Quando eu torrar meu último centavo vou querer ler e eles não vão querer me ouvir.)

O chalé não era ruim. Tinha ar-condicionado, e fazia um calor de quase quarenta graus todos os dias. Eu não sabia que Tucson era tão quente.

O chalé ficava um pouco atrás do passeio do campus, mas mesmo assim alguns dos estudantes sempre conseguiam avistar um tipo estranho, malvestido e de aparência nada poética, perto do meio-dia, saindo pela porta com um enorme saco cheio de garrafas vazias, para depois jogar as garrafas dentro de uma lixeira com a inscrição "Univ. of Ariz." E, após descartar as garrafas, pontualmente, vomitar dentro da lixeira. Me disseram que alguns grandes escritores haviam habitado aquela cabana. Não vou citar nomes, mas havia alguns livros desses caras ali e eu tentei lê-los e essa era uma das razões do vômito matinal. Também havia um rádio, mas em Tucson eles não tocam músicas de orquestra à noite, então tinha que ouvir os últimos hits de rock, e, somando a isso os livros dos "grandes escritores" e a bebida, acho que eu estava mais doente naquele chalé do que estive em qualquer outro lugar. Corria a notícia de que tinha um louco morando ali. Ninguém se aproximava, o que era maravilhoso. Contudo, o professor que havia registrado minha residência me ligou do hospital (onde estava tratando de uma úlcera) (isso parece inventado, mas é verdade), e disse:

– Assim que você for embora, Bukowski, vamos arrebentar essa cabana com uma bola de demolição.

– Obrigado, senhor – eu disse –, mas antes não se esqueça de salvar todas as grandes obras que estão aqui.

– Não esqueceremos – ele disse.

O filho da puta era maluco.

Bem, saí de lá depois de uma discussão iniciada por Webb a respeito dos "hippies". Porra, eu não era muito chegado nos hippies. Eu era um solitário. E veja algumas das coisas que eles estavam apenas começando a descobrir: a guerra, o efeito imbecilizante de se trabalhar de quarenta a quarenta e oito horas por semana em algo que não se gosta, a emboscada que era o casamento. Mas os hippies não me diziam nada. Suas descobertas eram tardias, e eles gostavam de se amontoar em grupos, andar de um lado para o outro e bazofiar. E as drogas? O que havia de sagrado naquilo? Era apenas algo que me davam, normalmente de graça: metadona, boletas vermelhas e amarelas, LSD. Não fazia diferença. Eu mandava ver e saía do mesmo jeito que havia entrado.

É certo, eu estava insensível àquilo tudo. Não havia nenhuma sensação *realmente* excitante. Apenas um brilho, ou, com LSD, um espetáculo controlado.

Cheire cocaína, fume haxixe. Tudo passava e eu tinha que encarar o mundo de novo. O mundo estava *sempre* lá quando você aterrissava. Essa era a grande descoberta. Quanto mais você subia, maior era a queda, e você tinha que *sobreviver* de alguma maneira, e isso era difícil, porque depois que passava o efeito você ficava nas últimas e eram complicadas as atividades do ganha-pão: atendente de loja, ajudante de garçom, lavador de pratos, ajudante de lava-carros. E se tivesse ficha na polícia, era ainda pior.

O inferno está sempre à espreita.

Havia armadilhas por toda parte: mulheres, drogas, bourbon, vinho, uísque, cerveja – até mesmo a cerveja –, charutos e cigarros. Armadilhas: trabalhar ou não trabalhar. Armadilhas: ter ou não ter talento; tudo o levava a ser engolido por uma teia de aranha. Desprezei o uso de agulhas pela mesma razão que desprezei algumas mulheres supostamente bonitas – o custo era muito superior ao benefício. Eu não queria pegar pesado.

Sendo assim os hippies e seus brados de AMOR AMOR AMOR não me diziam muita coisa. Pareciam mais uma ordem, e eu não gosto de ordens. Ignorei. Então Webb começou a meter o pau nos hippies aquela noite na casa dele em Tucson. Seu cabelo que costumava ser de um branco maravilhoso estava então pintado de vermelho. E o velho homem, o grande editor, continuava clamando por suas pílulas.

– Lou, eu já tomei meu comprimido de hoje?

Uma porcaria qualquer – algum tipo de vitamina ou suplemento de ferro – e então o velho começou a meter o pau nos hippies.

– Bukowski, você sabe que os hippies não prestam!

– Eles não me agradam, Jon. São fracos. Eles têm instinto de rebanho. Se misturam com gente de segunda linha. Não passam de um bando de falsos e insensíveis, fazem o que *dizem* para eles fazer. Mas aí penso nos pequenos homens de negócios, com seus ternos e gravatas, batalhando das oito da manhã às cinco da tarde, e os hippies são contra *isso*, e acho que eles estão certos neste ponto. Um hippie tem mais vida do que um corretor da bolsa de valores.

– Olha, Bukowski, quero que você escreva um artigo anti-hippie para mim.

– Bem, não sei.

– Quero dizer, esses jovens não assumem nenhuma *responsabilidade*, eles não se esforçam, não fazem nada, não querem fazer nada: eles não dão apoio à sociedade!

O grande editor Webb soava como o pai que eu havia enterrado. Veja. Os jovens de agora nascem em um mundo em que a primeira coisa que se aprende é que existem coisas chamadas bombas de hidrogênio sendo estocadas por diversas nações, em quantidade suficiente a essa altura para matar o mundo todo trinta vezes – com exceção dos ricos que estarão seguros em seus abrigos subterrâneos e dos rapazes prontos para partir em suas espaçonaves, a versão moderna da Arca de Noé. *Haveria* um segundo dilúvio, conforme os velhos agitadores da Pershing Square costumavam nos alertar, mas desta vez seria fogo em vez de água.

Sendo assim, quem, aos dezoito anos de idade, iria querer trabalhar para uma montadora de automóveis, girando parafusos enquanto em menos de trinta segundos suas bolas poderiam voar pelos ares para sempre? Há apenas *um* ser humano responsável por cada detonador. E um dia desses, talvez amanhã, será que um imbecil não vai aparecer e... pelo simples aspecto matemático da coisa, não será capaz de apertar o botão?

Por que não deixar seu cabelo crescer e fumar uns baseados? Relaxe. Viva cada momento como uma dádiva milagrosa.

Eu era assim antes da invenção da Bomba. Eu era um hippie segundo a premissa anterior aos próprios hippies

– se você vai morrer, para que se apegar a inúteis posses humanas?

E então Webb disse:

– Quero que você faça um artigo anti-hippie.

Este era um homem que havia transformado dois dos meus livros de poemas em itens de colecionador; um homem que havia lido meus poemas incansavelmente e ainda assim não sabia quem eu era.

– Não posso escrever um artigo contra os hippies, Jon. Eles nunca me fizeram nada. Nunca sequer pensaram em fazer. Outros já fizeram. Por exemplo, eu já fui preso. Você também.

Webb havia sido um ladrão de diamantes antes de se tornar um editor respeitado. Tinha ido para a cadeia. Ainda que ele tenha, muito tempo atrás, escrito um livro precoce e em edição barata sobre o assunto, o caso não deveria ser trazido à tona. Agora ele precisava manter o bom nome com as fábricas de papel, entre outras. Se você mencionasse o fato de que Jon Webb estivera preso, estava na lista negra da Loujon Press para o resto da vida. Um pobre sujeito, em uma resenha sobre o *Crucifix*, cometera certa vez o erro de mencionar que Webb havia cumprido pena.

O grande editor estalou os dedos olhando para mim.

– Basta! Esse crítico já era. Para sempre!

Webb também liquidou Mike McClure porque ele apareceu na televisão vestido como uma bichona, com sombra escura sob os olhos.

– Agora chega – disse Webb, virando-se para mim –, McClure já era!

Bem, eu voltei para Los Angeles sem ter escrito o artigo contra os hippies, antes que Webb acabasse comigo também. Acho que se um dia ele ler isto aqui, uma bala, noite dessas, entrará voando por minha janela.

Mais livros meus foram lançados. A maioria das edições tinha poucos exemplares e era conhecida apenas no cenário Underground. Mas os professores universitários começaram a bater à minha porta, trazendo seus corpos frouxos e seus gentis rostos brancos e pequenas embalagens de seis latas de cerveja. Eles ficavam altos muito rápido, com umas duas latinhas, e eu ficava ouvindo o que falavam. Nunca me dei bem com professores de inglês quando eles tentavam me ensinar alguma coisa.

As pessoas seguem batendo à minha porta, falando comigo; sem serem convidadas, elas chegam e eu ouço, ofereço a elas o que tenho de bebida e elas vão embora. Mas essas horas não são desperdiçadas – um homem aprende com outro homem – e se não aprende, deixou de ouvir o som do primeiro trompetista e fodeu com toda a parada!

Tanto os professores como os vagabundos eram sempre muito francos – descarregavam tudo o que tinham, o que não era o bastante.

Um dia John Bryan decidiu montar um jornal Underground intitulado *Open City*. Fui convidado a escrever uma coluna semanal. Nomeei a coluna "Notas de um velho Safado". E escrevia contos sob essa bandeira. Um por semana, durante quase dois anos. Depois das corridas de cavalo, ganhando ou perdendo, na sexta-feira ou no sábado eu comprava três ou quatro embalagens de seis latas de cerveja e liquidava a coluna ouvindo Mahler, que faz Beethoven e Bach parecerem uns veadinhos.

Bryan publicava tudo o que eu entregava a ele. Foi um período muito curioso da minha vida – todos me tratavam como se eu fosse um gênio, então eu tinha que entrar na dança e escrever os troços. Não era algo difícil: para ser um gênio é preciso apenas sê-lo. "Vai comprar ou pagar para ver?", costumavam me perguntar naqueles bares escuros da Filadélfia. "Vou comprar", eu respondia.

Entretanto, eu era obrigado a comparecer às reuniões do Underground. Em geral, ou eu chegava bêbado, ou nem chegava. A equipe não parecia ser muito animada. Eram estranhamente calmos e apáticos e bem-nutridos para a idade que tinham. Ficavam lá sentados, fazendo piadinhas inteligentes contra a guerra, ou piadas sobre maconha. Todos entendiam as piadas menos eu. Candidatem um porco à presidência. Que diabos era aquilo? Essas coisas os deixavam excitados. E me deixavam morrendo de tédio.

Eu achava que se fosse haver algum momento de COMBATE, tínhamos que estar devidamente armados com os equipamentos mais modernos, devidamente treinados, tínhamos que matar as marionetes do governo, fazer o serviço bem-feito. Eu sequer era um revolucionário, mas sabia como um verdadeiro revolucionário deveria pensar. No fim os garotos terminaram fazendo o papel de grandes Românticos e masturbando uns aos outros.

Eles amarelaram. Não tinham colhões. Cederam quase de bom grado aos caprichos do Sistema.

Em uma das reuniões todos estavam animados com o lance de Chicago. Todos falavam ao mesmo tempo. Chicago ainda não aconteceu. Levantei o braço, bêbado, e finalmente me autorizaram a tomar a palavra:

– O Sistema é muito mais esperto do que vocês pensam. Eles usarão apenas a força *necessária* para conter vocês. Não acredito que vá haver tiros de metralhadora ou assassinato em massa em Chicago. É claro, haverá sangue derramado, muito sangue, e vocês vão levar umas boas palmadas. Mas vocês não percebem que eles estão preocupados com a propaganda ao redor do mundo e que Chicago é, em última instância, Washignton, D.C.? Não *percebem* que eles estão *manipulando* vocês e que os veem como crianças malcriadas? Se você não for bonzinho, o Papai dá umas palmadas. Se você fizer pior, o Papai bate mais forte! Vocês estão sob o comando, o comando *deles*. Vocês subestimam a inteligência do Sistema. Estão equivocados. Eles estão jogando com vocês, não se esqueçam disso! Vocês mostraram todas as cartas e o que têm, logo de cara, e eles esperam com o royal flush nas mãos, sorrindo. Vocês podem vencê-los, mas terão que mudar de estratégia. Do contrário, farão picadinho de vocês.

Eu ia continuar falando, mas um rapaz mexicano, um jovem professor de matemática de uma escola secundária do leste de LA, apoiou-se no balaústre e gritou:

– Você não sabe do que está falando, Bukowski! Chicago será um EXTERMÍNIO em massa! CENTENAS DE PESSOAS SERÃO ASSASSINADAS BEM NA SUA FRENTE! METRALHADAS, SIM! VOCÊ VAI VER!

Obviamente, isso não aconteceu – a revolução; e o porco não foi eleito presidente, foi posto na cadeia, e o jornal Underground fechou, e Deus desceu as escadas do paraíso jogando flores ao vento.

O jornal fechou, Haight Ashburry tornou-se um mito. "Quando for a São Francisco, use uma flor no cabelo." O *Berkeley Barb** tinha rixas internas. A notícia se espalhou: "O Underground está morto".

Mas eu me dei bem – a Essex House reuniu as colunas do *Open City* e lançou em brochura *Notas de Um Velho Safado*. O trabalho que eu havia feito por prazer e praticamente de graça estava sendo recompensado com dinheiro vivo. Me senti como um jovem Hemingway. Deve ser uma maravilha ser um escritor verdadeiramente bom, mesmo que isso signifique um tiro de espingarda no fim da linha.

E talvez seja por isso que eu, Bukowski, ainda estou aqui, não menos sagrado do que Gandhi, e, doçura, talvez um pouco menos morto, disparando histórias que talvez só as pessoas interessadas em sexo possam entender. Eu bebo; minha cabeça tomba sobre a máquina de escrever; ela é o meu travesseiro.

Eu sou o Underground, sozinho. E não sei o que fazer. Então escrevo essas palavras e me embebedo de novo. Concisamente.

---

* Famoso jornal underground publicado em Berkeley, Califórnia, de 1965 a 1980. (N.T.)

Lendo e batalhando por Kenneth

Era mais um evento beneficente para Kenneth Patchen, e eu tinha dito ao F. que não estava muito a fim mas ele disse que ia ter um monte de garotas com vestidos colados por lá, então eu disse, "Está bem, escreva o endereço aí pra mim". Então ele cruzou a porta de tela e foi embora. A porta da frente estava emperrada.

Eu não conseguia entender o F. Era o segundo evento beneficente de Patchen; eu tinha ido ao primeiro na zona oeste de LA. Tinha dito às pessoas antes de começar a ler que não achava que um poeta com problemas na coluna merecesse nada além do que qualquer outra pessoa com problemas na coluna, e mesmo assim ele estava me convidando de novo e eu estava aceitando ir de novo – desta vez era em Hollywood Hills. Meu carro não se sai muito bem em subidas então telefonei para Cornelia e Cornelia vestiu seu traje vermelho de calças justas e pegamos o carro dela e Cornelia foi dirigindo.

– Marlon Brando mora por aqui – ela me disse. – Eu costumava dirigir até aqui em cima. Uma vez parei o carro e dei uma olhada no lixo dele. Marlon é a minha paixão secreta.

– Que merda – eu disse.

Seguimos cuidando os números e fomos subindo mais e mais a montanha e as casas eram cada vez mais luxuosas e fui ficando mais nervoso. É fato que à medida que uma pessoa fica mais rica ela se torna cada vez menos humana, então comecei a ficar deprimido.

– Acho que nos enganamos – eu disse.

Ela seguiu dirigindo em sua roupa vermelha e justa, pensando provavelmente que talvez pudesse encontrar um homem rico dotado de um pouco de gentileza, ou até mesmo sem esta virtude. Achamos a entrada e dobramos. Uma longa passagem e ao fundo, sobre uma saliência no rochedo que dava para o cânion, estava a enorme casa. Entramos no piso térreo e então descemos uma grande escadaria de mármore. O teto era alto, branco e adornado com telas de mau gosto, todas pintadas pelo mesmo artista, uma mistura do que havia de pior em Picasso com o que havia de pior em Orozco. As pessoas estavam reunidas em pequenos grupos de dois ou três indivíduos e pareciam estar tão à vontade quanto pedras tumulares. A maior parte das pessoas estava do lado de fora, em volta da piscina, segurando copos com bebidas chocas e acendendo cigarros. Vi um poeta que eu conhecia, George Dunning. George mudava constantemente seu estilo de escrever e não era grande coisa, mas ele lia bem em voz alta e fingia ser um gênio, no que algumas pessoas acreditavam. Sua esposa acreditava. Ele escrevia enquanto ela trabalhava. George mudou de estilo, mas seguiu com a mesma mulher. Apresentei Cornelia e ri dos insultos de Dunning, e depois Cornelia saiu andando em direção ao grupo em volta da piscina para explorar aquele território. Sua bunda ficava muito bem naquela calça vermelha apertada e ela estava vestindo uma blusa com franjas na parte da frente que balançavam de um lado para o outro, deixando à mostra parte de seu ventre e umbigo.

Em seguida avistei a poeta Vanna Roget, que estava na casa dos quarenta, mas ainda possuía um corpo muito bonito. Tinha nariz e mãos grandes, mas também uma bunda grande e gostosa. Ela sentou no sofá e eu me aproximei e sentei ao seu lado. Dei a ela uma das minhas cervejas. Tinha levado seis cervejas.

Vanna havia acabado de sair do fora que levara do seu amante negro; alguns poetas brancos tinham uma antipatia velada por ela por conta disso, mas eu não ligava, ela tinha uma bunda gostosa. É claro, eu estava com Cornelia, mas pensei que se Cornelia resolvesse fugir com o presidente de uma fábrica de sutiãs ou de bolas de golfe eu poderia fugir com aquela bunda. Vanna escrevia poesias decentes, mas não sabia se expressar oralmente. Eu estava sempre tentando fazê-la falar, quebrar aquele silêncio, por isso sempre tentava chocá-la.

– Meu Deus – eu disse –, minhas bolas estão fervendo hoje. Estão parecendo carvões recheados de leite de coco.

Vanna apenas me olhou com aqueles enormes olhos azuis e levou sua garrafa de cerveja à boca.

– Uma chupada – eu disse –, chupar. Chupar. Acho que vou melar minha cueca agora mesmo.

Fiquei olhando a cerveja entrar em sua boca.

– Eu lamberia seu cuzinho mesmo sujo, só para meter minha vara dentro de você.

– Bukowski, você só fala desse jeito porque acha que é um grande poeta.

– Deixa eu dar uma lambidinha e vai ver só.

Vanna apenas me olhou.

As pessoas estavam subindo as escadas em direção à casa. Cornelia me viu e se aproximou. Apresentei-a a Vanna. Elas se olharam daquele jeito que as mulheres se olham, sabendo imediatamente tudo o que eu havia feito ou queria fazer ou pretendia fazer com cada uma delas.

A leitura de poesias estava começando. Dunning foi primeiro, com um sorriso benevolente ele tirou o chapéu, pousou-o no chão, colocou todos os seus trocados ali dentro. Então começou a ler, ALTO. Ele berrava. Dunning era maluco sem ser interessante. Mas ele *acreditava* em si mesmo, o que era uma patologia comum entre escritores, bons ou maus. Na verdade, os maus escritores geralmente têm mais fé em si mesmos do que os bons. Dunning prosseguiu furiosamente. Era constrangedor, por um lado, como encontrar sua mulher na cama com um macaco; mas não dava para ficar brabo. Havia simplesmente um sentimento de que você estava sendo logrado e não havia nada a fazer. O mundo está cheio de Dunnings e de macacos, mais Dunnings do que macacos.

Em seguida veio um muito medíocre e leu uma coisa que chamava de uma peça "extravagantchi". É provável que sua mãe gostasse daquilo, ou um amigo debilitado. Era tão meiguinho que nem valia a pena. O poeta estava crente de que estava agradando a todos, mas estava agradando apenas a si mesmo. Ele terminou e se recolheu.

Outros tentaram e fracassaram. Então a poeta judia que havia perdido o emprego por ler um poema erótico para seus alunos se levantou e leu dois poemas ruins e um bom. O bom não era grande coisa, só que depois dos dois primeiros poemas e de Dunning e do Meiguinho e dos outros era como engolir areia em vez de merda.

Chegou a minha vez. F. me apresentou. A essa altura, eu já agonizava. Eu disse:

– Espere... preciso de uma bebida...

Corri em direção ao bar, mas não havia nenhuma garrafa à vista. Uma senhora loira estava sentada no bar, sem beber nada, e me encarou como se toda a minha sagacidade houvesse ido por água abaixo.

– Vadia de merda – eu disse –, vá chupar a pica de um cachorro...

Voltei ao tablado e comecei a ler. Primeiro disse a eles que aquele lugar me lembrava uma igreja católica e que eu havia abandonado a Igreja Católica aos doze anos de idade, depois li três poemas, um sobre uma dançarina de strip tease, um sobre um ninfomaníaco e outro sobre um homem que queria lamber o cu de uma mulher. O poema sobre a dançarina de strip tease não era sobre mim.

Havia outros. Ninguém colocou dinheiro algum no chapéu para Patchen, todos aqueles cretinos cheios da grana ficaram lá com as mãos enfiadas nos bolsos. Então um cara que lecionava em uma universidade local levantou. Ele foi o pior da noite. A esposa leu junto com ele. Era uma peça teatral, uma peça para duas pessoas. Era incrivelmente infantil e não terminava nunca. Voltei para o bar e descobri que o uísque estava camuflado na parte inferior, o uísque e a vodca e o gim e... Estava começando a preparar duas doses de bom uísque com água quando uma jovem morena entrou na parte de trás do bar. Ela parou bem perto de mim, me encarando com os olhos castanhos. Ela estava a fim, não deixou nenhuma dúvida quanto a isso. Me senti como se estivesse sendo encurralado. Olhei em volta e de fato estava.

– Sr. Bukowski – ela disse –, seus poemas foram realmente notáveis. E divertidos. Aqueles outros não escrevem nada, você acabou com a raça deles. Eu simplesmente *adoro* você...

– Você tem um corpo muito bonito – eu disse – e você é jovem e eu gosto dos seus olhos...

– Sou sua... – ela disse. – Quero que você me coma.

– O quê? – perguntei.

– Você ouviu bem.

– Agora? – perguntei.

– Não, mais tarde...

– Com licença – eu disse.

Peguei meus dois copos e escapuli dela. Seguiu sorrindo para mim. Fui em direção a Cornelia e lhe entreguei um dos copos. O professor e a esposa *ainda* estavam lendo a peça. Pouco depois, terminaram. A última pessoa a ler foi a dona da casa ou a mulher do dono da casa. Ela não era tão ruim quanto o professor, mas as atrocidades que as pessoas apresentaram em nome de Patchen é algo de que nunca me esquecerei. A madame terminou de ler e as pessoas começaram a ir embora, a maior parte ignorando o chapéu para Patchen.

Fui para trás do bar e comecei a servir as seis ou sete pessoas que estavam por ali. Para cada bebida que eu preparava para alguém, preparava outra para mim e bebia. Então comecei a vociferar injúrias sobre os ricos cretinos e a poesia ruim e os joguinhos egoístas realizados em homenagem a Kenneth P. Alguns acharam engraçado. Bem, eles riram. Olhei em volta e Cornelia estava ali atrás comigo, me ajudando a servir as bebidas. Logo nós bebemos todos no cansaço e apenas Cornelia e eu ficamos por ali. Parecia que estávamos sozinhos na casa. Decidi que seria uma boa ideia se levássemos um uísque e dei a Cornelia a quinta garrafa para ela pôr na bolsa, mas então o dono da casa apareceu e desceu correndo as escadas de mármore dizendo:

– Essa não! Essa não! Essa não!

Ele tinha cabelos grisalhos e uma barbicha grisalha e arrebatou a garrafa. Bem, não havia nada mais a fazer senão ir embora. Quando chegamos à rua me dei conta de que havia esquecido um valioso livro de Patchen dentro da casa. Toquei a campainha e deixei Cornelia encarregada de falar. A senhora rica atendeu a porta.

– Esquecemos um valioso livro de Patchen aí dentro – disse Cornelia.

A senhora rica estava irritada. Entramos e pegamos o valioso livro de Patchen. Então saímos de novo. Tínhamos estacionado o carro no final da passagem e era uma longa caminhada até lá. Havia arbustos e grama e pedras por todos os lados. Era uma longa subida e tropeçamos diversas vezes.

– Estou cheio de batalhar por Patchen – eu disse. – Nunca mais.

Cornelia se jogou na extremidade coberta de grama, abriu os braços e as pernas.

– Venha – ela disse –, vamos foder.

– Não – eu disse –, aqui não, pelo amor de Deus.

– Olha, Bukowski, temos as estrelas e a lua e a terra, vamos foder.

Ajudei-a a se levantar. Caminhamos mais alguns metros e Cornelia se jogou novamente no chão.

– Vamos lá, Bukowski, vamos foder. Dá um trato na sua menina. Enfia essa vara em mim, paizinho, põe esse salame pra fora...

Levantei-a de novo. Ela se jogou no chão mais uma ou duas vezes e então chegamos ao carro. Cornelia dirigiu. Não me lembro da viagem de volta, só lembro que deitei na cama e em seguida Cornelia estava em cima de mim...

– Esse lance do Patchen – eu disse – está ficando chato. Não tenho mais saco.

– Me beija – ela disse –, me beija COM FORÇA!

– Afinal de contas, Patchen mora em Palo Alto.

– Me beija... me beija ou vou GRITAR!

Eu a beijei. Na boca, e então mais embaixo e mais embaixo. Foi ficando melhor. Logo eu estava em cima dela e com o pau dentro, pensando *nela* ao desfilar com seu pijama vermelho e em seus longos cabelos escuros e naqueles intensos olhos castanhos que olhavam e olhavam e olhavam... Esqueci completamente Kenneth Patchen. Esqueci até a peça horrorosa do professor. Esqueci até que eu era poeta. Então terminamos e eu deitei de barriga para cima, ouvindo os grilos cantarem, sentindo o suor no meu pescoço e na minha testa. Havíamos salvado uma noite ruim. Os ricos podiam ficar com seu uísque e Kenneth Patchen receberia aquele dólar e os 32 centavos que foram deixados no chapéu.

A cena de Los Angeles

OS POETAS, OS LOUCOS; OS EMPOBRECIDOS E OS RICOS DE ALMA; OS INSÍPIDOS, OS CRETINOS, OS BÊBADOS E OS MALDITOS...

Nasci em Andernach, na Alemanha, no dia 16 de agosto de 1920, filho ilegítimo de um soldado do Exército de Ocupação Americano. Aos dois anos de idade fui trazido para os Estados Unidos e depois de dois meses em Baltimore fui levado para Los Angeles, e quando atingi a maturidade vaguei ao acaso pelo país, de um lado para o outro, de cima para baixo, de dentro para fora, mas sempre voltava para Los Angeles e aqui estou hoje, morando em um casebre caindo aos pedaços, bem próximo à pobretona Sunset Strip. Se alguém é um especialista na cena, sou eu, ainda que por concessão, e a cena foi se processando através de dias e noites de vinho e cerveja e uísque, talvez o desespero tenha deformado um pouco a minha perspectiva, mas eu estava aqui, estou aqui, e falo daqui...

A cena da Alvarado Street, por si só, merece ser descrita, ainda que meu material seja de quinze anos atrás. Imagino que tenham ocorrido mudanças, mas que as mudanças não tenham sido rápidas. Ou será que foram? Parece que foi ontem que eu estava sentado num bar de strip tease na Sunset e as garotas esfregavam suas bocetas em mim. Mas aquela área entre a 3rd e a 8th Street na Alvarado e os bares que se estendem por essas ruas não mudaram quase nada. É a área dos pobretões, ali em frente ao parque, onde eles ficam sentados à espera da sorte, à espera da morte. É o segundo pior lugar de Los Angeles.

Eu abria e fechava aqueles bares, brigava dentro deles, conhecia mulheres dentro deles, terminei na velha prisão de Lincoln Heights uma porção de vezes. Há um grande grupo de pessoas ali que vive de ar e de esperança e de garrafas recicláveis e da boa vontade de seus semelhantes. Moram em pequenos quartos, sempre atrasam o aluguel, sonhando com a próxima garrafa de vinho, a próxima bebida grátis no bar. Passam fome, ficam loucos, são assassinados e mutilados. Até que você tenha vivido e bebido entre eles jamais conhecerá o povo abandonado da América. Eles são abandonados e abandonaram a si mesmos. Juntei-me a eles. E entre essas pessoas existem mulheres, a maioria delas vive de rapina, mas aqui e ali surgem mulheres de verdade, inteligentes, alcoólatras, loucas. Vivi num vaivém com uma delas durante sete anos; com outras por períodos mais curtos. O sexo era bom; elas não eram prostitutas; mas algo nelas havia se perdido, alguma coisa na vida tinha feito com que fossem incapazes de amar ou de se importar com alguém. Batidas policiais em nossos quartos não pagos eram bastante comuns. Tornei-me tão violento e tão desbocado quanto qualquer uma daquelas mulheres que enchiam a cara de vinho. Algumas delas eu enterrei, algumas odiei, algumas amei, mas todas me proporcionaram acontecimentos violentos o bastante, embora a maior parte daquilo tenha sido de uma ruindade capaz de preencher a vida de vinte homens. Aquelas mulheres infernais acabaram me levando ao County Hospital, direto para a lista de casos graves, e quando saí de lá abandonei a Alvarado Street, mas se você quiser experimentar um pouco disso, creio que a mesma linhagem ainda cultiva o desejo de morte lá por aquelas bandas...

Depois de um casamento infeliz decidi, bem, que se dane, que podia mesmo ser um escritor, isso parecia ser a escolha mais fácil, você diz qualquer coisa que der na telha e eles dizem, ei, isso é bom, você é um gênio. Por que não ser um gênio? Existem tantos gênios medíocres. Então me tornei um gênio.

Meu primeiro instinto foi ficar longe de escritores, artistas, criadores, receando que eles pudessem me desencaminhar com a visão equivocada de suas ambições. Afinal de contas, um bom escritor precisa fazer apenas duas coisas direito: Viver e escrever, e o trabalho já está feito. Em Los Angeles é possível viver em completo isolamento, até eles encontrarem você. E beberem com você dias e noites, e falarem por dias e noites. E quando eles vão embora, outros chegam. A gente não se incomoda com as mulheres, mas os outros são definitivamente devoradores de alma.

Um dos primeiros a me encontrar foi M. J., o famoso poeta beat dos anos 50, principalmente fora da cidade de Nova York, bem, no Brooklyn. M. chegou batendo na porta. Ele já não era nenhum garotinho e estava escrevendo havia bastante tempo. Eu era ainda mais velho e havia recém começado a escrever. Bem, isso foi justo. Eu estava de ressaca.

– Bukowski, você tem carro?

– Sim, mas deixa eu pegar uma cerveja primeiro. Você quer uma?

– Não, estou em abstinência.

– O que aconteceu?

– Escute só, apanhei duas noites seguidas. Apanhei em Frisco e na noite seguinte estava lá no *Barney's Beanery* e me envolvi em outra briga. Esse cara não era amador. Me deu uma surra tão feia que me caguei nas calças. Tive que me limpar com jornal. Não tinha onde dormir... quero que você me leve até Venice...

– Tudo bem.

– De repente consigo morder um vintão.

No caminho M. me falou de como eles nos "deviam". Nós havíamos saldado a nossa dívida, ele disse. Pode crer, Henry Miller costumava espremer esses ricaços quando estava começando. Todos os artistas tinham esse direito.

Eu achava que seria legal se todos os artistas tivessem direito à sobrevivência, mas acreditava que todas as pessoas tinham esse direito, e se um artista não conseguisse se manter financeiramente estava na mesma condição de qualquer outra pessoa com o mesmo problema. Mas não contrariei M. Ele já não era jovem, mas ainda era um poeta importante. Mas por algum motivo havia sido excluído do circuito de poetas. Havia políticos no meio artístico assim como em qualquer outro meio. Era triste. Mas M. tinha ido a muitos eventos literários, caído em muitas roubadas, bajulado muitos Nomes só porque eram Nomes; havia feito muitas exigências no momento errado e da maneira errada. Durante o percurso ele sacou um caderninho vermelho de "mordíveis". Todos aqueles nomes eram bons alvos para espremer.

Chegamos a Venice, desci do carro com M. e fomos em direção a uma casa de dois andares. M. bateu na porta. Um garoto apareceu.

– Jimmy, preciso de vinte dólares.

Jimmy saiu, voltou com a nota de vinte dólares, fechou a porta. Entramos no carro, fizemos o caminho de volta, bebemos a tarde toda e a noite toda enquanto M. falava da cena da poesia. Ele esquecera que estava sóbrio. Na manhã seguinte tomamos uma cerveja de café da manhã e nos tocamos para Hollywood Hills. Outra casa de dois andares. M. teve que bater na janela. Uma casa cheia de gatos e filhotes de gatos, o cheiro de cocô dos felinos predominava. M. conseguiu mais vinte dólares e nós voltamos. E bebemos mais um pouco.

Eu encontrava M. de vez em quando. De tempos em tempos ele promovia uma leitura de poesias aqui na cidade. Mas não ia muita gente. Ele lia bem, e os poemas eram bons, mas a mandinga era braba. M. estava marcado. Os mordíveis estavam se esgotando. Então achou uma garota que o acolheu. Fiquei feliz por M. Mas M. era como todos os outros poetas: apaixonava-se por suas mulheres, talvez até demais. Logo estava de novo nas ruas, às vezes dormia no meu sofá, reclamando da sorte. Como ninguém mais publicava seus livros, passou a mimeografar seus próprios exemplares. Tenho um aqui: *Todos os Poetas Americanos Estão na Prisão*. Ele escreveu uma dedicatória para mim:

> LA
> Fev. 1970
> Para Charlie:
> Com a Graça dos Deuses
> Às vezes ainda conseguimos fazer chover.
> Mostre para mim ele gritou, Mostre
> para mim. Cara eu estou tentando encontrar.
> Fique calmo. Está aqui
> cara. Na palma da mão dele havia
> uma pequena mancha de sêmen. Eu não
> gozo com a mesma frequência que você ele
> disse. Aí cara você quer ver o
> meu pau, Aqui está ele estendido como
> uma árvore desfolhada sob um sol de
> aspargos.
> Com amor,
> M.

Então M. começou a compor músicas. Tenho um livro com as músicas dele em algum lugar.

– Vou ir ver Janis Joplin e mostrar minhas músicas para ela – ele disse.

Senti que aquilo não ia dar certo, mas não podia dizer nada a M. Ele era tão Romântico, tinha tantas esperanças. Ele voltou.

– Ela não quis me receber – ele disse.

Agora Janis está morta e M., pelo que sei, andava rodopiando um esfregão no Brooklyn, trabalhando enfim

– para o irmão. Espero que M. volte, volte para valer. Pois apesar de todos os seus problemas e achacadas e bajulações há poetas bem piores que estão no topo agora. Talvez todos os poetas americanos estejam na prisão. Ou ao menos a maior parte deles...

Então surgiu N. H. da cena beat de Paris, a cena de Tânger, Grécia e Suíça, o pessoal de Burroughs... N. apareceu junto comigo e mais outro poeta em uma recente série da Penguin Modern Poets. De repente ele estava na praia de Venice, apodrecendo na areia, sem escrever; queixando-se do fígado deteriorado e sendo vigiado por uma mãe idosa que ele mantinha bem escondida. Muitas vezes quando eu ia visitar N. rapazes jovens batiam à porta. Embora seu fígado estivesse deteriorando, estava claro que seu pau funcionava às mil maravilhas. N. supostamente era bissexual, mas nunca vi nenhuma mulher por perto.

– Bukowski, eu não consigo mais escrever. Burroughs não fala mais comigo, ninguém quer me ver. Acabaram comigo. Estou na lista negra. Estou arruinado. Tenho seis livros prontos e ninguém quer saber deles.

Mais tarde N. alegou que eu havia feito sua caveira na Black Sparrow Press, uma editora de poesia moderna americana. Não era verdade, mas essa era a mentalidade de N. Todas as minhas visitas a ele resumiam-se a ouvir suas reclamações sobre como ele havia sido forçado a sair da cena por meio de chantagens. Na realidade eu havia pedido à Black Sparrow que o publicasse, pois achava que ele merecia.

– Você nunca fez nada por mim, Bukowski.

Gostamos de pensar que a criação faz sua parte, mas N. esqueceu que eu havia escrito um prefácio elogiando-o por seu trabalho em uma edição especial da revista *Ole* dedicada à sua obra. A mania de perseguição de N. chegou a tal ponto que uma vez, depois que N. C. e eu o visitamos durante uma hora, tivemos que sair correndo para o elevador e, quando a porta se fechou, rolamos no chão de tanto rir. Ficamos com medo de sair pela porta da frente, receando que ele nos ouvisse e ficasse magoado, então fomos até o subsolo e rolamos no chão durante uns cinco minutos no escuro, rindo em meio a aquecedores e teias de aranha.

N. H. ainda era um excelente poeta. Mas era triste ver o modo como os caras iam ficando doidos. Suponho que todos nós ficaremos doidos. A poesia, a prosa, subindo pelas paredes como cobras; nossos espelhos suicidas revelando cabelos grisalhos e formas grisalhas e talentos grisalhos. N. havia perdido seu apoiador europeu. As coisas não estavam muito boas. Os poetas o visitavam uma vez e nunca mais apareciam. A editora Free Press ofereceu a ele um emprego de crítico, mas N. não levou adiante. Culto, talentoso, inteligente, ele estava se acabando. Ele admitia isso. Eu disse a ele que ele podia se encontrar de novo.

Certa vez, um outro poeta e eu o visitamos e sugerimos uma rodada de bebidas, mas N. disse que havia sido convidado para uma festa, um convite especial. Gostaríamos de acompanhá-lo? Por que não?, perguntamos. Ele tinha o endereço. Quando chegamos lá, era um evento beneficente em nome de alguém, um dólar de entrada. Entramos pela porta dos fundos e ficamos por ali ouvindo a banda. Achei uma imensa jarra de vinho e comecei a beber. Conversei com algumas mulheres, beijei uma delas, circulei.

O poeta que estava comigo me perguntou:

– Você acha que alguém aqui sabe que você é o Charles Bukowski?

Era uma indagação interessante. Esqueci-me completamente de N. e do meu desejo de que ele voltasse a produzir. Me aproximei de uma garota.

– Você sabe que eu sou o Charles Bukowski?

– Charles quem? – ela perguntou.

O poeta que estava comigo riu. Perguntei a várias pessoas se sabiam que eu era Charles Bukowski.

– Nunca ouvi falar. Quem é esse cara?

– Charles Bukowski. É aquele pano de prato do Tiny Tim?

Bebi o resto do vinho e, quando o evento terminou, corri para o fim da escadaria e bloqueei a saída.

– Agora ouçam, isso é para vocês ficarem sabendo que eu sou Charles Bukowski. Agora antes que eu deixe vocês passarem quero que digam, "Eu conheço você, Charles Bukowski!" Vamos, digam!

– Corta essa, cara, deixa a gente ir embora!

– Porra, meu, deixa a gente sair!

– Vamos, Charles, não seja otário – disse N.

– Muito bem, digam! – eu gritei. *– Digam que eu sou Charles Bukowski e que vocês me conhecem! Digam!*

Havia 150 pessoas amontoadas ali dentro. Então o poeta ao meu lado disse:

– Bukowski, a polícia está a caminho!

Saí dali o mais rápido que pude, correndo pelas ruas de Venice West, N. e o poeta correndo atrás de mim. Sim, assim como N., eu também havia visto dias melhores. Mas ouvi dizer que ele estava preparando um grande retorno, estava indo para Frisco e lançando uma revista, perdi o folheto mas creio que ele esteja publicando Ginsberg, Ferlinghetti, McClure, Burroughs, todos esses caras. Finalmente ele havia se afastado da Rose Avenue, ali perto daquele estacionamento, os hippies cretinos sentados nos bancos de cimento, passando fome, vagabundeando, tentando roubar coisas daquela loja judaica de conveniência e esperando Tim Leary dizer a eles "Caiam fora". De quê? Leary não está lá. Só as gaivotas e a espera e nenhuma criação...

...ah, havia também Mad Jack, o pintor. Uma mulher estava tomando conta dele, uma mulher jovem que morava numa casa muito grande. Jack tinha todo o porão só para ele, suas telas espalhadas pelo chão de cimento. Acho que eram bem boas, feitas com pinceladas de tinta indiana preta e tonalizadas com essas bolhas amarelas aplicadas com um pincel. Havia centenas delas e quase todas eram parecidas.

Jack sempre levava uma garrafa de vinho no bolso, vinho do porto, e estava sempre bêbado ou se embebedando. Raramente tomava banho e o muco que escorria do nariz secava formando crostas pretas sobre seu lábio e sua boca. Até a barba era suja e ele falava gritando, sempre algo melodramático e um pouco estúpido. Eu tinha que beber para aguentá-lo. Entretanto, como disse, suas telas eram boas e eu relevava muita coisa em função disso. Suponho que sua garota pensasse da mesma maneira. É provável que ele chupasse muito bem. Ou foi o que me contou.

Eu costumava ir até lá e encher a cara a noite inteira, fumar uns baseados também, e tomar umas boletas. Não sei que boletas eram, misturávamos tudo, e tinha um piano e eu não sei tocar piano, mas tocava mesmo assim. Tocava como se fosse bateria, durante horas e tirava uns sons esquisitos que acho que nunca ninguém conseguiu tirar de um piano antes.

Uma noite saímos todos para beber e ficamos gritando uns com os outros na rua e na loja de bebidas, a garota estava junto, e um cara voltou conosco, ele nos achou interessantes, mas o cara começou a se gabar porque tinha matado vários caras na guerra, e eu disse a ele que isso não era um grande mérito, que era algo supervalorizado e que era muito mais desafiador matar um cara fora da guerra.

– Você não gosta muito de mim, não é mesmo? – perguntou.

– Nem um pouco – eu disse.

Ele foi embora. Voltou vestindo um cinto com coldre. Chegou perto de mim. Sacou a arma e colocou o cano na minha barriga.

– Vou matar você – ele disse.

– Tenho uma veia suicida – eu disse. – Vá em frente.

– Você está com medo.

– Um pouco. Morrer não é fácil. Atire. Não acho que você tenha coragem, matador.

Ele pôs a arma de volta no coldre. Nunca mais o vimos...

Mad Jack estava sempre passando pela minha casa para pegar uns trocos, dez centavos, quinze centavos. O suficiente para descolar uma garrafa de vinho. No fim ele ficou um pouco chato – apesar das pinturas. Certos tipos de gênio podem ser incrivelmente enfadonhos. Na verdade, todos os gênios são enfadonhos na maior parte do tempo, até que estejam prontos para mergulhar em sua arte. Os que são articulados e expressam opiniões interessantes são sempre os embusteiros. De todo modo, passei a evitar Jack. Então fiquei sabendo que tinha feito uma exposição e vendido alguns de seus quadros por 6.000 dólares. Ele viajou para o Canadá e bebeu todo o dinheiro no mesmo bar em uma semana. Em seguida voltou a bater à minha porta, mendigando centavos. Soube que sua garota o expulsou de casa e que ele está morando com a mãe.

Um dia ele vai ficar rico com seus quadros, mas vai continuar andando por aí com tatu saindo pelo nariz e com uma garrafa de vinho no bolso, e todas as coisas miúdas, tolas e melodramáticas que ele faz serão vistas como supremas e preciosas demonstrações de brilhantismo...

E havia o grande T. J. na região de Echo Park. Acho que ele não escreve um poema novo há dez anos, sempre lê os mesmos, de forma repetida, nas leituras poéticas. T. J. tem problemas... De qualquer modo, ele é um homem imenso, uma espécie de mito... costumava desfilar em Venice West na época boa, você sabe, as garotas peladas em banheiras, os Holy Barbarians, de certa forma toda a cena demente que teve que desaparecer porque era baseada mais na encenação da criação artística do que na criação artística verdadeira, mas tudo é válido, como postos de gasolina e carrocinhas de cachorro-quente e piqueniques de domingo, mas não vamos ficar amargurados; de qualquer maneira, T. J. costumava entrar em um desses lugares e derrubar cinco caras no chão com um movimento de braço. Então procurava uma mesa para montar um jogo de xadrez e se tivesse alguém na mesa ele o atirava no chão também. Depois se sentava calmamente, acendia o cachimbo e começava o jogo com seu parceiro.

Hoje você pode encontrar T. J. no Echo Park revirando latas de lixo atrás de seu prato especial. O apartamento dele é cheio de lixo, não se tem nem onde sentar. Normalmente há uma fita tocando. No meio do lixo estão milhares de livros, alguns ele leu. É um perito em Adolf Hitler. As paredes estão cobertas de fotografias e recortes e provérbios e mulheres nuas e pinturas. É uma bagunça grotesca, o reino de T. J.

– Se eu não estiver feliz – ele diz –, a vida não vale a pena.

O trabalho dele de dez anos atrás é uma das melhores coisas produzidas em nosso tempo. É clássico e erudito e avança sem arestas e contém sabedoria e intensidade. T. J. não trabalha. T. J. não faz coisa alguma. Como sobrevive? Pergunte a ela. Pergunte a L.

Os estranhos seguem aparecendo. Todos querem beber comigo. Não posso aturar a todos ou ser gentil com todos, ou achá-los todos interessantes. Mas todos os tipos são iguais em um aspecto: repudiam nossos atuais valores e estilo de vida, e falam sobre isso, alguns deles quase com violência, mas é reconfortante saber que na América ainda existem pessoas que não caíram na vala comum.

Nem todos que chegam são artistas (com a graça do nosso bom Deus), mas alguns são simplesmente estranhos. L.W., por exemplo, está na vadiagem há cinco ou seis anos, morou em pensões, igrejas, rodou de carona, e tinha algumas histórias interessantes sobre a Estrada.

Ele veio me ver. E era um bom ator. Encenou algumas de suas experiências passadas, interpretando papéis de diferentes personagens. Era intenso e sério, mas muito bem-humorado porque a verdade em si costuma ser mais cômica do que séria. L. W. costumava chegar às quatro da tarde e ficar até à meia-noite. Uma vez conversamos durante treze horas seguidas e fomos tomar café da manhã no *Norm's*, às cinco horas da manhã.

L. W. era um artista que não tinha outra forma de escape para sua arte que não a expressão oral. Usei em benefício próprio algumas das histórias que L. W. me contou. Não foram muitas. Uma ou duas. Mas ele entrava no modo repetição, especialmente quando havia outras pessoas por perto. Eu tinha que ouvir as mesmas histórias duas ou três vezes. Os outros riam como eu rira da primeira vez. Eles achavam L. W. o máximo.

O que me impressionava era que L. W. contava as histórias com as mesmas palavras, sem mudar uma vírgula. Bem, todos nós fazemos isso, não é? Comecei a me cansar de L. W. e ele sentiu. Não o vejo há algum tempo. Duvido que volte a vê-lo. Fomos úteis um para o outro...

Havia outros. Eles seguem chegando. Todos com sua maneira peculiar de conversar ou de viver. Recebi alguns sujeitos bacanas, aquelas figuras de Los Angeles, e suponho que continuarão aparecendo. Não sei por que as pessoas trazem a si mesmas em minha direção. Nunca vou a lugar algum. Quando me aparecem sujeitos enfadonhos, me livro deles rapidinho. Eu só estaria maltratando a mim mesmo se fizesse o contrário. Minha teoria é que se você é gentil consigo mesmo, será sincero e gentil com os outros, até certo ponto.

Los Angeles está repleta de pessoas estranhas, acredite em mim. Tem muita gente por aí que nunca pegou uma freeway às sete e meia da manhã ou bateu um cartão de ponto ou mesmo teve um emprego e nem pretende ter, não consegue, não quer, prefere morrer a viver de maneira convencional. Em certo sentido, cada um deles ou cada uma delas é genial à sua maneira, lutando contra o óbvio, nadando contra a corrente, enlouquecendo, curtindo maconha, vinho, uísque, arte, suicídio, qualquer coisa que fuja à equação comum. Ainda levará um tempo até que eles emparelhem conosco e nos façam ficar quites.

Quando você vir o edifício da prefeitura no centro da cidade e todas aquelas pessoas finas e bem vestidas, não fique melancólico. Existe uma verdadeira multidão, uma raça completa de pessoas malucas, famintas, bêbadas, excêntricas e incríveis. Já vi muitas delas. Sou uma delas. Haverá mais. Esta cidade ainda não foi tomada. A morte antes da morte é uma coisa doentia.

Os estranhos seguirão firmes, a guerra não terminou. Obrigado.

Notas sobre a vida de um poeta idoso

Depois de uma centena de empregos e anos de vadiagem me dei conta de que estivera no mesmo posto há onze anos. Comecei a perceber isso quando não conseguia mais levantar os braços para além da minha cintura depois de um dia de trabalho. Estava esgotado. Cobravam-me o preço. Busquei vários tipos de cura, diversos médicos. Nada funcionou. Eu era a única coisa que funcionava – oito horas, dez horas, doze horas por dia. Nesse emprego eu não tinha escolha. Era obrigatório fazer hora extra e eles acrescentavam as horas de uma em uma. Você nunca sabia quando seu horário terminava.

O trabalho estava me matando. Durante dez anos eu havia suportado, indignando-me apenas com a rotina, com a monotonia do trabalho. Mas no décimo primeiro ano meu corpo começou a morrer. Decidi que preferia andar descalço e morar numa favela a morrer seguro. Um homem pode ter segurança numa cadeia ou num hospício. Aos cinquenta anos, tendo que pagar pensão alimentícia, pedi demissão. Estranhamente, isso deixou muitos dos meus colegas de trabalho furiosos; eles preferiam que eu morresse junto com eles em vez de morrer sozinho.

Desde os 35 anos eu vinha escrevendo poemas e contos. Decidi morrer no meu próprio campo de batalha. Sentei-me em frente à minha máquina de escrever e disse, agora sou um escritor profissional. É claro que não foi assim tão fácil. Quando um homem trabalha no mesmo emprego durante muitos anos, não é dono do seu tempo. Quero dizer, mesmo com uma jornada de oito horas, o dia está tomado. Some o tempo que leva para ir e voltar do trabalho, mais o trabalho em si, mais comer, dormir, tomar banho, comprar roupas, carros, pneus, baterias, pagar os impostos, copular, receber visitas, ficar doente, sofrer acidentes, ter insônia, ter que se preocupar com a roupa suja e com assaltos e com as condições climáticas e todo o resto que não dá para mencionar, não sobra TEMPO ALGUM para se gastar consigo mesmo. E, quando é preciso fazer hora extra, muitas vezes algumas dessas necessidades têm que ficar de fora, até mesmo dormir, e, mais comumente, copular. Que porra é essa? E tem semanas em que se trabalha cinco dias e meio, seis dias, e no domingo é esperado que você vá à igreja ou visite os parentes, ou os dois. O cara que disse "O homem comum vive uma vida de silencioso desespero" tinha um pouco de razão. Mas o trabalho também acalma os homens, dá a eles alguma coisa para *fazer*. E impede a maioria deles de pensar. Homens – e mulheres – não gostam de pensar. Para eles o trabalho é uma dádiva. Dizem a eles o que fazer e como fazer e quando fazer. Noventa e oito por cento dos americanos acima de 21 anos estão trabalhando, mortos-vivos. Meu corpo e minha mente me disseram que dentro de três meses eu seria um deles. Eu me opus.

Eu tinha uma máquina de escrever e nada para fazer. Resolvi escrever um romance. Escrevi em vinte noites, bebendo meio litro de uísque por noite. A editora Black Sparrow Press decidiu publicar o romance, *Cartas na rua*. Também vendi dois ou três capítulos para revistas, para saírem como contos. Uma nova e estranha vida estava se configurando.

Meu primeiro erro foi achar que poderia escrever muitas horas por dia todos os dias. É *possível* escrever dessa forma, mas resultará em material medíocre e forçado.

Outros escritores começaram a aparecer, a bater na porta, trazendo suas embalagens de cerveja. Eu nunca os visitava, mas mesmo assim eles vinham. Eu bebia com eles e conversava, mas eles não me acrescentavam muita coisa e pareciam sempre chegar na hora errada. Também apareciam mulheres, e elas geralmente ofereciam algo mais proveitoso do que as conversas fiadas sobre literatura. Maus escritores têm um pendor para falar sobre o ofício de escrever; bons escritores falam sobre qualquer coisa, menos sobre isso. Pouquíssimos bons escritores apareceram.

Recebi algumas propostas para leituras de poesia e aceitei. Não gosto de ler poesias, era um sacrifício terrível, mas eu precisava sobreviver e essa era uma maneira rápida de pagar pela sobrevivência, mais ou menos como roubar uma loja de conveniência. Sentia que o público não estava interessado em poesia; estava interessado em personalidade. Que aparência tinha o poeta? Como falava? O que acontecia depois da leitura? Ele se parece com seus poemas? O que você achou dele? Como você acha que ele é na cama?

Certa vez, depois de ler num evento beneficente para Patchen em uma luxuosa residência em Hollywood Hills, uma garota me cercou no bar quando fui me servir um drinque duplo. Era bonita e esbelta e jovem e cravou seus grandes olhos castanhos em mim enquanto se punha na minha frente e disse, "Bukowski, seus poemas, sua leitura foi muito melhor do que as outras. Quero ir para a cama com você. Deixe-me ir para a cama com você!" Bom e velho K. Patchen, que Deus o tenha, nós dois podíamos ter sido beneficiados aquela noite, mas eu desviei da garota, informando-a de que tinha vindo acompanhado, e, mesmo que não tivesse, não era do meu feitio ir para a cama com o poema ainda quente.

A maioria dos poetas lê mal. São ou muito vaidosos ou muito estúpidos. Leem ou muito alto ou muito baixo. E, é claro, a maior parte de suas poesias é ruim. Mas o público nem liga. Querem ver personalidade. E riem no momento errado e gostam dos poemas errados pelas razões erradas. Mas maus poetas geram maus espectadores; decadência chama mais decadência. No início, tive que fazer a maior parte das minhas leituras embriagado. Tinha o medo, é claro, medo de ler para *eles*, mas a repulsa era mais forte. Em algumas universidades, eu simplesmente sacava a garrafa e bebia enquanto lia. Acho que funcionava – os aplausos eram satisfatórios e a leitura não me doía tanto, mas eu não era convidado a voltar. Só fui convidado uma segunda vez em lugares onde não bebi durante a leitura. Grande dimensão da poesia eles tinham. Entretanto, vez que outra, um poeta se depara com uma plateia mágica e tudo faz sentido. Não consigo explicar como isso acontece. É muito estranho – é como se o poeta fosse a plateia e a plateia fosse o poeta. A coisa flui.

As festas depois das leituras podem levar a grandes alegrias e/ou desastres. Lembro-me de uma ocasião em que, depois de uma leitura, o único quarto que estava disponível para mim era no dormitório feminino, então fomos todos para lá, os professores e alguns dos alunos, e depois que todos haviam partido eu ainda tinha um resto de uísque e um resto de vida e olhei para o teto e bebi. Aí me dei conta de que, afinal, eu era O VELHO SAFADO, então saí do meu quarto e andei por ali batendo nas portas e pedindo para entrar. Não tive muita sorte. As garotas foram simpáticas, riram. Andei por ali batendo nas portas e pedindo para entrar. Logo eu estava perdido e não conseguia achar meu quarto. Pânico. Perdido em um dormitório feminino. Demorei o que me pareceram muitas horas para achar meu quarto de novo. Acredito que as aventuras que as leituras proporcionam são o que podem possivelmente transformá-las em algo mais do que um meio de sobrevivência.

Uma vez o cara que foi me buscar no aeroporto chegou bêbado. Eu não estava completamente sóbrio. Durante o trajeto, li para ele um poema de sacanagem que uma mulher havia escrito para mim. Estava nevando e as estradas estavam escorregadias. Quando cheguei a um trecho particularmente erótico meu amigo disse "Ai, meu Deus!" e perdeu o controle do carro e nós giramos e giramos e giramos, e eu disse a ele enquanto estávamos girando, “Acabou, André, não vamos escapar dessa!” e saquei minha garrafa e então caímos numa vala e ficamos presos. André saiu para pedir carona; aleguei velhice e fiquei no carro enxugando minha garrafa. E quem nos recolheu? *Outro* bêbado. Tínhamos latas de cerveja espalhadas pelo chão e um quinto de uma garrafa de uísque. Aquela acabou sendo uma leitura e tanto.

Numa outra leitura, em algum lugar em Michigan, deixei os poemas de lado e perguntei se alguém queria fazer uma queda de braço. Então enquanto quatrocentos alunos formavam um círculo à nossa volta, fui para o chão com outro aluno e começamos. Eu venci e então todos nós saímos e enchemos a cara (depois que peguei meu cheque). Creio que nunca mais repetirei essa performance.

Claro, há vezes em que você acorda na casa de uma mulher, na cama com ela, e se dá conta de que você se aproveitou de sua poesia ou que alguém se aproveitou dela. Não creio que um poeta tenha mais direito a um delicioso corpo jovem do que um mecânico de oficina, se tanto. É isso que estraga o poeta: tratamento especial ou sua própria concepção de que *é* especial. É claro, eu *sou* especial, mas não creio que isso se aplique a muitos dos outros...

Durante mais de um ano tive sucesso como escritor. Cerveja, cigarros, aluguel, pensão alimentícia, comida... sobrevivência. Levantar ao meio-dia, ir para a cama às quatro da manhã. Quatro noites por semana o proprietário e a proprietária do meu apartamento desciam e me pegavam e eu ia à casa deles e bebia litros de cerveja de graça enquanto contava histórias e ouvia histórias e cantava músicas antigas e fumava e ria. Eu tirava o lixo e recolhia a lixeira para ajudar no aluguel. Recebi alguns royalties. As revistas de sexo gostavam das minhas eternas histórias obscenas. Então veio a recessão. As revistas de sexo cortaram os valores pela metade e o pagamento só saía depois de alguns dias da publicação. No entanto os preços aumentaram e as noites ficaram mais longas. A liberação feminina chegou aos escritórios dos editores e certas criaturas, tais como mulheres ordinárias, deixaram de existir, assim como não poderiam existir negros ordinários ou algo errado com a revolução ou com o rock ou com os índios americanos. Não que eu dissesse o contrário, mas eram tempos de limitação à criação livre e isso me atingiu, e os editores estavam apreensivos e as casas editoriais mais ainda. As reservas minguaram e a caixa de correspondência estava sempre vazia. Nada a fazer a não ser encher a cara e seguir escrevendo. Se um escritor conseguir se manter por tempo suficiente e se tiver qualquer coisa que seja, ele vai sobreviver. É claro, em tempos difíceis um escritor tem que ser sua própria agência de arrecadação. Isso toma tempo, mas se isso não é do seu feitio, ou não é do seu feitio pedir dez ou vinte dólares por algo que normalmente se faz de graça, vai acabar rodopiando um esfregão. As revistas de sexo são relativamente fáceis – você só exerce uma suave e decente pressão – apenas o suficiente para que eles saibam que você tem conhecimento de que eles estão vendendo revistas e lucrando com as suas histórias, e *se* eles quiserem mais histórias *boas* simplesmente terão que pagar. Os mercados europeus de tradução dificultam mais as coisas. Em geral é preciso ameaçar alguém de morte para conseguir aquele adiantamento previsto no contrato por um livro de contos ou romance. Passei por maus bocados com os alemães. A distância é o suficiente para fazer com que eles se sintam seguros, dane-se o contrato.

Tive muitos problemas com uma editora que lançou um livro de contos traduzidos. Tinha ouvido falar que o livro havia recebido boas críticas em um dos jornais mais importantes da Alemanha, e o tradutor, que era meu amigo, havia me dito que o livro estava vendendo bem. Eu queria apenas o adiantamento de quinhentos dólares estipulado no contrato. Devo ter escrito umas quatro ou cinco cartas e não obtive resposta. Eles chegaram a me mandar dez livros, oito em brochura e dois de capa dura. Uma bela edição, mas nenhum dólar. Lembrei-me de como outros escritores haviam reclamado das editoras e de como costumava achar aquilo mesquinho; escritores superiores a mim – Céline, por exemplo. Agora eu entendia Céline, tanto como artista quanto como máquina de reclamar e agência de cobrança. Me embebedei e escrevi uma soberba carta de dez páginas. Expliquei minha condição como ser humano e escritor: Eu cagava, comia, bebia, fumava, trepava, rasgava lençóis com as unhas do pé, dirigia o mesmo carro há onze anos, levava as latas de lixo para a rua, acariciava os seios da proprietária do meu apartamento, me masturbava, era covarde e alcoólatra, detestava tevê, odiava beisebol, futebol, basquete, não era homossexual, não tinha grande admiração por Hemingway, sabia que era quase brilhante sem ser brilhante, gostava de música clássica, nunca tinha visto um jogo de hóquei no gelo, e havia conhecido o grande Whit Burnett, o editor que descobriu Saroyan e Bukowski, eu havia encontrado esse grande editor numa rua de Nova York, e assim por diante, e assim por diante... então, à medida que avançava, comecei a ficar agressivo, fui ficando agressivo pouco a pouco, sendo da Alemanha e de Hollywood e de Los Angeles, isso me veio naturalmente, o quanto estava enfurecido, que estava a ponto de entrar num avião para a Alemanha e CONFRONTÁ-LOS – CARA A CARA! – sim, sim, VOCÊS ENTENDERAM? CARA A CARA! – seus covardes nojentos. NEM O ESPAÇO PODERÁ SALVÁ-LOS DE BUKOWSKI!!! Eu iria receber meu pagamento, ou matar alguém. Era simples assim. Honra. Eu era alemão. Nascido em Andernach. Eu estava farto. Paguem para ver, senhores. Vou lhes dar três semanas para enviar uma resposta que contenha dinheiro de verdade. Nenhum dia a mais. Protejam-se como puderem. Etc. etc. Atenciosamente, Charles Bukowski...

O cheque chegou em uma semana. Não sei como eles conseguiram mandar tão rápido. Deviam acreditar que todos os meus contos eram histórias verdadeiras. Eles são apenas meia verdade. Invenção misturada com a verdade é igual a Arte. De qualquer modo, eles pagaram...

E os professores são complicados. Os professores chegam batendo na porta. São de uma linhagem melhor que os professores de antigamente, mas ainda carecem de certo tato. Eles dizem, abrindo uma latinha de cerveja, "Estou trabalhando você na minha cadeira de Literatura americana moderna. Causa grande agitação."

O que um escritor deve dizer diante disso? Especialmente um escritor cujo melhor livro vendeu apenas seis mil cópias numa editora underground? Mailer sequer se daria ao trabalho de cuspir na minha cara, ainda que de nós dois eu seja o melhor. Então você abre a cerveja e não diz nada, bebe um pouco, e pensa, aí vai, pode ser que eu me sinta melhor depois de tomar algumas. Caracóis azuis no pôr do sol.

E sempre há os difamadores, aquelas pessoas desprovidas de criatividade, cujo único desejo é ver você desabar, que quase exigem que você desabe, antes da hora, para que se sintam bem. Eles também aparecem sem ser convidados, com suas preciosas embalagens de cerveja, e medem seus sinais vitais e falam sobre o seu velório, quem fará o discurso, *quem* dirá *o que*, quem irá carregar o caixão, o que as pessoas realmente pensarão de você. E as mulheres, ó meu Deus, as mulheres, elas vão expor você *pra valer...* Ele não tinha alma, batia em mim todas as noites, açoitava meu rabo com um chicote de espinhos, não me deixava falar com ninguém nas festas, um homem *terrivelmente* ciumento, vil, repulsivo, mesquinho, se masturbava todas as manhãs antes do café, torturava sapos...

Os melhores difamadores não escrevem absolutamente nada. Você os alimenta com todo o vigor de sua escrita e eles admiram isso, mas o fato de que você os inspira também faz com que eles sintam prazer diante de sua decadência. Uma morte fulminante seria fácil demais. Eles preferem ver você se tornar lentamente um imbecil que saliva pelo canto da boca, deixando marcas de baba no peito e na cadeira... Seu pior momento será o maior triunfo deles. Mas sei que estamos todos familiarizados com esses versejadores, esses vermes, rábulas sanguessugas que extraem a luz e então gritam de júbilo e prazer quando a única luz que já viram se extingue na vida como a própria vida ou finalmente esmorece assim como eles...

Relendo essas páginas agora, vejo que talvez eu tenha sido um pouco presunçoso, mas percebo agora que essa peça é destinada principalmente a escritores e que somos mimados, sensíveis e exagerados, mas acho que o exagero gera a Arte, de algum modo. Gritamos quando devíamos bocejar. Eis o xis da questão. Nada é o bastante. Queremos um novo pacto. Nascidos para morrer. Que porra é essa?

Bem, é difícil para todos nós. Will Rogers costumava dizer, "Nunca conheci um homem de quem não tivesse gostado". Eu digo, nunca conheci um homem de quem tivesse gostado realmente. Will Rogers ganhou muito dinheiro; eu vou morrer pobre. Mas como gosto de dizer: todos nós morremos pobres, se não arruinados.

Escrever é, por fim, a única maneira que tenho de viver, e se me queimarem na fogueira não me considerarei um santo. Apenas acreditarei que era assim que tinha que ser. É só uma questão de fazer o que se quer fazer: nem um homem em mil está fazendo o que quer fazer. Minha derrota será meu triunfo. Não há refugo. Sou tudo o que posso ser neste momento. E agora, foda-se esse papo sobre escrever. Isso é para charlatões. Acabei me envolvendo nesse deslize só para fazer você se sentir bem. Esqueça. Quem vai ganhar a quarta corrida no Turf Paradise quarta-feira à tarde?

Sobre a matemática da respiração e do estilo

Pretendia começar esse texto com um pequeno ataque ao gênero feminino, mas como a poeira baixou um pouco no front local serei mais ameno, mas há 50 mil homens neste país que dormem de barriga para baixo por medo de ter suas partes íntimas decepadas por mulheres de olhos e facas afiadas. Irmãos e irmãs, eu tenho 52 anos e um rastro de fêmeas nas minhas costas, o bastante para preencher cinco vidas. Algumas das moças alegaram que eu as troquei pela bebida; bem, eu gostaria de ver qualquer homem enfiar o pau numa garrafa. Claro, você pode colocar a língua ali dentro, mas a garrafa não esboça qualquer reação. Rá, rá, que soem as trombetas, vamos voltar ao assunto.

O assunto. Estou a caminho do prado, dia de abertura da temporada no Hollywood Park, mas deixem eu falar a vocês sobre o assunto. Para abordar o assunto de maneira correta, há de se ter coragem, encontrar a forma, viver a vida, e pegar o rumo certo. Hemingway agora recebe ataques da crítica, feitos por gente que nem sabe escrever. Há centenas de milhares de pessoas que acham que sabem escrever. São os críticos, os pés no saco e os que só sabem macaquear o que já foi feito. Apontar para um bom escritor e dizer que ele é uma porcaria ajuda a compensar seu fracasso como artistas, e quanto mais um sujeito melhora, mais ele é invejado e, consequentemente, odiado. Você tem de ouvi-los vaiando e avacalhando Pincay e Shoemaker, dois dos melhores jóqueis de todos os tempos. Tem um baixinho que fica do lado de fora do prado local, vendendo jornais, e ele diz: “Compre seu jornal, leia sobre Shoemaker, o Embusteiro". Este é um cara que montou mais vencedores do que qualquer outro jóquei vivo (e ele ainda monta e monta bem), e aí está um jornaleiro vendendo jornais por dez centavos e dizendo que Shoe é uma fraude. Shoe é milionário, não que isso seja importante, mas ganhou dinheiro com seu talento e poderia comprar todos os jornais desse baixinho todos os dias pelo resto da vida dele e pelos próximos mil anos. Hemingway também é alvo do escárnio dos jornaleiros do meio literário. Eles não gostaram do fim que ele escolheu. Eu achei admirável. Ele produziu sua própria eutanásia. E produziu um pouco de literatura. Grande parte estava muito apoiada no estilo, mas era um estilo que o tornou conhecido; um estilo que arruinou milhares de escritores que tentaram reproduzi-lo de qualquer maneira que fosse. Quando um estilo está estabelecido ele é visto como uma coisa simples, mas um estilo não se desenvolve apenas através da técnica, desenvolve-se através da sensibilidade, é como dar uma pincelada em uma tela, e se você não está completamente comprometido em vivenciá-lo, o estilo se esvai. O estilo de Hemingway estava de fato se esvaziando, rumo ao fim, de forma progressiva, mas isso porque ele baixou a guarda e deixou que as pessoas fizessem o que fizeram com ele. Ele, que nos deu mais do que o esperado. Há um poeta de segundo escalão, um conhecido meu, que veio à minha casa esses tempos. É um homem culto, e é inteligente, e deixa as mulheres o sustentarem para que os outros saibam que ele é bom em alguma coisa. É um homem bastante atraente, que está ficando um pouco balofo, parece bastante letrado e carrega umas cadernetas pretas com ele e lê para você passagens escritas ali. Esse rapaz me disse, "Bukowski, posso escrever como você, mas você não pode escrever como eu". Não respondi à altura porque ele precisa desse tipo de autoafirmação, mas na verdade ele apenas pensa que pode escrever como eu. Talento pode ser a habilidade de dizer algo profundo de maneira simples, ou mesmo de dizer algo simples de modo ainda mais simples. Ah, por falar nisso, se você quiser focar suas lentes em um escritor de segunda linha, é o cara que dá uma festa ou faz alguém dar uma festa em homenagem a ele toda vez que lança um livro.

Hemingway buscou nas touradas forma e sentido e coragem e fracasso e movimento. Eu vou às lutas de boxe e corridas de cavalo pelo mesmo motivo. Há um sentimento nos pulsos e ombros e têmporas. Há uma maneira de assistir e registrar que se torna a linha e a forma e a ação e o fato e a flor, e o cão passeando e a calcinha suja embaixo da cama, e o som da máquina de escrever neste exato instante, este é o melhor som, o melhor som do mundo, quando você está registrando tudo do seu jeito, do jeito certo, e nenhuma mulher bonita vale mais do que isso e nada que você possa pintar ou esculpir vale mais do que isso; é a arte suprema, colocar a Palavra no papel, e a razão da importância está toda ali, é a aposta mais elaborada jamais feita e poucos ganham.

Alguém me perguntou:

– Bukowski, se você fosse dar um curso sobre escrita o que diria para os alunos fazerem?

Respondi:

– Mandaria todos eles para o hipódromo e os obrigaria a apostar cinco dólares em cada corrida.

O cretino achou que eu estava brincando. A raça humana possui grande habilidade para a traição e para a trapaça, para modificar uma posição. O que sujeitos que querem ser escritores precisam é ser postos numa situação da qual não poderão se esquivar com manobras covardes e vis. É por isso que grupos de pessoas em festas são tão nojentos: toda a inveja e egoísmo e canalhice vêm à tona. Se você quiser descobrir quem são seus amigos pode fazer duas coisas: convidá-los para uma festa ou ir para a cadeia. Você logo descobrirá que não tem amigos. Se você acha que estou divagando, segure seus peitos ou suas bolas ou as bolas de outra pessoa. Tudo isso é relevante.

E como suponho (não vi nada ainda) que esteja sendo exaltado e criticado nesta edição devo dizer algo sobre as revistas independentes, embora talvez já tenha dito isso em outro lugar? – no mínimo diante de uma fileira de garrafas de cerveja. Revistas independentes são propagadoras inúteis de talentos inúteis. Nos anos 20 e 30 não havia abundância desse tipo de publicação. Uma revista independente era um acontecimento, não uma calamidade. Era possível ver a trajetória dos autores, iniciando nas revistas independentes e seguindo ao longo da história da literatura; quero dizer, eles começavam ali e evoluíam, se tornavam alguma coisa. Tornavam-se livros, romances, coisas. Agora nas revistas independentes as pessoas começam pequenas e seguem pequenas. Sempre há exceções. Por exemplo, lembro de ter lido Truman Capote pela primeira vez numa revista independente chamada *Decade*, e pensei, aí está um cara com um pouco de perspicácia, estilo e uma energia verdadeiramente original. Mas, no duro, é preciso admitir, as grandes revistas de sucesso publicam textos muito superiores aos das revistas independentes – especialmente em prosa. Na América qualquer cretino caga incontáveis poemas medíocres. E grande parte deles sai nas revistas independentes. Trá lá lá, outra publicação. Abram a mão, vejam o que vocês estão fazendo! Eu recebo uma porção de revistas independentes pelo correio, sem me inscrever, sem pedir. Dou uma folheada nelas. A aridez e a vastidão do nada. Acredito que o milagre do nosso tempo reside no fato de que tantas pessoas consigam escrever tantas palavras que não significam absolutamente nada. Experimente fazer isso qualquer hora dessas. É quase impossível escrever palavras que não façam sentido algum, mas eles conseguem, e insistem nisso, contínua e impiedosamente. Editei três números de uma revista independente, *Laugh Literary and Man the Humping Guns*. O material recebido era tão fraco que o outro editor e eu fomos obrigados a escrever a maioria dos poemas. Ele escrevia a primeira metade de um poema, e eu terminava. Aí eu fazia a primeira metade de outro e ele terminava. Então pensávamos nos nomes: 'Vejamos, como vamos chamar esse chupador de pica?'.

E com o advento do mimeógrafo todos passaram a ser editores, todos com grande originalidade, pouquíssimo gasto e nenhum resultado evidente. A *Ole* foi uma prematura exceção e posso conceder mais uma ou duas exceções se você me munir de fatos. Quanto às revistas com melhor qualidade de impressão (não mimeografadas) é preciso destacar a *The Wormwood Review* (cinquenta edições publicadas) como o trabalho mais notável do nosso tempo nessa área. Sóbria e sem choramingos ou desvarios ou reclamações ou desânimo ou interrupções, e sem escrever cartas pretensiosas e arrogantes (como faz a maioria) sobre ser preso por andar bêbado de bicicleta em Pacific Palisades ou sobre comer o cu de um dos editores da National Endowment for the Arts num quarto de hotel em Portland, Malone simplesmente seguiu firme em sua compilação, com um talento preciso e vivaz, edição após edição. Malone deixa suas edições falarem por si mesmas e permanece invisível. Ele não virá bater à sua porta numa noite qualquer com uma garrafa enorme de vinho do porto barato dizendo, 'Olá, sou Marvin Malone, publiquei seu poema *Catshit in a Bird's Nest* no meu último número. Acho que vou fazer a festa. Tem alguma coisa por aqui que eu possa foder?'.

Um vasto clube dos corações solitários de medíocres incansáveis, isso é o que as revistas independentes se tornaram, com editores ainda piores do que os escritores. Se você é um escritor seriamente interessado em criar arte em vez de tolices, haverá, em qualquer época, poucas revistas independentes às quais você pode escrever, cujo trabalho de edição é profissional, e não pessoal. Ainda não li a revista em que sairá este texto, mas sugiro, junto com *Wormwood*, alguns terrenos decentes: *The New York Quarterly*, *Event*, *Second Aeon*, *Joe Dimaggio*, *Second Coming*, *The Little Magazine* e *Hearse*.

– Você nasceu para ser escritor – ela diz. – Se dedicasse à escrita toda a energia que dedica às corridas de cavalo você seria ótimo.

Penso em algo que Wallace Stevens disse certa vez: "Sucesso como consequência do esforço é um ideal de trabalhadores da roça". Ou se não foi bem isso, foi algo muito parecido. A escrita chega quando quer. Não há nada que você possa fazer em relação a isso. Você não pode tirar mais escrita de um mortal do que ele tem para dar. Qualquer tentativa nesse sentido deixa a alma em pânico, torna o verso difuso e dissonante. Há relatos que dizem que Hemingway acordava cedo todas as manhãs e perto do meio-dia já tinha o trabalho concluído, mas embora eu não o tenha conhecido pessoalmente acho que Hemingway era um alcoólatra que queria se livrar logo do trabalho para poder encher a cara.

O que tenho visto acontecer nas revistas independentes com os mais novos e vigorosos talentos é uma primeira aparição interessante. Penso, ah, aqui está finalmente um escritor de verdade. Talvez tenhamos algo de bom agora. Mas o mesmo mecanismo se repete todas as vezes. O novo e vigoroso talento, tendo estourado, começa a aparecer em todo lugar. Ele dorme e acorda com a maldita máquina de escrever a todo o vapor. Seu nome está em todos os mimeógrafos do Maine ao México e seu trabalho vai enfraquecendo e enfraquecendo e enfraquecendo e continua sendo publicado. Alguém lança um livro dele (ou dela) e promove leituras na universidade local. Eles leem seis ou sete bons poemas do início da carreira e depois todos os outros ruins. Então temos uma outra revista independente qualquer. Mas o que aconteceu foi que em vez de se esforçarem para criar um poema eles se esforçam para conseguir tantas aparições em revistas independentes quantas forem possíveis. Torna-se uma corrida por exposição em vez de criação. Essa difusão do talento normalmente ocorre entre escritores na casa dos vinte anos, que não têm experiência o suficiente, que não têm estofo. Não há como escrever sem viver a vida e escrever o tempo todo não é viver. Assim como beber não faz um escritor e brigar tampouco – e embora eu muito tenha feito essas duas coisas – não passa de falácia e de romantismo gasto supor que essas ações farão de qualquer pessoa um escritor melhor. É claro, há épocas em que você tem que brigar e épocas em que tem que beber, mas esses momentos são realmente anticriativos e não há nada que você possa fazer quanto a eles.

Escrever, enfim, pode até virar um *trabalho*, especialmente se você está tentando pagar o aluguel e a pensão alimentícia com esta atividade. Mas é o melhor trabalho e o único trabalho possível, e é um trabalho que potencializa seu talento para viver e seu talento para viver retribui potencializando seu talento para criar. Um alimenta o outro, é tudo muito mágico. Pedi demissão de um emprego tremendamente tedioso aos cinquenta anos (me foi dito que eu teria segurança pelo resto da vida, ah!) e me sentei em frente a uma máquina de escrever. Não há melhor maneira. Há momentos de completo terror em que você acha que vai enlouquecer; há momentos, dias, semanas sem uma palavra, sem um som, como se tudo tivesse desaparecido. E então tudo vem e você fuma, e bate e bate nas teclas, que rugem sem parar. Você pode levantar ao meio-dia, pode trabalhar até às três da manhã. Algumas pessoas vão lhe encher o saco. Não vão entender o que você está tentando fazer. Vão bater na sua porta e sentar numa cadeira e consumir seu tempo sem lhe acrescentar nada. Quando muitas pessoas nulas aparecem e seguem aparecendo você tem que ser cruel com elas, pois elas estão sendo cruéis com você. Você tem que botá-las para correr. Algumas pessoas que são interessantes por si só trazem energia e luz próprias, mas a maioria não tem serventia alguma, nem para você, nem para elas mesmas. Tolerar os embotados não é sinal de humanidade, apenas aumenta seu próprio embotamento e eles sempre deixam um pouco desse peso com você quando vão embora.

E então, é claro, há as mulheres. As mulheres preferem ir para a cama com um poeta do que com qualquer outro ser, mesmo um pastor alemão, embora eu tenha conhecido uma senhora que declarava com grande satisfação que havia trepado com o presidente Kennedy. Eu não tinha como saber. Então, se você é um bom poeta, sugiro que aprenda a ser também um bom amante, pois se trata de um ato criativo em si mesmo, ser um bom amante, então aprenda. Aprenda como fazer a coisa direito, porque se você for um bom poeta terá muitas oportunidades, e ainda que não seja o mesmo que ser uma estrela de rock as mulheres virão como consequência, então trate de não desperdiçá-las como os roqueiros as desperdiçam com suas performances mecânicas e medíocres. Faça as mulheres perceberem que você está realmente ali. Assim, é claro, elas continuarão comprando seus livros.

E basta de conselhos por ora. Ah, sim, ganhei 180 dólares no primeiro dia da temporada, perdi oitenta ontem, então hoje é o dia que fará a diferença. São dez para as onze. O primeiro páreo será às duas da tarde. Tenho que começar a fazer minha seleção de cavalos. Tinha um cara lá ontem com uma máquina cardíaca ligada a ele e estava sentado numa cadeira de rodas. Estava fazendo apostas. Se colocarem o cara num asilo ele morre em uma noite. Vi um outro cara, cego. Deve ter tido um dia melhor do que o meu ontem. Tenho que ligar pro Quagliano e contar a ele que terminei este texto. Aí está um verdadeiro filho da puta. Não sei como consegue tocar as coisas e ele não quer me dizer. Eu o vejo nas lutas de boxe com uma cerveja na mão, uma aparência bastante tranquila. Fico me perguntando qual é o esquema dele. Ele me deixou encucado...

Notas de um velho safado

28 de dezembro de 1973

1.

– Você me liga amanhã? – ela perguntou.

– Claro – ele disse, e então desligou.

Ela dissera que eles tinham um instrumento novo no clube que permitia que uma mulher olhasse dentro da sua vagina. As mulheres ficaram séculos sem saber como eram suas vaginas. Um homem podia simplesmente olhar para o seu troço, estava todo para fora ali na frente. Se as mulheres pudessem se relacionar com suas vaginas, grande parte da doideira mental acabaria. Ela era mesmo uma mulher muito inteligente. Enquanto ela se relacionava com sua vagina, ele tirava a roupa e ia para a cama sozinho.

2.

Acabei de comer polvo com manteiga derretida, mas olhando no espelho meus olhos ainda estão tão loucos e dementes quanto a chuva de agosto. Talvez não se devesse comer polvo com manteiga, não enquanto se escuta Rachmaninoff. Talvez exista um molho especial. Como cidadão americano eu deveria me contentar com hambúrgueres e rock. Pensar é mais perigoso do que foder, e bons cidadãos americanos pensam muito pouco.

Talvez a manteiga estivesse rançosa. Os bracinhos tinham gosto de cordas de esfregão. E eu seguia apaixonado pela Zsa Zsa Gabor.

3.

Estamos juntos na cama.

– Preciso mijar – ela diz.

– Tudo bem – eu digo, e a solto.

Ela senta em frente à máquina de costura. ZRRRRR! ZRRRRR! ZRRRRR!

– Puta que pariu!

Ela larga a tesoura. ZRRRR! ZRRRR! Eu a ouço cortando o tecido com a tesoura. É quinta-feira à noite, faz frio lá fora, é dezembro. Bom, deveria fazer frio. ZRRRRR! ZRRRR! ZRRRRRRRR! Ela está trabalhando há vinte minutos. Está usando um suéter laranja e calças verdes. Eu a conheço há três anos. Vivemos juntos a maior parte do tempo. ZRRR! ZRRRRR! ZRRRRR! Ela tem vários pedaços de pano, azul com flores amarelas, verde com flores vermelhas. Parece estar fazendo blusinhas. Kissinger está na Síria, falando docemente com uma das mãos, ameaçando com a outra. O cachorro está dormindo sobre um casaco vermelho no chão. Faz meia hora que ela está trabalhando. ZRRR! ZRRRRR! ZRRRRR! Quando é que ela vai mijar?

4.

Cretinos nesse bar alemão na Glendale Boulevard, sexta à noite, esses alemães vagabundos, eles não poderiam ser nem o mijo embaixo da bota de um nazista morto. Germano-Americanos de Glendale e Burbank encenando a versão do filme... com vozes grossas e roucas, esses atendentes de armazém, esses vendedores de araque de uma rede qualquer de lojas de varejo.

Minha garota pede um sanduíche de dois dólares e dez centavos e a cerveja preta custa cinquenta centavos a caneca. Eu, eu ganho menos de três mil por ano – o que não é ruim considerando que acordo ao meio-dia.

Esse bar, essas caras alemãs amareladas de uma sexta à noite de gente aborrecida, o *jukebox* tocando como no refeitório de um colégio. Os homens incomodam as garçonetes, mas não há mais nada para os homens fazerem. Vêm sentar nesse lugar sem mulheres. Eu já fui assim, mas nunca implorei desse jeito, nem nunca vou implorar. Pago a conta: sete dólares e dez centavos. Deixo um dólar de gorjeta como se fosse um cidadão respeitável e chegamos até o estacionamento. Resistência às vezes é mais importante do que a verdade.

5.

A ideia de que o sofrimento só pertence aos nobres e aos talentosos e aos inteligentes, aos sensíveis e aos ousados e aos criativos – não há merda maior do que essa. Eles invadiram os bares ontem, com uma ordem da Suprema Corte nos bolsos; ancorados na mais alta corte na terra eles varriam as garotas de cima das mesas como moscas, como guardanapos usados, todas aquelas pobrezinhas gritando, os peitos imensos balançando em pânico, os traseiros enormes e voluptuosos retorcidos de surpresa, eles as varriam seminuas para dentro de carros e vans para serem fichadas, fotografadas e presas. Que desperdício. Que desperdício de belezas nota dez. Falando de indecência – os policiais eram a coisa mais indecente daquela noite. Uma pobre moça não pode mais ganhar seu dinheiro honestamente. Tudo o que estavam fazendo era dar uma noite excitante àqueles homens solitários. Só posso crer que os caras na Suprema Corte não conseguem mais levantar as pirocas.

6.

Criei a imagem de eterno bêbado em algum lugar na minha obra e há pouca realidade por trás disso. Mesmo assim, sinto que meu trabalho disse outras coisas. Mas o único tema que parece sobreviver é o do eterno bêbado. Recebo telefonemas, geralmente por volta das três e meia da madrugada:

– Bukowski?

– A-hã.

– Charles Bukowski?

– A-hã.

– Cara, eu só queria falar contigo!

– Você está bêbado, amigo.

– E coelhos também cagam. E daí?

– Escuta, não sei quem você é, mas você não sai ligando para as pessoas às três da manhã bêbado, especialmente para estranhos. Isso não se faz.

– Sério?

– Sério.

– Nem para o Bukowski?

– Não, principalmente para o Bukowski – e desliguei.

Esses garotos acham que têm uma alma gêmea só porque fico bêbado e ligo para pessoas às três da manhã. Eles têm de ser mais originais do que eu. Lembro que uma vez fiquei tão fodido e espantei tantas mulheres que liguei para a moça das horas e fiquei ouvindo a voz dela por cinco ou dez minutos: "Agora são três horas, trinta minutos e vinte segundos, agora são três horas, trinta minutos e trinta segundos...". E você sabe *que* voz ela tem. Da próxima vez que pensar em me ligar, ligue para a moça das horas e, se possível, não me encha o saco.

7.

Um dia desses um amigo que tinha acabado de sair da prisão depois de cumprir dezenove anos veio me visitar e me disse que a maioria dos caras estava lá por delitos sexuais e não por desvios de dinheiro e golpes contra a república. Ele dizia ser um escritor. Ao menos escreveu bastante enquanto esteve na prisão. Me escreveu através do meu editor e recebi as cartas da prisão. E as respondi e ele era uma criatura lisonjeira, ficava me falando que as minhas histórias de sacanagem ficavam passando de cela em cela e que os garotos estavam adorando – menos um cara que achava que eu não fazia ideia de como usar a língua inglesa adequadamente – e eu respondi: diga àquele cara que ele está certo e que essa é a melhor coisa em meus textos. Outros presos começaram a me escrever, e eu descobri mais duas coisas: havia muitos homens na cadeia e a maioria deles eram escritores. Meu amigo, o presidiário, disse que também tinha cartas de William Saroyan (outro grande cara) e que minhas cartas e meus livros ainda estavam rodando freneticamente, inclusive minhas colunas em jornais underground, santo Deus, eu era demais.

Ele veio com sua velha e com outro preso que tinha acabado de sair, que também trouxe sua velha. Ele trabalhava como carpinteiro por 15 dólares e 75 a hora, e eles tinham vindo do norte para ir à Disney e me ver. Tinham quatro latas de cerveja quente e ele disse:

– Deus do céu, você *realmente é* tão feio quanto nas fotos.

Eu sabia disso, mas não sabia que um bom homem podia manter uma ereção por uma hora e meia e trepar com uma mulher três vezes por dia. Ele nunca mencionou nada sobre a língua. Mesmo assim, alegou que a maioria dos crimes eram sexuais, ele tinha cartas do William Saroyan e ficava se inclinando sobre a lareira e abrindo e fechando o zíper enquanto olhava para a minha namorada. Ele parecia uma autoridade no assunto.

8.

Certa noite, vi Katherine H. em *Glass M.* Será que algum dia seremos capazes de nos darmos conta de que este tipo de atriz é o de péssimas atrizes e de que este tipo de peça é o de péssimas peças? Esnobismo e preciosismo, tanto na atuação como na escrita, são as únicas coisas que os mantiveram longe – as duas coisas que os mantiveram longe das massas. O diabo sabe que não tenho nenhum amor pelas massas, tendo vivido tanto tempo entre elas, seguramente, sob as piores condições. Seja como for, podem ser mais pobres de alma e de disposição, mas não são piores e talvez sejam até menos medíocres e mais gentis e mais reais do que Katherine H. e T. Williams e do que *Glass M.*

É uma moeda de duas caras – ou duas coroas, mas estando eles ligados um ao outro, não conseguem ficar longe um do outro. As massas não gostam de K. H. pela razão certa: ela é uma má atriz, uma falsificação barata que se afastou por meio da mutilação e do exagero de tudo o que é real. Mas como seus narizes estão enfiados todos os dias na merda e eles estão muito cansados, não têm alternativa senão considerá-la a grande dama da alma e do *alheamento*, e já que os críticos têm medo dos pompons e das guirlandas intelectuais e das sombras fantasmagóricas (sem as lâminas de barbear de Joe Namath), de G. K. Chesterton e George Bernard Shaw e do velho Tolstói e de Gogol e Shakespeare e Proust, têm medo de avançar contra o repulsivo e o óbvio, porque se admitirem que isso não passava de lixo, então a fraude e a incompetência teriam seu fim e eles, também, teriam de acompanhar as massas aos parques de diversões nas tardes de domingo, ou teriam de se preocupar com o Super Bowl ou com a privada ou com o suor fedorento sob suas axilas.

Levarei séculos para tirar as Hepburns e os críticos do caminho, e isso é que é o mais triste, é mais do que triste: as nossas vidas mal chegam a um século, e o que nos mata não são os Hitlers e os Nixons, mas os intelectuais, os poetas, os acadêmicos, os filósofos, os professores, os liberais, todos os nossos amigos – ou, melhor, seus amigos.

Sempre gostei mais das conversas dos caras da prisão do que das dos caras da universidade; acho que os caras das ferrovias têm bem mais colhões e luz e bem menos tédio do que aqueles que ganham 400.000 dólares por semana para uma temporada de um mês em Vegas. Por que isso? Não sei. Acho que nem Deus pode responder. Só sei que fomos enganados por séculos, e isso vai longe, até Cristo cheira mal, Platão cheira mal, e não estou falando de seus sovacos.

Acho que tudo que podemos fazer é tirar uma foto, esperar e cair fora.

Notas de um velho safado

28 de fevereiro/1º março de 1974

Por volta desta hora, todas as noites, o homenzinho ali de baixo chega em casa do trabalho e assobia alegremente. Ele não pode entrar no apartamento e assobiar, tem de ficar lá fora no pátio e assobiar e aí todos os passarinhos cantam. Se tem uma coisa que não suporto é a felicidade de um idiota, uma felicidade infundada.

Esta quadra inteira é cheia de idiotas. Não posso sair do meu apartamento sem ser cumprimentado por um deles. Porque esta manhã eu queria botar o meu carro aqui para dentro e o zelador estava lá.

– Estou lavando o meu carro – ele me disse, e é claro que ele estava lavando o carro. – Uso água quente – ele continuou –, tira melhor a sujeira.

Ele tem uma cara genuinamente inglesa e um sotaque genuinamente inglês. E se você quiser saber o que é uma cara genuinamente inglesa, venha ver o zelador.

E o síndico e sua esposa estão sempre zanzando por aqui esfregando e varrendo, limpando, arrumando, enfeitando. Nunca ficam bêbados, nunca vão a uma corrida, nunca gritam um com o outro. Ele até entra no apartamento, mas ela está sempre na rua perambulando, espiando, sondando.

– Está um dia lindo – ela me diz o tempo todo.

Ou então:

– Bem, acho que o sol não vai sair hoje!

– Não – eu digo –, acho que não vai.

Tive uma semana de merda. Passei a maior parte do tempo nos estacionamentos do Safeways & Von's esperando as mulheres saírem dos carros para que eu pudesse ver suas pernas. Foi uma semana muito ruim. Mais e mais mulheres estão usando calças. Sabe como é, fico sentado lendo o meu jornal e vejo uma mulher entrando com o carro. Fico na posição perfeita, ao lado da porta pela qual ela vai sair, minha visão é ilimitada. Vejo que é bastante jovem e frustrada, desatenta, pensando em alguma coisa – no preço do bacon, ou se deve comprar tangerinas. Imagino que verei uma perna, a saia se erguer quando ela sair do carro, a visão de um joelho, de nylon, de uma roupa íntima, de um flanco. Eu espero. A porta se abre e ela sai, está de calças. Foi assim a semana inteira. As mulheres pararam de usar vestidos.

Volto para casa e não consigo escrever. Os poemas pararam, os contos pararam. Aposto nos cavalos e perco. Vou de uma ponta do tapete até a outra. O cara do apartamento de baixo toca acordeom. Tem uma carta na caixa de correio.

"...Estive remoendo os sonhos da noite passada. É claro que você já imaginou tudo e antes que o seu impulso de escrever passe para sempre eu vou contar. Nós éramos três, você, eu e minha irmã. Você disse que ia se deitar com ela – ela estava usando um chapéu vermelho sobre o cabelo, cor de carvão. 'Não', eu disse, você me olhou e pegou a mão dela. Ela estava quieta e altiva. Diabos, eu disse que iria olhá-los... Ninguém se opôs, então me empoleirei ao lado da cama para olhar. Não houve envolvimento carnal (i.e. vocês não treparam), mas um longo e lindo beijo possessivo. Virei minha cabeça. A cena muda. Agora estamos os três no meu quarto e eu estou deitada numa cama estreita, muito estreita – só tem espaço para uma pessoa – você acabou de chegar do alfaiate e está usando um terno novo que não está muito bem-acabado, pois há vários alfinetes nas bainhas. Você também está usando um chapéu irlandês, que arremessa orgulhosamente ao chão. Sinto-me como uma paciente pronta para a cirurgia – a irmã fica lá enrolada numa toalha mostrando as coxas cheias de veias azuis.

"Logo vocês dois vão para a cama de casal dela, com uma colcha de penas de ganso, cujo revestimento exterior é de seda, mas nesse meio-tempo você se inclina – você é três vezes maior do que a vida, um Laird Cregar... se você se lembra dele – e despeja um beijo bem na minha boca e coloca algumas moedas na minha mão – 'Suma daqui com esses centavos', eu digo, meu coração a se partir pelo que virá – 'Ah, minha adoração!' (não posso evitar isso, estou lendo Donleavy), você diz, 'Isso não são centavos, os cavalos têm sido bons, olhe de novo', e de fato as moedas têm sinais dizendo que são de dez e vinte dólares. Tinha mais coisa, mas é confuso."

Jogo a carta fora, mijo, retorno e me espalho no sofá verde. Minha garota era dançarina profissional, minha namorada não é essa da carta. Agora minha namorada não dança mais, ela é atendente em um bar ali na Alvarado Street e vai conhecer alcoólatras glamorosos e eu vou acabar ficando sozinho outra vez. Olho para o teto. Supostamente sou um escritor. Não consigo mais escrever. Era isso que eles estavam esperando. Bukowski, o garoto durão, chega à inaptidão e à derrota e ao desespero. Não receberei mais cartas odiosas pelo correio.

Bem. Os homens mudam e a mudança nem sempre funciona. Tolstói foi ao encontro de Deus no fim da vida e ficou monótono. Górki, depois da revolução, não tinha nada sobre o que escrever. Dos Passos virou um capitalista com cara de barbeiro e morreu nas colinas aqui em cima. Céline ficou doente e esqueceu como se ri. Shostakovich nunca mudou, escreveu sua quinta sinfonia e depois a escreveu de novo e de novo em todas as sinfonias seguintes. Mailer tornou-se um jornalista inteligente, assim como Capote. Pound ficou cada vez mais obscuro e beberrão. Spender desistiu, Auden desistiu, Olson apelou para a multidão. Creeley ficou raivoso e tenso. Abraham Lincoln odiava os negros e Faulkner usava espartilho. Ginsberg se exauriu completamente e foi superado. E o velho Henry Miller já se foi há tempos, fodendo lindas japonesas no chuveiro.

E eu me levanto porque a água está fervendo e sirvo uma xícara de café. (Minha namorada tem uma casa grande e eu fico aqui grande parte do tempo. Assisto tevê com o filho dela de doze anos. Ele vê bem mais tevê do que eu, mas aguento bem.

– Quantos comerciais você viu hoje, garoto? Uns cem?

– Ah – ele responde –, mais do que isso.

Ele vê filme atrás de filme.

– Agora – digo – o irmão vai sair e entrar com uma faca.

O irmão entra com a faca.

– Agora o cofre vai estar vazio – diz ele.

O cofre está vazio. Depois que você viu um filme, viu todos. É sempre a mesma coisa. Minha namorada fica na outra sala escrevendo dúzias de poemas novos.)

Bebo o café, depois tomo banho.

– Um dia vou falar sobre você para eles – diz minha namorada. – Vou contar que você tem medo do escuro, que você toma cinco banhos por dia, mas não usa sabonete, que você tem uma faca presa na porta.

Creio que ninguém vá se interessar.

Eu me seco e visto uma roupa. Acabou o papel higiênico. Tenho que voltar para o Von's. Desço a escada. Tem alguém varrendo.

É ela, a síndica, limpando. Ela está de branco, está sempre de branco.

– Está esfriando cedo da noite agora, não é? – ela me pergunta.

– É sim – respondo.

Posso ir a pé até o Von's. É só ir até a Oxford e pegar a esquerda na Western. Estou morando num flat agora, um tipo especial de flat. Eles passam aspirador nos tapetes todos os dias e nunca vão dormir sem lavar os pratos. Desodorizam o ar e ouvem três noticiários por noite. Nenhum deles tem filhos ou cachorros ou insônia e quando bebem eles bebem muito discretamente e jogam as garrafas fora furtivamente. Às dez da noite tudo fica absolutamente silencioso. Passo por um apartamento térreo com uma grande janela de vidro de frente para a rua. Chamo-o de apartamento das irmãs Dolly. As irmãs Dolly ficam sentadas na frente da janela o dia inteiro, conversando e tomando chá e comendo biscoitinhos. Usam muito blush, suas caras são estúpidas e duras e seus cabelos grisalhos são pintados de vermelho e elas usam unhas postiças de dez centímetros; pintam os lábios com batom vermelhíssimo. Elas me olham quando eu passo e lhes aceno como um cavalheiro caipira. Elas acham que sou um apresentador de circo aposentado. Não fazem nem ideia de que sou um outrora renomado escritor que perdeu a mão. As três irmãs me veem e uma delas abre um largo sorriso para mim, parece o beijo da morte de um leproso. Quando o sol se põe, uma grande cortina roxa é estendida ao longo do vidro. As irmãs Dolly têm medo de ser estupradas.

O Von's está bem vazio, os trabalhadores ainda não saíram dos seus empregos. Pego um carrinho, resolvo pegar algumas outras coisas, já que preciso de papel higiênico. Passo ao outro corredor e lá está ela: salto alto, saia curta, blusa branca, o cabelo preso bem alto na cabeça. A saia não é apenas curta e justa, mas também tem uma fenda em cada um dos lados, até em cima. A meia-calça é decorada com uma parte de cima falsa, de tom mais escuro, como se fosse uma meia-calça à moda antiga, que nem aquelas que as mulheres usavam quando eram mulheres. Mas é só uma meia-calça comum. A parte mais escura pode ser vista no topo da fenda da saia. Ela tem 38, um rosto bastante comum e feio, dois brincos de pérola penduradas em longas e grossas argolas, bochechas magras e flácidas, boca pequena e achatada e muda, mas ela é alta e seu corpo se move e as fendas mostram tudo e ela se curva e pega uma lata e por um momento eu vejo a ponta de sua calcinha. Ela se endireita. Sabe que eu estou olhando para ela, mas não dá nenhuma mostra disso. Eu a sigo, tentando não ser óbvio. Sua saia é branca com listras rosa. As cores entram no meu cérebro. Por que ela usa uma saia com fendas, me pergunto. Não sei responder. Na seção de carnes, fico ao seu lado. Ela está perto das costeletas de cordeiro, olhando os pedaços.

– Com licença – digo.

– Sim – ela diz.

– Você não é a secretária de Henry Miller?

– Henry Miller?

– Sim, o escritor.

– Não, não sou secretária dele.

Ela se vira e volta a olhar para as costeletas de cordeiro. É como se minha mão não me obedecesse. Sinto-a se movendo em direção à nádega mais próxima de mim e não consigo detê-la. A mão toca suavemente a nádega sob a saia de listras rosa e os dedos a beliscam gentilmente e então a soltam. Empurro o carrinho. Alguns metros adiante, paro e olho para trás. Ela ainda está perto das costeletas de carneiro, mas sua face adquiriu um tom de vermelho ardente. Não volto a olhar. Corro até o caixa e pago. Tenho meu papel higiênico e uma lata de carne moída salgada. A fila não era longa. Logo estou do lado de fora e compro um *LA Times*. Preciso conferir os resultados das corridas. Viro para leste em direção à Oxford e volto para casa. As irmãs Dolly estão no pleno ato de fechar a cortina roxa. Está anoitecendo. Consigo voltar para o meu apartamento sem falar com ninguém. Penduro o papel higiênico e me esparramo no meu sofá verde. Não há nada a não ser o teto lá em cima. A vida de um escritor é insuportável.

Uma vez eu estava numa festa, ela me disse, e me foderam. E eu estava dormindo e chegou um cara com a namorada e ele tinha uma garrafa de óleo de tartaruga. Eles me levantaram do chão e me botaram na cama, de barriga para baixo, e ela segurava o óleo de tartaruga e ele a pica, e eles estavam me botando na cama, e eu fazia uuur, sabe... Eu estava dormindo.

E ela puxou uma perna para um lado e ele puxou a outra para o outro, e então ele pega esse óleo de tartaruga e espalha pela minha boceta. E isso me acorda um pouco, e eu digo aaaan, tô cansada, tô com sono... e ele não me ouve, então bota o pau em mim e começa a me foder, mas brocha... porque não comeu ninguém a noite inteira. Ele foi a primeira pessoa a tirar a roupa, mas tudo o que faz é ficar bêbado e brigar. E então ele vai para essas orgias, fica bêbado e arranja brigas com todo mundo, não come ninguém e aí resolve que vai me foder porque eu tô dormindo.

Então ele passa esse óleo de tartaruga na minha boceta e começa a me comer e diz pra namorada "me dá mais óleo de tartaruga" e ela diz "querido, você tem o suficiente". E ele diz "não, me dá mais," e ele põe mais e começa a me foder de novo. E então brocha de novo e diz "me dá mais óleo de tartaruga" e ela diz "querido, você tem o suficiente", e ele pega dela e põe mais e fode mais e continua brochando e eles continuam fazendo isso.

Finalmente, ele acaba indo embora com o pau mole. E você não pode dizer mais nada... a essa hora eu acordei e você não sabe o que dizer sobre o óleo de tartaruga... ele fica deslizando, sabe. E eu só digo ah ah ah e ele faz ummm ummm ummmm e ela fica dizendo "querido, já basta de óleo de tartaruga", e então... finalmente... Brad estava no chão... Brad é meu namorado... e ela vai até o Brad e sacode ele e diz "Brad, Brad, está na hora de ir..." porque nós tínhamos vindo com eles e Brad diz "aan, sim, tá, tá..." e então volta a dormir e esse cara faz ah ah ah e eu digo oh e ele diz "me dá mais óleo de tartaruga", e ela diz "querido, você já tem o suficiente" e sai pela porta, fecha e então ele pega uma garrafa inteira de óleo de tartaruga e espalha em cima de mim.

Ela devia ir foder alguém, mas também não fode mais ninguém. Ela só fica zanzando pela festa pelada e instiga essas brigas que ele arranja. Então eles entram numa briga e ela briga com ele e ele briga com outras pessoas. Então finalmente nós estamos banhados em óleo de tartaruga e eu acordo e esse cara cai no sono em cima de mim e ele pesa uns noventa quilos. Esse tal óleo de tartaruga custava 25 contos a garrafa e ele dormindo em cima de mim. E o pau dele fica mole de novo e começa a aparecer do meio da minha bunda porque ele meio que tá ficando pequeno e tá mole, sabe, e é horrível porque esse negócio tá escorrendo por tudo, e ele botou até no meu cabelo e ele fica roncando na minha orelha... ele faz SHIIIIIIU... e o Brad está no chão, e está roncando, só que o outro está roncando mais alto.

Então finalmente ela volta para o quarto e diz "Brad, levanta, a gente está indo" e o Brad diz "Ah, tá", e finalmente levanta e acha tudo menos suas meias, alguém roubou as meias, e finalmente ele tira esse cara de cima de mim e a gente se veste e entra no carro e eles entram na frente e a gente entra atrás e de cara o Brad dorme no meu colo e o sol está nascendo e a gente tem que voltar lá para casa em Orange County e esses dois... começam a brigar... e logo, logo eu começo a rir, e ela dorme e durante a viagem inteira esse cara fala sobre ser um golpista em Fort Lauderdale, Flórida, e eu já fui a três festas dessas e esse cara nunca teve uma ereção. Fiz um boquete nele uma vez. Chupei o pau dele por vinte minutos e esse cara não ficou de pau duro até gozar. Quando fica duro, ele simplesmente goza. E goza tão pouco que engoli sem nenhum problema. Foi muito fácil, nem escorreu pelos cantos da minha boca, não saiu pelo meu nariz, nem me fez lacrimejar.

Esse cara é um perdedor... rá, rá... ele tem um pau pequeno, rá rá rá rá rá rá... e essa é uma história verdadeira, e agora ele está deixando a barba crescer e entra no banco em que eu trabalho e não fala mais comigo... Por que não? Você acha que eles estão brabos com a gente? Rá rá rá rá rá... pau pequeno.

Notas de um velho safado

22 de março de 1974

Você gosta mesmo de merda, não é? Percebi isso com o tempo, que você gosta mesmo da palavra "merda" e de cagar...

Não, não, não. Eu não gosto da palavra "merda", ela meio que me irrita. Não gosto de gente que diz "MERDA!", raramente uso essa palavra.

Não, o que estou dizendo é que a simples ação de cagar é de alguma forma agradável para você.

Só para mim?

Bom, não sei. Você parece gostar bem mais do que a maioria das pessoas, elas não se referem a isso tanto quanto você.

Elas não admitem tanto quanto eu.

Não admitem?

Quer dizer, você me encontra e diz "Me dá um jornal", isso é para você poder aproveitar. Quero dizer que você está lendo alguma coisa e sai um pedaço de merda e você está lendo...

Mas não chego nem perto de prestar tanta atenção na merda caindo quanto você. Para mim, ela simplesmente sai.

Você quer dizer que não olha e a admira depois?

Não.

Mas é uma sensação de *perda* enorme. Você vai dar a descarga naquela merda e *nunca* mais vai vê-la. Você nunca mais vai ver a *mesma* merda.

Não tenho essa sensação de perda quando dou a descarga... Penso, ai, isso fede...

Tento memorizar cada tipo de merda que já fiz. Porque cada formato é diferente, é como um quadro. A merda nunca sai do mesmo jeito. Quantas vezes uma pessoa normal caga durante a vida? Incontáveis vezes, sem dúvida. Mas cada uma é infinitamente diferente das outras que você já viu. Cada merda é diferente, os tamanhos são diferentes, o número de pedaços, a sensação que dá, os lugares em que você caga, a temperatura, o tempo, a pessoa com quem você está ou não morando, se está desempregado ou não, existem tantas variáveis envolvidas. E ainda tem uma coisa a mais: você pega o papel higiênico e ele pode ser de várias cores, pode ser verde, pode ser azul, pode ser amarelo, roxo e assim por diante. E aí você pode pegá-lo e limpar o cu e você olha para o papel e pensa, ah, ainda estou sujo. Tenho que me limpar mais, alguém pode sentir o cheiro de merda. E enquanto você limpa o cu, você pensa talvez alguém não se limpe tão bem quanto eu. Ou talvez eu não limpe o meu cu o suficiente. Olha, vou deixar você falar mais um pouco, mas não curto muito esse lance de merda. Para, para, para... eu estava indo passear pelo supermercado, sabe, como costumo fazer, e entrei no corredor do papel higiênico e tinha uma velha lá, de uns 92 anos, e ela está procurando o papel higiênico com o melhor preço.

Mas *todo mundo* faz isso.

Mas, quando você tem 92 anos, você pode morrer amanhã de manhã então por que economizar três centavos? Quer dizer, é maravilhoso poder cagar aos 92 anos, então por que não comprar o mais caro e comemorar? Gaste os três centavos. OK, eu estou viajando.

Viu? Você viaja nessa história da merda. Eu disse que você adorava merda. Você está definitivamente apaixonado pela merda. Percebi isso. O que você acha do que os psicólogos dizem sobre quem curte merda... você sabe, quando você é uma criança e seus pais ficam exigindo coisas de você, a merda era a coisa na qual você podia se apoiar, a única coisa que era sua.

Eu não sei se alguém poderia se apoiar na merda.

E não importa o que eles fizessem, você podia ir lá e esse naco de merda pertencia a você e era uma coisa definitiva e lindamente sua.

Bom, deixa eu te dizer uma coisa, os psiquiatras e psicólogos nunca tiveram pais como os meus. Porque quando eu cago, penso, essa merda pertence à minha mãe e ao meu pai porque eles me disseram o quanto se sacrificaram para me alimentar, o quanto eles se sacrificaram para me dar roupas e o quão doloroso foi para eles me criar, então quando vejo a minha merda, vejo que essa é a merda deles, não a minha.

Dá para a gente sair da merda?

Tudo bem, é difícil, mas a gente vai sair da merda, só que eu preciso dizer que li uma coisa interessante. Você sabe que a cidade de Nova York tem despejado merda no oceano por tanto tempo e eu li nesse artigo que essa merda formou uma bola e essa bola foi aos poucos se aproximando de Nova York a uns oito quilômetros por hora e os entendidos não tinham ideia de como fazer ela parar... Eles não podiam falar com ela, não podiam bombardeá-la, não podiam pulverizá-la, rezar não ajudou. Nesse exato momento tem uma bola de merda gigante se aproximando de Nova York e não há nada que se possa fazer sobre isso. Quando li esse artigo não fiquei exatamente triste, porque se alguma cidade merece se afogar em uma montanha de merda, essa cidade é Nova York.

Eu achei que a gente ia sair da merda.

Tudo bem, vamos sair da merda. Ela pode esmagar uma pessoa, mas a gente pode fugir.

Tem certeza?

Precisa de coragem, mas dá para fazer.

Vamos falar sobre sexo ou dormir.

A gente consegue?

Sim, merda.

Prefácio inédito a “7 on style” de William Wantling

Circa 1974

Tenho me correspondido com Bill Wantling desde os dias da Revolução do Mimeógrafo, desde os dias de Blazek e *Ole*, quando conheci seu trabalho e trocamos umas cartas. Escrevi tantas cartas a Wantling que ele me colocou como personagem em uma novela usando partes da minha correspondência para compor as minhas falas. Eu era um ator fracassado morando em Hollywood e tomava umas boletas e bebia demais (na verdade eu moro no Hollywood Boulevard com a Western, numa zona de prostituição, mas nunca fui muito de atuar.) Os anos se passaram, as cartas ficaram mais escassas, vivi com diferentes mulheres, mas Bill continuou com sua esposa, Ruthie, que era seu porto seguro, seu amor, sua garantia de sobrevivência. Nós dois finalmente tivemos algum sucesso com nossos textos; eu até comecei a pagar o aluguel com os meus; Bill continuou a trabalhar nas mesmas coisas de antes, e foi descoberto na Inglaterra e na Nova Zelândia – o trabalho dele não tinha a covardia e o lustro que a grande maioria do público consumidor de poesia nos Estados Unidos exige – e as coisas nunca foram fáceis pra ele, por isso ele continuou a escrever bem.

Com Ruthie baldeando água, cuidando das vendas e buscando o jantar na zona portuária, Bill acabou indo parar na universidade. O Bill soldado também ajudou. Me assustou pra caralho o fato de Wantling passar por toda essa coisa de universidade, porque ele tinha um jeito enérgico e natural de pôr uma frase no papel e achei que a academia fosse afetar isso. Nem tanto. De qualquer jeito, não foi longe o bastante para adquirir uma cátedra. Então lá estava ele este ano, subitamente promovido a instrutor – contrato de um ano, não renovável. Foi assim que o encontrei. Ele mexeu os pauzinhos no departamento de inglês para me trazer a Illinois State para fazer uma palestra. Conseguiu me arranjar quinhentos dólares e, como os cavalos estavam indo mal, eu fui.

No avião, fiquei com medo, digo, pensando no que poderia acontecer. Eu tinha uma política de evitar escritores o máximo possível; eles enfraquecem uns aos outros, indo a festas juntos, fofocando juntos, reclamando juntos. Quase todos os escritores que conheci acreditam ser geniais e subestimados quando o fato é que eles simplesmente escrevem muito mal. A maioria dos escritores não são pessoas agradáveis, e durante a viagem de ida pensei, bem, Jesus, vai ser a mesma coisa de sempre. Vou conhecê-lo, não vou gostar dele, e aí vou começar a não gostar dos seus poemas. Bill sempre disse, analise o escritor, não o homem. Mas sou sentimental e não consigo evitar fazer as duas coisas. E também, pensei, não saberei o que vestir. Não gosto de lojas de roupas. Estava usando um casaco que havia comprado há quinze anos, um par de calças baratas que não me serviam direito, sapatos já sem solas e um sobretudo do meu falecido pai, dois números acima do meu. Além disso, meu cabelo não para no lugar, não costumo cortar o cabelo, fazer penteados, apenas dou a tesoura para uma mulher de vez em quando e digo vá em frente. Quando há uma mulher por perto.

Em Chicago tive que pegar um daqueles aviões a hélice nos quais todos os passageiros a bordo fazem piadas durante o voo. Mas você pode beber neles também. E o avião balança e as aeromoças batem em você com os quadris como se prometessem mais. Isso está mal escrito, não está?

Bem, fui o último a descer do avião. Uma rajada de vento que veio por trás jogou todo o cabelo na minha cara. Ao me recompor, lá estavam eles, Bill e a Ruthie. Não me lembro exatamente da conversa, da conversa que quebrou o gelo, mas achei os dois muito gentis. Gostei deles de cara. Bill comentou que nunca tinha conhecido ninguém que se vestisse como eu, mas disse isso quase como um elogio. Entramos no carro e pegamos a estrada.

– Sua voz é tão suave – disse Ruth.

– E você não é de falar muito – disse Bill.

Bill tinha as vibrações, boas vibrações, você podia senti-las de cara, ele era cercado por elas, energia, energia pura e abençoada. Paramos num lugar para tomar uma cerveja e seguimos direto para a casa de Ruthie. Eles estavam se separando. Ele havia me escrito: "Estraguei tudo com Ruthie, enfim, ela estava aturando as minhas merdas & vômitos & drogas há nove anos, não aguentou mais".

Tinha um negócio às duas horas na universidade, parte do show. Fui para lá e tive contato com uns estudantes e voltamos. A palestra era às oito. Tomamos mais umas cervejas e percebi que Bill gostava de escutar, não era muito de falar; como eu. Então o negócio foi meio silencioso, mas não foi *aquele* tipo de silêncio, sabe; era antes um silêncio agradável – sem desconforto, sem pressão, sem tentativas de puxar conversa. Ficamos na casa do Bill durante um tempo. Ele tinha um apartamento de frente na Bloomington Gun, Main Street, Bloomington. Era espaçoso e iluminado. Veio mais cerveja, a pedido meu. O professor encarregado da palestra chegou; ele estava entusiasmado, um pouco infantil mas simpático; efusivo mas sincero. Bill me ofereceu umas pílulas no corredor, mas recusei.

– Estômago sensível, cara, esse negócio acaba comigo.

O professor me aconselhou a não beber muito mais, e saímos para jantar. Sugeri algum lugar em que pudéssemos tomar mais cerveja. Durante toda a conversa e a preparação para a palestra eu podia sentir a presença de Bill; sentia-o ali o tempo todo, os raios brilhando, os raios bons e sólidos de sua energia, de sua *alma*, se assim preferir. Ele tinha um jeito simples de dizer as coisas, mas tudo o que ele dizia facilitava o andamento do jogo, fazia a conversa agradavelmente humana. Existem várias maneiras pelas quais um homem pode expressar ressentimentos, preconceitos, insanidades, mesquinharias, inveja; Bill não demonstrou nada disso. Não quero fazê-lo parecer um deus. Era simplesmente um ser humano muito bom e eu gostava dele, muito.

Fizemos a leitura, eu li, voltamos para casa. Parte do público acompanhou. Estudantes, uns professores, outros desconhecidos. As bebidas vieram junto. As alunas eram ótimas, todas as armadilhas estavam lá. Sempre me sinto aliviado depois de uma leitura; é um trabalho sujo para mim, é suado. Comecei a beber pesadamente, o alívio tomou conta de mim e comecei a "bater papo". Era esperado, parte do procedimento, mas a parte mais fácil – eu já tinha pegado meu cheque. Tirei sarro da cena literária...

– Ah – eu digo –, você leu Lawrence? Não, não, Josephine, não o cara da Arábia, o cara que ordenhava vacas e mulheres...

E continuei. Me poupou de responder perguntas sobre a minha pessoa. Certa hora, no meio da noite, estendi a mão e peguei um punhado do cabelo de Bill:

– E esse *junkie* de merda aqui, para que serve?

Todo mundo ficou quieto.

– Vocês sabem – eu disse –, tem um poema que Bill escreveu que realmente me deixa arrepiado... Bill, aquele em que a sua menina se oferece para fazer alguns truques para você conseguir uma drogas, e você fica brabo, chora e ela diz, "Não chora, papai, é só mais um jeito de foder com um otário".

Então continuamos a falar sobre as coisas do Bill e todos nos sentimos melhor...

*

De manhã Ruthie tinha que trabalhar, então Bill e eu ficamos sozinhos em casa. Nós dois estávamos de ressaca, Bill mais do que eu. Demos um jeito de engolir uma cerveja quente e então sugeri que a gente tentasse fazer uns ovos cozidos. Bill deixou-os cozinhar demais. Depois que comemos, ele, de súbito, correu para o jardim e disse:

– Bukowski... – e então vomitou.

Ele estava nas últimas. Por fim, conseguiu comer um pouco de pão molhado no leite.

– A gente devia pegar mais leve, cara – eu disse a ele –, meu objetivo é viver até o ano 2000.

– Puta, o meu também – ele disse –, sonhei que ia morrer no ano 2000.

Ele sabia até a hora e os minutos do dia. Entrei e tomei um banho; banhos quentes me ajudam quando estou de ressaca. Depois tomei mais uma cerveja. Bill ainda parecia mal; eram as pílulas, aquelas merdas. Foi escurecendo e escurecendo. Ruthie telefonou e disse que um tornado estava a caminho. Parecia que já era meia-noite e o vento soprava, soprava. Tomei mais uma cerveja e cancelamos o voo. Ruthie veio para o almoço, e Bill disse:

– Bukowski é resistente, um filho da puta resistente, tem o corpo de um cara de dezenove anos.

Dois poetas vieram para a leitura da noite seguinte; uma moça e um cara de uns trinta e poucos anos. Eles começaram a falar, falar sem parar... e não era uma boa conversa. Comecei a apreciar cada vez mais o jeito calmo de Bill. Bill saiu do banheiro.

– Bukowski, você se masturbou quando tomou banho?

– Não.

– Que bom, assim eu não tenho que lavar a banheira.

Ruthie voltou para o trabalho. O professor voltou e levou a jovem poeta para algum evento. O cara continuou falando.

Bill saiu do banheiro.

– Escuta, cara, você não parou de falar desde que chegou aqui. Faz uma hora.

– Bem, é melhor do que ficar resmungando. Tudo o que vocês fazem é ficar sentados resmungando.

Eu achava que resmungar era bem melhor.

Bill tinha que dar aula. O professor e a jovem poeta voltaram. Bill pendurou um negócio nas costas.

– Que diabos é isso, Bill? – perguntei.

– Carrego meus livros e folhas aqui dentro. Vou de bicicleta para a aula.

– Ah, vamos, eu te levo – disse o professor, – tem um tornado se formando lá fora.

– Está tudo bem, consigo ir sozinho.

Ele veio até mim.

– Não sei dizer adeus – ele disse.

– Então não diga – respondi.

Houve um leve aperto de mãos e ele cruzou a porta em sua bicicleta. Isso foi no dia 3 de abril. Bill Wantling morreu ao meio-dia e quinze do dia 2 de maio de 1974.

Eu estava sentado, escrevendo um poema, quando o telefone tocou. Ruthie me deu a notícia. Depois que ela terminou de falar, liguei para a minha garota que trabalhava como atendente num bar.

– Wantling morreu – eu disse –, Ruthie acabou de me ligar. Wantling morreu.

As lágrimas escorriam dos meus olhos, eu tremia.

– Desculpa – eu disse –, já lhe falei o quanto gostava dele.

Desliguei. Era verdade. Bill tinha sido um dos poucos homens com quem pude me relacionar. Eu estava acostumado com a morte, conhecia a morte, escrevia sobre a morte. Saí e peguei umas bebidas e enchi a cara. Na manhã seguinte eu estava bem; assunto liquidado; foi o choque inicial que me confundiu.

No fim Bill estava concentrado no Estilo. Ele sabia o que era estilo, ele era estilo, ele tinha estilo. Uma vez ele me perguntou numa carta, “O que é estilo?”. Não respondi a pergunta. Eu tinha escrito um poema chamado “Estilo”, mas acho que ele pensou que aquele poema não respondia totalmente à pergunta, e ainda assim eu a ignorei. Agora sei o que é estilo, depois de conhecer Bill.

Estilo significa guerrear sem escudo.

Estilo significa não ter uma frente de batalha.

Estilo significa a mais absoluta naturalidade.

Estilo significa um homem sozinho com um bilhão de homens em volta.

*

Chegou a hora de eu dizer adeus a você, Bill.

Jaggernauta

Eles abriram no dia 9 no Fórum e fui para o prado no mesmo dia. O prado fica em frente ao Fórum e olhei para lá quando cheguei e pensei, bem, é aí que vai ser. A última vez que os tinha visto tinha sido no Santa Monica Civic. Estava quente no hipódromo e todo mundo estava suando e perdendo. Eu estava de ressaca, mas me saí bem. O prado é um lugar aonde ir, assim você não tem de ficar encarando as paredes enquanto enlouquece, ou toma veneno de formiga. Você aposta e espera e espera e olha para as pessoas e quando você olha para as pessoas por um bom tempo começa a perceber como aquilo é horrível, porque elas estão em todo lugar, mas acaba sendo suportável porque de algum jeito você se acostuma, sentindo-se mais parte do rebanho do que se tivesse ficado em casa lendo Ezra, ou Tom Wolfe ou a seção financeira do jornal.

As corridas já não são mais o que costumavam ser: cheias de bêbados escandalosos e charuteiros, e garotas sentadas nas bancadas laterais, mostrando as pernas até as calcinhas. Acho que os tempos são muito mais difíceis do que o governo nos diz. O governo deve as calças para os bancos e os bancos emprestaram demais para os homens de negócios que não podem pagar porque as pessoas não podem comprar as coisas que eles vendem porque um ovo custa um dólar e elas só têm cinquenta centavos. A coisa toda pode ir além e você vai encontrar bandeiras vermelhas nas chaminés das fábricas e camisetas do Mao passeando pela Disneylândia, ou talvez Cristo volte pedalando uma bicicleta de ouro com a roda da frente doze vezes maior do que a de trás. De qualquer jeito, as pessoas estão desesperadas no hipódromo; ele se tornou o emprego, a sobrevivência, a cruz no lugar do jogo de azar. E a menos que você saiba exatamente o que está fazendo numa pista de corrida, como ler e jogar interpretando o placar, reavaliando os prognósticos e sendo capaz de discernir entre o que é o dinheiro dos amadores e o dinheiro de verdade, você não vai ganhar, não vai ganhar senão uma entre dez idas ao jóquei. Pessoas nos seus últimos recursos, na última parcela do seguro desemprego, com dinheiro emprestado, dinheiro roubado, dinheiro desesperadamente degradante, estão se desmantelando para sempre ali, vidas inteiras pelo esgoto, mas o Estado ganha quase sete por cento em cada dólar, então tudo bem. Estou melhor do que a maioria porque estudei melhor o assunto. As corridas são para mim o que as touradas foram para Hemingway – um lugar para estudar a morte e os impulsos, o seu próprio caráter ou a falta dele. À altura do nono páreo, eu estava cinquenta dólares na frente, botei quarenta no meu cavalo e fui para o estacionamento. Dirigindo, ouvi o resultado da última corrida no rádio – meu cavalo tinha chegado em segundo.

Entrei em casa, tomei um banho quente, fumei um baseado, fumei dois baseados (duas bombas), bebi vinho branco, Blue Nun, tomei umas sete ou oito garrafas de Heineken e me perguntei qual era a melhor maneira de abordar um assunto sagrado para muitas pessoas, as pessoas que ainda eram de alguma forma jovens. Eu gostava da pegada do rock; gostava de sexo; eu gostava da pegada e da animação do rock, mas ainda assim tirava muito mais de Bee e Mahler e Ives. O que faltava ao rock eram as camadas de melodia e de acaso que não necessariamente precisavam se complementar depois do início, como um cachorro que tentasse morder o rabo por ter comido pimenta forte. Bom, eu ia tentar. Terminei o Blue Nun, me vesti, fumei outro baseado e saí. Eu ia chegar atrasado.

Peguei a respectiva. E o estacionamento estava lotado. Dei uma volta, em busca da rua mais próxima para estacionar – a pelo menos um quilômetro e meio de distância.

Saí do carro e comecei a andar. Manchester. A rua estava cheia de casas atrás de barras de ferro com guardas. E casas funerárias. Outras pessoas também caminhavam por ali. Mas não muitas. Já era tarde. Eu caminhava e pensava, merda, é muito longe, tenho que voltar. Mas continuei caminhando. Lá pela metade da Manchester (no lado sul), encontrei um clube de golfe que tinha um bar e entrei. Tinha mesas. E golfistas, golfistas satisfeitos, que bebiam vagarosamente. Havia um campo de golfe ao ar livre, mas esses caras estavam num jogo de lançar bolas à distância, num circuito com iluminação elétrica. Através do vidro atrás do bar, ainda se podia ver uns caras lá fora, tacando as bolas sob o luar. Minha garota estava comigo. Ela pediu um *bloody mary* e eu pedi um *hi-fi*. Quando estou mal do estômago, a vodca dá uma aliviada, e sempre estou mal do estômago. A garçonete pediu para ver a identidade da garota. Ela tinha 24 e ficou contente com o pedido. A atendente tinha uma cara pálida e estúpida e serviu dois drinques minguados. Ainda assim o lugar era legal e agradável.

– Olhe – eu disse –, por que a gente não fica aqui e se embebeda? Fodam-se os STONES. Posso inventar uma história qualquer: fui ver os STONES, me empedrei no bar de um clube de golfe, vomitei, quebrei uma mesa, tricotei uma toalha de palmeira, me arrumei um câncer. O que você acha?

– Pode ser.

Quando as mulheres concordam comigo sempre faço o contrário. Paguei e saímos. Faltava ainda uma boa pernada. Então começamos a atravessar o estacionamento. Carros de segurança iam e vinham. Os garotos se inclinavam contra os carros, fumando baseados e tomando vinho de terceira. Havia latas de cerveja por todos os lados. Algumas garrafas de uísque. A nova geração já não era mais a favor das drogas e contra o álcool – eles me alcançaram: usavam de tudo.

Com 27 países prestes a dominar a tecnologia da bomba de hidrogênio, não fazia quase nenhum sentido cuidar da saúde. Meu ingresso e o da garota eram para lugares separados. Indiquei-lhe onde ficava seu assento e fui para o bar. Os preços eram razoáveis. Tomei uns drinques rápidos, peguei o canhoto do meu ingresso, fiquei com ele na mão e fui em direção ao barulho. Um cara grande, encharcado de vinho barato, veio correndo na minha direção dizer que tinham roubado a carteira dele. Fiz a gentileza de lhe dar uma cotovelada no estômago e ele se curvou e começou a vomitar.

Tentei achar minha seção e meu corredor. Estava escuro e brilhante e barulhento. O lanterninha falou alguma coisa sobre o meu lugar, mas não entendi nada e o mandei embora. Sentei num degrau e acendi um cigarro. Mick estava lá, com algum tipo de pijama, e cordinhas amarradas nos tornozelos. Ron Wood estava na guitarra-base no lugar do Mick Taylor; Billy Preston arrasava nos teclados; Keith Richards estava na guitarra-solo e ele e o Ron conduziam uma cadência animada, como uma linha secundária, mas Keith tinha um toque mais sólido, embora fosse fácil deixar que Ron fizesse uns ataques e uns giros à vontade. Charlie Watts seguira o ritmo e parecia estar alegre, mas seu compasso começava a cair. Bill Wyman, no baixo, era o verdadeiro profissional, mantendo tudo integrado sobre o maldito Fórum-Tâmisa.

Quando a música terminou, o lanterninha me disse que meu lugar era do outro lado da fila N. Outro número começou. Andei para lá e para cá. Todos os lugares estavam ocupados. Sentei perto da fileira N e fiquei vendo o Mick. Sentia sua nobreza e graça, seu desespero, e ainda alguma forma de poder: levarei seus filhos para o quinto dos infernos.

Então uma mulher com pernas grandes passou e esfregou o quadril contra minha cabeça. Uma lanterninha.

Uma virilha, depois a outra. Sorte dupla. Mostrei-lhe meu ingresso. Ela tirou um garoto da última cadeira. Fiquei me sentindo culpado, mas me sentei. Um balão imenso em formato de pau saiu do meio do palco, devia ter uns vinte metros de altura. O rock é o máximo, o pau também.

Essa geração adora paus. Na próxima geração veremos grandes bocetas, caras pulando dentro delas como se fossem piscinas, saindo delas cobertos de azul e vermelho e branco e dourado, brilhando por uns dez quilômetros ao norte de Redondo Beach.

Seja como for, Mick pegou esse pau bem embaixo (e os gritos aumentaram muito) e então Mick começou a mexer o pau na direção do palco e começou a subir por ele (aproveitando o momento), avançando em direção à cabeça, chegando mais e mais perto, até agarrá-la. A resposta foi sinfônica, muito além de sinfônica.

A próxima parte começou. O cara do meu lado voltou a se mexer. Esse cara se balançava e se sacudia e rolava e dava voltas e caía e pulava, independente do que estava ou não tocando. Ele conhecia e adorava sua música. Uma espécie de inseto da batida interior. Cada batida interna era para ele a grande batida. Seletividade não era seu negócio. Eu sempre atraía um tipo desses.

Fui até o bar para tomar outra bebida e depois de tirar outra vez o garoto do meu lugar de doze dólares e cinquenta centavos, lá estava o Mick, havia posto o pé num gancho e agora se segurava a uma corda e ficava se balançando em cima das cabeças do público, de um lado para outro, e não parecia muito seguro lá em cima. Eu não sabia o que ele tinha tomado, mas pelo bem de seu rabo bissexual e das cabeças sobre as quais ele iria cair, fiquei feliz quando o levaram de volta para o palco.

Mick se cansou depois dessa, resolveu trocar de pijama e acionou Billy Preston, que tentou tomar conta e roubar a cena do Jag, e quase conseguiu, ele estava descansado e cheio de disposição, queria enterrar e substituir o herói; ele era legal, dançou que nem um irlandês, todo pintado de preto, até gostei dele, mas dava para ver que ele não tinha aquele apelo final, assim como dava para adivinhar que Mick também sabia disso, enquanto passava gelo no sovaco e na bunda e na cabeça no camarim. Mick voltou e acabou com Preston. Eles quase se beijaram, balançando os cus. Alguém jogou fogos de artifício na multidão. Eles explodiram bem direitinho. Um cara ficou cego para o resto da vida; uma garota teria catarata no olho esquerdo para sempre; um cara jamais voltaria a ouvir com um dos ouvidos. Tudo bem, isso é mesmo um circo e é mais limpo do que o Vietnã.

Buquês voam. Um deles acerta Mick na cara. Mick tenta estourar um balão enorme que pousa no palco. Ele não consegue. As pessoas ficam decepcionadas. Mick corre, pula, chuta a bunda de um violinista. Este esboça um sorriso de volta, gentilmente, cheio de sabedoria: tipo, o pagamento é bom.

O palco tem o peso de quarenta elefantes e tem o formato de uma estrela. Mick chega na ponta da estrela, chega em cada parte do público e aí afasta o microfone da boca e dá para ver os lábios dele formarem um som silencioso: VÃO SE FODER. Eles respondem.

A ponta da estrela se levanta, Mick perde o equilíbrio, rola até o centro do palco, perde o microfone.

Tem mais. O melhor deve vir no final. Será *Sympathy for the Devil*? Será como no Santa Monica Civic? Corpos comprimidos entre as fileiras e jovens jogadores de futebol dando um pau nos roqueiros? Para deixar a imunidade e o corpo e a alma do Mick intactos? Fiquei preso lá no meio de canelas e pentelhos e corpos leitosos e cabeças de algodão-doce. Não queria mais nada daquilo. Saí. Saí quando todas as luzes se acenderam e a cena sagrada estava por começar e deveríamos então amar uns aos outros e à música e ao Jag e ao rock e à sabedoria.

Saí antes. Lá fora as pessoas pareciam entediadas. Havia uma enorme quantidade de garotinhas sem peito vestindo jeans e camiseta. Seus homens não estavam em lugar nenhum. Elas estavam sentadas nos para-choques, a maioria dos para-choques presos a trailers. As jovenzinhas loiras sem peito, usando jeans e camiseta. Estavam entediadas, chapadas, indiferentes, mas não pareciam maldosas. Garotas de bundinhas apertadas, com bocetas e amantes e menstruações.

Então caminhei até o carro. A garota estava dormindo no banco de trás. Entrei e dei a partida. Ela acordou. Eu ia ter que mandá-la de volta para Nova York. A coisa não estava rolando. Ela se sentou.

– Eu saí cedo. Aquela merda está finalmente chegando ao fim.

– Bom, os ingressos foram de graça.

– Você tem que escrever sobre isso?

– Não sei. Não consigo ter nenhuma reação. Não consigo ter nada que se aproxime de uma reação.

– Vamos comer alguma coisa – ela disse.

– Sim, vamos fazer isso.

Segui na direção norte em Crenshaw, procurando por algum lugar legal onde a gente pudesse tomar um drinque e onde não houvesse nenhum tipo de música. A garçonete poderia até ser maluca, desde que ela não assobiasse.

Escolhendo cavalos

COMO VENCER NAS PISTAS, OU PELO MENOS SAIR ILESO

Primeiro, vamos ao que não se deve fazer:

Clareza mental é essencial. Não chegue em uma corrida depois de enfrentar um engarrafamento. Chegue cedo e se acomode calmamente para fazer o seu trabalho ou chegue para a segunda, ou terceira, ou quarta corrida. Tome uma xícara de café, sente-se e respire fundo algumas vezes. Entenda que você não está na Disneylândia, que não está doando dinheiro para caridade e que apostar nos cavalos é uma arte e que há muito poucos artistas à sua volta.

Não vá à pista acompanhado. Se você tiver de se preocupar com o bem-estar deles e com sua sorte, ou se eles querem um cachorro-quente, ou uma coca, ou uma dose de uísque, isso só vai atrapalhar as suas chances de se concentrar e fazer as apostas certas.

Uma vez na pista, não sente ao lado dos falastrões e dos conselheiros. Esses caras são venenosos. Não sabem nada e são solitários. Querem conversar. Pensam que somos todos pessoas boas e que estamos juntos nessa e que podemos ganhar da pista. Não há nenhuma verdade nisso. As pessoas apostam umas contra as outras. O pagamento aproximado para cada dólar é de dezesseis por cento; metade vai para as pistas, a outra metade para o Estado da Califórnia. A organização distribui o restante do dinheiro aos portadores dos bilhetes premiados.

Não vá às corridas com o dinheiro curto ou com grana emprestada, ou com o dinheiro do aluguel, ou da comida. Tente chegar com uma grana inesperada, um dinheiro de imposto creditado, alguma coisa do gênero. Tenha um dinheiro que você *pode* perder, só assim terá alguma chance de ganhar. Não vá às pistas para tentar resolver seus problemas. Este é um jogo cruel, um jogo impiedoso. Dê uma olhada nas fisionomias à sua volta depois do terceiro ou quarto páreo.

Não aposte em exatas ou em combinadas ou qualquer tipo de aposta para atrair trouxas que ofereça muito por muito pouco. Isso só aumenta a pressão e leva você para o fundo mais rápido; e depois que as pessoas estão no fundo elas entram em pânico e fazem apostas loucas e impossíveis, tentando resolver um sonho com outro. Perdem qualquer noção do que dinheiro é.

São capazes de apostar de vinte a cinquenta dólares em exatas; mas quando entram num supermercado não pagam $1,75 por um bom bife – preferem comprar um hambúrguer engordurado. Gastam cinquenta contos em bilhetes de dobradinhas (um bilhete de exata é aquele em que você tem de dizer quem serão os dois primeiros cavalos do páreo), mas fodem com os motores dos carros porque trocar o óleo e o filtro pode custar oito pratas.

Agora eis a última coisa que não se deve fazer, e se você prestar atenção isso pode lhe poupar muito dinheiro. Fique de olho no *glorioso segundo*. É um cavalo que na última corrida ou nas últimas corridas chegou muito perto do vencedor ao fim do páreo. Esse é o cavalo favorito de muitos jogadores porque parece uma ótima barbada. Os profissionais chamam esse tipo de cavalo de ventosa ou cu de líder. Ele parece bom quando dispara, diminuindo muito a distância, mas raramente vence.

Se você olhar o histórico, pode ver que ele perde corridas a 8/5, 5/2, 4/5, 6/5, e assim por diante. Eles vão insistir nessa jogada, pensando que certamente vão conseguir desta vez. Para que isso aconteça é preciso muita sorte: uma arrancada rápida e forte e uma faixa livre para passar de todos os outros cavalos.

A pior aposta depois dessa é o cavalo peso-leve – um com 50 ou 47 quilos abaixo do peso. Ora, perder peso não faz um cavalo correr mais rápido, não de modo significativo...

Certo, agora você está no jóquei. Você tem um programa e um prognóstico e as cotações do placar. Muito bem. A primeira coisa que você tem que fazer é avaliar os cavalos. Compre aquele jornal de Pasadena, que tem o grande quadro de *consenso* sobre os dezessete maiores favoritos. Você dá cinco pontos para o vencedor, dois pontos pela colocação, um por ter participado. Some os pontos. Então ao lado das *linhas matinais* você anota a avaliação. (Linha matinal é a chance que um cavalo tem de ganhar segundo o estudo de seu histórico). Certo, ao lado das linhas matinais você anota a avaliação.

Vamos pegar o quarto páreo, de 15 de abril, para éguas jovens, de três anos de idade, criadas na Califórnia.

CAVALOS	C	M
1) Count the Take	1	3
2) Cathy Charmer	2	2
3) Queeki	7	30
4) Tonga Rhythm	3	10
5) Miss Pung Jeun	8	30
6) Enyo	6	8
7) Centuries Cherub	9	30
8) Lucky Coloullar	4	4
9) Jane Young	6	6

C: CONSENSO **M**: LINHA MATINAL

A multidão foi direto em Lucky Coloullar. Ele abriu em 2/1 quando liberaram as apostas, subiu para 7/2, e aí voltou para 2/1. Em outras palavras, as pessoas estavam considerando a quarta escolha do consenso como a favorita. Cathy Charmer com Shoemaker abriu em 9/2 e durante as apostas caiu e retornou à sua linha matinal, quando estava como segunda favorita nas apostas. Count the Take abriu em 4 a chegou a 7/2 em uma linha matinal de 3 e ganhou com facilidade.

Lucky Coloullar, a aposta tomada fora de contexto, mal terminou a prova. É tudo uma questão daquilo que é razoável. No momento em que a multidão bota o olho em alguma coisa, ela morre. A multidão está sempre errada: é por isso que a maioria dos carros nos estacionamentos das pistas tem mais de quatro anos.

Na quinta corrida a multidão mergulhou em Dorset Cay, fazendo com que o cavalo que seria apenas o sexto do consenso numa disputa de nove cavalos chegasse a 4/1. O cavalo nunca teve chance. *Sempre que as chances de um cavalo estão abaixo da avaliação consensual, ele é uma aposta ruim que quase nunca ganha.* E quase sempre tem um cavalo desses em cada corrida.

Se você simplesmente cortar esse cavalo de cada corrida, suas chances de ganhar aumentam proporcionalmente às chances daquele cavalo. Esse é o seu limite na aposta. O vencedor dessa corrida foi Approval, carregando 55 quilos e saindo com 7/2 na linha matinal de 7/2 como segunda escolha do consenso.

Vamos para a sétima corrida, basicamente uma corrida de dois cavalos, todos os outros sem grandes chances. Muito bem, aqui está o plano: Messenger of Song, a escolha consensual dos dezessete melhores favoritos, tem uma linha matinal de 2 pela avaliação do hipódromo. A segunda escolha do consenso, Fly American, tem uma linha matinal de 8/5. Quando o placar abre, o Messenger of Song está com 8/5 e o Fly American com 2/1. Quando as apostas são encerradas, Fly American, a segunda escolha pelo consenso, está pagando o *mesmo* de antes da abertura, e Messenger fecha a 9/5. O Fly American, sendo o único cavalo que fechou abaixo da escolha consensual, é a sua aposta furada, e para cobrir o lance mínimo! Ele termina em segundo, muito atrás de Messenger a 9/5. Lógica. Lógica básica.

Conheço um cara das antigas que vai para o prado e compra apenas o programa. Sem prognóstico, sem jornal, sem nada mais. Tudo o que ele faz é apostar em um ou dois cavalos que estão pagando perto do que é esperado. Nada fora de contexto. Sem subestimar ou superestimar, só a jogada justa. Ele se dá bem.

Não há barganhas nas pistas. Cavalos que levam 6 na linha matinal e fecham a 10/1 ou 12/1 ou 13/1 não ganham. Cavalos com 10 ou 12 na linha matinal, que fecham a 5 ou 9/2 ou 4 ou 7/2 também não ganham. *O dinheiro da aposta tem de fechar com as chances* (uma diferença mínima para menos é preferível) *e com a avaliação consensual do cavalo*. Todas as outras escolhas estão fora de contexto e não são boas.

É claro, qualquer tipo de cavalo *pode* vencer e algumas vezes vence, mas estamos falando do que acontece na maior parte das vezes e do que tende a seguir acontecendo. Já assisti a milhares de corridas de cavalo, e o que importa são os resultados gerais de todas essas corridas. O que acaba com as pessoas são os trinta minutos entre cada corrida e a lembrança da corrida passada. A última corrida é a que lhes parece verdadeira, porque se deu mais recentemente, e ainda que seja uma corrida bizarra, com um resultado bizarro, para essas pessoas a verdade aparente é o que importa.

Apostar em cavalos de maneira adequada requer grande força de caráter. Tenho um ditado: Um homem que consegue vencer nas corridas é capaz de fazer qualquer coisa que decida fazer. Um sujeito como Hemingway encontrou momentos de verdade nas touradas e nas guerras. Eu encontro momentos de verdade e completude e estilo nas corridas de cavalo e nas lutas de boxe. Tudo depende do que compõe o cenário para você.

Encontro grandes falhas em meu caráter nas corridas. Às vezes acho que sou muito bom e chego lá e descubro que não tenho a completude que imaginava. E conhecimento sem completude é pior do que não ter conhecimento algum.

Ah, preciso incluir mais uma coisa porque é importante, pois se você fizer suas apostas de acordo com as minhas recomendações há um tipo específico de corrida em que as coisas funcionarão de maneira oposta. E é uma corrida para éguas jovens, de dois anos, que nunca correram antes. Neste tipo de corrida, a égua que fecha abaixo de sua linha matinal e abaixo da avaliação consensual vence. Essas éguas vencem 95 por cento das corridas que disputam, mas você raramente encontra uma dessas no programa quando vai à pista. Mas abra o olho quando a encontrar.

A razão por que não me importo em compartilhar esses segredos é que conheço a natureza humana. Você não vai assimilar o que eu disse, vai pensar que é um embuste. Cada homem e cada mulher têm de cometer seus próprios erros. Nada que eu disser poderá salvá-lo. Você ainda vai ir até lá e quebrar a cara. E às vezes haverá corridas que não farão sentido ou um *dia* inteiro de corridas que não farão sentido.

Tem um amigo meu que uma vez levou sua mulher às corridas. Ele passou a noite em claro se preparando. Conhecia todas as armadilhas, tinha muita experiência, mas justo *naquele* dia, o único dia em que levou a mulher com ele, foi um dos dias bizarros. Ela ganhou um páreo a 22/1 na primeira corrida porque o cavalo tinha o mesmo nome do cachorro da sua Tia Edna. Não entrou no segundo, mas apostou no terceiro porque o nome do cavalo era parecido com uma música que seu irmão cantava quando ficava bêbado. O prêmio foi de 62,80. Ela pulou alguns e então, perto do final, apostou num cavalo que pagou $78,40 porque "era o nome do meu primeiro amor".

Então no caminho, de volta para o estacionamento, ela se virou para ele e disse:

– Você e todos os seus malditos números e cálculos matemáticos. Eles não servem para nada!

E, claro, naquele dia ela estava certa. Eles estão separados desde então.

Seria preciso muito mais páginas para ajudá-los a se inteirar de uma realidade verdadeiramente sensata sobre como jogar nos cavalos. Mas tente se lembrar de algumas coisas que eu disse: fiquem próximos da linha matinal, *levemente* abaixo, se possível, e alinhados com o consenso dominante. Pode ser que você esteja lá, e todos os outros cavalos estarão fora do páreo, com exceção de dois e aí você vai se perguntar: qual deles? (A propósito, quando falo em apostar falo em apostar para *ganhar*. Apostar por apostar ou apenas para se mostrar é um jogo que não leva a nada. Se for assim, você pode ficar em casa e trocar seu dinheiro de um bolso para o outro e depois rasgar uma nota de cinco pratas. Dá no mesmo.)

Pois bem, vejamos, se os seus dois cavalos tiverem ótimas chances, aposte nos dois. Mas digamos que você tenha 9/5 contra 8/5, é melhor você pegar o certo. Então, em ordem de importância, você deve separá-los da seguinte forma: escolha o cavalo que correu à frente ou fora de compasso em sua última corrida e *acabou ficando um pouco atrás* na chegada. Pegue o cavalo *mais* pesado. Pegue o cavalo com o índice de velocidade mais baixo na última corrida. Pegue o cavalo que pareça ter o pior jóquei. Estes são quatro pontos. Se você conseguir acertar em três desses quatro pontos, terá um provável vencedor. Se conseguir acertar nos quatro, terá um baile garantido.

Se ficar empatado, tipo 2 a 2, escolha o cavalo que tiver a pior posição posterior na distância. Se as posições posteriores forem mais ou menos equivalentes, então escute os garganteadores – eles estão sempre à disposição. Escute qual cavalo eles estão alardeando aos quatro ventos. Aposte no outro.

E não vá às corridas todos os dias. É como trabalhar numa fábrica, você ficará esgotado e aborrecido e estúpido. E lembre-se, qualquer imbecil pode entrar nas pistas de corrida assim como qualquer imbecil pode se sentar num banco de bar e fingir que está vivendo.

Ah, sim, antes de encerrar, tem mais uma coisa que devo dizer. Os cavalos normalmente vencem quando seus números baixam em relação à sua última corrida. Um cavalo que baixa digamos, de 12/1 para 6/1 é uma aposta muito melhor que um cavalo que estava a 2/1 na última corrida e agora está fechando a 6. Na verdade, um cavalo cujos números estão na descendente é, em geral, uma boa aposta, uma ótima aposta, se ele fechar de alguma maneira perto de sua linha matinal.

Meu melhor conselho sobre as pistas de corrida é: não vá. Mas se você resolver ir, ao menos entenda que o uso simples da razão, contra os julgamentos e preconceitos da multidão, é sua única chance. E sorte, meus amigos.

Malhação

Nina e eu havíamos chegado basicamente ao fim da linha. Ela era 32 anos mais nova do que eu, e havia outras incoerências, mas nos encontrávamos duas ou três vezes por semana. Tínhamos muito pouco contato físico – alguns beijos esporádicos e encontros sexuais ainda mais esporádicos – então era um fim de linha ameno, muito menos cruel do que a maioria. Nina era boleteira e eu era alcoólatra, mas eu tomava suas pílulas e ela tomava as minhas biritas; não éramos preconceituosos em relação a essas coisas.

Nina tinha 24 anos, era pequena, mas tinha um corpo praticamente perfeito e cabelos longos, de um ruivo imaculado. Ela tinha saído da estrada: um filho aos dezesseis anos, depois dois abortos, um casamento, uma rápida passagem pela prostituição. Empregos de garçonete, subempregos, benfeitores, seguro-desemprego e cupons de alimentação do governo mantiveram-na inteira. Mas ela ainda tinha muita coisa a seu favor: aquele corpo, humor, loucura e crueldade. E ela saía por aí e andava por aí e trepava por aí debaixo daqueles longos cabelos ruivos. Nina era o tiro na testa da psique; ela podia matar qualquer homem que quisesse. Ela quase me matou. Mas outras também chegaram perto.

A primeira vez que vi Karyn foi quando fui até a casa dela com Nina. Elas eram amigas, e Karyn tinha umas boletas. Nina tinha três ou quatro médicos que lhe davam receitas, mas ela acabava com os comprimidos rapidamente. Karyn morava num apartamento de 350 dólares por mês em Los Angeles. Nina apertou o botão do interfone e nos anunciou; ouviu-se um barulho e a porta se abriu. Pegamos o elevador para o sexto andar. Karyn nos recebeu.

Ela tinha 22 anos, era ainda menor do que Nina, que já era bem pequena – em altura, bem dizer – (ambas as garotas eram grandes onde deveriam ser grandes e pequenas onde deveriam ser pequenas). Era como se elas tivessem sido esculpidas à mão para deixar os homens loucos. As duas pareciam crianças que de repente haviam se tornado mulheres, mas que ainda permaneciam crianças de alguma forma. Era uma sacanagem com os homens, e era uma sacanagem da natureza também, porque para cada uma que a natureza talhava com aquele molde, cinco mil outras eram feitas feias ou deformadas ou esquisitas ou tortas ou cegas ou tinham lordose ou mãos grandes demais ou peitos de menos e assim por diante. Não era justo, mas quando você olhava para elas não pensava em justiça, pensava em sexo e amor, em rir junto com elas e brigar com elas e comer em restaurantes com elas e caminhar pelas ruas com elas no final da tarde ou às três da manhã ou a qualquer hora.

Karyn tinha cabelos negros e compridos, olhos azuis que quase pareciam bondosos e lábios que faziam você pensar em beijar, beijar e quase nada mais. Só beijar pareceria o suficiente, mas obviamente não seria. Seu único defeito era o nariz arrebitado, muito pequeno e redondo, assim como o nariz de Nina me parecia muito pontudo e muito longo. Ainda assim, com cada uma delas, os olhos finalmente pousavam no nariz e lá ficavam. Meu corpo se excitava, como se em meio a toda aquela beleza a falha fosse o próprio esplendor – como se sem aquelas falhas a beleza não pudesse ser tão bela.

Então lá estava eu, aos cinquenta e seis anos, na Zona Oeste de Los Angeles às 3h45 da tarde, com duas das mulheres mais lindas da América – ou de qualquer outro lugar, diga-se de passagem. E com duas das mulheres mais absurdamente difíceis do mundo – elas eram conscientes dos próprios corpos e de como os outros reagiam a esses corpos, e era muito difícil para elas seguirem sendo humanas com tudo acontecendo dessa maneira. No entanto, ambas tinham brilho interior e jogo de cintura; não haviam sucumbido totalmente à aparência. Isso era desconcertante e mortal e maravilhoso.

Não aconteceu muita coisa naquela primeira noite, Nina levantou os vinte dólares para as pílulas – anfetaminas – algo definitivamente caro, mas na verdade fui eu que levantei os vinte dólares; saíram da minha carteira, então não foi caro demais – ao menos não para Nina. Ela pegou as pílulas, "psicotrópicos" suaves, e cada um de nós tomou uma delas. A televisão de Karyn estava ligada – cinquenta polegadas, tevê a cabo, colorida. Elas conversaram sobre alguns assuntos. Na maior parte do tempo sobre a carreira de modelo. Karyn tinha conseguido um trabalho que pagava cinquenta dólares a hora. Ela nos trouxe algumas das fotografias menos picantes. Eram razoáveis. Demos uma olhada. Escolhi a minha favorita, sacudi no ar, beijei, devolvi. Então Nina falou sobre sua experiência como modelo. No geral tinha corrido tudo bem. Mas ela detestava aquelas poses ginecológicas – por Deus, como odiava. A boceta dela não era como a maioria das outras – a boceta dela era realmente uma graça. Por Deus, tinha umas que pareciam ter bolsas peludas penduradas sobre o cu. Uma coisa horrível. A boceta de Nina era ok. Assenti com a cabeça: sim, sim. Só que um dia, Nina continuou, a mãe tinha mexido em sua bolsa e encontrado essas *fotografias*, e as fotografias estavam bem boas, mas a mãe não entendeu. Tinha alguma coisa a ver com a época – que Mamãe simplesmente não entendia. Mamãe havia realmente desaprovado uma em especial – Nina nua, os cabelos soltos, revoltos e ruivos, cabeça virada para o teto, braços abertos e ela estava mijando no chão. Realmente sexy; muito, muito sexy. Mamãe chiou. Nina foi obrigada a bater nela. Foi horrível. Mas a velha não tinha nada que ficar fuçando na bolsa dela. Não é mesmo?

Então Karyn saiu por um instante e voltou com um amontoado de blusas e meio que perguntou, será que essas servem em você, querida? E Nina se levantou e as experimentou, e ela não estava usando sutiã. E Karyn e eu ficamos ali, vendo-a experimentar as blusas, mostrando-nos, de vez em quando, seios muito brancos e volumosos, como os de uma mulher grávida de noventa quilos, que pareciam ter sido soldados ao corpo de uma criança. *Meu Deus*. Ela parou em frente ao espelho abotoando e desabotoando.

– De qual você gosta, Hank?

– Ah – eu disse –, de todas.

– Não, sério, Hank, qual delas?

– Acho que gosto mais da roxa – eu disse –, a roxa... aquela com as tirinhas que balançam, as tirinhas de couro.

Seja como for, ela pegou oito ou dez blusas e depois fomos embora...

*

Não me lembro dos dias ou das semanas. O fim da linha entre mim e Nina estava cada vez mais próximo, e eu estava satisfeito com isso. É sempre bom saber que você pode viver sem uma pessoa que julgava jamais ser capaz de viver sem. Mas eu tinha encontrado outras namoradas, nenhuma tão bonita, mas todas, em essência, mais amáveis. Minhas novas namoradas eram executivas independentes, e um pouco da dureza do mundo nos negócios as havia contaminado, mas não era tão ruim quanto a dureza que acometia as mulheres dotadas de irresistível beleza. E então Nina ligou de novo.

– Alô – eu disse.

E ela disse:

– Hank, quero que você me leve até a casa de Karyn.

E eu disse:

– Claro, estou passando aí...

*

Foi tudo muito rápido. Quando chegamos à porta do apartamento de Karyn, Nina gritou:

– Ah, não, sua vadia!

Ela estava na minha frente no corredor, indo em direção à porta do apartamento e então se virou e correu na minha direção. Ouvi Karyn gritar:

– Agarre ela, Hank!

Como estava bêbado e sob o efeito de anfetaminas, fui em frente. Agarrei Nina. A sensação era boa. Ela se debateu; aquilo era quase sexual. Era sexual. Ela vestia uma calça jeans justa e uma blusa de malha fina, gasta, rasgada, transparente. Segurei-a e nós lutamos. Então Karyn, que era uns seis quilos mais magra e pelo menos três centímetros mais baixa, correu e agarrou Nina pelos cabelos, aqueles quilos e quilos de vibrante cabelo ruivo, fios capazes de abafar tudo, formidável líquen e melancolia, luz do sol exuberante, cabelo urrante de fogo, longo e volumoso – Karyn segurou ele todo nas mãos e arrancou Nina de mim, lançando-a ao chão.

Karyn caiu por cima de Nina, ainda segurando seu cabelo. Então elas rolaram e Nina ficou em cima por alguns instantes. Ela estava com as mãos no pescoço de Karyn, mas a pressão não era forte o bastante, ou estava mal direcionada. Então Karyn, com um puxão de cabelo, girou Nina e montou sobre ela novamente e prendeu seus braços com os joelhos. Então puxou a cabeça de Nina para cima com uma das mãos e começou a esbofetear seu rosto repetidamente, dizendo:

– Vadia, vadia, vadia desgraçada! Puta! Cretina! Ruiva de merda! Vadia, vadia, vadia!

Então ela escorregou as duas pernas para trás e agarrou Nina pela nuca e encostou a boca na de Nina, beijando-a com selvageria, movendo sua boca freneticamente dentro da boca de Nina. Então ela se afastou e voltou a beijar, se afastou e voltou a beijar. Fiquei duro e vidrado no que ocorria. Era a coisa mais mágica e mais intensa que já tinha visto. As duas eram tão lindas – nenhum pingo de lesbianismo em qualquer uma delas. Nina empurrava Karyn, mas não conseguia se livrar dela. Nina chorava e seu rosto estava coberto de lágrimas. Karyn continuou beijando e xingando Nina. Então ela parou com os beijos e puxou de novo o cabelo de Nina com uma mão e estapeou seu rosto, bem forte, repetidas vezes. Então agarrou a cabeça de Nina com as duas mãos e beijou-a de modo cruel e incansável. Elas estavam no chão da cozinha e a luz era forte e os longos cabelos negros de Karyn se misturavam aos mais longos e ainda mais volumosos cabelos ruivos de Nina, à medida que elas se beijavam. Ambas vestiam calças jeans justas, e seus corpos rolavam e se debatiam um contra o outro enquanto lutavam. E lá estava o nariz arrebitado de Karyn roçando o grande e fascinante nariz de Nina. Toquei meu pau e gemi.

Então Karyn se levantou num salto e puxou Nina pelos cabelos. Nina gritou. Karyn começou a rasgar a blusa de Nina. Os seios ficaram expostos. Ela estapeou Nina novamente, três ou quatro vezes, brutalmente. Nina parecia atordoada e mal podia reagir. Karyn puxou-a para junto de si, as duas mãos na bunda de Nina por sobre a calça jeans justa. Então a beijou de novo. Suas cabeças balançavam de um lado para o outro à medida que cambaleavam pela cozinha. Então Karyn soltou-a e começou a esbofetear Nina violentamente, mais forte do que nunca, com as duas mãos. Nina chocou-se contra a pia, seus cabelos bagunçados e esvoaçantes. A luz elétrica se refletia em seus cabelos, que balançavam no ar. Cabelos que pareciam mais ruivos do que nunca, mais longos, mais volumosos, mais incríveis. Então Karyn agarrou-a e a beijou novamente, inclinando-a sobre a pia, o espelho refletindo ambas.

Karyn deu um passo para trás, desabotoou a própria blusa, tirou-a, e lá estavam seus seios, explodindo, carne em movimento. Então ela abaixou a calça jeans, tirando-a por cima dos sapatos de salto alto. Estava sem calcinha. Sua bunda era tão fenomenal quanto o resto do corpo. Então ela estapeou Nina mais uma vez com a mão direita. Desafivelou o cinto de Nina, abriu o zíper de sua calça jeans e escorregou-a até embaixo.

Ela arrancou o que havia sobrado da blusa de Nina, depois tirou sua calcinha. Nina parecia atordoada. As duas estavam nuas em seus sapatos de salto, olhando uma para a outra. Não sei quem tinha o corpo mais bonito – Nina talvez. Os seios eram maiores e os quadris mais largos e os lábios um pouco mais carnudos. Ambas tinham a pele muito branca. O contraste era entre os longos cabelos pretos de Karyn e os longos cabelos ruivos de Nina. Abri o zíper e comecei a acariciar meu pau livremente.

De repente Karyn agarrou Nina pelos cabelos e a arrastou em direção ao quarto. Deve ter doído, mas Nina parecia ter perdido a capacidade de lutar. Gritava e era puxada pelos cabelos ruivos emaranhados. Eu as segui. Karyn estava arrastando Nina com uma mão. Quando chegou ao quarto, pôs as duas mãos no cabelo de Nina e puxou-a para trás violentamente. Nina caiu no chão. Ela caiu de costas no tapete ao lado da cama. Karyn jogou-se sobre ela, os corpos grudados, se contorcendo; ela agarrou a cabeça de Nina e beijou-a com ainda mais força do que antes, espremendo os lábios de Nina, entrando em sua boca, lambendo seus dentes. Mais uma vez os cabelos ruivos e pretos se confundiram; era incrivelmente indecente e maravilhoso. Deus, ou quem quer que tenha criado essas máquinas carnais, deve tê-las planejado assim. Pensei em catedrais e assassinatos e milagres. Fui abençoado com a visão daquilo.

Então Karyn saiu de cima de Nina e a puxou para a cama. Pensei que talvez Karyn fosse chupar a boceta de Nina, mas não chupou. Mais uma vez ela deitou o corpo sobre o de Nina e começou a beijá-la com mais e mais força, cada beijo, de alguma forma, mais violento que o anterior. Então Karyn soltou-a, curvou-se para trás, ergueu a cabeça de Nina pelos cabelos e bateu em seu rosto de maneira brusca com a mão que estava livre, dizendo:

– Levante as pernas! LEVANTE AS PERNAS, SUA PUTA, ANTES QUE EU MATE VOCÊ!

Então ela soltou Nina. As pernas de Nina se levantaram e Karyn começou a beijá-la de novo, puxando seu cabelo, beijando, beijando, e ao mesmo tempo ela esfregava sua boceta na boceta de Nina, esfregando, esfregando, preto contra vermelho, seios roçando em seios. Era o cúmulo da beleza e da excitação. Eu não podia acreditar. De tempos em tempos, Karyn parava de beijar e esbofeteava Nina com uma mão enquanto puxava o cabelo dela com a outra, gritando-lhe desaforos. Então beijava Nina de novo e pressionava a boceta contra a dela. Nina manteve as pernas levantadas. Fiquei de pé ao lado delas, me masturbando. Meu pau é apenas mediano, mas parecia enorme, acredito, porque o caráter absurdo das circunstâncias me deixou tremendamente excitado. Então Karyn começou a gemer. Estava quase gozando. Também gemi, olhando aquelas bocetas se esfolando: as pernas de Nina para cima com seus sapatos de salto alto, todo aquele cabelo enroscado de cima a baixo, aqueles corpos entrelaçados, tudo entrelaçado. Karyn gemeu, chegando cada vez mais perto do clímax. Comecei a sussurrar, tocando meu pau, em total sintonia com o pré-clímax de Karyn. Quando Karyn começou a gozar, gozei, apontando meu pau para elas, desejando de alguma maneira derramar esperma sobre elas – seus corpos, seus rostos – qualquer parte delas. Mas enquanto me movia em direção a elas, o líquido jorrou e pingou sobre o tapete. Karyn demorou mais no seu orgasmo. Não sei se Nina gozou, mas seu corpo começou a se contorcer mais e mais, como que reagindo ao de Karyn. As pernas de Nina tombaram e Karyn permaneceu ali em cima dela. Eu entrei no banheiro, peguei um pedaço de papel higiênico e limpei minha porra do tapete.

*

Várias semanas se passaram. Não vi mais Nina. Fiquei com a executiva que morava em Marina Del Rey. Ficava lá a maior parte do tempo. Ela era uma alma boa – decente, mas um pouco perturbada, como qualquer pessoa em nossa sociedade – e criativa o suficiente, raramente aborrecida, e acima de tudo furiosa com os homens e com o que os homens tinham feito a ela – aquela velha história. Mas tinha um bom apartamento e um corpo ótimo; seus olhos eram a melhor parte – abatidos, mas ainda esperançosos – grandes e castanhos, brilhando o brilho bom das flores, um brilho bom como qualquer coisa boa. Mas o tempo acaba por entrar na equação, assim como as jornadas de trabalho de oito horas e os bazares de domingo e os amigos (dela). Eu não tinha amigos. Mas que se foda tudo isso – o que estou tentando dizer é que várias semanas se passaram até que Nina telefonasse. Nina tinha um jeito peculiar de falar ao telefone – a voz monótona e reticente. Fazia você enxergar o cabelo, o corpo de novo, a mente de novo, tudo o que a compunha e me fazia sentir coisas que nenhuma outra mulher era capaz de me fazer sentir.

– Hank – ela disse –, o que você está fazendo?

– Nada. Absolutamente nada.

– Preciso de um favor.

– Ok.

– Quero uma carona até a casa da Karyn.

– Tudo bem.

– Ela tem umas boletas. Não são muito boas, mas dão para o gasto, e não tem mais nenhuma farmácia a que eu possa ir.

– Passo aí daqui a pouco.

– Preciso de quinze minutos.

– Tudo bem.

– Só uma coisa – ela disse.

– O quê? – perguntei.

– Pegamos o negócio e damos o fora. Não quero nada daquilo que aconteceu da outra vez. Foi terrível.

– Tudo bem.

Desliguei.

*

Quando cheguei à casa dela, Nina estava de calça jeans e blusa, mas sem sapatos. Ela frequentemente andava descalça. Ou não gostava dos sapatos, ou nem sabia o que estava fazendo. Nunca perguntei. Mas a coisa mais incrível em Nina era que não importava se estivesse de salto alto ou de pés descalços, sua bunda era uma maravilha. A maior parte das mulheres ficava com a bunda mais bonita de salto alto. Nina não. Aquilo não importava. Não com uma bunda daquelas. E não tinha problema se engordava – a bunda ficava mais bonita – ou se emagrecia – a bunda ficava mais bonita. A cada dia sua bunda ficava mais bonita.

Quando cheguei, ela estava imensa e perfeitamente lá, com uma fita azul amarrada aos volumosos cabelos ruivos. E os cabelos irradiavam VERMELHO; você não conseguia tirar os olhos deles. Debaixo daquilo tudo ela parecia cool, quase indiferente – a mulher mais provocante na face da terra, e ainda assim ela não estava no cinema, ou mesmo na Broadway. Não estava levando milionários à bancarrota.

De certo modo ela sabia, mas ao mesmo tempo não sabia – que era a mulher mais sexy do mundo. Eu estava feliz que ela não soubesse totalmente, ou eu não estaria por perto. De qualquer forma, entramos no carro e fomos em direção à Zona Oeste de Los Angeles.

– Muito bem, seu cretino – ela disse –, não se esqueça do que eu disse.

– Do quê?

– Não quero que seja como da última vez. Pegamos as pílulas e vamos embora.

*

O sol estava a pino e o vento ateando fogo aos seus cabelos. Milagres de fato acontecem e na maioria das vezes acontecem em silêncio. Então para mudar isso, liguei o rádio e ela colocou os pés no painel e começou a estalar os dedos no ritmo da música. Depois começou a cantar acompanhando a letra. Sua voz era aguda e melodiosa, levemente desafinada, uma voz alegre e cheia de graça.

Então ela puxou um fósforo do bolso de sua blusa, riscou-o contra o osso saliente do pé e acendeu o cigarro que estava em sua boca. Fumou metade do cigarro, jogou-o pela janela e pôs um chiclete na boca. Mascou o chiclete. Então virou a cabeça para o lado e olhou para mim. E em sua boca crescia uma bola de chiclete roxo e foi ficando maior e maior e eu olhei para a bola e olhei para os olhos dela e o chiclete fez: 'SPLOOTTT...'

*

O elevador nos conduziu ao andar de cima. Karyn abriu a porta.

– Só vim pegar o esquema, Karyn – disse Nina. – Depois vamos embora.

Elas deram alguns passos em direção ao interior do apartamento. Karyn virou-se e disse:

– Você vai pegar o esquema, puta, mas antes vai pegar outra coisa, puta, puta, puta... essa sua boceta com a mesma cor dos cabelos da sua cabeça, puta!

Nina virou de costas e correu na minha direção, correu em direção à porta.

Agarrei Nina e não a deixei passar. Meus dois braços envolviam seu corpo, segurando os braços dela ao lado do corpo. Karyn se aproximou e a esbofeteou enquanto eu a segurava. Os tapas foram ligeiros, mas machucaram.

– Sua puta de merda, você não vai escapar de mim!

Então Kary agarrou Nina pelos cabelos e a beijou com rapidez cinco ou seis vezes. Meu pau endureceu, me abaixei um pouco e o esfreguei na parte de trás da calça jeans de Nina. Karyn estapeou-a de novo, desta vez um pouco mais forte, e colocou a boca na boca de Nina. Dei um passo para trás, abri meu zíper e apertei meu pau nu contra a calça jeans de Nina, contra aquela bunda.

Então Karyn saltou para trás dizendo:

– Tire a roupa dela, Hank!

E começou a tirar sua própria roupa. Desafivelei o cinto de Nina, depois abri o zíper de sua calça jeans. Ela estava se debatendo e era bastante difícil. Fiquei puto, subi as mãos e agarrei seus dois seios e apertei bem forte. Nina gritou. Tirei a calça jeans de Nina. À essa altura, Karyn já estava nua e ela colou em Nina. Senti meu pau entrar na bunda de Nina, bem no início do rego. Lembrei todas as vezes que tinha ficado olhando aquela bunda durante tardes, manhãs, noites inteiras – meu pau entrou: vitória e glória. Karyn golpeou o rosto dela com a mão fechada. Ouvi Nina gemer. Meu pau foi mais fundo. Não me mexi. Apenas deixei meu pau deslizar e expandir. Karyn puxava o cabelo de Nina com as duas mãos, beijando-a ferozmente na boca, abrindo a pequena boca de Nina com a sua, chupando incansavelmente sua alma. O cabelo de Nina caiu no meu rosto, na minha boca. Comecei a mover meu pau para dentro e para fora do seu cu. Havia um rádio ligado em algum lugar, a todo volume. Então ouvi uma sirene, uma ambulância. Passou. O contato do cabelo de Nina contra o meu rosto era bem mais áspero do que parecia. Comecei a estocar meu pau no cu de Nina. Foi o momento da minha vida, o momento de todos os momentos. Então meu pau escorregou do cu para a boceta de Nina. Eu estava em casa e meti com tudo. Sua boceta estava molhada e pronta. Eu estava dentro de Nina, entrando e saindo, violentamente, com devoção e ainda assim com total deleite. Nina estava espremida entre mim e Karyn. Quando estava quase gozando, estendi a mão e agarrei a bunda de Karyn e a abri até onde podia. Então me estiquei por sobre o ombro de Nina, encontrei o rosto de Karyn, sua boca, e a beijei, abrindo sua bunda e enchi a boceta de Nina de porra. Terminei de gozar, soltei-as e saí dali. Karyn e Nina continuaram.

*

Karyn carregou Nina até o quarto e colocou-a sobre a cama. Então abriu as pernas de Nina e começou a chupar sua boceta...

*

Depois, todos nos vestimos. Sentamos na cozinha e bebemos algumas cervejas e fumamos um colombiano. Deu-se a transação dos comprimidos e eu marchei em mais vinte dólares. Karyn nos mostrou suas fotos pornográficas mais recentes, e então fomos embora. Entramos no meu fusca 67, fiz o retorno, coloquei o carro de volta na direção da parte da cidade onde moram os bons camaradas pobres – East Hollywood. Tínhamos alguns Sherman's, e Nina acendeu um para cada um de nós. Rodamos durante algum tempo, e finalmente estávamos passando pela Fountain. Liguei o rádio. Nina colocou os pés no painel e melhorou todos os hits. Então um longo comercial entrou no ar; não, foi uma série de pequenos comerciais. Tentei outra estação, e outra, e outra. Só comerciais. Desliguei o rádio. Passamos por um posto de gasolina. O dia ainda estava claro. Então Nina começou a cantar:

Ruivas,
Todos gostam das ruivas.

Vou dizer ao mundo que ela é a
minha garota.
Todos gostam das ruivas.
Vou dizer ao mundo que ela é a
minha garota.
É uma ruiva, e ela é a
minha garota...

Rodamos ao longo da Fountain até a Western, então dobrei à direita na Western, passei os motéis, a loja de tacos e a Pioneer Takeout, passei o Hollywood Boulevard, depois entrei à esquerda na Carlton. Difícil encontrar vaga como sempre, mas embiquei e desci do carro.

Nina ficou parada me olhando.

– Ei! – ela disse. – Que porra é essa! Eu não quero ir para o seu apartamento. De onde você tirou que eu quero entrar lá?

– Para onde você quer ir então?

– Quero ir para a casa do Elbert. Me leve para a casa do Elbert.

*

Elbert era um porto-riquenho de um metro e meio de altura e com um pau de 25 centímetros que fingia ser descendente da realeza argentina. Ele havia acabado de se formar em odontologia e fazia próteses dentárias. Seu apartamento era cheio de próteses dentárias, com paredes cobertas de quadros vagabundos, frases-feitas e ditos insípidos. (Nina havia me mostrado o lugar certa noite, enquanto Elbert fora assistir a um jogo de basquete dos Lakers – num daqueles programas de machos). Elbert era praticamente retardado, mas Nina me disse que ele 'fodia que era uma beleza'. Ela também mencionou a quantidade de ouro que havia naqueles dentes falsos.

Levei-a até o apartamento de Elbert e ela desceu. Deu a volta no carro, inclinou-se para dentro da janela e me deu um beijinho minúsculo, úmido, com um leve roçar de língua.

– Tchau, paizinho – ela disse.

Então fiquei olhando-a atravessar a rua em direção ao apartamento de Elbert, aqueles longos cabelos ruivos escorrendo costas abaixo até quase a altura das nádegas – aquela bunda que oscilava para cima e para baixo e para cima e para baixo, acompanhando seus passos.

A natureza sempre seria mais perfeita do que a arte. Era de fato uma merda ser velho, e senti uma dor no que havia sobrado da minha alma.

Então Nina subiu em direção à escadaria que dava para o segundo andar do prédio e para o apartamento de Elbert.

Eu a amava. Mas não havia nada que pudesse fazer. Sim, havia uma coisa: dei a partida no carro e fui embora.

Na esquina da Franklin com a Vermont ficava um velho jornaleiro doido. Ele pulou na frente do meu carro abanando um jornal para mim. Pisei no freio, desviando dele por pouco. Ele ficou ali parado e olhamos um para o outro através do para-brisa. Aquele jornaleiro: o rosto era impassível; ele parecia Van Gogh, girassóis, cadeiras, os irlandeses. Ele saiu da frente e segui em direção à minha casa onde iria ficar muito bêbado, muito em breve, enquanto Elbert veria bem tratada aquela sua vara de 25 centímetros.

Como tudo aconteceu

Chovia lá fora, mas não dava para ouvir a chuva, a Sala de Interrogatório era à prova de som. Sanderson estava sob a quente luz branca. Era como uma cena de filme. Havia dois agentes. Um era gordo, malvestido, sapatos gastos, camisa suja, calças amassadas – era Eddie. O outro era magro, vestia-se com apuro, os sapatos reluziam, as calças estavam passadas, a camisa engomada e limpa – era Mike. Sanderson vestia camiseta, calças jeans velhas e um par de tênis batidos.

Eddie caminhava de um lado para o outro sobre o piso cimentado. Mike estava sentado numa cadeira. Ele encarava Sanderson. Sanderson estava sentado em frente à mesa de interrogatório. O gravador estava ligado.

Eddie parou de caminhar, colocou-se em frente a Sanderson.

– Por que você escreveu aquelas cartas para o presidente?

Sanderson sacudiu a cabeça com enfado.

– Já disse a vocês: este país está em perigo, o planeta todo está em perigo.

Eddie inspirou, dava para ver a enorme barriga entrando uns dois centímetros para dentro. Depois expirou e a barriga voltou a crescer dois centímetros, talvez mais.

– É verdade que você foi condenado duas vezes por abuso sexual infantil?

– Foi um tal de Harold L. Sanderson.

– Não banque o espertinho! Duas vezes, certo?

– Duas vezes.

Mike inclinou-se para frente. O lado esquerdo de seu rosto contraiu-se uma vez. Então parou.

– Você se importa com o futuro do planeta, não é, Sanderson? Você quer aquelas menininhas por perto, não quer?

– Gosto de crianças...

Mike fez menção de levantar da cadeira.

– Seu nojento, não brinque com isso!

Eddie empurrou Mike de volta para o lugar.

– Fique calmo. Estamos tentando chegar a outra coisa.

– Simplesmente odeio lidar com essas aberrações. É isso que ele é, uma aberração, um maluco.

– O Oswald também era. E a seu modo, John Wilkes Booth. Temos ordem de investigar esse aí de cabo a rabo.

– Não estou tentando matar o presidente. Estou tentando salvá-lo.

– Cala a boca! – disse Mike. – Você só vai falar quando alguém fizer uma pergunta.

– Você sabe como os prisioneiros chamam esses caras? – Eddie perguntou a Mike. – Chamam de papa-anjos e têm uma maneira própria de lidar com eles.

– Ei – perguntou Sanderson –, me consegue um cigarro?

Eddie tirou um de seu maço e praticamente enfiou na boca de Sanderson. Depois jogou seu isqueiro em cima da mesa.

– Acenda você.

As mãos de Sanderson tremeram ao acender o cigarro.

Eddie caminhava para um lado, girava, depois voltava novamente para a frente de Sanderson.

– Ok – ele disse –, vamos repassar a história. Apenas por formalidade.

Sanderson tragou o cigarro.

– Bem, o mundo foi invadido.

– Invadido por quem? – perguntou Eddie.

– Baratas? Pulgas? Prostitutas?

– Extraterrestres.

– Extraterrestres?

– Sim, eles estão por toda parte, estão só esperando.

– Ok, papa-anjos – perguntou Mike –, onde eles estão esperando?

– Bem, eles se apossaram de corpos de animais, pássaros, peixes, até mesmo insetos, e estão escondidos neles.

Mike soltou um risinho irônico, olhou para Eddie.

– Ei, você tem um cachorro, Eddie. Está ciente de que ele é um extraterrestre?

– Se for, o filho da puta deve ser louco por comida de cachorro!

– Você notou – continuou Sanderson –, você notou que seu cachorro parou de perseguir gatos? Notou que os gatos pararam de pegar pássaros? Notou que as aranhas não comem mais moscas?

– Não notei – disse Mike.

– Nem eu – disse Eddie.

– Vocês notaram que o falcão não mergulha mais para capturar a lebre?

– Ouça, papa-anjos – disse Mike –, somos nós que fazemos as perguntas por aqui. Já disse antes para você só falar quando a gente mandar.

Sanderson olhou para baixo.

– Você manteve uma daquelas garotinhas no seu trailer durante três dias – disse Mike. – Estou com vontade de dar uma boa surra em você...

– Muito bem, Mike – disse Eddie –, nosso assunto agora é outro.

Depois olhou para Sanderson.

– Então as aranhas pararam de comer as moscas? Por quê?

– Porque cada uma delas é um extraterrestre disfarçado. Diferentemente dos terráqueos, os extraterrestres não destroem uns aos outros. E extraterrestres não precisam de comida. Eles possuem mecanismos internos de sobrevivência que não dependem de fontes externas.

– Ah – disse Mike –, como um zoológico onde você não precisa alimentar os animais?

– Se você verificar com o pessoal do zoológico, descobrirá que a jiboia não come mais ratos e camundongos.

– Verificaremos amanhã de manhã – disse Eddie. – Por ora, me explique como meu cachorro devora toda a ração? Se ele é um extraterrestre?

– Isso é uma fachada para que vocês tenham a ilusão de segurança até que chegue a hora de atacar.

Eddie deu mais uma caminhada ao longo do piso de cimento. Mike balançou-se uma vez na cadeira, então voltou a se acomodar. Eddie parou novamente em frente a Sanderson.

– E os corpos humanos? – ele perguntou.

– O que têm eles? – perguntou Sanderson.

– Também foram invadidos?

– Só alguns. Sabe os sujeitos daquela seita, que afirmam que podem viver apenas de ar? Bem, eles são extraterrestres.

Mike se recostou na cadeira e suspirou.

– Bem, esse cara é louco de pedra...

– Pois é – disse Eddie –, acho que isso é trabalho para um psiquiatra. Terei de fazer essa recomendação. Mas por ora, por formalidade, continuaremos o interrogatório.

Eddie deu sua caminhadinha ao longo do piso, voltou.

– Agora me diga, Sanderson, se o que você está dizendo é verdade, como é que você sabe de tudo isso?

– Eu não sei. Não entendo.

Mike se inclinou para frente, encarou Sanderson.

– O seu corpo foi invadido por um extraterrestre?

– Tudo o que sei é que nós confiamos na Fonte.

Mike estendeu a mão e agarrou a camiseta de Sanderson logo abaixo da gola.

– Não me venha com respostas evasivas! O seu corpo foi invadido por um extraterrestre, papa-anjos?

– Não sei...

– De repente você 'não sabe' mais de nada!

– Solte ele, Mike! Até parece que você está começando a acreditar na história dele.

Mike o soltou.

– Só quero arrancar alguma coisa desse louco.

Eddie caminhou para o outro lado, para variar. Quando voltou, Sanderson perguntou a ele:

– Pode me dar outro cigarro?

Eddie enfiou outro cigarro na boca de Sanderson.

– Então extraterrestres fumam cigarros?

– Não sei.

– Basta – disse Eddie –, agora basta. Se essa invasão extraterrestre está prevista, quando vai ocorrer? E não me diga que você não sabe ou vou me lembrar daquelas menininhas e encher você de porrada!

– Mas eu sei.

– Você sabe?

– Sim.

– Quando?

– Em menos de uma hora.

– Puta que pariu! – disse Eddie fingindo pavor. Ele riu. Mike riu. Então pararam.

Eddie inclinou seu imenso corpo para perto de Sanderson.

– Como você sabe disso, Sanderson?

– Não sei. Confio na Fonte.

– Ei – disse Mike –, agora voltamos para o círculo vicioso do 'não sei'.

– Acho que esse cretino viu muito filme de ficção científica – disse Eddie. – É um desses maníacos por Star Wars, Star Trek, E.T., só isso.

– É – disse Mike –, e papa-anjos ainda por cima.

– Escute, cara – ele continuou, batendo forte com o dedo no meio do peito de Sanderson –, o que leva um homem a molestar uma garotinha, afinal? Me diga, o que leva alguém a fazer uma coisa dessas?

– Não fui eu que fiz aquilo – respondeu Sanderson.

Mike levantou o braço direito e bateu com bastante força no rosto de Sanderson, com as costas da mão. O cigarro que estava na boca de Sanderson voou longe com o golpe.

– Também não fui eu que fiz isso.

Eddie ofereceu outro cigarro a Sanderson. Depois se virou para Mike.

– Olha, Mike, este caso não é de alta prioridade, mas acho que talvez não estejamos lidando com essa situação de modo profissional. Tudo o que acontece aqui está sendo gravado, não se esqueça.

– Como as fitas de Nixon, é isso?

– Não exatamente. Nós provavelmente não perderemos nossos empregos. Mas vamos tentar ser um pouco mais profissionais em nossas atitudes.

– Ok. É que detesto esses cretinos.

– Ok, ok. Apenas mantenha a calma.

Eddie deu mais uma caminhada e voltou a parar em frente a Sanderson.

– Muito bem, digamos que você seja um extraterrestre. Neste caso, por que tentaria alertar o mundo contra uma invasão iminente?

– Em primeiro lugar, confio na Fonte. Creio que estou fazendo o que tenho de fazer.

– Explique melhor.

– Está bem, talvez eu tenha, de alguma forma, perdido o contato, sabe, algo como um curto-circuito, e embora tenha o conhecimento dos extraterrestres, estou também, ao mesmo tempo, sujeito às relações humanas e portanto solidário a elas.

– Agora estamos realmente chegando ao ponto...

O gravador estalou.

Mike se aproximou, desligou o aparelho, colocou uma nova fita e o ligou de novo.

Eddie limpou a garganta:

– Como eu estava dizendo, agora estamos *realmente* chegando a algum lugar. Então, agora, *se* tudo isso é verdade, não acha que seus companheiros espaciais estão putos da cara por você estar divulgando tudo isso?

– Bem, esta é a Fonte. E depois *eles* vão perceber que sou ruim das ideias e que a culpa não é minha. Os erros continuam existindo, mesmo no mundo *deles*.

Eddie esfregou os dedos sobre a enorme mancha em sua camisa suja.

– Bem, Sanderson, o interrogatório está encerrado. Vou recomendar que você faça um exame psiquiátrico.

Eddie fez um sinal de concordância em direção a Mike. Mike parou o gravador, inclinou-se sobre a mesa e apertou um botão.

A porta se abriu e um guarda entrou.

– Leve este homem de volta para a cela, O'Conner – disse Eddie.

O'Conner era quase tão gordo quanto Eddie. Ele tinha uma filha ainda jovem, que estudava balé e que esculpia muito bem. O'Conner puxou a arma do coldre, retirou a trava de segurança, puxou o gatinho e disparou uma bala entre os olhos de Eddie. Eddie ficou um momento parado, depois caiu direto para a frente. As duas próximas balas esmigalharam os miolos de Mike.

Sanderson ficou de pé.

– O'Conner, por que você tem que matar alguns deles? Por que não podemos apenas tomar seus corpos?

– Não sei – respondeu O'Conner –, a Fonte sabe.

O'Conner saiu da sala e seguiu em direção ao corredor e Sanderson o seguiu.

– Snyxikolivks – disse O'Conner.

– Previxcloslovckkkov – respondeu Sanderson.

Epílogo

Naquele momento o presidente dos ESTADOS UNIDOS DA AMÉRICA se abaixava para acariciar seu cachorro. O nome do cachorro era Clyde. Clyde era um vira-lata velho, mas era esperto: podia buscar o *New York Times* ou mijar na perna imponente de um imponente membro do congresso em até quinze segundos depois de receber o sinal. Era um excelente cachorro. Sua presença era permitida na Sala Oval. Clyde e o presidente estavam ali sozinhos, a Segurança um pouco mais além.

O presidente se abaixou para acariciar Clyde. Clyde abanou o rabo e esperou. Assim que o presidente se aproximou mais, Clyde deu um salto, rosnando, em busca da jugular, mas errou o golpe, atacando, em vez disso, a orelha esquerda. O presidente caiu sobre o tapete, segurando o lado esquerdo da cabeça com a mão.

Lá fora, havia parado de chover.

Clyde voltou a rosnar, saltou sobre o presidente, encontrou a jugular, rasgou-a, e o bombear purpúreo de sangue fétido teve início. O presidente se levantou. Agarrando a garganta com uma das mãos, arrastou-se em direção à mesa e com a mão livre fez deslizar um painel secreto, e, enquanto Clyde o observava, sentado no canto mais extremo da parte nordeste da Sala Oval, o presidente apertou o botão, o botão vermelho que disparava as ogivas.

Por que tinha feito aquilo, não saberia dizer. Talvez a Fonte soubesse.

O presidente dos ESTADOS UNIDOS DA AMÉRICA caiu sobre o tampo da mesa enquanto na Terra as criaturas do espaço retornavam para o espaço, e as aranhas começaram a capturar moscas e a lhes sugar o sangue, e os gatos começaram a capturar passarinhos, e os cachorros começaram a perseguir os gatos, e as boas constritoras começaram a comer os ratos e os camundongos e as águias foram em busca das lebres – por um período, por um período muito curto.

Apenas matando tempo

...Quando voltei ao bar havia quase que uma nova turma por lá, exceto por Monk, que estava sentado ali, as mangas arregaçadas, revelando os bíceps. Havia alguma coisa errada com aqueles bíceps, não pareciam saudáveis; eram grandes, mas pareciam doentes.

Dei uma olhada em volta. Era uma tentativa, um perdigoto, uma tentativa frágil para todos nós naqueles bancos do bar. Era o melhor que podíamos fazer. E era um bar legal porque era o único para nós. Simplesmente ficaríamos deslocados em qualquer outro lugar.

Sentei-me em meu banco e pedi um uísque e uma cerveja para acompanhar. Esta era a ação, o significado, a fruta na árvore, a flor em sua haste. Era uma vitória. E depois de uma vitória você precisaria de outra.

Bem, eu não me chateava naquele lugar, mas eu não costumava me chatear em nenhum lugar. E eu não estava sozinho. Podia ficar deprimido, suicida, mas isso não era o mesmo que estar sozinho. Estar sozinho significava precisar de alguém. Eu não precisava. Tudo o que eu precisava deles era que não me sufocassem. O que eu fazia com eles naquele bar? Ficava olhando para todos. Era um filme vagabundo, mas era o único passando, e como ator *minha* ponta era, de fato, coisa de segunda classe.

Monk me deu um sorrisinho por cima de suas mangas arregaçadas.

– Ei, Hank, que tal uma bebida?

– Só depois que eu cortar o cabelo.

– Ei, mas aí já não vou estar vivo!

Alguns dos fregueses riram.

– Me vê uma bebida – eu disse a Jim.

Os outros três ou quatro começaram a se manifestar:

– Ei, e o resto da camaradagem?

Olhei para Jim:

– Cuide dessa cambada.

Uma salva de palmas ribombou nas paredes sujas.

Era um lugar para se estar. Punha você para baixo, fazendo com que aceitasse qualquer coisa que viesse. Fazia você ser menos, mas quem precisa de mais? Quando você se sente como se estivesse precisando de mais, bem, é aí que os seus problemas começam: pensar nas coisas que se tem de fazer entre cagar e morrer.

Paguei mais algumas rodadas. O tempo começou a oscilar. O tempo começou a balançar. Asas de borboleta.

Jim se foi, sucedido no bar por Eddie, o atendente da noite. Umas poucas mulheres chegaram, velhas, insanas, ou ambas as coisas. De qualquer modo, aquilo mudou a atmosfera. Fomentou certo clima de carnaval. Jacarés, crocodilos, lagartos e lagartixas de todas as espécies ocupavam agora os bancos. Observávamos suas bocas pintadas com exagero enquanto enfiavam cigarros ali, ou riam, ou tomavam as bebidas. Suas vozes soavam desagradáveis, como se suas cordas vocais tivessem sido queimadas, e seus cabelos puídos cobriam-lhes os rostos e às vezes – ah, somente em raros momentos, provocados pela confusão do neon – quando viravam as cabeças, quase chegavam a parecer jovens e bonitas outra vez, e então todos ficávamos felizes e contentes e dizíamos algumas coisas criativas. O sonho estava ali, além da quina do balcão. E se logo desaparecia, ali estivera.

Em alguns momentos era o que acontecia. E todos ficávamos bem, dava para sentir aquilo se espalhando no ar: estávamos ali, afinal, todos eram lindos e grandiosos e interessantes, e cada momento era único em seu brilho, reluzente e intacto. Dava realmente para sentir isso.

Então – tudo acabava. Simples assim.

Era como se sentíssemos o fim ao mesmo tempo. As conversas morriam. Assim. De imediato. Sentíamos a cada um de nós ali como um desperdício. Silêncio. Nada de errado com o silêncio. Mas não era um silêncio agradável. Era como se tivéssemos sido enganados. Esvaziados de energia. Abandonados pela sorte. Presos ali – desnudados.

Aquela sensação se estendia por algum tempo. Durava tempo demais. Era constrangedor.

– Bem, que se foda – alguém dizia por fim –, quem vai tirar a gente dessa merda?

O que sempre recolocava as coisas em movimento e a ação recomeçava. Novos cigarros eram acesos. Novas camadas de batom. Idas ao banheiro. Velhas piadas com finais novos. Mentiras. Pequenas ameaças. As moscas despertando para girar através do ar de um cinza azulado.

Não sei bem como aconteceu, mas tive a sensação de que Monk não tirava os olhos de mim, me secando, e aquilo me emputeceu. Me pareceu que ele deveria procurar algo melhor para fazer. Acho que estava apenas tentando ser amigável e divertido, mas ele não sabia como fazer isso, e embora eu soubesse que não era culpa dele, ainda assim reagi, movido por uma estúpida e malévola ignorância que me dominou completamente:

– Monk, você está um bagaço. Por que não vira essas mucosas adoráveis que você chama de olhos para outra pessoa?

– Por que você não vai tomar no olho desse seu cu! – ele disse. – Vejam só, o louco saindo da casinha!

– Você não passa de um monte de lixo reunido num debiloide.

– O que você disse?

– Estou dizendo que tudo aí é falso, esses seus músculos. É como se você tivesse usado uma bomba de ar para ficarem maiores. A textura não engana. Não há nada verdadeiro aí, nem no corpo, nem na sua cabeça.

Monk levantou do banco, enchendo o peito.

– Você se importa de calar essa boca?

– Não quero machucar você, Monk.

O bar inteiro riu. Acho que até mesmo algumas das moscas não resistiram ao riso.

E foi isso. Monk caminhou em direção à porta dos fundos. Eu o segui. E o bar nos seguiu para o beco que ficava ali atrás.

Era uma noite linda. Em outros lugares as pessoas estavam transando, ou jantando, ou tomando banho, ou dormindo, ou lendo jornais, ou gritando com as crianças, ou fazendo outras coisas sensatas.

Monk e eu tomamos posição sob o luar, e então me veio o pensamento, *eu preferiria estar assistindo a dois caras brigarem do que ser um deles.*

Mas não senti medo, estava bêbado demais para isso. Tudo o que senti foi uma sensação geral de cansaço, tipo, lá vamos nós outra vez. Aquilo não tinha sentido nenhum, mas, ao mesmo tempo, parecia algo necessário, como passar manteiga de amendoim num sanduíche.

Monk e eu começamos a rodar. Vez ou outra fazia sinal para que eu atacasse. Muito efetivo. O pessoal do bar segurava suas bebidas. Fui até um dos caras e peguei sua cerveja, entornando a garrafa num só gole. Fiquei com a garrafa. Monk e eu rodávamos. Recuei até a parede de um prédio, quebrei a garrafa contra os tijolos. A garrafa se partiu, mas não do jeito certo. Fiquei ali segurando um gargalinho de nada e ainda consegui cortar minha mão. Joguei o caco inútil fora e Monk veio para cima de mim. Minha mão sangrava de um jeito pavoroso. Pensei, *se eu conseguir jogar sangue nos olhos dele talvez possa cegá-lo*.

Dei um passo para o lado quando ele avançou, tentei dar um chute no seu rabo, mas errei.

Ele se voltou e nos encaramos de novo.

– Não quero machucar você, Hank, mas vou ser obrigado!

Parecia falar sério. Desta vez, quando Monk avançou, não soube como me mexer. Não sei o que aconteceu. Meus pés ficaram plantados. Houve então um súbito preto, uma sensação de cascalhos e pedras contra meu corpo. Senti uma queimação num dos ouvidos que era, a um só tempo e apesar de tudo, um sentimento de paz. Paz no tempo em que vivíamos. O beijo de todas as tropas. Eu estava no chão daquele beco, as palmas das mãos escalavradas, e então, agarrado a mim, na altura da minha barriga, estava Monk, e seguimos rolando, até que ele deu com as costas numa lata de lixo cheia de garrafas vazias.

Levantamos.

Eu era um covarde e não era um covarde. Esse era o meu problema: não conseguia me decidir. Monk não precisava gastar tempo se analisando, apenas voltou a avançar.

Detive-o com um jab de esquerda. Direto no nariz. Ele piscou e recuou.

Monk atacou com mata-cobras. Eu conseguia ver os golpes vindo. Me defendi de alguns, me abaixei para escapar de outros. Segui com os jabs. Acertei uma direita em seu ouvido. Para foder com o otário. Deixá-lo no bagaço. Seu corpo estava cheio de ovos e rosquinhas. Provavelmente amava a mãe e o país. Um frouxo.

Avancei e disparei uma sequência combinada. Então recuei.

– Está bom para você, saco de banha?

Monk se endireitou.

– Vou acabar com a sua raça!

Voltou a me atacar. Veio como um trem. Seu único truque era avançar em linha reta. Desviei-me para a esquerda e o detonei com uma direita quando cruzava por mim. Foi tão fácil que chegou a ser vergonhoso. E nem foi um golpe daqueles. Balançou a cabeça, parecia tonto. Ao se virar, dei-lhe um gancho de esquerda. Acabei acertando seu cotovelo e machucando minha mão de verdade. Então ele me pegou com uma direita. Estava encoberto pela lua e seu golpe veio como um foguete. Minha cabeça chacoalhou e senti sangue em minha boca. Vermelho, branco e azul piscavam diante de meus olhos. Ouvi Monk voltar ao ataque. Me escondi atrás de um dos assistentes, empurrei-o contra Monk. Enquanto Monk se livrava do cara, avancei e dei um soco curto e depois outro na altura do rim.

– Merda – disse Monk.

Sua velocidade voltou a cair. Disparei uma direita pesada no seu estômago. Ele se curvou e, ao fazer isso, juntei minhas duas mãos, passeia-as por cima da cabeça e golpeei sua nuca com tudo.

Monk desabou. Era uma visão maravilhosa. Ele precisava daquilo. Exibindo seus bíceps dia e noite sem parar. Sentado naquele banco daquela maneira, se achando o máximo. Um zé-ninguém. Um zero à esquerda, com pelos saindo do nariz que a porra do barbeiro não fazia o favor de aparar.

– Caralho, Hank, não achei que você pudesse dar conta dele – disse um dos caras da plateia.

Olhei para ver quem era. Williams Olhos Vermelhos.

– Você não entende nada de lutas, Olhos Vermelhos, pague a aposta e não chie.

– Porra, a três por um é de cravar. Não consigo entender. Você tinha perdido as duas últimas.

– Eu estava apostando naqueles caras – eu disse.

A plateia riu.

Monk levantou-se sobre os joelhos, balançando a cabeça.

Me aproximei.

– Ei, vejam só! Agora quer me pagar um boquete!

Monk voltou a balançar a cabeça, olhou para mim.

– Quanto sai a chupeta, Monk? Cinco pratas?

Monk agarrou uma das minhas pernas e a ergueu. Caí de bunda no chão. Quando quis se jogar em cima de mim, acertei-lhe um chute na cara. Voltou a desabar, balançando ainda mais a cabeça. Poderia aproveitar para pisoteá-lo, com os dois pés, mas não o odiava tanto assim. Ele apenas me revoltava o estômago.

– Vamos lá, pago uma bebida para você. Não há homem no mundo que possa vencer todas.

Estendi a mão para ajudá-lo. Ele a agarrou e me puxou para o chão. Então começamos uma luta de agarramento, rolando sem parar pelo chão. Quando me dei conta do que acontecia, ele tinha me dado uma gravata. Uma gravata das boas. Mas que diabos. O truque mais velho e sujo de todos. Homens de verdade não fazem essas galinhagens. Eu mal podia respirar. Tentei agarrar suas bolas. Não havia nada lá! Procurei e procurei. Em vão! *Eu estava lutando com a porra de um eunuco!*

Não conseguia me livrar daquela chave. Sentia-me cada vez mais fraco. Não conseguia respirar, não conseguia me mexer. Era horrível, indecente, injusto. Eu ia morrer ali.

Por que ninguém mandava parar essa merda?, pensei.

Por que não me contentei em ficar esta noite bebendo sozinho no meu quarto, como era minha ideia inicial?

Então meus pensamentos se apagaram.

*

Quando recobrei a consciência, estava sozinho no beco. Me deixaram ali. Continuava escuro. Podia ouvir a música da jukebox do bar.

Me deixaram ali, simplesmente me deixaram ali.

Aquilo calou fundo. Quero dizer, não que esperasse muito deles. Mas não isto. Aquilo me pegou de surpresa. Me deixaram ali como um pedaço de carne qualquer. Nenhuma preocupação. Nenhuma ambulância. Nenhuma palavra. Nenhum som. Nem como piada funcionava.

Todas aquelas rodadas que eu paguei para eles. E para quê? Para me deixarem ali, o maior otário do mundo.

Ainda não conseguia acreditar. Esperava que a qualquer momento irrompessem com bebidas e risos e toalhas macias e úmidas.

Era difícil engolir a indiferença. Eu os tinha julgado pessoas baixas, mas jamais tão baixas quanto se revelaram.

Uma aberração, para eles eu não era mais que uma aberração sacrificial.

Achei que entendessem que tudo não passava de uma brincadeira para mim. Que eu não fazia mais do que matar tempo num mundo que nunca se tornaria o que poderia ter sido.

Não chegavam sequer a me odiar. Não chegavam sequer a pensar em mim.

Então escutei uma mulher gargalhar no bar. Foi uma risada longa e aguda mas nem de longe uma risada boa, soava falsa e forçada, bastante desagradável, como a risada de uma canastrona no palco em meio a uma peça de quinta para um público insensível e embotado. Puta que pariu, onde eu tinha me metido? Eu era um pigmeu numa terra de anões.

Eu ia me levantar agora e dizer isso a eles. Eu ia entrar lá naquele bar e lhes dizer o que eram.

Tentei me pôr de pé. Assim que consegui, minha cabeça começou a rugir e a latejar, uma dor lancinante que ia do centro do crânio e descia espinha abaixo. Era como uma linha de fogo, podia sentir as órbitas dos olhos se voltarem para o lado de dentro da minha cabeça, e isso foi tudo...

Quando voltei a mim o sol já havia nascido e eu estava próximo a uma lata de lixo novinha em folha, que refletia os raios solares em mim, e estava quente, e quando olhei para a lata, fiquei reparando nas linhas que corriam por suas laterais e embora isso possa parecer irreal e estúpido foi o que aconteceu de fato.

No fim das contas, fiquei só com uma leve dor de cabeça. Se não estivesse bêbado, era bem provável que não tivesse sobrevivido. Como tudo na vida. O que estava pior era minha mão esquerda. O inchaço quase a dobrava de tamanho.

Me levantei, usando como apoio a lata de lixo. Fiquei ali parado.

Sabia qual deveria ser o próximo passo e o temia.

Já acontecera diversas vezes durante outros porres. Depois de noites ao lado de mulheres da rua. Depois de tantas noites, de tantas vezes, mesmo sem a companhia dessas mulheres.

Fiquei ali parado, antes de tentar qualquer coisa.

Por favor, apenas dessa *vez*, por favor, que esteja ali. Quero dizer, estou cansado, como vocês podem ver, minha forma física está longe do aceitável. Tudo o que eu quero, vocês sabem, são umas cinco ou seis pratas; para mim isso é como dez mil dólares para outra pessoa. Que a carteira esteja ali. Sempre tão quentinha, tão ajustada, tão pessoal, adaptada ao bolso de trás da calça, uma pequena esperança quando tudo mais é pesadelo. Não peço muito, apenas isso.

Toquei o bolso.

A carteira se fora.

E aquilo não era de surpreender. O surpreendente seria o contrário. O milagre. O amor pela humanidade.

Então, a esmo, vasculhei meus outros bolsos, no da minha camisa, em todos os lugares possíveis, sabendo, de antemão, que aquilo não passava de manobras para retardar o óbvio.

Eu tinha sido rolado outra vez.

O mocinho, rolado. Mais uma vez haviam mijado na decência. Ah, meu velho.

Algumas vezes, sabendo que os tubarões estavam ali, eu escondia minha carteira.

Ergui a tampa da lixeira e dei uma olhada ali dentro. Estava cheia e fedia. Uma lufada pútrida se ergueu de dentro e não pude suportar. Sou muito sensível a cheiros. Vomitei direto ali dentro. Depois me reergui.

Eu era um cara esperto. Geralmente escondia minha carteira muito bem. Certa vez escondera minha carteira atrás de um espelho que ficava na parte de dentro do banheiro. Havia desaparafusado o espelho inteiro enquanto estava bêbado, colocado a carteira ali e aparafusado de volta – para ter certeza de que uma das mulheres da rua à minha espera na cama não ficaria com ela. Duas semanas depois a encontrei ao entrar no banheiro e perceber um certo volume atrás do espelho.

Comecei a puxar os sacos de dentro da lata, parando para vomitar mais uma vez. Tirei tudo de dentro: borra de café, cascas de laranja e outros tantos resíduos, um, inclusive, que parecia uma cabeça humana. Espalhei tudo ao meu redor.

Nada da carteira.

– Ei, você aí, branco pobretão, vou arranjar alguma coisa para você mastigar!

– Não, tudo bem, senhora. Estou bem.

– É? Está bem mesmo? Bem, se está bem então faça o favor de colocar essa merda toda de volta no lugar, certo?

– Tudo bem.

Comecei a catar o lixo e colocá-lo de volta na lata. Alguns dos sacos de papelão se romperam e tive que recolher os dejetos com minhas mãos para devolvê-los à lixeira. Vomitei mais uma vez, coisa pouca.

Coloquei a tampa no lugar e então fiz uma mesura para a senhora que me observava através da porta de tela.

– Muito bem – ela disse –, agora tire esse seu rabo sujo daqui, entendeu?

Então, ciente de minha esperteza, ergui a lata e olhei embaixo. Nada da carteira.

– Mas que porra você está fazendo agora?

– Nada, senhora.

Segui caminhando pelo beco e cheguei à extremidade da rua. Devia ser ainda umas sete ou oito da manhã, os carros avançavam velozes pelas duas mãos, dirigidos por pessoas aos magotes, gente que odiava seus empregos e que morria de medo de perdê-los. Eu não tinha que me preocupar com isso. Caminhei em direção ao meu quarto, eu ainda tinha meu quarto, e não havia baratas lá, porque os camundongos dominavam. Aquilo não me agradava, mas era algo que eu podia aceitar. Era melhor do que se não houvesse camundongos porque havia ratos.

Nunca conseguia dormir direito em albergues ou centros comunitários.

Avancei na direção do meu quarto me sentindo quase um vencedor.

Distrações na vida literária

É uma noite quente de verão, uma noite muito quente, e estou sentado na cozinha, à mesa do café da manhã, só que aqui nunca se serve o tal café e estamos sempre mareados demais para comer algo a essa hora. Seja como for, estou tentando escrever alguma coisa, um conto, mas não qualquer tipo de conto, um conto sacana para uma das minhas revistinhas [Jesus, escrever é dureza: será que não há uma maneira mais simples de dizer as coisas?]. Enquanto isso, um dos pés da mesa se desconjuntou e tenho que parar de escrever à máquina porque o tampo todo está prestes a desandar e a questão passa a ser agarrar a máquina, a garrafa, o pé da mesa, tentando manter meu mundo de pé: um bêbado deu uma bica no pé da mesa certa noite e eu tive que pôr cola, pregar e tudo mais, mas a madeira se desgastou e não há jeito de mantê-la firme, mas, não sei bem como, dou um jeito de empurrar o pé de volta ao seu lugar. Isto funciona momentaneamente e aproveito para tomar um gole, acender o toco do meu charuto, seguir escrevendo, esperançoso de chegar ao próximo parágrafo antes que a mesa comece outra vez a bambolear.

O telefone toca na outra peça e coloco a máquina e a garrafa no chão e me levanto para atender, e, quando chego lá, Sandra já atendeu. Sandra, a dos cabelos ruivos que parecem macios a certa distância, mas que de perto, quando você os toca, se revelam imprevisivelmente duros, diferente de seus peitos e da bunda gigantes. Posso colocar seus peitos e sua bunda num conto, mas ninguém vai acreditar neles, aqueles editores abichornados, judeus e morenos, têm problemas em acreditar. Certa vez mandei uma história sobre como comi três mulheres diferentes num só dia, eu não queria ter feito isso, mas as circunstâncias me forçaram, e um desses editores me respondeu numa carta odiosa: "Chinaski, isso é doentio! Ninguém passa por uma coisa dessas! Ainda mais um *velho* vagabundo, um *velho* fodido como você! *Volte* para a realidade! Blá, blá, blá..." ele seguia...

Seja como for, Sandra me passa o telefone, estava bebendo saquê (gelado) e fumava um dos meus charutos. Ela baixa o charuto. Assim que eu digo "alô?", ela abre meu zíper e começa a chupar minha pica.

– Escute – digo –, será que você pode me deixar em paz?

– O quê? – pergunta o cara no telefone.

– Não é com você – digo.

Estou com minha camisa de baixo e eu a puxo e estico sobre a cabeça de Sandra para poder falar mais livremente.

É meu traficante, que vive numa casa cujo pátio dá de frente para o meu, um pátio muito maior e muito mais bacana, e ele me diz que acaba de receber um pouco de cocaína. Às vezes fico por ali enquanto ele dilui mais uma vez o material e o ensaca nessas pequenas trouxinhas de papel-filme, sem que sua mulher requintadíssima pare de desfilar um minuto em seus imensos saltos. Nunca a vejo usando o mesmo vestido ou o mesmo par de sapatos. Trepamos certa vez com o traficante nos olhando. O cara só usa coisa boa, de modo que nada o incomoda. Ou talvez ele goste de olhar.

Continuo ao telefone.

– Quanto você quer? – pergunto.

– Bem, para você, na parceria, faço por cem pratas.

– Você sabe que estou falido.

– Achei que você tinha me dito que era o maior escritor do mundo.

– O problema é que os editores não sabem disso.

– Tudo bem – ele diz. – Faço por cinquenta para você.

– O que você usa para malhar o esquema? – pergunto.

– Segredo de negócio...

– Vamos lá, me diz aí – insisto.

– Porra seca...

– De quem? A sua?

– Chego aí em meia hora – e ele desliga.

Sandra me fez gozar. Ela retira a cabeça da minha camisa de baixo. Põe o charuto de volta na boca, acende o isqueiro, com algumas baforadas devolve a vida ao fumo. Fecho meu zíper, caminho de volta para a cozinha, dou uma olhada no pé da mesa, coloco a garrafa e a máquina de escrever sobre o tampo, começo a escrever novamente. Updike jamais teve de escrever sob essas condições. Cheever também não. Confundo os dois. Mas sei que um está morto e outro já não pode escrever. Escritores. Merda. Conheci Ginsberg certa vez, depois de uma leitura coletiva dele, seus camaradas e eu. Que noite sofrida e lamentável naquela cidade cagada de Santa Cruz. Mais tarde, na festa, ele e seus camaradas apenas se encostaram contra uma parede e tentaram parecer sábios enquanto eu dançava como um bêbado. "Não sei como falar com o Chinaski", Ginsberg disse a um de seus camaradinhas.

O mesmo vale para mim.

Sigo escrevendo... No meu conto há um cara que quer foder um elefante bebê pela tromba – é um empregado do zoológico e está cansado da mulher... O tratador enfiou a pica na tromba do elefante e está batalhando ali quando, de súbito, o elefante dá uma fungada e puxa as bolas do tratador para dentro também, apenas as puxa, e a sensação é boa para o tratador, realmente boa, *muito* boa – o cara chega ao clímax e, quando está prestes a tirar as partes, percebe que o elefante não as solta. Não há jeito. Não, não, não. Aquilo é um inferno. Uma piada de mau gosto. *Me solte!!* O cara pega os dois polegares e os enfia nos olhos do elefante. A situação se encrespa. O elefante apenas funga com mais força. Nossa Senhora. O tratador tenta de tudo. Relaxa. Finge dormir. Fala: "Vamos lá, me solte. Prometo nunca mais meter num animal". Agora são três da manhã e o elefante já está agarrando-o há mais de uma hora e meia... Nunca tinha enfrentado problema parecido com a esposa, ela não tinha agarradura... O elefante apenas o mantinha preso. Então o tratador recebe uma luz, tira o isqueiro, aumenta a chama e a coloca debaixo da tromba. A agarradura começa a ceder, mas então a chama se apaga. O tratador tenta acender o isqueiro novamente. Nada feito. Segue girando a roldana. Não há mais fluido. Que azar. Quinze anos de casa e iriam encontrá-lo naquela situação pela manhã, ele perderia o emprego, ou algo pior...

– Ei, palerma! – Sandra grita da sala ao lado. – Está escrevendo algo que preste?

– Sim, mas não sei como terminar.

– Ah, deixe eles detonarem a porra da bomba atômica.

– Mas que *beleza*! É o que eu vou fazer! Ninguém, *ninguém* nunca escreveu uma história como esta!

De repente o pé da mesa desliza e só tenho tempo de apanhar a garrafa, enquanto a máquina de escrever se choca contra o chão. Isto jamais aconteceu a Mailer ou Tolstói. Dou uma bebericada na garrafa, avanço na direção da velha máquina. Não morra na minha frente, sua f.d.p., não me abandone... Ela *caiu* virada para cima. Sento no chão e digito as teclas. Escrevo: NÃO MORRA NO MEU INFINITO. Ela me responde, do mesmo jeito. Ela é durona, como eu. Tomo um gole em efusiva celebração por nós dois. Então me vem uma luz: decido escrever no f.d.p. do chão, vou terminar de escrever a f.d.p. da história no f.d.p. do chão. Céline resolveria essa.

*

De repente vem um som exorbitante do céu, seguido de explosões e também de uma sensação de guerra não declarada, enquanto infinitos fragmentos de vidro, furiosos e terríveis, rasgam as paredes e janelas, entulhando tudo. Não há esperança em Dixie. Não há esperança para nenhum lugar. Bing Crosby se chacoalha e matraqueia em sua cova. É a guerra. É a guerra em East Hollywood, recém-saída de Hollywood e dos bulevares a oeste, perto daquelas lojas de conveniências, perto de mim, de nós, vinham tentando limpar o distrito há anos, mas a coisa só piora.

(Perdoem-me, mas me deixem falar sobre o melhor dos tempos que me ocorre, quero dizer, quando a vela ainda ia alta e a vida era, enfim, boa: esse cafetão alugou uma quadra inteira, a porção sul do Hollywood Boulevard. Bem, não era bem uma quadra *inteira*, mas era quase toda a quadra entre a loja de saldos e o bar de mulheres peladas matadoras, e ele colocava suas garotas sentadas nas janelas, reproduzindo, no ambiente, as condições de um lar comum: cadeiras, tevê, tapete, às vezes um gato ou um cachorro, cortinas, e a garota ali sentada na janela, quase como se fosse de vidro, de cera, e se nem sempre era bonita, aquilo tudo me parecia bastante corajoso, ou ao menos um pouco galante, tudo para permitir que os clientes pudessem escolher de modo adequado e sem afobação... Lá estava o cafetão no mais alto estágio da arte, mas evidentemente que não conseguiu vingar: certa noite, dezoito noites após sua instalação, ele e as meninas se foram.)

Mas, nesse meio-tempo, vou até a varanda com Sandra às minhas costas, recostando seus úberes em mim. As explosões abundam enquanto cacos de vidro afiados voam por toda parte. Trato de proteger meus olhos com os óculos. Então, acima na Western está o grande e velho hotel, com seus oito ou dez andares, cheio de drogados, putas, cafetões, criminosos, loucos, loucas, imbecis e santos.

Lá está um cara negro e nu sobre o telhado do hotel e nós podemos ver que ele é negro e está pelado porque o helicóptero da polícia, que está sempre zunindo entre

Hollywood e Western, lança luzes sobre ele. Podemos vê-lo. Bem. Mas os policiais não mandam seus carros. Não é preciso. Não enquanto estivermos nos destruindo. Não somos nada a proteger. Não importamos, porque dos três mil habitantes da área podemos reunir neste momento, vamos dizer, se fizermos uma vaquinha, no máximo uns dois mil dólares. E não temos nenhuma casa para deixar, nada de cartões American Express. De modo que, no que concerne à lei, podemos nos matar uns aos outros até que nossos sangues escorram, com o diabo, até que *caminhem* e *durmam*, como um malte vermelho e uniforme, grosso e fedido pelas ruas...

Olhamos para cima enquanto o negro arremessa mais e mais garrafas vazias de vinho. Sob as luzes intensas do helicóptero, ele brilha como um pedaço incandescente de carvão. Ele tem um aspecto ótimo, quero dizer, parece estar num palco. Todos nós precisamos nos libertar, mas quão raramente conseguimos. Trepamos e bebemos e fumamos e vadiamos e cheiramos, e tudo isso se torna insípido. Lá está ele em seu momento de liberdade. Agora.

Ele grita:

– Morte aos brancos! Uma morte negra para os brancos! Fodam-se, seus branquelos de merda! Suas mães são todas umas putas! Seus irmãos são todos putos! Suas irmãs trepam com cachorros e chupam pica de preto! Morte aos brancos! Deus é negro e eu sou Deus!

Odiamos tanto uns aos outros que isso nos dá alguma ocupação.

Agora garrafas voltam a cair, a maioria se quebra contra as paredes, nos telhados dos pátios, mas algumas saltam como objetos insanos, sem se partir, ou apenas parcialmente quebrados, e então se partem contra nossas janelas, e isso é um pouco triste, porque somos pobres; seria melhor se pudéssemos jogar essas garrafas com força capaz de vencer a distância até aqueles janelões de Beverly Hills.

Então vejo Big Sam surgir no quintal de sua casa. Ele está em tratamento e avança pelo terreno até se posicionar bem no meio da chuva de garrafas voadoras, para depois olhar na direção do negro pelado. Big Sam carrega uma espingarda. Então ele me vê. De algum modo ele acredita que sou seu único amigo. Talvez esteja certo. Nunca o considerei um maluco.

Ele fala comigo.

– Hank, acho que vou dar um tiro nele. O que me diz?

– A melhor regra para cada situação é fazer aquilo que você quer fazer.

Não acho que uma espingarda possa fazer muito estrago daquela distância. Sam me diz:

– Tenho um rifle também...

– Eu não atiraria, Sam.

– Por que não?

– Caralho, sei lá.

– Bem, me avise quando souber.

Ele coloca a arma sobre o ombro e marcha de volta para o quintal.

As garrafas de vinho continuam caindo, mas, de certo modo, aquilo deixa de ser interessante. Algumas das pessoas retornam para suas casas. As luzes começam a se acender, gradualmente. Por fim, até o helicóptero se afasta. Há mais alguns estouros de garrafa, e depois silêncio.

Dentro de casa, mudo do vinho para o uísque. É difícil escrever com o rabo no chão, mas agora não tenho que me preocupar com a perna da mesa, o uísque põe uns pequenos rugidos nas frases, consigo entrar na história e quando estou prestes a fazer a bomba cair ouço uma batida na porta. Deve ser o traficante e, quando sigo em sua direção, Sandra já o detém no vão de entrada, as mãos em seus bagos, ao que ele sorri e me diz:

– Sandra sempre faz eu me sentir bem-vindo.

– Bem, cacete, a gente não tem um daqueles capachinhos com “Bem-vindo” escrito, então temos que fazer o que podemos.

Sandra o solta, e o traficante diz:

– Tenho umas carreiras aqui.

E eu trago o espelho e a navalha e nos sentamos e ele arruma o negócio. Ali estão três carreiras, e Sandra cheira a dela e o traficante cheira a dele, depois cheiro a minha e espero. Sei que se ele tiver cortado o bagulho com muita anfetamina vou reagir de acordo. A anfetamina me deixa malévolo. Não contra as pessoas, excetuadas as agressões verbais. Mas eu quebro coisas: espelhos, cadeiras, lâmpadas, privadas; puxo os tapetes e os retorço por completo. E paro por aí. Nunca quebro pratos.

– Onde está a Deeva? – pergunto. Deeva é sua senhora. A dos muitos vestidos e sapatos.

– Está lavando a louça – diz o traficante.

Era uma mulher rara. Usava vestidos e saltos altos *e* lavava a louça.

Alcancei-lhe duas de vinte e uma de dez, e ele me passou o saquinho.

– Ainda curto mais encher a cara – eu lhe digo. – Com esse negócio não há um ponto de chegada, o efeito desaparece e é preciso dar mais uma pegada.

– Quando cheirar um bagulho quente – ele diz –, você não vai pensar mais em nada.

– Como ver Jesus, não é? Vê se traz um quente uma hora dessas.

– É melhor do que Jesus. Sem espinhos, sem inferno. Apenas a suavidade do nada.

Ele caminha até a porta, a bunda pequena apertada demais nas calças. Ao chegar ao batente, ele se vira e sorri:

– Que confusão foi essa por aqui um tempo atrás?

– Um negro. Louco com a pele dele. E também com a minha.

O traficante vai embora.

Sandra está alinhando algumas carreiras. Se ela for como eu, sente mais prazer em alinhar do que em cheirar. Sabia que pela manhã eu teria a cabeça de um suicida. Que as paredes seriam de um azul escuro e que qualquer sentido estaria esvaziado por inteiro. É como fazer uma subtração de uma subtração. Gatos com cara de cachorro. Cebolas com pernas de aranha. Uma vitória americana como uma cortina de vômito. Um banheiro com um peito, um só bago. Uma pia que olha para você com o rosto verdadeiramente vazio de uma mãe verdadeiramente morta.

Mas você só se ocupa da manhã se consegue chegar lá.

Grito com Sandra:

– Eu *vou* preparar as próximas carreiras! Na última viagem você fodeu comigo, *as suas* carreiras tinham o dobro da grossura!!

Voltamos ao velho ponto: discutir nossas carreiras.

É quando alguma coisa mais tem início – há esse grito terrível e apavorante de uma mulher que teme por sua vida, e logo depois outra mulher que grita:

– *Sua vadia, sua vadia, vou acabar com a sua raça, sua vadia!*

Mais uma vez vamos para a varanda. Vem do mesmo hotel. Uma mulher está dependurada numa janela do nono andar apenas por uma perna e um braço, a maior parte do corpo já para fora, como se prestes a cair. A outra mulher está curvada sobre ela e a ataca com algum tipo de objeto. Aquilo segue, e o som que vem de lá é mais doloroso do que qualquer feiura que se possa imaginar ou que se possa conceber.

O helicóptero está de volta. Ilumina e foca suas luzes sobre a agonia daqueles corpos. O helicóptero flutua e circula, disparando o grande holofote sobre as mulheres. Que continuam *per se*.

Mais uma vez, Sam aparece marchando com sua espingarda, olha para mim.

Eu digo:

– Vá em frente, Sam, passe fogo nas vadias, essas cadelas fazem muito barulho!

Sam ergue a arma, mira, atira. Manda pelos ares a antena externa de alguém. A estrutura desaba, retorcendo os fios e os braços, árvore seca mergulhando em direção à escuridão merecida.

Sam baixa a arma, volta para o quintal.

Sandra e eu entramos em casa. Caminho até a cozinha, olho para a máquina sobre o chão. É um chão sujo. É uma máquina suja que escreve contos sujos.

Lá fora a gritaria continua, sem solução.

Lembro-me do uísque, me sirvo uma dose. Tomo.

Foi por isso que me tornei escritor. Foi por isso que consegui escapar dos empregos nas fábricas. Aqui está todo o sentido e o verdadeiro caminho.

Retorno para a outra peça.

– Não acho que vou terminar o conto esta noite – digo a Sandra.

– Quem se importa? – ela pergunta.

– Você tem a alma de uma lacraia – digo.

Não há nada mais prazeroso do que sentir desprazer quando não há mais nada a fazer, e normalmente não há nada a fazer, e agarro Sandra pelo pulso, torço-o, pego a navalha e digo:

– Eu disse que seria eu o próximo a separar as carreiras.

Inclino-me para a frente e, com alguma habilidade, começo a alinhar.

Eu conheço o mestre

Quando eu era jovem, era um escritor que passava fome. O fato de que a fome poderia me levar à morte não me incomodava muito, uma vez que a vida não me parecia interessante, e morrer não parecia uma má perspectiva – talvez uma nova embaralhada nas cartas? Laborei, de tempos em tempos, como um trabalhador comum, mas por curtos períodos. Um ou dois contracheques e eu pulava fora, mantendo-me afastado de empregos o quanto fosse possível. Tudo o que eu precisava era de dinheiro para o aluguel e para comprar bebidas, e também para os selos, os envelopes e uma máquina de escrever. Escrevia de dois a seis contos por semana e todos eram recusados pela *Atlantic Monthly*, *Harper's* e *The New Yorker*. Para mim isso era difícil de entender porque os contos que eu lia nessas revistas eram escritos com cuidado, *bem-trabalhados* talvez seja o termo. Mas, em essência, os contos eram inermes e chatos, e o pior de tudo: não tinham humor. Era como se tudo não passasse de uma mentira e quanto mais trabalhada fosse essa mentira mais você era aceito.

Eu escrevia e bebia à noite. Durante o dia eu ficava na Biblioteca Pública de LA e lia todos os escritores e era uma leitura *difícil*, os escritores usavam parágrafos longos e páginas de descrição, construindo a trama e desenvolvendo os personagens, mas os personagens não eram nada interessantes e o que as histórias finalmente revelavam não era lá grande coisa. Pouco se dizia das vidas desperdiçadas da maioria das pessoas, da tristeza, de toda tristeza, da loucura, da risada vencedora da dor. Boa parte dos escritores escrevia sobre as experiências da vida da alta classe média. Precisava ler algo que me ajudasse a atravessar o dia, a rua, algo em que pudesse me agarrar. Precisava me embebedar de palavras, em vez disso me via obrigado a apelar à garrafa. Eu sentia, suponho, como todos os escritores fracassados sentem, que eu realmente podia escrever e que as circunstâncias e os que governam e a política estavam contra mim. Às vezes estão; outras vezes você apenas acha que pode escrever quando na verdade não pode.

Eu passava fome e escrevia. Baixei de 95 para 65 quilos. Meus dentes ficaram frouxos na boca. Podia empurrar meus incisivos com os dedos para a frente e para trás. Estavam frouxos na gengiva. Certa noite, enquanto dava uma volta, senti que algo se desprendia e logo estava com um dente na mão. Lá estava ele: virado para cima. Coloquei-o sobre a mesa e bebi em sua homenagem.

E, claro, quando se está comprando tempo com um salário de trabalhador de meio turno há outras coisas das quais você abre mão além da comida. Refiro-me a mulheres jovens e carros. Você caminha, acaba por encontrar uma puta de ocasião. Além disso, você usa os mesmos sapatos por tanto tempo que as solas se enchem de furos e você é obrigado a forrá-los com papelão; além disso, as unhas encravam de uma maneira tão feia que quase já não se pode calçar os sapatos. E também não sobrou, a essa altura, nem um traje domingueiro, nem convites para jantares gratuitos de Ação de Graças e de Natal. Escritores famintos levam uma vida pior do que a dos vagabundos da favela. E isto porque há duas coisas de que precisam: quatro paredes, e estar sozinhos.

...Mas numa tarde na Biblioteca Pública de LA alguma coisa aconteceu. Quanto a ser uma pessoa lida, eu já estava estufado, ao extremo: D. H. Lawrence, todos os russos, Huxley, Thurber, Chesterton, Dante, Shakespeare, Villon, todos os Shaws, O'Neil, Blake, Dos Passos, Hem, por que seguir? Centenas de escritores conhecidos e centenas de desconhecidos... E todos eles me feriam porque eram ótimos por um tempo, mas por breves instantes, em lampejos, para depois retornarem à sua pesada monotonia literária. Isto era mais do que desencorajador, pois significava que séculos, SÉCULOS de literatura e escritores não podiam me ajudar. No mínimo, falharam em me oferecer o que eu precisava para me virar no mundo das palavras.

Mas, como eu estava dizendo, nessa tarde eu matava o meu dia com o costumeiro baixar de livros das prateleiras, o abrir de páginas, ler uma ou duas de cada volume, devolvê-los aos seus lugares. Bem, peguei mais um. *Sporting Times? Yeah?*, de um tal John Bante. Abri numa das páginas, esperando o de sempre, mas as palavras, sim, as palavras pularam sobre mim, assim mesmo. Saíram do papel e me perfuraram. As palavras eram simples, concisas, e falavam de alguma coisa que estava acontecendo agora! Até mesmo a fonte parecia diferente. As palavras eram legíveis. Havia alguns espaços e então mais palavras. As palavras eram quase como uma voz na sala. Peguei o livro e fui me sentar a uma mesa. Cada página era poderosa. Não podia acreditar naquilo. Era como se as páginas fossem pular do livro e começar a caminhar por ali, voar ao meu redor. Possuíam uma força notável, um realismo total. Por que esse homem nunca tinha sido mencionado antes? Eu também estava lendo crítica literária, Winters, todos aqueles vigaristas, os queridinhos da *Kenyon Review* e da *Sewanee Review*, e *nunca* haviam mencionado este homem. O mesmo ocorreu nos meus dois anos de coma profundo no LA City College, nem uma menção sequer.

Ergui os olhos da minha mesa. Bem, não era minha, pertencia à cidade, aos contribuintes, e eu não podia me enquadrar propriamente nessa categoria. Mas eu tinha o livro de John Bante diante de mim e eu olhava para as pessoas nas outras mesas, para as pessoas que caminhavam por ali ou que estavam apenas sentadas, muitos vagabundos como eu e nenhum deles sabia sobre John Bante... ou teriam começado a brilhar, a se sentir melhor, não teriam se importado em ser o que eram ou que deveriam ser.

Eu tinha um cartão da biblioteca e tirei John Bante de lá. Levei-o comigo de volta para meu quarto e comecei a ler do início. Ele chegava a ser engraçado às vezes, mas era um tipo estranho e calmo de humor, como um homem queimado até a morte que ainda assim acena com um piscar de olhos para o primeiro homem que ateou as chamas ou Para O Homem Que Está Lá Em Cima. Bante possuía uma inclinação religiosa mesmo que fosse coroada por um estranho sorriso. Eu não tinha qualquer inclinação, mas eu gostava da dele. E ele escrevia sobre um escritor que passava fome e que circulava pela Biblioteca Pública de LA e pelo Grande Mercado Central, que era o que eu fazia. Jesus Cristo. Mas mais do que essa similaridade de vidas, o que me tocava era o modo como expressava as ocorrências mais tolas da existência. Reparei que ele vivia de laranjas. Minha dieta era outra: batatas, pepinos e tomates. Quando podia me dar a esse luxo. Batatas primeiro. Contando grama a grama, as batatas me pareciam mais baratas e mais satisfatórias. Mas Bante viera do Colorado. Sendo californiano, eu sempre olhara as laranjas quase como pulgas no pelo de um gato. Mas isso é má escrita. Bante nunca escrevia mal: cada palavra estava no seu devido lugar e cada palavra expressava o que devia com perfeição.

Ele havia sido descoberto pelo grande editor L. H. Renkin, que dirigia a revista *The American Calamity*. Renkin também trabalhou como editor para uma das editoras de Nova York, além de ser um escritor bem razoável. Eu acabaria por voltar à biblioteca para retirar todos os livros de John Bante. Havia mais três outros, mas *Sporting Times? Yeah?* continuava sendo meu favorito.

Acabei por memorizar todas as descrições da vizinhança em *Sporting Times*. Eu morava num barraco de tapume nos fundos de uma pensão por dois dólares a semana. A vizinhança se chamava Bunker Hill. E fui em busca do lugar onde Bante tinha morado. Segui a *Angel's Flight* e descobri o local exato do hotel que ele tinha descrito e fiquei ali do lado de fora, olhando-o. Senti correr por mim uma das sensações mais poderosas de toda a minha vida. Eu estava, de fato, pasmado. *Era* o hotel. Aquela era a janela pela qual sua estranha namorada, Carmen, havia escalado para entrar. Estranha e trágica Carmen.

Fiquei ali parado, olhando para a janela. Era cedo da tarde e o quarto estava escuro. A persiana estava a meio palmo e uma leve brisa a balançava levemente. Ali Bante escrevera *Sporting Times*. Tudo havia saído daquele quarto, um quarto pelo qual eu tinha passado por meses no meu caminho até o Grande Mercado Central, até o meu bar verde preferido ou mesmo a caminho das minhas pernadas pelo centro. Fiquei ali parado, me perguntando quem ocuparia o quarto naquele momento. Talvez Bante ainda estivesse ali! Quem sabe eu não pudesse dar um pulo ali e bater à porta?

Olá, sr. Bante? Eu também escrevo. Não tão bem quanto o senhor. Só gostaria de dizer o quanto suas palavras estão vivas dentro de mim e ao meu redor e que tive muita sorte de ler o senhor. Bem, agora já estou de saída, adeus...

Mas eu sabia que jamais poderia perturbar um deus. Os deuses tinham seus afazeres. Mesmo quando estavam dormindo, dormiam de um modo diferente. Além disso, eu sabia que Bante não estava lá. No seu último livro de contos, ele mencionara em uma das histórias que vivia num quarto em Hollywood, que o aluguel era sete dólares por semana e a senhoria estava pronta para lhe dar um chute na bunda, e ele só fazia rezar para a Virgem Maria.

Não era do meu perfil adorar heróis. Bante era o primeiro. Eram suas palavras, a simplicidade e a clareza delas. Faziam com que eu quisesse chorar, mas, ao mesmo tempo, me davam a impressão de ser capaz de atravessar as paredes.

Decidi que queria ver o quarto de qualquer jeito, o quarto onde o livro fora escrito. Apanhei o trem funicular até a rua de cima, dei uma soltada nas pernas e desci na calçada mais próxima ao hotel. Caminhei em frente à fachada e entrei. Ali estava o saguão, exatamente como descrito por ele. E ali estava a pequena mesa de centro, sobre a qual ele espalhara diversas cópias de *The American Calamity*, que trazia publicado o primeiro conto de sua autoria, *O cachorrinho riu com força e de verdade*. Caminhei pelo corredor, peguei a esquerda e parei junto ao quarto cuja janela dava para a *Angel's Flight.*

Quarto 3. Ergui minha mão para bater, hesitei, e então bati. Três golpes curtos. Esperei. Nada. Bati outra vez, com mais força, golpes fortes, mas, ainda assim, batidas cheias de reverência. Ouvi algum som no quarto. Então a porta se abriu. Houve uma lufada de calor – era o *Inferno* de Dante. Era uma tarde quente de junho, mas havia uma estufa a gás acesa a todo vapor. Uma velha parou ali, enrolada num cobertor. Era muito pequena e quase careca, mas vários fios de cabelo branco continuavam crescendo, longos, descendo ao redor de seus ouvidos e queixo.

– Sim? – ela disse.

– Com licença, mas estou procurando por um amigo que costumava viver aqui, John Bante...?

– Não – disse a velha.

Tinha olhos incrivelmente lindos, como se tudo mais que fora consumido tivesse se concentrado ali, a esperar pelo fim.

– Ele era escritor...

A velha ficou apenas me olhando. Ficamos assim por um tempo.

Então ela disse:

– Vá à merda!

E bateu a porta...

*

Continuei minha carreira de escritor faminto por mais alguns anos. Minha máquina de escrever vivia entrando e saindo do prego até que finalmente fiquei tão fodido que não tive como resgatá-la. Gastei a grana do penhor trocando o bilhete por dinheiro para beber certa noite num bar e, depois disso, comecei a escrever minhas histórias à mão, às vezes com ilustrações. Segui vagabundeando ao redor do país e segui enviando contos escritos à mão. Por fim, uma das mais prestigiosas revistas literárias da época aceitou e publicou meu primeiro conto. O pagamento foi uma piada, mas recebi cartas de outras revistas, inclusive da *Esquire*, na qual pediam para ver o meu trabalho. E cartas de pessoas se oferecendo para serem meus agentes, caso eu não tivesse um. Diabos, eu não tinha um agente, *nem* mesmo uma máquina de escrever. Algo relacionado com romper a barreira acabou tendo sobre mim um efeito contrário, desestimulante. Decidi que era capaz de escrever bem o suficiente, mas que não tinha nada a dizer. Parei de escrever por dez anos e me concentrei somente na bebida. Acabei indo parar na enfermaria de caridade do County Hospital com um padre inclinado sobre mim querendo me dar a extrema-unção. Dei um corridão no pilantra e arrumei um emprego como motorista de caminhão para uma loja de luminárias. Tive sorte, arrumei um lugar legal na Kingsley Drive, uma máquina de escrever e conseguia chegar em casa todas as noites, só que em vez de jantar eu tomava dois ou mais fardos de seis cervejas. Logo me descobri escrevendo algo muito estranho: poesia.

Mantendo a concisão: um casamento veio e se foi. Meus poemas saíram em centenas de pequenas revistas, mas isso aconteceu com todo mundo, como limpar seus rabos ou trocar a arruela de uma torneira que pinga. As guerras e os anos se seguiram, e também as namoradas insanas e os empregos, tolos e insanos. Como alguém repassa duas ou três décadas de desperdício? Num estalar de dedos. É fácil. Os anos estão aí para serem desperdiçados.

Graças ao meu jeito de louco quando bebo acabei por me tornar o maluco da cidade. Um professor universitário me convidou para ir a sua casa e depois de um belo jantar, com vinho que não parava de jorrar, se iniciou uma discussão sobre arte e poesia, que são duas coisas que em geral me desagradam. Foi quando me levantei e arrebentei com seu closet chinês e, não sei bem como, isso foi creditado como o ato de um gênio. Tal estupidez me garantiu um trabalho como colunista para um jornal alternativo. E era como se eu tivesse me esquecido de John Bante. Mas de fato eu não o esquecera. Eu o havia extraviado.

Então aí pule alguns anos perdidos... Arrumei um emprego noturno no correio, de atendente, e, depois de onze anos e meio, esse trabalho – como qualquer trabalho fará – estava me matando. Eu estava virado numa pilha de nervos. Meu corpo combalido, um calafrio de agonia. Não conseguia mais mexer meu pescoço. Se alguém tocava em mim, rajadas de dor varriam meu corpo. Nenhum dos outros atendentes tinha consciência disso. Eu era o cara bacana, o bufão, conversava com os caras mais malvados e ficava nessas conversas furadas todas as noites, e geralmente eu ganhava na garganta, mas tudo não passava de uma proteção, de uma cortina de fumaça: eu estava morrendo.

Certa noite, dirigia para casa, depois das costumeiras três horas e meia de horas extras. Havia recebido uma série de multas e já recebera um aviso do departamento de trânsito de que estavam considerando caçar minha carteira. Os policiais me mantinham amedrontado. Então tive que fazer uma curva para a esquerda. Não tinha pisca-pisca no meu antigo carro. Movi meu braço direito, com alguma dificuldade, em direção à janela para sinalizar que dobraria à esquerda. A dor me atacou como se tivesse sido liberada por uma torneira. E percebi que o máximo que conseguiria mover meu braço seria suficiente apenas para colocar uma parte da minha mão para fora da janela. Apenas a mão, nada do braço. E me vi fazendo isso como se eu fosse duas pessoas – uma que assistisse à outra. Ergui um dos dedos daquela mão na direção da noite, um dedinho de nada, e com a outra mão girei o volante para fazer a curva para a esquerda. E então comecei a rir, tudo aquilo era estúpido demais, estava deixando com que me matassem. Mas a risada foi boa, daquelas que aliviam a gente. E então, enquanto seguia guiando, intuí que precisava dar o fora. Sabia que qualquer vagabundo favelado, que dormisse num beco, levava uma vida melhor do que a minha, que eu era um dos maiores idiotas que já pisara na face da Terra. Era uma noite a ser lembrada. E ainda que esta seja a história de John Bante, não creio que haja maneira de contá-la sem acrescentar alguns desses fatos. Bem, acrescentem aí alguns dias ou semanas e uma curiosa sorte me alcançou: um homem estranho e careca, J. K. Larkin, que viria a ser meu futuro editor, me ofereceu uma quantia fixa pelo resto da *vida*, escrevesse ou não, para largar o correio. Aceitei e livrei meu rabo de lá... Fazia tanto tempo desde que eu batera à porta de Bante e que aquela velha enrolada no cobertor me mandara para aquele lugar...

*

Eu tinha uma janela que dava para a rua e terminei de escrever meu primeiro romance em dezenove dias. Podia encher a cara à vontade e não precisava dar satisfações no serviço, agora era meu patrão. Ali eu estava, aos cinquenta anos, um escritor profissional, talvez. Lia meus poemas em diversas universidades, bêbado, batendo boca com a plateia. Meu treinamento com os caras da pesada no correio estava valendo a pena. Era quase impossível me insultar e eu contra-atacava com enorme eficiência. As Artes eram um pão-doce, uma mamata.

Coloquemos mais uns anos na conta. Progredi. As mulheres chegavam, eu pulava na cama com elas, saía da cama, brigava com elas, era terrível e incomum para mim e elas eram mais espertas do que eu, sabiam como lutar no corner, me enganavam, me encurralavam, mas eu arrumava um jeito de seguir escrevendo. Meu sucesso estava quase todo na Europa, por meio de traduções. Nos Estados Unidos, seguiam as histórias de que eu espancava minhas mulheres, odiava homossexuais e que era um cara hediondo e uma pessoa horrível. Os dândis da universidade me passavam o serviço. Um estudante apareceu certa noite e, após algumas cervejas, me disse:

– Meu profe diz que você é um nazista e que venderia sua mãe por um níquel.

– Isso não é verdade – eu lhe disse –, minha mãe está morta.

Deixemos tudo como está. Continuei escrevendo e a sorte não me abandonou. Agora estamos chegando perto. Meu editor, Larkin, leu uma entrevista que eu dei não sei onde em que falava de minhas influências: Céline, Turguêniev e John Bante.

– Bante? – ele me telefonou – Já o ouvi mencionar o nome antes nos seus textos, mas achei que fosse invenção sua, sabe, uma piada.

– Não, ele está lá.

– Lá aonde?

– Deve estar ainda na biblioteca. Não sei. Espero que sim. Há apenas seus primeiros livros. Parece que já não escreve mais. Talvez esteja morto.

– Ele é tão bom assim?

– É o melhor.

– Por que ninguém nunca fala dele?

– Me diga você. Se encontrar os livros dele, comece por *Sporting Times? Yeah?*

Algum tempo se passou. Uma mulher tentou me matar. Fracassou. Então naquela noite o telefone tocou, ela adorava teledramatizações, e eu atendi e disse:

– Escute aqui, quero que você fique FORA da minha vida!

– Aqui é o Larkin – ouvi.

– Ah...

– Escute, li *Sporting Times*. É realmente poderoso! Vou republicá-lo!

– Ótimo. Ótimo...

– O livro original vendeu 632 cópias. Bante ainda está vivo e mora em Malibu...

– Malibu? Oh, oh...

– Ele entrou para a indústria cinematográfica...

– Caralho...

– Era a Depressão, ele tinha que sobreviver. Você sabe bem como foi. É preciso perdoá-lo.

– Claro. Não se pode escrever se você está morto.

– E a maioria de nós não consegue escrever de outro jeito. Seja como for, vou republicar o livro e achei que talvez você quisesse escrever o prefácio.

– Amanhã estará no correio.

– Ótimo!

Aí estava: um dos grandes romances de nosso tempo prestes a ser retirado das trevas em que esteve imerso por mais de quarenta anos depois de eu ter, com muita sorte, puxado o volume daquela prateleira. Avancei em direção à máquina de escrever para pronunciar o milagre de uma época, sentindo-me bem com a bondade que estava por vir apesar de tudo.

O telefone voltou a tocar.

– Alô – eu disse.

A voz veio num tom monótono, cada palavra medida, sem qualquer alteração de registro. Era como uma gravação: não havia paixão, apenas esta finalidade certeira a cumprir:

– Tentei matar você, mas não estou certa de que não vou tentar de novo.

– Mas a gente tinha chegado a um acordo, que se eu não desse queixa na polícia, você ia parar com esse tipo de coisa.

– Não posso ter certeza de nada – ela disse. – Será que você não consegue entender isso?

Ela desligou.

Sporting Times? Yeah?

Afastei-me da máquina, dei a volta ao redor da cozinha e me servi uma dose caprichada...

*

Escrevi o prefácio para *Sporting Times*. Saiu fácil. Depois o li. Percebi que ao admitir que John Bante era uma grande influência da minha escrita talvez pudesse ter um efeito deletério sobre a minha própria obra, como se parte de mim não fosse mais que uma cópia em papel carbono, mas não dei a mínima. É quando você esconde as coisas que acaba sendo sufocado por elas. Coloquei o prefácio no correio, enviando-o para Larkin, que morava em Santa Barbara. Larkin era um desses caras que se envolvia com as coisas. Assim que recebeu a carta, ele me telefonou.

– O prefácio está bacana. Sabe, estive falando com a Mary Bante, a esposa de John. Ela disse que John quer conhecer você.

– Jesus Cristo!

– Há umas complicações. Ele tem um quadro avançado de diabetes. Está cego e já sofreu amputações, tiveram que cortar boa parte de suas pernas.

– Não sabia que diabetes levava a isso...

Foi tudo que consegui dizer. Lá estava John Bante, provavelmente o melhor escritor do mundo, deitado num leito, cego e mutilado!

– Isso não acontece muito hoje em dia. A doença o consumiu antes que essas técnicas modernas pudessem ajudá-lo.

– Puta que pariu...

Lembrei-me então do conto que Bante havia escrito em que seu pai sofria da mesma coisa, e de como havia ignorado as recomendações médicas e bebido até morrer.

– Os médicos dizem que ele não tem muito tempo. Mary diz que ele adorou seu prefácio. Ele está começando um novo romance...

– Espere, como ele...

– Está ditando o texto para Mary.

– Puta que pariu...

– De todo modo, ele quer vê-lo. Tenho o número deles aqui...

O termo "vê-lo" não se encaixava muito bem à situação. Mas eu estava com o telefone. Fiz a ligação. Mary disse que a reedição de *Sporting Times* havia sido muito reconfortante para John.

– Mas ele tem que voltar para o hospital agora. Se você quiser vê-lo vai ter que ser por lá.

– É claro que eu quero vê-lo. Esperei quarenta anos para vê-lo.

Marcamos um dia e um horário e segui as instruções para chegar até lá. Sou uma dessas pessoas sem senso de direção, dessas que conseguem se perder num supermercado. Por sorte, estava vivendo com uma mulher legal, Alta. Mostrei a ela as instruções.

– Alta, querida, você acha que pode me ajudar a encontrar esse lugar?

– Claro.

– Não se importa de ir comigo?

– Claro que não. Gostaria de conhecer o John.

Ela já ouvira falar bastante de Bante durante minhas bebedeiras. De como o mundo era estúpido por não conhecer os seus livros. De como o mundo era estúpido por prestar honrarias a caras como Mailer e Capote e Bellow e Cheever e Updike quando um simples parágrafo de John Bante podia dizer muito mais com sua deslumbrante simplicidade.

Os melhores nem *sempre* são reconhecidos, seja na literatura, na música, na pintura, nas atuações, na política ou onde quer que seja. Isso não era nenhuma novidade nos séculos de humanidade.

– Legal – eu disse a Alta. – Vamos juntos.

*

Ele estava no Motion Picture Hospital, um nome esquisito. Quando os filmes haviam começado, pensavam neles como imagens em movimento. O hospital recebia atores, diretores, roteiristas, cinegrafistas, qualquer um que tivesse trabalhado para a indústria cinematográfica por algum tempo. Costumavam chamar o lugar de Hollywood, só que Hollywood não estava mais lá. Hollywood agora não era mais do que uma favela.

De qualquer maneira, estacionei e Alta e eu saímos. O prédio tinha apenas um andar e parecia bastante tranquilo. A maioria dos quartos tinha apenas um paciente. O que era uma beleza. Boa parte da minha vida em hospitais foi em quartos escuros e repletos de leitos, mais parecendo uma espécie de enfermaria improvisada no porão de uma igreja após um ataque aéreo.

Recebemos as instruções para chegar até o quarto e as seguimos, parando junto à porta, quando uma mulher saiu dali. Era magra, graciosa, triste.

– Chinaski? – perguntou.

– Sim, Mary – eu disse. – Esta é Alta.

– Ele está dormindo – disse Mary.

– Não vamos acordá-lo – disse Alta.

Caminhamos até o refeitório ou até a cantina ou o que quer que fosse aquele lugar e tomamos um café.

– Os médicos lhe deram seis semanas no máximo. Ele preferia estar em casa, mas terão que operá-lo. Precisam cortar mais um pedaço. Das pernas.

Jesus, quanto ainda teriam de cortá-lo? Para ganhar mais seis semanas?

– Li para ele alguns de seus textos e ele gostou – Mary disse.

– Obrigado.

Um paciente entrou caminhando, começou a girar falando consigo mesmo. Pegou uma xícara vazia de café e começou a falar dentro dela.

– Deus usa meias verdes – ele disse. – Deus tem nove cabeças e nada no meio das pernas. Seu esporte predileto é o basquete...

Então depôs a xícara e se afastou.

– Esse é aquele ex-ator muito famoso, V. M... É inofensivo.

V. M.? Aquele era V. M.? O belo e jovem escravo que havia posto abaixo o templo, soterrando os pagãos, depois de ter matado os leões?

– Talvez John já esteja acordado – sugeriu Mary.

– Podemos vir outra hora – disse Alta.

– Não custa a gente dar uma olhada – disse Mary.

Retornamos na direção do quarto. Mary pressentiu que ele estava acordado.

– John, você tem visitas...

Ali estava aquele sujeito pequeno, debaixo do lençol. Não havia sobrado muita coisa das pernas. Haviam deixado ao menos os braços e as mãos, que pareciam muito pálidas. Mas seu rosto estava ótimo, lembrava o de um pequeno buldogue. Havia muita tenacidade nele. Uma palavra gentil seria "coragem".

Tomei sua mão.

– Olá, John, sou Chinaski. E esta aqui comigo é Alta.

Alta tomou-lhe a mão.

– Olá, John, estamos contentes em ver você. Se houver algo que possamos fazer, estamos ao seu dispor.

Mary ajeitou os travesseiros sob sua cabeça.

– Escute – ele pediu –, será que alguém pode abrir um pouquinho a janela? Está muito quente aqui.

Alta se levantou e abriu uma fresta da janela.

– Procurei por você por muito tempo, John, quarenta anos. Costumava ficar pelos arredores de Bunker Hill, passando fome, como você tinha feito.

– Sua voz é macia – ele disse –, mas aposto que você pode ser um cara durão se quiser.

– Pode apostar – disse Alta.

Segui em frente, dizendo a Bante como tinha localizado o hotel, de como fora até seu quarto e batera na porta. Contei a ele sobre como desci do funicular e do aspecto que tinha o hotel.

Ele sorriu.

– Você foi ao lugar errado.

– Como assim?

Bante deu uma risadinha.

– Eu vivia no hotel uma parada acima.

– Bem, agora nos encontramos...

– Sim, é verdade...

– Nos desencontramos por um bocado de tempo...

– Sim, minha desastrosa carreira em Hollywood.

– Tenho certeza de que você escreveu muita porcaria.

– Um homem precisa sobreviver... É isso aí – e sorriu.

– Podemos lhe servir um copo d'água ou algo assim? – perguntou Alta.

Alta tinha um senso prático das coisas bem melhor do que o meu.

– Sim, alguém poderia me acender um cigarro?

Mary tirou um cigarro do maço e o colocou na mão de John. Levou o fumo até a boca e Mary o acendeu com um fósforo.

John inalou.

– Obrigado.

– E que tal sua passagem por Hollywood, John?

– Aquilo que se pode imaginar. Cada escritor tinha o seu próprio estúdio. Recebíamos salário. Não havia muita coisa para fazer. “Avisaremos quando precisarmos de você”, eles diziam. Os meses se passavam. Faulkner esteve ali um tempo. Ele simplesmente entrava em seu estúdio e ficava bebendo. Bebia o dia inteiro. Não falhava nunca. Ao final de cada dia tínhamos que arrastá-lo de lá e colocá-lo num táxi. Recebíamos salários para não fazer nada, apenas para estar à disposição. Era como se nos tivessem castrado e nos colocado para pastar. Era como ser pago para esquentar a bunda nos bancos do inferno.

– Você ainda escreveu aqueles livros, John, ninguém mais conseguiria ter feito isso.

– Não fiz o suficiente – ele disse –, eu desisti.

– Foi o suficiente.

– Precisa ver como Hank fala de você – disse Alta.

(Eu era Hank. Sentado ali.)

Houve então um momento de silêncio. Alta se estendeu e pegou a mão dele.

– Você é uma ótima garota – ele disse. – A sorte de Hank.

– Sim – eu disse.

Logo John voltou a falar.

– Há esse médico jovem e janota. Ele vem aqui, me olha e diz: “Muito bem, acho que está na hora. Vamos ter que *podar* mais uma parte de você, meu velho!”. É assim que ele diz: “podar”. Dá para acreditar? “Podar”, como uma árvore. E é isso. Não tenho como gostar do camarada.

– Filho da puta – eu disse –, vou encher esse cara de porrada!

Exalou uma baforada.

– Tudo bem, Hank, não se incomode...

Então Bante pôs o cigarro de lado. Sua mão ficou ali parada. Ficamos todos em silêncio. O cigarro começou a queimar seus dedos. Mary se esticou e tirou o cigarro.

– Ele voltou a dormir. É melhor vocês irem. Ficarei mais um pouco. Vocês não têm ideia do quanto isso significou para ele, vocês virem até aqui.

– A gente volta, Mary...

Pegamos a autoestrada bem na hora do tráfego da saída dos trabalhos. Aquilo não parecia importar. Alta e eu não falamos muito. Era óbvio: o que acontecia com as pessoas, com as pessoas boas, com as pessoas más, até mesmo com as pessoas terríveis não parecia justo. Mas "justo" não passava de uma palavra no dicionário. Seguimos entre as máquinas de metal de uma vida aprisionadora em um mundo aprisionador.

*

John Bante foi submetido a mais uma operação, outra operação. Haviam começado o processo todo ao lhe cortarem um pé, depois o outro. Depois foram seguindo pernas acima. Creio que ele teria morrido caso não se submetesse a esses procedimentos, mas esta escolha não me parecia muito melhor do que a primeira.

Mary me ligou dizendo que ele estava de volta em casa e que gostariam que fôssemos jantar com eles.

– Vamos beber um pouco de vinho – ela me disse. Marcamos uma data.

Quando chegamos, Bante já estava sentado à mesa. Estava na cadeira de rodas. Aquilo foi muito mais agradável do que vê-lo estendido sob um lençol. Seu filho, Harry, e a mulher dele, Nana, também tinham comparecido. Mary nos apresentou. Sentamos e Mary nos serviu de vinho.

– Vou tomar um cálice com você, Chinaski – disse John.

– É uma honra...

Erguemos as taças.

– Que tal o gosto, Chinaski?

– Está ótimo, Bante.

– Harry e Nana têm lido seus livros. Agora estão viciados.

– Recebi meus ensinamentos de um mestre, um tal John Bante.

– Você teria conseguido, de um jeito ou de outro.

– Tomei emprestado parte do seu estilo. Mas, diabos, nossos conteúdos são diferentes, John. Você escreve como uma boa alma; eu tenho um lado mais cretino.

– Você está certo. Tome um pouco mais de vinho. Mary, cuide para que Chinaski seja bem servido.

Em seguida, Mary, auxiliada por Nana, trouxe o jantar. Nana havia feito a comida. O jantar foi preparado com capricho. Comemos sem alarde, fazendo breves comentários. Então terminamos e mais vinho foi servido.

– Vou tomar mais um cálice com você, Chinaski! Esta é minha grande noite!

– Mas tem que ser o último mesmo – disse Mary.

– Ouvi dizer que vocês circulam ali pelo *Musso's* – disse John.

– Costumávamos ir lá uma vez por semana quando morávamos para aqueles lados – disse Alta. – Agora que estamos em San Pedro, não vamos tão seguido.

– Vocês deviam tentar o *Chasen's* – disse Bante.

– Muito chique para mim – admiti.

John estava na segunda taça de vinho. Era como se ressurgisse. Achei isso ótimo. Eu podia sentir a vida retornando ao seu corpo.

– Eu ia muito ao *Musso's*. Certo dia, estava sentado numa mesa quando meu escritor favorito entrou. Big Red. Você sabe quem era Big Red?

– Não...

– Sinclair Lewis.

– Jesus Cristo! – Mas eu não disse mais nada além disso. Sinclair Lewis não estava na minha lista.

– Ei, o que é isso que você está fumando? Tem um cheiro engraçado!

– É um cigarro que vem da Índia. Não tem nicotina, mas vai muito bem com vinho.

– Posso fumar um?

Olhei para Mary. Ela me acenou um "sim". Acendi um e coloquei-o em sua mão. Alta fez a volta com um cinzeiro.

– Aqui está o cinzeiro, John. Consegue sentir?

– Sim, obrigado. Como eu ia dizendo, estava lá sentado e Big Red entrou. Veja bem, era como enxergar um Deus, está entendendo?

– Sim, claro – respondi.

– O que importa é que ele sentou numa mesa com essas duas mulheres e eles fizeram o pedido. Eu era só um garoto, sabe, e estava ali... sentado no mesmo ambiente que Sinclair Lewis... Trouxeram-lhe uma garrafa de vinho e ele e as mulheres beberam. Ali estava ele, sentado tão perto, Big Red. Parecia uma coisa impossível. Não queria incomodá-lo. Tentei me conter, mas não consegui. Eu estava lá sozinho. Tinha um caderno comigo e fingia trabalhar num roteiro de cinema. Mas odiei aquilo. Havia muitas páginas em branco. Arranquei uma delas e caminhei na direção de Sinclair Lewis. Parei diante de sua mesa. Ele falava com uma das mulheres... Acho que o cigarro indiano apagou...

Alta se levantou e reacendeu o cigarro com o isqueiro.

– Qualquer coisa apagam, sabe, é que não têm produtos químicos.

– Obrigado, Alta... Mas como eu ia dizendo, fiquei ali parado e disse: "Me perdoe, sr. Lewis..." Ele olhou para cima. As mulheres também me olharam. "Sou escritor. Meu nome é John Bante. Há muito tempo que o senhor é meu escritor favorito. Não quero, de modo algum, incomodá-lo, mas aqui estou. Gostaria de saber se o senhor me daria seu autógrafo nesta folha de papel?”

Houve uma pausa. John tomou o último gole de seu vinho. Era como se ele estivesse de volta ao *Musso's*, plantado diante da mesa de Big Red. Então continuou:

– Sinclair Lewis agiu como se eu não estivesse ali. Ignorou o pedaço de papel que eu lhe estendia e começou a conversar com as mulheres novamente.

– Mas que filho da puta!

– Voltei para a minha mesa e fiquei pensando no que tinha acontecido. Quanto mais eu pensava, pior me sentia. Big Red me dera um gelo. Chamei o garçom e paguei minha conta. Então voltei até a mesa de Lewis. Ele olhou para mim. “Escute, seu merda, sou publicado pela mesma editora que você. Talvez L. H. Renkin ficasse feliz em saber o cretino que você é!” Então caminhei em direção à saída. Dei uma olhada para trás e vi que ele se levantava da mesa para me seguir. Saí em direção à rua de trás, pulei no meu carro e me escondi. Vi quando ele surgiu correndo, à minha procura. Ele parecia aterrorizado. Mas não tinha jeito de ele me achar. Ficou parado por algum tempo, depois voltou para dentro. Tinha feito ele se borrar nas calças!

*

Francamente, não gostei da história, pareceu-me uma simples disputa de vaidades. Mas consegui ver a decepção de Bante em relação a seu herói, e também foi bom ver Bante se esquecer de sua cegueira e de que não possuía mais suas pernas.

– É uma história engraçada – eu disse. – Chegou a falar com L. H. Renkin sobre isso?

– Não... não, claro que não...

O cigarro indiano havia se apagado e eu o apanhei de sua mão.

– Sirva um pouco mais de vinho ao Hank – ele disse. – Sei que Hank é chegado num vinho. Mary me leu seus livros...

– Estou bem por ora, John, tudo certo...

– Que tal o vinho?

– Está ótimo. Não se preocupe comigo. Estou muito feliz de estar aqui.

– Eu também – disse Alta.

– Alta, cuide bem dele, sim? Ele precisa de ajuda...

– Pode deixar, John, vou cuidar dele...

Bante ficou ali sentado por alguns momentos. Sua cara de pequeno buldogue pareceu ceder um pouco.

– Estou cansado, sabe... Vocês me dariam licença?

– Claro, John...

Mary fez a volta e pegou a cadeira de roda pelos suportes e a afastou da mesa, a fim de levá-lo para o quarto.

– Boa noite, John – dissemos cada um de nós.

Mary o empurrou na direção do quarto. Ficou por lá algum tempo, depois retornou.

– Você não tem ideia do que tudo isso significou para ele, ter os livros redescobertos, encontrar pessoas que se importem com ele. Todo mundo parecia tê-lo abandonado desde que a doença começou a evoluir. Pessoas que conhecemos há anos simplesmente desapareceram. Foi como se ele tivesse saído do páreo e ninguém mais mostrasse qualquer interesse.

– Este deveria ser o momento em que as pessoas deveriam mostrar interesse – disse Alta.

– Não é assim que funciona – disse Harry.

– Tem sido como uma espécie de bloqueio espiritual – disse Nana –, como se já o tivessem enterrado...

Mary serviu um pouco mais de vinho. Olhou para mim.

– Você escreveu uma carta para ele. Às vezes ele me pede para relê-la...

– Ah, diabos – eu disse. – Sou mesmo um miserável...

– Não, Hank, essa carta realmente ajudou.

– Não se tratava de compaixão. Disse apenas o que era verdade.

– Ele está escrevendo um novo romance. Já deve ter umas sessenta páginas, e está bom e divertido...

– John sabe escrever – eu disse –, ele é muito melhor do que Big Red.

– Está gostando do vinho? John descobriu a marca que você gosta. Insistiu em que fosse esta.

– Bem que achei o gosto familiar.

Então veio um uivo do quarto dos fundos. Não era o uivo de uma criatura humana. Era o uivo de um lobo ferido que morresse na neve, perdido na escuridão e sem ninguém ao seu redor. Mary pulou da cadeira e correu para os fundos.

Esperamos. Harry voltou a encher as taças. Não havia nada a dizer. Bebemos em silêncio por alguns minutos, até que Mary retornou.

– Escutem – eu disse –, foi uma noite maravilhosa. Mas é melhor irmos agora. Ele está lá no fundo. Pode ouvir a gente conversar, beber, talvez rir. Ele não está aqui. Não é justo...

– Acho que ele quer ouvir vocês dois – disse Mary.

– Você acha mesmo?

– Sim.

Mary acenou em direção às paredes.

– Compramos esta casa anos atrás, quando John começou a trabalhar em Hollywood. Foi barato naquela época. Os anos se passaram e, quando olhamos em volta, estávamos cercados por milionários.

– Não há mal nisso – eu disse. – O problema é quando se herda dinheiro, pois enfraquece o caráter já que você nunca é exigido.

– O que você está escrevendo agora, Hank?

– Nada importante. O que eu escrevo jamais terá a grandeza da obra de John.

– Ainda assim, acho que você deve seguir em frente.

– Provavelmente. Não sei fazer nada além disso...

Então o uivo voltou a soar do quarto dos fundos. Mary saltou da cadeira e correu até lá.

– Pobre mamãe – disse Harry –, a vida dela também está um inferno. Desde que isso aconteceu, ela tem sido os olhos e as pernas dele. Ela o ama de um modo incondicional. Se não o amasse tanto talvez fosse mais fácil...

Depois de alguns minutos, Mary retornou. Parecia muito extenuada, como se enfrentasse um problema que nunca poderia ser solucionado... fosse com amor, paciência ou milagre. Era a humilhação derradeira contra a bondade, contra a razão. Era o que muitas vezes acontecia em lugares separados e nada funcionava. Era a total impossibilidade da agonia constante.

– Foi ótimo – eu disse –, mas agora temos que ir.

– Tudo bem – disse Mary.

– Diga a John que ficamos felizes em vê-lo – disse Alta.

*

Alta dirigiu na volta. Eu havia recebido recentemente uma multa por dirigir embriagado. Seguimos pela costa até Santa Monica. Lá estavam o oceano e as areias na escuridão. Não havia lua. Lá estavam os peixes. Os faróis dos automóveis cruzavam por nós. Seguíamos as lanternas traseiras vermelhas. O inferno ficava logo à frente, abaixo do céu, estendendo seus braços. Poucos enxergavam isso agora, mas acabariam por enxergar.

Fiquei escutando o motor, tentando obter alguma salvação a partir deste som. A caminho de Santa Monica, palmeiras altas começaram a surgir à direita. Aquelas palmeiras que John Bante, o garoto do Colorado, tanto mencionara em seus textos. Num momento de fraqueza, saquei a rolha do vinho, passei a garrafa para Alta. Tomou um gole, como uma profissional, olhando direto para a estrada, devolveu-a para mim...

Bante acabou por concluir o romance. Digo, ele saiu do hospital após a operação e o ditou a Mary, que se ocupou de datilografá-lo. Talvez John estivesse de olho no tempo. Recebi uma cópia do original e era uma leitura agradável. Não era *Sporting Times*, mas para um homem cego, sem as pernas, funcionava superbem. Mesmo para um homem inteiro teria sido um ótimo trabalho. Fiquei feliz quando Larkin me disse que iria publicar o livro. E também alguns de seus primeiros textos. Bante havia ressurgido das trevas. *Sporting Times* vendeu bem e as críticas foram excelentes. Os críticos estavam impressionados com o fato de este homem ter permanecido nas sombras por todas essas décadas. *Sporting Times* estava sendo traduzido para ser editado na Alemanha. E Bante chegou mesmo a cogitar mentalmente a possibilidade de *outro* romance.

Acho que uma ou duas semanas se passaram, não, talvez mais, umas três semanas, me perdoem. De qualquer forma, recebi um telefonema de Mary numa manhã de ressaca.

– Ele voltou para o hospital, Hank...

– Outra operação?

– Sim...

Caralho, pensei, quanto ainda podem cortar? O que ainda lhe resta?

Peguei o número do quarto e fui com Alta até lá...

Ao chegarmos, Bante estava sozinho no quarto. Parecia estar dormindo. Podia ver sua respiração. Fomos em busca de um café.

Ao retornarmos, havia uma enfermeira por ali, uma daquelas faceiras, que já viram tanto o sofrimento dos mortos e dos moribundos que tudo se tornou quase uma brincadeira. Recebeu-nos com um sorriso por sobre o ombro:

– Só um pouquinho, o bebê está tomando sua injeção.

Aguardamos do lado de fora. Então ela apareceu, ainda sorrindo:

– Muito bem, docinhos, ele é todo de vocês!

Entramos.

– Olá, John, é o Hank e a Alta.

– Odeio aquela enfermeira – ele disse –, ela consegue ser tão sensível quanto um besouro japonês.

– Trouxemos flores – disse Alta. – Acho que você não pode ver, mas pode sentir o cheiro delas. Aqui...

– Sim, o cheiro está ótimo... Fico feliz que tenham vindo...

– Não há um vaso por aqui – disse Alta. – Vou ver se arranjo um vaso.

Ela saiu.

– Bem, Hank, como vão as coisas?

– Ia perguntar o mesmo para você, mas estava com medo da resposta.

– Bem, como pode ver, o dr. Lop não deixa nunca de afiar suas facas.

Me sentei.

– Precisa de água, cigarros? Esvaziar a comadre.

– Não, está tudo certo...

– Isto aqui é pior do que o inferno.

– Gostaria de estar em casa. Não consigo trabalhar aqui.

– Imagino. Mas escute, andei pensando sobre uma coisa...

– O quê?

– O que aconteceu com aquela maravilhosa Carmen em *Sporting Times*? Ela realmente desapareceu no deserto?

– Não. Ela voltou. Depois acabou se revelando uma desgraçada duma lésbica! – ele riu.

– Puta que pariu!

*

Alta retornou com as flores no vaso.

– Que tipo de hospital é este? Foi uma luta encontrar um vaso.

– É um circo – disse Bante. – Nesta manhã estava por aqui um cara que costumava fazer o papel de Tarzan, ele corria ao longo dos corredores dando o seu grito das selvas. Por fim, conseguiram levá-lo de volta para o quarto. Ele é inofensivo. Mas acho que fez com que todos nos sentíssemos melhor. Fez a gente lembrar o passado, quando todos estávamos na ativa...

– Ele já entrou aqui?

– Sim, mostrei a ele os meus cotocos e o pobre saiu correndo... Talvez seja melhor estar aqui mesmo. Se estivesse em casa, Mary teria que ficar sentada com uma espingarda no colo para não deixar os carregadores de lixo me levarem...

– Não fale uma coisa dessas... – disse Alta.

– O que mais me incomoda são os olhos. Não estou chorando, mas as lágrimas não param de correr. Me disseram que a única maneira de impedir isso é retirando os olhos. O que você acha, Hank?

– Não sou médico. Mas se fosse comigo, eu diria "não".

– Por quê?

– Sempre acredito na possibilidade de um milagre.

– Achei que você era o durão, o realista?

– Também sou um jogador. Vai começar um novo livro?

Até então o rosto de John estivera de um marrom-acinzentado. Ao nos fazer um breve resumo da ideia central do próximo romance, seu rosto começou a se iluminar. Até que terminou de nos falar.

– Parece bem legal – disse Alta.

– Você deveria escrevê-lo – eu disse.

Então ficamos os três em silêncio. A conversa tinha ajudado, mas também o deixara cansado. Haviam nos dito que não havia problema em conversar com ele. O que eles sabiam?

Alguns minutos se passaram. Então Bante voltou a falar:

– É estranho pensar em como todos eles sumiram, todas as pessoas com quem eu saía. Os camaradas, os bons amigos... Pessoas com as quais convivi por anos, tantos e tantos anos... Quando a doença se agravou, houve uma ou outra demonstração de apoio, mas no início, porque depois todos desapareceram. Seguiram lá no mundo deles, onde não havia mais lugar para mim. Jamais poderia imaginar que as coisas seriam assim...

– Estamos aqui, John...

– Eu sei. Isso é bom... Me fale sobre o Hank, Alta... Ele é mesmo tão durão quanto deixa transparecer nos textos?

– Que nada. É um manteiga derretida. São 110 quilos de pura manteiga.

– Era o que eu imaginava.

– Escute, John, você está com um bom argumento para o seu próximo romance. Mas por que não escreve sobre o que está acontecendo agora? Sobre como os seus amigos deixaram você na mão?

E quis acrescentar, deixando-o aí por horas, coberto por um lençol, sem as pernas, cego, abandonado, esquecido num leito de hospital. Enquanto estão por aí correndo atrás de grana ou mulheres ou homens, ou mostrando seu brilho em conversas de festinhas. Ou vidrados em televisores gigantes. Ou o que quer que essa gente faça, esse pessoal de Hollywood que só produz merda e mais merda e mais merda, mas que julgam ser a maior das maravilhas, assim como faz seu público.

– Não, não, não quero fazer isso.

John Bante, o bom moço até o fim.

– Se tem algo que vi demais nas pessoas é a amargura. É uma coisa horrorosa, como quase todo mundo acaba se tornando amargo. É triste, é muito triste...

– Você está certo, John – disse Alta.

– Estou cansado. É melhor vocês irem...

– Tchau, John...

– Tchau...

Mergulhei em meus textos, que me pareciam ir bem – com a ajuda de Céline, Turguêniev e John Bante. Mas escrever é uma coisa estranha: você nunca chega a lugar algum você pode até se aproximar, mas nunca chega. É por isso que a maioria de nós precisa seguir em frente: estamos sendo enganados, mas não podemos desistir. A insensatez é muitas vezes a própria recompensa.

Soube por meio de Larkin que Mary estava para perder a casa de Malibu. O Movie Hospital não estava disposto a cobrir o total das despesas. Os doutores Lops da vida tinham de ser pagos. As operações eram caras e eles não queriam ter que dirigir um velho Mercedes por muito tempo... No pé em que as coisas estavam, logo iam pedir a casa de Malibu. Não morrer era um luxo que ele não podia se dar. Hospitais, que deveriam ser casas de misericórdia, eram casas de negócio, somente mais uma porra de negócio.

Antes que eu pudesse fazer outra viagem até lá, e eu esperei demais, tenho certeza de que não sou muito melhor do que os amigos de John que o abandonaram, antes que eu pudesse fazer outra viagem até lá, o telefone tocou. Era Mary.

– John está morto – ela disse.

Não lembro o que respondi. Não deve ter sido nada muito bom. Me senti vazio. Acho que disse alguma coisa como, melhor assim. Você está bem?

Idiota, idiota.

Anotei o local, a hora e o dia do enterro.

Viver, morrer, ser enterrado. Aqueles que sobrevivem trocam o óleo, se lubrificam. Trepam, talvez. Dormem. Pedem por ovos mexidos, ovos cozidos, ovos moles...

Era um dia quente, encontramos a igreja, quase atrasados, a Pacific Coast Highway tinha sido bloqueada e nos vimos presos num enorme engarrafamento e a única maneira que descobri para chegar até a igreja foi seguir um carro funerário, que se revelou o carro certo.

A família estava lá e também uns poucos amigos. Me perguntaram se eu não queria fazer o discurso fúnebre, mas preferi recusar, sabedor de que não conseguiria conter as lágrimas e que aquilo faria com que todos se sentissem ainda piores. Vi Ben Pheasants por lá. Ben tinha escrito ótimos artigos sobre Bante, um dos quais saíra no *LA Times*. Tínhamos sido camaradas certa época. Mas acabei avacalhando com ele num poema.

Boa parte de nós começou a se dirigir para os automóveis. Alta segurou minha mão. Mary permaneceu na cadeira. Ao nos afastarmos, avistei o filho de John, Harry.

– Vá pegá-los, Hank! – ele disse.

– Certo, Harry...

Então, depois de dizer isso, me senti muito egoísta, mas era tarde demais. Eu sabia o que ele queria dizer, melhor, *talvez* eu soubesse o que ele queria dizer: seu pai, John Bante, havia me emprestado um jeito de fazer as coisas...

E isso era tudo, tudo o que realmente importava.

Eu havia conhecido meu ídolo. Pouquíssimas pessoas conseguem fazer isso de verdade.

Los Angeles para Li Po
por Charles Bukowski

California Magazine, junho de 1986

Bem, estando com Li Po, eu o levaria ao *Musso & Frank's* e iríamos até o bar esperar que uma mesa vagasse. Pediria por uma mesa no "velho salão", tendo Jean como garçom, se possível. Não me importo de esperar no bar, exceto nas noites de sábado ou de sexta, quando os turistas vêm em revoada. Eu escolheria um drinque com vodca e Li Po, um bom vinho tinto. Depois de conseguirmos a mesa, pediríamos uma garrafa de Beaujolais e daríamos uma olhada no menu. Eu diria a Li Po que Hemingway, Faulkner e F. Scott costumavam se empedrar no *Musso's* e que eu também, geralmente no meio da tarde, pedindo garrafas e mais garrafas ao examinar o menu, para ao cabo de tudo, em boa parte das vezes, não pedir nada.

Depois do *Musso's*, iríamos para outro lugar e continuaríamos bebendo, vinho tinto provavelmente, e fumaríamos cigarros indianos. Eu iria falar e ele escutar, e depois eu o escutaria falar. Daríamos boas risadas, e depois a noite chegaria. A não ser que quisesse escrever alguns poemas, queimá-los e lançá-los no LA Harbor.

Em qualquer cidade, bom senso e bom gosto estão menos naquilo que você vê e faz e mais naquilo que você não vê e não faz. O que está fora de nós dificilmente será tão importante quanto o que está dentro, mas, apesar desse privilégio, devemos também viver com as coisas exteriores. Li Po teria consciência disso, e assim, gastar a noite bebendo devagar seria o melhor dos mundos para nós dois. Ah, sim, sim, sim.

Olhando para um dos grandes em retrospectiva

[SOBRE EZRA POUND]

Quanto mais tempo se passa da morte de um homem, mais estamos aptos a distorcer suas forças e suas fraquezas; sua incapacidade de responder empresta bravura a nossos julgamentos. E Pound tem sido mastigado sem parar, já há algum tempo, e em seu velório deixou especialistas e acadêmicos em Pound, e esses especialistas estão mais bem preparados para lhes falar sobre E. P. do que eu. Só posso dizer a você o que experimento e sinto de um ponto de vista que pode carecer da adequada profundidade. Tendo passado grande parte da minha vida como um simples trabalhador, o melhor estudo que pude fazer foi o de mim mesmo. Seja como for, vamos em frente...

Antes de mais nada, deixe-me dizer que ao menos uma escola que Pound deixou para trás deu forma ao progresso de certa parte de nossa poesia, só que essa escola era melhor em botar banca e formar uma pequena casta do que em deixar qualquer trabalho significativo. E uma das coisas em que Ez insistia era: "Façam seu TRABALHO!". Esses garotos *falavam* mais sobre como deveria ser a poesia, escreviam ensaios críticos sobre como deveria ser a poesia. Isto terminava por consumir grande parte de seu tempo e, por fim, acabou por devorá-los. Ser consciencioso com o percurso e o caminho da Palavra pode valer a pena, se essas teorias não levarem à constipação e a restrições. Muitos dos ditos intramuros, os pequenos trocadilhos sobre "Que era o Que e o Que não" era em grande parte um monte de merda incestuosa de homens que sequer poderíamos chamar de espertos. Podemos culpar Pound de algumas coisas, mas não por ter deixado... esses caras... para trás.

E daí? Bem? Durante as agruras dos dez anos em que não escrevi quase nada nem li quase nada, e passei fome com competência, eu tinha uma espécie de piada fixa para uma mulher. Podemos dizer que essa mulher era uma prostituta de rua com quem eu estava morando há alguns anos. Eu entrava então em nosso quarto, depois daquela longa caminhada até a biblioteca do centro – para tirar então o mesmo livro, o enorme volume, e ela sempre me perguntava:

– Pegou de novo esse maldito livro?

E eu respondia:

– Sim, baby, são *Os cantos*.

E a resposta dela era sempre a mesma:

– Mas você nunca *lê* isso!

Suponho que aquilo dizia muito. Mas eu *era* capaz de ler certas partes de *Os cantos*, e ainda que nem sempre estivesse seguro do que estava lendo tinha que admirar como, de alguma maneira, ele fazia aquelas linhas correrem pelo papel num estilo elevado e elegante. Pound foi para a poesia o que Hemingway foi para a prosa: ambos tinham um jeito de incitar e excitar num momento em que não havia realmente muita coisa acontecendo. Alguns de nós podem ter a tendência de rebaixá-los, mas seria muito difícil ignorá-los. Pound deixou sua *marca*. E uma das melhores coisas que fez foi mandar sangue novo, novos grupos para uma revista então chamada *Poetry: A Magazine of Verse*. E, claro, ele escreveu *mais* do que *Os cantos*.

Se Pound era ou não antissemita, ou fascista, ou o que quer que tivesse vontade de ser já é outro tipo de debate. Os discursos por rádio que li soavam mais como a algaravia imbecil de um moleque do colegial que se considerasse brilhante – mais do que as divagações de um louco. Além disso, em muitas mentes criativas há um impulso natural de conhecer o outro lado. E um desejo de, às vezes, ficar do outro lado só para ver no que vai dar. Porque o primeiro dos lados já está aí há tempo demais, tão firme, e aparentemente tão gasto. Céline, Hamsun, outros foram pegos, a seu tempo, em atitude semelhante. E eles não foram perdoados. Numa tentativa de ultrapassar os conceitos de Bem e de Mal (se é que existem), o balanço por vezes oscila e alguém vai para o lado do Mal (supondo que exista um) porque lhe parece mais interessante – em especial quando os seus conterrâneos aceitam seguir felizes, sem pestanejar, o que lhes dizem que é o Bem (sem jamais duvidarem). De um modo geral, há uma tendência nos homens inteligentes de não acreditar naquilo que grande parte das massas acredita, e isso na maioria das vezes acaba por colocá-los na linha de fogo – outras vezes acabam com os rabos queimados, especialmente na arena política, onde os vencedores determinam qual é o lado certo.

Pound acabou se queimando, e para salvar o rabo (alma) nós o colocamos entre os lunáticos e dizemos que ele se deixou levar. Contudo, se os fascistas, se os nazistas tivessem vencido, acho que Pound teria sido um dos primeiros a se voltar contra eles, e azar do prêmio. Ele apenas foi pego do lado Perdedor e um Perdedor jamais venceu até agora num Tribunal de Crimes de Guerra.

Além disso, na América, desde o final da Primeira Guerra Mundial, a assim chamada intelligentsia, as universidades, tomaram o rumo da Esquerda (num surto especialmente gigantesco entre 1931-1947). E para um artista, dar uma guinada para a Esquerda, mesmo para a extrema Esquerda, não tem sido visto apenas como perdoável, mas muitas vezes como a forma máxima de bravura criativa.

Pound não se encaixava dentro dessa moldura espiritual.

Pois bem, mas aonde isso nos leva? Os seguidores de Pound alegam que uma obra deve ser julgada pelo que é, e que as pequenas excentricidades políticas devem ser deixadas de lado. Os que não são criadores alegam que o homem deve ser julgado como um todo. (Significando, julgado pelos padrões deles. Se estou certo, você está errado. Não é mesmo?)

Será a história dos homens formada por uma espécie acabada de bondade Humana interior, ou pela Ganância e Necessidade de Poder para se garantir? Ou por uma mistura? Não sei. Sou um daqueles indivíduos vergonhosos que estão à margem da política. Desconheço os meandros para opinar.

Tudo o que sei sobre Pound vem da leitura de seus textos. Acho que como artista ele tem um excelente senso do que é a Palavra: onde colocá-la e como. E como, e como. Ele também era um malandro e com frequência escondia o riso atrás das palmas, camuflando o quanto se divertia às nossas custas. Sempre tive a impressão de que ele sabia que muito de seu material era carne de segunda, ainda assim a elegância de estilo com a qual nos ludibriava era em si outra forma de arte.

Pound cresceu sobre a Mentira: colocou-a dentro do contexto de um alto e envolvente entretenimento. Muitas vezes ele mesmo se perdia no processo. Sua grande escrita ocasional poderia enlevar alguém; outras vezes, ela era tão fria quanto um peixe.

Poucos homens podem correr a dura linha reta. Se, para o mal, Poud é a Última Farsa, então quem você colocaria no lugar dele? Robert Lowell?

Os poetas, claro, não são os únicos a sofrer no nosso mundo, eles apenas falam mais sobre isso. E os críticos, meu amigo, os críticos são como a carne podre de uma lagosta. Perdoe-me por isso, é tudo o que eu sei, do meu modo sofrível. Basicamente, o que eu tenho a dizer é: Ezra, sim.

Sim, sim, sim, sim, sim, sim, sim, sim, sim, sim e sim.

Outra *Portfolio*

lá nos anos 40, editado por Caresse Crosby, da Sol Negro, viúva de Harry Crosby que não parava de escrever sobre suicídio e Sol Negro até que conseguiu cometê-lo numa noite com uma prostituta num hotel em Paris, seja como for, aos 24 anos enviei um conto para a *Portfolio* e fui aceito.

uns dois anos depois, estou completamente louco, tentando me tornar um escritor, estou numa cabana de tapumes em Atlanta, a 1,25 dólar por semana, sem água, sem aquecimento, sem luz.

me sinto pior do que Kafka e mais torpe do que Turguêniev, passo uma fome dos diabos, tudo o mais se foi, desamparado por meus pais – que também não tinham nada, sem um centavo no bolso, mas eu ainda tenho selos e envelopes e o velho endereço da *Portfolio* e o de Kay Boyle, escrevo a eles duas cartas de cinco ou seis páginas explicando o que sobrou de minha carne e de minha alma – ambas definhando com rapidez, e mando as cartas e espero, espero e espero, tento roubar uma maçã de uma fruteira e sou pego, estou envergonhado, nunca tinha tentado roubar antes, e eu esperei e esperei e meu aluguel de 1,25 venceu, mas permitiram que eu ficasse porque o dono do lugar estava morrendo, assim como eu, muitos Cristos e muitas cruzes, e, então, de qualquer forma, Kay Boyle nunca respondeu, aquele grande liberal, aquele grande representante dos oprimidos, nunca gostei do estilo dele mesmo, muito raso, sem arestas. tinha pedido dez pratas, com a promessa de ressarci-lo, o que teria feito, eu era assim.

de toda maneira, eis que chega uma carta de Caresse Crosby, a *Portfolio* já não existia mais, mas ela se lembrava do meu conto, um ótimo conto, ela agora vivia num castelo na Itália e dedicava sua vida a ajudar os pobres, havia muitos pobres na vila abaixo de sua propriedade e ela ficara feliz em saber notícias minhas.

não havia dinheiro dentro da carta, chacoalhei as páginas repetidas vezes no meu tugúrio sombrio, estava um frio de rachar lá fora e também do lado de dentro e ali estava eu sentado com a minha camisa californiana, muito fina, e de calças, e então rasguei o envelope e olhei em todos as dobras – nada. estariam os italianos pobres em piores condições do que os americanos, será que suas barrigas sentiam mais fome?

saí de Atlanta ao me alistar num emprego numa equipe da companhia de trem que partia para oeste e tive que brigar com todos do grupo porque não conseguia rir de suas piadas sujas e óbvias, "há algo errado com você, cara!" "sim... eu sei... só me faça o favor de tirar esse seu rabo da minha frente!"... enquanto o velho vagão de passageiros, com as janelas enegrecidas pelo pó e pela lama, me levava de um inferno para outro.

O outro

A primeira vez que o percebi, eu estava estendido na cama. A porta do banheiro se encontrava levemente aberta e lá, parado diante do espelho – ou assim parecia –, estava um homem, e este homem se parecia muito comigo "EI!", gritei. Saltei da cama e corri em sua direção. Ao chegar lá, o banheiro estava vazio – isto é, de outra pessoa. Vitimado por uma ressaca feroz, voltei para a cama. O rádio-relógio marcava 1h32 da tarde. Pensei sobre aquilo que eu tinha visto ou imaginara ver. Então lutei para me concentrar. Ainda havia tempo de pegar alguns páreos no jóquei. Comecei a me vestir...

Cheguei a tempo para o terceiro páreo. Era uma tarde de quarta-feira e não havia muita gente. Apostei ainda no terceiro, perdi, depois caminhei em busca de um sanduíche e um café.

Comecei a me sentir melhor. O jóquei era onde eu relaxava. Talvez fosse um lugar estúpido, mas não conseguia pensar em nenhum outro lugar para ir quando precisava desopilar. Sem o jóquei e alguns tragos aqui e acolá, a vida podia se tornar um tanto sombria e sem sentido.

Terminei de comer, então caminhei em direção a um bebedor. Ficava localizado no final da galeria noroeste, debaixo da tribuna de honra. Enquanto caminhava, ouvi passos às minhas costas. Não gostava que ninguém caminhasse atrás de mim. Mudei minha trajetória, mas seguia escutando o som dos passos. Então senti um tapinha no ombro, estando ainda em movimento.

– Me perdoe, senhor...

Parei e me virei. O homem perguntou:

– Poderia me dizer onde fica o banheiro masculino?

– Siga por onde veio até passar os guichês. Há ali uma escada, à direita. Basta descer.

– Obrigado – disse o homem, deu meia-volta e se foi.

Fiquei plantado, sem conseguir acreditar. O homem se parecia exatamente comigo. Devia ter inventado um papo qualquer para mantê-lo perto por mais tempo. Deveria tê-lo mantido por aqui, descobrir mais coisas. Ele já estava quase na escada que dava no banheiro masculino. Então o vi descer. Segui em sua direção.

Empurrei a porta do banheiro e entrei. Ele não estava nas pias. Caminhei até o canto e dei uma olhada no mictório. Nada. Deveria estar num dos reservados. Apenas três estavam ocupados; dava para ver as pernas pelo vão inferior das portas.

Resolvi esperar. Encostei-me na parede mais afastada e fingi estar lendo o *prognóstico das corridas*. Um pouco depois, um homem saiu de um reservado. Era um negro nanico, de macacão. Me viu olhando para ele por sobre o *prognóstico*. Parecia amigável.

– Tem alguma dica quente para o páreo? – perguntou.

– Não, nada – respondi.

Caminhou até uma pia e lavou as mãos.

Outra porta se abriu. Um velho saiu. O pobre sujeito estava terrivelmente curvado. Mal conseguia andar. Mas ele precisava do hipódromo. Estava preso. Deu um jeito de chegar até a pia e lavou as mãos.

Aquele último reservado. Assim que o cara saísse, iria confrontá-lo. Será que teria notado a extrema semelhança entre nós dois? Qual era a dele? Por que não teria mencionado nada? Quando ele me olhou, deve ter sido como se olhar no espelho.

Vi a última das portas começar a se abrir. Avancei na direção dela. Um homem saiu. Era um oriental. Eu era branco, um velho e cansado branco da Califórnia.

– Escute – comecei a dizer a ele.

– Sim, o que foi? – perguntou.

– Nada – eu disse.

– OS CAVALOS JÁ ESTÃO NO PORTÃO! – ouvi o locutor anunciar.

Saí correndo até um dos guichês. À minha frente estava outro californiano branco e cansado, e à frente dele um tipo cansado da América Central. O centro-americano cansado enfrentava problemas para se comunicar. Por fim, terminou sua aposta. Então o californiano branco e cansado pediu uma pule de dois dólares em seu favorito. Paspalhos como ele tumultuam diariamente as filas. Então ele se afastou.

Eu estava junto à janela. Despejei uma de vinte.

– VINTE PARA VENCER COM O 9! – gritei.

– O quê? – o atendente me perguntou.

Aquilo era deliberado. Ele era um sádico. Um terço dos atendentes são sádicos.

– VINTE PARA VENCER COM O 9!

Ele começou a imprimir a pule. O sinal soou, a máquina foi automaticamente desligada e os cavalos saíram pelo portão.

Recolhi minha nota de vinte e fui assistir à corrida. Era um páreo de 1.600 metros. Quando avistei a pista, o cavalo 9 tinha um corpo e meio de vantagem dos demais e estava abrindo vantagem. No meio do percurso, levava quatro corpos. Na última curva, estava a três corpos. Então começou a cansar um pouco. Quatro ou cinco cavalos foram no seu encalço. O jóquei passou a descer pesado o relho, e o 9 ainda tinha um corpo de vantagem na chegada.

Fui buscar um café. Mais tarde, ao retornar ao meu assento, o prêmio havia subido. O 9 pagava 18,70. Aquele sadista fodido me consumira 167 dólares.

Fiquei junto à pista. Caminhei por ali, em busca do homem. Não o avistei em nenhum lugar. Vi muita gente feia, alguns otários, um ou dois assassinos, mas não voltei a ver o tal sujeito. Fui embora para casa depois do oitavo páreo...

*

Estacionei meu carro e atravessei o pátio. Abri a porta e entrei. Lá estava minha namorada, Carine. Querida Carine, com seus olhos castanhos e inocentes, aqueles lábios finos, aquelas panturrilhas gordas. Estava sentada no sofá, vendo tevê. Tinha a chave. Olhou para mim.

– Achei que você tinha saído para comprar vodca. Onde está a vodca?

– De que diabos você está falando?

– Você disse que ia buscar vodca quando saiu.

– Saí de onde?

– Daqui, ora. Faz uns vinte minutos.

– Eu não estava aqui vinte minutos atrás. Passei o dia todo no hipódromo.

– Está querendo tirar comigo? – Carine perguntou. – Não se lembra do amor gostoso que a gente fez?

– Que amor?

– Ora, no início da tarde, garanhão. Você mandou bem, nunca tinha sido assim.

Fui até a cozinha e me servi uma boa dose de uísque, tomei um gole, abri uma garrafa de cerveja e voltei, sentei com a cerveja e com o uísque. Sentei numa poltrona de frente para Carine.

– Então eu peguei você de jeito, é?

– E como! Realmente não conhecia esse seu lado.

– Agora, Carine, preste atenção, olhe para mim. Eu estava vestido assim a última vez que você me viu?

– Não, pensando bem... Quando você saiu para comprar vodca, usava uma camisa branca, calças azul-marinho e sapatos pretos. Agora você está vestindo camisa amarela, calças marrons e sapatos marrons. Está muito diferente... Você mudou de roupa em algum lugar?

– Não.

– Então o que você fez?

– Não fiz nada. O cara com quem você foi para a cama não era eu.

– Ah, corta essa! – Carine riu. – Se aquele não era você, quem era então?

– Não sei.

Terminei meu uísque e tomei um gole de cerveja.

Carine ficou de pé.

– Vou embora daqui. Não gosto do jeito como você está se comportando. Quando você voltar ao normal, me ligue.

– Está bem, Carine.

Então ela se foi, saindo pela porta.

Talvez eu *estivesse* ficando louco. Mas eu *tinha* estado no hipódromo naquela tarde. Não *havia* jeito de eu ter estado em casa. Quem sabe eu não tivesse me divido em dois? Será que eu não podia estar em dois lugares ao mesmo tempo? Talvez eu só pudesse ter a lembrança de um dos lugares.

Eu precisava de ajuda. Mas não sabia aonde ir. Ninguém acreditaria em mim.

Fui ao único lugar para onde eu poderia ir: à cozinha, em busca de um novo copo.

No trajeto, me lembrei de como o homem estava vestido no jóquei: camisa branca, calças azul-marinho, sapatos pretos...

*

Várias semanas se passaram sem outras ocorrências. Voltei até mesmo a ver Carine.

A vida seguiu no seu ritmo costumeiro, monótono e fatigante. Quanto ao passado recente, concluí que tinha sofrido de uma insanidade momentânea e que havia imaginado aquilo tudo. Comecei a beber e a apostar mais pesado para me libertar o máximo possível dos processos mentais.

Os dois principais objetivos da vida, afinal, eram evitar a dor e dormir bem, estou certo?

As coisas se arrastaram até este dia em particular. Era outra quarta-feira – não, era uma quinta e eu havia tido um dia razoável no hipódromo. Estava na freeway, olhando pelo retrovisor, quando reparei neste cara que dirigia um carro verde-água, último modelo; estava na minha cola, muito próximo. Ocupava todo o meu espelho. Estava grudado no meu para-choque. Pisei no acelerador para ganhar velocidade, mas ele me acompanhou, a um palmo de mim. Bem, as pessoas estão cheias de ódio; suas vidas não seguem suas expectativas, e as rodovias são um lugar onde podem dar vazão à raiva.

Troquei de faixa para me livrar desse cara colado à minha bunda, mas ele também trocou junto e voltou a estar atrás de mim. Eu havia atraído algum tipo de psicopata.

Voltei a trocar de faixa, liguei o rádio e tive a felicidade de ouvir um Mahler. Aquilo poderia mudar minha sorte. Voltei a olhar o retrovisor. O filho da puta mudara outra vez e voltava a se grudar no meu para-choque.

Pisei no freio. Ele pisou também. Houve um pequeno choque. Ele batera em mim, ainda que de leve. Senti meu sangue ferver; correu pela minha nuca e inundou o contorno dos meus olhos. Eu estava ficando puto. Era preciso muito para me tirar do sério, mas ele ia conseguir. Não gosto de me irritar, porque quando fico puto, fico puto por muito tempo. Nunca dei muita bola para as pessoas, e, desde que me deixassem em paz, eu as deixaria em paz. Agora eu estava me emputecendo.

Olhei o espelhinho da direita e o retrovisor, então dei uma guinada rápida para a direita. Me enfiei entre uma picape e uma furgoneta. Tinha tirado o cretino da minha cola. Mas eu seguia puto. Ele seguia um pouco à frente de mim, na pista da esquerda. Vi minha chance e cruzei para a esquerda, grudando no para-choque *dele*. Agora eu ia pegar aquele merda. Vi a placa: 6DVL666.

Ele trocou para a pista da direita. Segui atrás dele.

Então ele se jogou na primeira saída da freeway. Segui logo atrás dele, grudado em sua traseira.

Vi seus olhos em seu retrovisor. Pareciam olhos assustados. Deveriam estar. Quando fico puto, viro um tigre dos infernos. Não eram poucos os camaradas que já haviam experimentado isso.

Tomou a direita no bulevar e eu o segui, para-choque com para-lama. Disparou em direção a um sinal; não havia carros na frente dele. O sinal ficou vermelho, e ele pisou no acelerador. Segui com ele. Um outro cara da transversal avançou no verde. Seu carro me acertou na passagem. Ele pisou nos freios, mas acabou acertando a parte de trás do meu carro. Dei uma meia-volta, acabei me ajeitando novamente, e segui no encalço do meu amigo. Ele tentava escapar. De alguma maneira, meu carro tinha mais fibra, e eu estava outra vez a um palmo de distância.

Eu seguiria aquele miserável até o inferno. Daria um jeito de mandá-lo para o inferno. Eu já tinha passado por muitos casamentos ruins, muitos empregos ruins, muita coisa ruim para aguentar merda de um cara como aquele.

O próximo sinal estava vermelho. Ele parou e esperou. Estávamos grudados. Por um momento cheguei a pensar em descer do carro e tentar pegá-lo. Mas sua janela estava erguida e a porta, na certa, trancada. Mas eu daria um jeito.

O sinal abriu e eu o segui. Ele cortou para uma rua interna. Segui-o. Eu era como a morte. A morte dele.

De súbito, entrou numa ruela. Segui, grudado nele. Então cometeu um erro: pegou um desvio na ruela e deu em um beco sem saída. Ele estava na minha.

Encostou em um ponto de descarga de um armazém. A frente de seu carro tocou a doca. Encostei logo atrás, pressionando o para-choque. Ele estava trancado.

Ficou sentado no carro. As janelas continuavam fechadas. Ele estava completamente parado. Era evidente que não tinha um telefone de carro para pedir ajuda.

Fiquei sentado no meu carro, pensando no que fazer.

Poderia esvaziar os pneus do carro dele. Poderia demolir tudo – o para-brisa, as janelas, a lataria. Mas eu queria era ele. Queria demolir com *ele*.

Mahler seguia tocando no rádio. Quando a sinfonia acabasse, eu chegaria a uma conclusão; eu tinha tempo. Não havia gostosas me esperando em casa.

Ficamos os dois ali sentados. Me perguntava o que deveria estar pensando. Certamente não voltaria a colar no para-choque de ninguém.

Mahler tocava e nós dois esperávamos. Então, antes de Mahler terminar, ele abriu a porta e saiu do carro.

O inesperado. Aquilo me chocou um pouco. Ele aceitava meu desafio. Mostrava, por fim, alguma coragem. Estava me chamando para a raia. Bom. Bom. Muito bom.

Saí do meu carro. Então pude vê-lo com clareza. Era *ele*, sem dúvida.

Fui em sua direção.

Ele não recuou. Tinha dois ou três metros às costas, mas não recuou.

Caminhei até ficar a um metro de distância, então parei.

– Muito bem, seu palhaço, desembucha.

– Desembucha o quê?

– Por que ficou nessa frescura comigo? O que você quer? Quem é você?

– Isso não é da sua conta.

– Você fala botando muita banca para um cara que vai ter o rabo chutado daqui até Honolulu.

– É o que vamos ver.

– É mesmo?

– É.

– Você passou dos limites quando comeu a minha menina.

– Ótima menina – ele arreganhou os dentes. – Uma bocetinha bem apertada.

Avancei, disparei uma direita. Ele se esquivou, e logo voltou a ficar reto.

– Vai ter que fazer melhor do que isso.

– E vou mesmo. Vou foder esse seu cu.

– Venha me pegar.

Me aproximei, fingi uma direita e o acertei com uma esquerda atrás de seu ouvido direito. Ele balançou a cabeça, pareceu atordoado, e então disparou uma direita que explodiu com grande força contra a minha testa. Nada mal. Mas pressenti que ele já era meu. Avancei com os dois punhos erguidos, ao estilo briga de rua. Ele recuou. Consegui acertar uns bons golpes. Mas sentia que começava a dominar e, à medida que ele golpeava menos, eu podia ver e mirar melhor. Dei-lhe um bom gancho de esquerda na boca do estômago, depois um gancho de direita em direção ao rosto. Ele caiu e rolou. Não quis chutá-lo. Fiquei parado e esperei que levantasse. Eu iria lhe dar uma surra à moda antiga, lenta e direta e brutal, uma surra da qual se lembraria não apenas enquanto estivesse acordado, mas também nas horas de sono.

Levantou-se, balançou a cabeça, cambaleou na direção do carro.

– Negativo, docinho – eu lhe disse. – Vou acabar com a sua raça.

Chegou ao banco dianteiro. Depois se voltou para mim.

Ele segurava uma pequena pistola, negra e brilhante, e não tão pequena. Eu já havia encarado uma arma antes e deixe-me contar um segredo. A primeira coisa que você nota numa arma é o buraco ao fim do cano. É um buraco fascinante. É de onde a bala vai sair. O buraco é como o olho de uma cobra à espreita de um pássaro, de um coelho, de sua presa. Pronto para tudo.

– Certo, meu camarada – ele disse –, entre no seu carro, dê a ré e eu me vou.

– Não vou dar a ré no carro.

– Quer morrer?

– Não.

– Então dê a ré na porra do carro.

– Quero saber por que você está fodendo a minha vida. Qual é a sua? O que significa isso tudo? Como é que você pode se parecer comigo mais do que eu mesmo?

– Você não está em posição de fazer perguntas.

– Puxe o gatilho, babaca, vou pegar você.

Avancei...

*

Quando recuperei os sentidos, ele já tinha partido. Meu carro estava ali. Senti o talho na minha cabeça. Ele tinha me dado um coronhaço. Havia um corte no topo da minha cabeça. O sangue escorria face abaixo. Peguei meu lenço. Mantive-o pressionado ali por algum tempo. Caminhei até meu carro. Ele havia tirado as chaves do meu bolso. Abri a porta do carro. A chave continuava na ignição. Entrei, dei a ré, retornei para a freeway.

Liguei o rádio. Tocava o "Réquiem em Ré menor", de Mozart. Apropriado...

*

Quando retornei para casa, Carine estava sentada no sofá, vendo tevê. Ela disse:

– O que é isso? Pensei que você tinha ido buscar vodca. Cadê a vodca?

– Puta que pariu – eu disse.

– Ah, você está bêbado de novo – disse Carine. – Estou dando o fora.

*

Sentei numa mesa dos fundos de um café chinês e esperei. Meu contato estava dez minutos atrasado. Talvez não aparecesse. Ele me havia sido selecionado por uma fonte confiável.

Chamei o garçom e pedi mais uma cerveja.

– E me veja também um *chow mein*. Um *chow mein* de camarão.

Ele se foi e logo retornou com a cerveja. Tomei um bom gole. Nunca bebo do copo. O gosto é melhor direto da garrafa.

A porta na outra extremidade se abriu e um homem entrou. Sua aparência era bastante boa. De certo modo, esperava um cara de aspecto mais duro. Mas talvez não fosse ele, certo? Veio em minha direção. Havia um outro homem numa mesa entre nós. Ele seguiu, veio até mim, puxou uma cadeira e se sentou.

– Boa noite – ele disse.

– Tudo certo – eu disse. – Como sabia que era eu?

– Nós sabemos – respondeu.

O garçom chegou.

– Chá quente – ele disse ao garçom, que se afastou.

Inclinei-me um pouco para a frente.

– Quanto isso vai me custar? – perguntei em voz baixa.

Respondeu no mesmo tom.

– Quanto você tem em sua conta bancária.

– Dez mil.

– Vinte mil.

– Como você sabe?

– Nós sabemos.

– É muito dinheiro.

– É o preço. Está interessado?

– Sim. Você receberá um cheque quando tudo estiver terminado.

– Só recebemos em dinheiro. Em notas de cem. Não marcadas.

– Isso vai ser difícil.

– Você consegue.

– Como farei para entregar?

– Entraremos em contato.

– Você não quer um adiantamento?

– Não, receberemos tudo junto, no final. Enquanto isso, saque tudo do banco amanhã, por segurança. Entendeu?

– Sim.

O garçom chegou com o chá.

– Obrigado – ele disse ao garçom –, mas, por favor, me traga alguns limões.

O garçom se afastou.

– Como sabe que eu vou pagar? – perguntei.

– Você vai pagar, e quando nós dissermos.

Continuamos falando em voz baixa. De certa maneira, me sentia como num filme, um filme barato.

– Gosto de tomar chá com limão – ele disse –, você não gosta?

– Não. Escute, tudo o que eu tenho é o número da placa do carro dele. Como vai conseguir encontrá-lo?

– Vamos encontrá-lo. Escreva o número nesse guardanapo e deslize-o para mim.

Eu tinha uma caneta. Anotei o número e voltei a guardá-la.

– Obrigado – ele disse.

O garçom chegou com os limões.

– Obrigado – ele disse ao garçom.

Assim que o garçom se afastou, falei.

– Sabe, esse cara se parece muito comigo.

– Nós sabemos.

– Como posso saber se você não vai se enganar e atirar em mim?

– Não gostamos da palavra "atirar".

– Que palavra você quer que eu use? Que termo?

– Não use termo nenhum.

– Tem medo de que eu esteja com uma escuta?

– Não sentimos medo. E nós sabemos que você não está com escuta nenhuma.

Espremeu um dos limões no chá, depois tomou um gole. Depôs a xícara e voltou a me olhar. Eu me perguntava se ele era um homem de família.

– Quanto tempo isso vai levar? – perguntei.

– O serviço todo estará concluído em cinco dias.

O garçom chegou com meu *chow mein* e se foi.

– Não tenho cabeça para comer agora. Escute, como saberei que vocês já fizeram o serviço? E que vocês realmente fizeram o combinado?

– Você receberá uma comprovação. Temos uma reputação a zelar.

– Não consigo entender como podem localizar esse cara apenas com a referência que eu lhe dei. A cidade é grande para burro. Talvez ele nem esteja mais pelas redondezas.

– Vamos encontrá-lo. Tudo estará terminado em cinco dias.

– Ninguém nunca dá com a língua nos dentes?

– Como?

– Quero dizer, os clientes.

– Os clientes nunca falam.

Baixei os olhos para o meu *chow mein*.

– Não sei mais se quero que isso seja feito.

– Da nossa parte não há problema. Se não quiser, isso lhe custará cinco mil. Se quiser o serviço, aí são vinte.

Houve um instante de silêncio. Uns bons três minutos. O homem falou.

– Quer que o serviço seja feito. Diga agora.

– Tudo bem, vá em frente.

– Certo – disse o homem –, entraremos em contato.

Ele se pôs de pé. Olhou-me de cima.

– Droga, não chove há uns seis ou sete meses. Deve ser o efeito estufa, não acha?

– Sim, acho que eles foderam com a nossa estratosfera.

– Cretinos – disse o homem. Então ele se virou, caminhou até a porta, abriu-a e saiu, sem olhar para trás.

O *chow mein* não parecia nada bom. Terminei a cerveja, acenei para o garçom. Pedi a conta.

Resolvi não voltar àquele lugar. Não parecia ser um lugar legal.

Quatro dias depois, por volta das sete da noite, descobri um envelope enfiado sob minha porta. Abri. Havia fotos. Fotos dele. Morto. Estava estendido sobre uma poltrona estufada. Estava ereto, mas um pouco inclinado para a direita. Um pedaço da língua pendia para fora da boca. E havia um enorme furo em sua testa. Comecei a me sentir tonto. Respirei fundo em busca de ar e minha mente se aclarou. Havia oito ou nove fotos, tiradas de ângulos diferentes. Havia também um bilhete. Estava composto por letras impressas recortadas de jornais e coladas ao papel.

Queime essas fotos. Agora. E este bilhete. Faça isso. Agora.

Caminhei até a lareira e espalhei os papéis, pus fogo em tudo com meu isqueiro. Fiquei olhando as fotos e a folha queimarem. Aquilo começou a feder. As fotos, provavelmente.

Cinzas às cinzas.

Ele estava morto.

Caminhei até o quarto e me sentei na beira da cama.

O telefone tocou.

– Alô? – eu disse.

– Está com o dinheiro? – veio a voz do outro lado.

– Sim. Como faço para pagar?

– Não se preocupe com isso. Fique onde está até ouvir notícias da gente.

Ele desligou.

Coloquei o telefone de novo no gancho e me estiquei na cama.

Comecei a me sentir como se estivesse completamente coberto de limo ou de uma substância viscosa. Minha língua estava seca e eu me sentia estranho.

Eu não deveria ter feito isso. Eu poderia ter vivido com a situação. Agora tudo parece ainda pior. E jamais poderei saber o que o outro queria, o que causou a coisa toda. Então eu o vi. Será que vi? Ele se parecia comigo ali de pé, olhando para o espelho.

Dei um salto e corri até o banheiro. Não havia ninguém lá. Não havia nada lá.

Foi quando ouvi uma batida na porta da frente. Dei meia-volta e caminhei na direção da sala.

Treinamento básico

Sobre aquele comentário acerca da "linguagem" que você me pediu, tentei chegar a alguma coisa. Era uma desculpa. Minha esposa recebia convidados no andar de baixo. Eles são gente boa. Talvez. De qualquer forma, eu simplesmente caminhei até aqui e comecei a escrever. Sou um escritor, sabe. Se tiver que beber, prefiro fazê-lo junto à máquina de escrever.

– – – – – – Buk

A linguagem da escrita de um homem vem de onde ele vive e de como vive. Fui um vagabundo e um trabalhador comum por quase toda a minha vida. As conversas que eu ouvia passavam longe da erudição. E nos meus anos de vida tive muito pouco contato com pessoas ricas. Eu estava enfiado em poços fétidos. Era um pouco louco, mas era um tipo incomum de loucura porque eu a cultivava. Permitia que minha mente ficasse andando em círculos, para morder seu próprio rabo. Eu atiçava meus instintos, alimentava meus preconceitos. A solidão era meu ás de espadas, precisava dela para engrandecer minha realidade. Eu valorizava de verdade o ócio, era viciante. Estar sozinho comigo mesmo era o santuário. Certa vez numa cidade descobri um cemitério abandonado e lá eu dormia ressacado, com o sol a pino. Em outra cidade, ficava sentado horas a fio olhando para um canal sujo e fedorento, sem pensar realmente em nada. Eu precisava de horas, dias, semanas, anos para mim mesmo. Descobri todo tipo de tugúrio enquanto passava fome. Tinha a habilidade de fazer com que um pouco de dinheiro durasse muito. Sacrificava qualquer coisa em nome do tempo. E para ficar fora das tendências.

Em geral, uma barra de caramelo era o meu alimento diário. Minha despesa mais extravagante era uma garrafa de vinho barato. Enrolava meus cigarros e escrevia centenas de contos, finalizando-os à mão e à tinta. A máquina de escrever passava mais tempo no prego do que fora. Para observar a humanidade, me sentava num banco de bar e filava uns drinques. Apesar de ter mais de um metro e oitenta, eu mal chegava aos 65 quilos, encharcado de álcool. Eu era o verdadeiro Homem Magro com morcegos em seu Campanário.

Eu não estava na miséria. Quase me regozijava em minha pobreza. Passar fome só é difícil nos três primeiros dias. Depois disso você entra num estranho estágio de embriaguez. Você flutua pelas escadas, o sol se torna muito brilhante e os sons muito altos. A percepção aumenta em vez de diminuir. Feriados e eventos mundiais se tornam irrelevantes. Não sabia muito bem o que seria de mim, mas, de um modo geral, minha saúde ia bem. Estar sozinho não era um problema. O que me incomodava eram meus dentes. Eu sofria de terríveis dores de dente. Fazia o vinho circular na boca e caminhava rapidamente ao redor do quarto. Meus dentes começaram a afrouxar, podia deslocá-los com meus dedos. Às vezes um dente caía em minha mão. Uma coisa muito curiosa.

Nas bibliotecas, lia as revistas literárias (junto com outras coisas) e ficava perplexo com o que era aceito como escrita de alto nível. As páginas eram rebocadas com uma qualidade superficial para esconder a lodosa estultice interior. Não havia nada em jogo, nenhuma luz, nenhuma felicidade. Eu lia os clássicos, as obras dos que haviam sido famosos no passado e me parecia que – com raras exceções – as obras dos séculos anteriores pareciam cheias de mentiras, vaidade, fricotes e embustes.

Eu não sabia o que estava fazendo até o dia em que fiz. Passei a me fixar na direção para a qual eu deveria ir.

Voltei-me para o meu deus pessoal: SIMPLICIDADE. Quanto mais compacto e menor você se tornar, menor é a chance de errar ou de mentir. Os gênios são aqueles capazes de dizer algo profundo de maneira simples. Palavras eram balas, raios solares, palavras eram capazes de romper o infortúnio e a danação. Eu estava na batalha. Tempo para batalhar é importante.

Batalhei por décadas. E com muito pouca aceitação. Os editores em sua maioria deviam achar que eu era louco, principalmente quando recebiam aqueles longos manuscritos. Lembro que um camarada me escreveu de volta, "QUE PORRA É ESSA?". E era provável que estivesse certo.

Do meu jeito, eu era mesmo louco. Houve uma vez em que baixei as persianas e fiquei deitado por uma semana. Outra vez pude escutar:

– Helen, você conhece o cara do 3? Não há nada além de garrafas de vinho na lixeira dele. E ele fica o tempo todo no escuro, escutando música. Vou ter que dar um jeito de me livrar dele.

Coisas tais como mulheres, automóveis etc., e mais tarde aparelhos de tevê eram apenas objetos de estranha aparência para mim. Havia algumas mulheres de ocasião, em raras ocasiões, dificilmente material de primeira.

– Você é o primeiro homem que conheço que não tem tevê!

– Certo, querida, corte a papagaiada e me mostre essas pernas aí!

*

Por fim, depois de décadas em tugúrios, bancos de parque, nos piores empregos, com as piores mulheres, alguns dos meus textos começaram a se infiltrar, principalmente em revistas alternativas e em jornais pornográficos. Percebi que estes jornais eram uma boa saída: a gente podia dizer o que quisesse, e quanto mais direto, melhor. Simplicidade e liberdade afinal, entre as fotos lustrosas de nudez escancarada.

Com o tempo, comecei a me infiltrar cada vez mais, até mesmo em publicações mais respeitáveis. Cheguei mesmo a ter livros publicados. Mas creio que isso se devia ao meu estilo, ao meu método. Gostava de escarpar minhas frases, de usar risadas de trapaceiros, arrotos, peidos. Ainda hoje ofendo as pessoas, mas não escrevo para ofendê-las. Isso é muito fácil...

A mãe da minha esposa, que tem apenas dez anos a mais do que eu, veio nos visitar no ano passado. Certa noite, ao voltar do hipódromo, vi que ela estava lendo um dos meus livros.

– Eu dei para ela ler – disse minha esposa.

– Para quê? – perguntei.

Minha sogra gosta de fazer palavras cruzadas, de jogar aqueles jogos de tabuleiro de montar palavras com as letras, e seu programa de tevê favorito é uma série policial cuja investigadora é uma escritora elegante e convencional, que nunca suja as mãos.

Alguns dias se passaram.

Fomos com ela para o aeroporto.

Uma semana se passou.

Perguntei à minha mulher:

– O que sua mãe achou do livro?

Minha mulher sabia atuar bem. Dotou a voz de uma inflexão em que a indignação sibilava:

– *Por que* ele tem que usar *esse tipo* de linguagem?

Era bem provável que ela se referisse aos diálogos, mas tenho certeza de que também estava incomodada pelas frases entre eles: duras, quebradas, agitadas, estígias. Nem um pouco shakespearianas.

Eu tinha trabalhado com fé inabalável em cavernas abafadas para deixá-las assim. Sentia-me legitimado por saber que a havia desagradado. Se ela tivesse aceitado meu trabalho, isso teria sido algo temeroso para mim, um sinal de que eu tinha me tornado palatável, ao modo dos profissionais.

Eu passara por um longo e fodido processo de aprendizado.

Eu queria resistir a todas as armadilhas, para morrer junto à maquina de escrever, uma garrafa de vinho à minha esquerda e o rádio, tocando, quem sabe, Mozart, à direita.

Coleção **L&PM** POCKET (Lançamentos mais recentes)

819.**Snoopy: Pausa para a soneca (9)** – Charles Schulz
820.**De pernas pro ar** – Eduardo Galeano
821.**Tragédias gregas** – Pascal Thiercy
822.**Existencialismo** – Jacques Colette
823.**Nietzsche** – Jean Granier
824.**Amar ou depender?** – Walter Riso
825.**Darmapada: A doutrina budista em versos**
826.**J'Accuse...! – a verdade em marcha** – Zola
827.**Os crimes ABC** – Agatha Christie
828.**Um gato entre os pombos** – Agatha Christie
831.**Dicionário de teatro** – Luiz Paulo Vasconcellos
832.**Cartas extraviadas** – Martha Medeiros
833.**A longa viagem de prazer** – J. J. Morosoli
834.**Receitas fáceis** – J. A. Pinheiro Machado
835.(14).**Mais fatos & mitos** – Dr. Fernando Lucchese
836.(15).**Boa viagem!** – Dr. Fernando Lucchese
837.**Aline: Finalmente nua!!!** (4) – Adão Iturrusgarai
838.**Mônica tem uma novidade!** – Mauricio de Sousa
839.**Cebolinha em apuros!** – Mauricio de Sousa
840.**Sócios no crime** – Agatha Christie
841.**Bocas do tempo** – Eduardo Galeano
842.**Orgulho e preconceito** – Jane Austen
843.**Impressionismo** – Dominique Lobstein
844.**Escrita chinesa** – Viviane Alleton
845.**Paris: uma história** – Yvan Combeau
846(15).**Van Gogh** – David Haziot
848.**Portal do destino** – Agatha Christie
849.**O futuro de uma ilusão** – Freud
850.**O mal-estar na cultura** – Freud
853.**Um crime adormecido** – Agatha Christie
854.**Satori em Paris** – Jack Kerouac
855.**Medo e delírio em Las Vegas** – Hunter Thompson
856.**Um negócio fracassado e outros contos de humor** – Tchékhov
857.**Mônica está de férias!** – Mauricio de Sousa
858.**De quem é esse coelho?** – Mauricio de Sousa
860.**O mistério Sittaford** – Agatha Christie
861.**Manhã transfigurada** – L. A. de Assis Brasil
862.**Alexandre, o Grande** – Pierre Briant
863.**Jesus** – Charles Perrot
864.**Islã** – Paul Balta
865.**Guerra da Secessão** – Farid Ameur
866.**Um rio que vem da Grécia** – Cláudio Moreno
868.**Assassinato na casa do pastor** – Agatha Christie
869.**Manual do líder** – Napoleão Bonaparte
870(16).**Billie Holiday** – Sylvia Fol
871.**Bidu arrasando!** – Mauricio de Sousa
872.**Os Sousa: Desventuras em família** – Mauricio de Sousa
874.**E no final a morte** – Agatha Christie
875.**Guia prático do Português correto – vol. 4** – Cláudio Moreno
876.**Dilbert (6)** – Scott Adams
877(17).**Leonardo da Vinci** – Sophie Chauveau
878.**Bella Toscana** – Frances Mayes
879.**A arte da ficção** – David Lodge
880.**Striptiras (4)** – Laerte
881.**Skrotinhos** – Angeli
882.**Depois do funeral** – Agatha Christie
883.**Radicci 7** – Iotti
884.**Walden** – H. D. Thoreau
885.**Lincoln** – Allen C. Guelzo
886.**Primeira Guerra Mundial** – Michael Howard
887.**A linha de sombra** – Joseph Conrad
888.**O amor é um cão dos diabos** – Bukowski
890.**Despertar: uma vida de Buda** – Jack Kerouac
891(18).**Albert Einstein** – Laurent Seksik
892.**Hell's Angels** – Hunter Thompson
893.**Ausência na primavera** – Agatha Christie
894.**Dilbert (7)** – Scott Adams
895.**Ao sul de lugar nenhum** – Bukowski
896.**Maquiavel** – Quentin Skinner
897.**Sócrates** – C.C.W. Taylor
899.**O Natal de Poirot** – Agatha Christie
900.**As veias abertas da América Latina** – Eduardo Galeano
901.**Snoopy: Sempre alerta! (10)** – Charles Schulz
902.**Chico Bento: Plantando confusão** – Mauricio de Sousa
903.**Penadinho: Quem é morto sempre aparece** – Mauricio de Sousa
904.**A vida sexual da mulher feia** – Claudia Tajes
905.**100 segredos de liquidificador** – José Antonio Pinheiro Machado
906.**Sexo muito prazer 2** – Laura Meyer da Silva
907.**Os nascimentos** – Eduardo Galeano
908.**As caras e as máscaras** – Eduardo Galeano
909.**O século do vento** – Eduardo Galeano
910.**Poirot perde uma cliente** – Agatha Christie
911.**Cérebro** – Michael O'Shea
912.**O escaravelho de ouro e outras histórias** – Edgar Allan Poe
913.**Piadas para sempre (4)** – Visconde da Casa Verde
914.**100 receitas de massas light** – Helena Tonetto
915(19).**Oscar Wilde** – Daniel Salvatore Schiffer
916.**Uma breve história do mundo** – H. G. Wells
917.**A Casa do Penhasco** – Agatha Christie
919.**John M. Keynes** – Bernard Gazier
920(20).**Virginia Woolf** – Alexandra Lemasson
921.**Peter e Wendy** *seguido de* **Peter Pan em Kensington Gardens** – J. M. Barrie
922.**Aline: numas de colegial (5)** – Adão Iturrusgarai
923.**Uma dose mortal** – Agatha Christie
924.**Os trabalhos de Hércules** – Agatha Christie
926.**Kant** – Roger Scruton
927.**A inocência do Padre Brown** – G.K. Chesterton
928.**Casa Velha** – Machado de Assis
929.**Marcas de nascença** – Nancy Huston
930.**Aulete de bolso**
931.**Hora Zero** – Agatha Christie
932.**Morte na Mesopotâmia** – Agatha Christie
934.**Nem te conto, João** – Dalton Trevisan
935.**As aventuras de Huckleberry Finn** – Mark Twain

936(21).**Marilyn Monroe** – Anne Plantagenet
937.**China moderna** – Rana Mitter
938.**Dinossauros** – David Norman
939.**Louca por homem** – Claudia Tajes
940.**Amores de alto risco** – Walter Riso
941.**Jogo de damas** – David Coimbra
942.**Filha é filha** – Agatha Christie
943.**M ou N?** – Agatha Christie
945.**Bidu: diversão em dobro!** – Mauricio de Sousa
946.**Fogo** – Anaïs Nin
947.**Rum: diário de um jornalista bêbado** – Hunter Thompson
948.**Persuasão** – Jane Austen
949.**Lágrimas na chuva** – Sergio Faraco
950.**Mulheres** – Bukowski
951.**Um pressentimento funesto** – Agatha Christie
952.**Cartas na mesa** – Agatha Christie
954.**O lobo do mar** – Jack London
955.**Os gatos** – Patricia Highsmith
956(22).**Jesus** – Christiane Rancé
957.**História da medicina** – William Bynum
958.**O Morro dos Ventos Uivantes** – Emily Brontë
959.**A filosofia na era trágica dos gregos** – Nietzsche
960.**Os treze problemas** – Agatha Christie
961.**A massagista japonesa** – Moacyr Scliar
963.**Humor do miserê** – Nani
964.**Todo o mundo tem dúvida, inclusive você** – Édison de Oliveira
965.**A dama do Bar Nevada** – Sergio Faraco
969.**O psicopata americano** – Bret Easton Ellis
970.**Ensaios de amor** – Alain de Botton
971.**O grande Gatsby** – F. Scott Fitzgerald
972.**Por que não sou cristão** – Bertrand Russell
973.**A Casa Torta** – Agatha Christie
974.**Encontro com a morte** – Agatha Christie
975(23).**Rimbaud** – Jean-Baptiste Baronian
976.**Cartas na rua** – Bukowski
977.**Memória** – Jonathan K. Foster
978.**A abadia de Northanger** – Jane Austen
979.**As pernas de Úrsula** – Claudia Tajes
980.**Retrato inacabado** – Agatha Christie
981.**Solanin (1)** – Inio Asano
982.**Solanin (2)** – Inio Asano
983.**Aventuras de menino** – Mitsuru Adachi
984(16).**Fatos & mitos sobre sua alimentação** – Dr. Fernando Lucchese
985.**Teoria quântica** – John Polkinghorne
986.**O eterno marido** – Fiódor Dostoiévski
987.**Um safado em Dublin** – J. P. Donleavy
988.**Mirinha** – Dalton Trevisan
989.**Akhenaton e Nefertiti** – Carmen Seganfredo e A. S. Franchini
990.**On the Road – o manuscrito original** – Jack Kerouac
991.**Relatividade** – Russell Stannard
992.**Abaixo de zero** – Bret Easton Ellis
993(24).**Andy Warhol** – Mériam Korichi
995.**Os últimos casos de Miss Marple** – Agatha Christie
996.**Nico Demo: Aí vem encrenca** – Mauricio de Sousa
998.**Rousseau** – Robert Wokler
999.**Noite sem fim** – Agatha Christie
1000.**Diários de Andy Warhol (1)** – Editado por Pat Hackett
1001.**Diários de Andy Warhol (2)** – Editado por Pat Hackett
1002.**Cartier-Bresson: o olhar do século** – Pierre Assouline
1003.**As melhores histórias da mitologia: vol. 1** – A.S. Franchini e Carmen Seganfredo
1004.**As melhores histórias da mitologia: vol. 2** – A.S. Franchini e Carmen Seganfredo
1005.**Assassinato no beco** – Agatha Christie
1006.**Convite para um homicídio** – Agatha Christie
1008.**História da vida** – Michael J. Benton
1009.**Jung** – Anthony Stevens
1010.**Arsène Lupin, ladrão de casaca** – Maurice Leblanc
1011.**Dublinenses** – James Joyce
1012.**120 tirinhas da Turma da Mônica** – Mauricio de Sousa
1013.**Antologia poética** – Fernando Pessoa
1014.**A aventura de um cliente ilustre** ***seguido de*** **O último adeus de Sherlock Holmes** – Sir Arthur Conan Doyle
1015.**Cenas de Nova York** – Jack Kerouac
1016.**A corista** – Anton Tchékhov
1017.**O diabo** – Leon Tolstói
1018.**Fábulas chinesas** – Sérgio Capparelli e Márcia Schmaltz
1019.**O gato do Brasil** – Sir Arthur Conan Doyle
1020.**Missa do Galo** – Machado de Assis
1021.**O mistério de Marie Rogêt** – Edgar Allan Poe
1022.**A mulher mais linda da cidade** – Bukowski
1023.**O retrato** – Nicolai Gogol
1024.**O conflito** – Agatha Christie
1025.**Os primeiros casos de Poirot** – Agatha Christie
1027(25).**Beethoven** – Bernard Fauconnier
1028.**Platão** – Julia Annas
1029.**Cleo e Daniel** – Roberto Freire
1030.**Til** – José de Alencar
1031.**Viagens na minha terra** – Almeida Garrett
1032.**Profissões para mulheres e outros artigos feministas** – Virginia Woolf
1033.**Mrs. Dalloway** – Virginia Woolf
1034.**O cão da morte** – Agatha Christie
1035.**Tragédia em três atos** – Agatha Christie
1037.**O fantasma da Ópera** – Gaston Leroux
1038.**Evolução** – Brian e Deborah Charlesworth
1039.**Medida por medida** – Shakespeare
1040.**Razão e sentimento** – Jane Austen
1041.**A obra-prima ignorada** ***seguido de*** **Um episódio durante o Terror** – Balzac
1042.**A fugitiva** – Anaïs Nin
1043.**As grandes histórias da mitologia greco-romana** – A. S. Franchini
1044.**O corno de si mesmo & outras historietas** – Marquês de Sade
1045.**Da felicidade** ***seguido de*** **Da vida retirada** – Sêneca
1046.**O horror em Red Hook e outras histórias** – H. P. Lovecraft

1047.**Noite em claro** – Martha Medeiros
1048.**Poemas clássicos chineses** – Li Bai, Du Fu e Wang Wei
1049.**A terceira moça** – Agatha Christie
1050.**Um destino ignorado** – Agatha Christie
1051(26).**Buda** – Sophie Royer
1052.**Guerra Fria** – Robert J. McMahon
1053.**Simons's Cat: as aventuras de um gato travesso e comilão – vol. 1** – Simon Tofield
1054.**Simons's Cat: as aventuras de um gato travesso e comilão – vol. 2** – Simon Tofield
1055.**Só as mulheres e as baratas sobreviverão** – Claudia Tajes
1057.**Pré-história** – Chris Gosden
1058.**Pintou sujeira!** – Mauricio de Sousa
1059.**Contos de Mamãe Gansa** – Charles Perrault
1060.**A interpretação dos sonhos: vol. 1** – Freud
1061.**A interpretação dos sonhos: vol. 2** – Freud
1062.**Frufru Rataplã Dolores** – Dalton Trevisan
1063.**As melhores histórias da mitologia egípcia** – Carmem Seganfredo e A.S. Franchini
1064.**Infância. Adolescência. Juventude** – Tolstói
1065.**As consolações da filosofia** – Alain de Botton
1066.**Diários de Jack Kerouac – 1947-1954**
1067.**Revolução Francesa – vol. 1** – Max Gallo
1068.**Revolução Francesa – vol. 2** – Max Gallo
1069.**O detetive Parker Pyne** – Agatha Christie
1070.**Memórias do esquecimento** – Flávio Tavares
1071.**Drogas** – Leslie Iversen
1072.**Manual de ecologia (vol.2)** – J. Lutzenberger
1073.**Como andar no labirinto** – Affonso Romano de Sant'Anna
1074.**A orquídea e o serial killer** – Juremir Machado da Silva
1075.**Amor nos tempos de fúria** – Lawrence Ferlinghetti
1076.**A aventura do pudim de Natal** – Agatha Christie
1078.**Amores que matam** – Patricia Faur
1079.**Histórias de pescador** – Mauricio de Sousa
1080.**Pedaços de um caderno manchado de vinho** – Bukowski
1081.**A ferro e fogo: tempo de solidão (vol.1)** – Josué Guimarães
1082.**A ferro e fogo: tempo de guerra (vol.2)** – Josué Guimarães
1084(17).**Desembarcando o Alzheimer** – Dr. Fernando Lucchese e Dra. Ana Hartmann
1085.**A maldição do espelho** – Agatha Christie
1086.**Uma breve história da filosofia** – Nigel Warburton
1088.**Heróis da História** – Will Durant
1089.**Concerto campestre** – L. A. de Assis Brasil
1090.**Morte nas nuvens** – Agatha Christie
1092.**Aventura em Bagdá** – Agatha Christie
1093.**O cavalo amarelo** – Agatha Christie
1094.**O método de interpretação dos sonhos** – Freud
1095.**Sonetos de amor e desamor** – Vários
1096.**120 tirinhas do Dilbert** – Scott Adams
1097.**200 fábulas de Esopo**
1098.**O curioso caso de Benjamin Button** – F. Scott Fitzgerald
1099.**Piadas para sempre: uma antologia para morrer de rir** – Visconde da Casa Verde
1100.**Hamlet (Mangá)** – Shakespeare
1101.**A arte da guerra (Mangá)** – Sun Tzu
1104.**As melhores histórias da Bíblia (vol.1)** – A. S. Franchini e Carmen Seganfredo
1105.**As melhores histórias da Bíblia (vol.2)** – A. S. Franchini e Carmen Seganfredo
1106.**Psicologia das massas e análise do eu** – Freud
1107.**Guerra Civil Espanhola** – Helen Graham
1108.**A autoestrada do sul e outras histórias** – Julio Cortázar
1109.**O mistério dos sete relógios** – Agatha Christie
1110.**Peanuts: Ninguém gosta de mim... (amor)** – Charles Schulz
1111.**Cadê o bolo?** – Mauricio de Sousa
1112.**O filósofo ignorante** – Voltaire
1113.**Totem e tabu** – Freud
1114.**Filosofia pré-socrática** – Catherine Osborne
1115.**Desejo de status** – Alain de Botton
1118.**Passageiro para Frankfurt** – Agatha Christie
1120.**Kill All Enemies** – Melvin Burgess
1121.**A morte da sra. McGinty** – Agatha Christie
1122.**Revolução Russa** – S. A. Smith
1123.**Até você, Capitu?** – Dalton Trevisan
1124.**O grande Gatsby (Mangá)** – F. S. Fitzgerald
1125.**Assim falou Zaratustra (Mangá)** – Nietzsche
1126. **Peanuts: É para isso que servem os amigos (amizade)** – Charles Schulz
1127(27).**Nietzsche** – Dorian Astor
1128.**Bidu: Hora do banho** – Mauricio de Sousa
1129.**O melhor do Macanudo Taurino** – Santiago
1130.**Radicci 30 anos** – Iotti
1131.**Show de sabores** – J.A. Pinheiro Machado
1132.**O prazer das palavras** – vol. 3 – Cláudio Moreno
1133.**Morte na praia** – Agatha Christie
1134.**O fardo** – Agatha Christie
1135.**Manifesto do Partido Comunista (Mangá)** – Marx & Engels
1136.**A metamorfose (Mangá)** – Franz Kafka
1137.**Por que você não se casou... ainda** – Tracy McMillan
1138.**Textos autobiográficos** – Bukowski
1139.**A importância de ser prudente** – Oscar Wilde
1140.**Sobre a vontade na natureza** – Arthur Schopenhauer
1141.**Dilbert (8)** – Scott Adams
1142.**Entre dois amores** – Agatha Christie
1143.**Cipreste triste** – Agatha Christie
1144.**Alguém viu uma assombração?** – Mauricio de Sousa
1145.**Mandela** – Elleke Boehmer
1146.**Retrato do artista quando jovem** – James Joyce
1147.**Zadig ou o destino** – Voltaire
1148.**O contrato social (Mangá)** – J.-J. Rousseau
1149.**Garfield fenomenal** – Jim Davis
1150.**A queda da América** – Allen Ginsberg
1151.**Música na noite & outros ensaios** – Aldous Huxley

1152.**Poesias inéditas & Poemas dramáticos** – Fernando Pessoa
1153.**Peanuts: Felicidade é...** – Charles M. Schulz
1154.**Mate-me por favor** – Legs McNeil e Gillian McCain
1155.**Assassinato no Expresso Oriente** – Agatha Christie
1156.**Um punhado de centeio** – Agatha Christie
1157.**A interpretação dos sonhos (Mangá)** – Freud
1158.**Peanuts: Você não entende o sentido da vida** – Charles M. Schulz
1159.**A dinastia Rothschild** – Herbert R. Lottman
1160.**A Mansão Hollow** – Agatha Christie
1161.**Nas montanhas da loucura** – H.P. Lovecraft
1162(28).**Napoleão Bonaparte** – Pascale Fautrier
1163.**Um corpo na biblioteca** – Agatha Christie
1164.**Inovação** – Mark Dodgson e David Gann
1165.**O que toda mulher deve saber sobre os homens: a afetividade masculina** – Walter Riso
1166.**O amor está no ar** – Mauricio de Sousa
1167.**Testemunha de acusação & outras histórias** – Agatha Christie
1168.**Etiqueta de bolso** – Celia Ribeiro
1169.**Poesia reunida (volume 3)** – Affonso Romano de Sant'Anna
1170.**Emma** – Jane Austen
1171.**Que seja em segredo** – Ana Miranda
1172.**Garfield sem apetite** – Jim Davis
1173.**Garfield: Foi mal...** – Jim Davis
1174.**Os irmãos Karamázov (Mangá)** – Dostoiévski
1175.**O Pequeno Príncipe** – Antoine de Saint-Exupéry
1176.**Peanuts: Ninguém mais tem o espírito aventureiro** – Charles M. Schulz
1177.**Assim falou Zaratustra** – Nietzsche
1178.**Morte no Nilo** – Agatha Christie
1179.**Ê, soneca boa** – Mauricio de Sousa
1180.**Garfield a todo o vapor** – Jim Davis
1181.**Em busca do tempo perdido (Mangá)** – Proust
1182.**Cai o pano: o último caso de Poirot** – Agatha Christie
1183.**Livro para colorir e relaxar** – Livro 1
1184.**Para colorir sem parar**
1185.**Os elefantes não esquecem** – Agatha Christie
1186.**Teoria da relatividade** – Albert Einstein
1187.**Compêndio da psicanálise** – Freud
1188.**Visões de Gerard** – Jack Kerouac
1189.**Fim de verão** – Mohiro Kitoh
1190.**Procurando diversão** – Mauricio de Sousa
1191.**E não sobrou nenhum e outras peças** – Agatha Christie
1192.**Ansiedade** – Daniel Freeman & Jason Freeman
1193.**Garfield: pausa para o almoço** – Jim Davis
1194.**Contos do dia e da noite** – Guy de Maupassant
1195.**O melhor de Hagar 7** – Dik Browne
1196(29).**Lou Andreas-Salomé** – Dorian Astor
1197(30).**Pasolini** – René de Ceccatty
1198.**O caso do Hotel Bertram** – Agatha Christie
1199.**Crônicas de motel** – Sam Shepard
1200.**Pequena filosofia da paz interior** – Catherine Rambert
1201.**Os sertões** – Euclides da Cunha
1202.**Treze à mesa** – Agatha Christie
1203.**Bíblia** – John Riches
1204.**Anjos** – David Albert Jones
1205.**As tirinhas do Guri de Uruguaiana 1** – Jair Kobe
1206.**Entre aspas (vol.1)** – Fernando Eichenberg
1207.**Escrita** – Andrew Robinson
1208.**O spleen de Paris: pequenos poemas em prosa** – Charles Baudelaire
1209.**Satíricon** – Petrônio
1210.**O avarento** – Molière
1211.**Queimando na água, afogando-se na chama** – Bukowski
1212.**Miscelânea septuagenária: contos e poemas** – Bukowski
1213.**Que filosofar é aprender a morrer e outros ensaios** – Montaigne
1214.**Da amizade e outros ensaios** – Montaigne
1215.**O medo à espreita e outras histórias** – H.P. Lovecraft
1216.**A obra de arte na era de sua reprodutibilidade técnica** – Walter Benjamin
1217.**Sobre a liberdade** – John Stuart Mill
1218.**O segredo de Chimneys** – Agatha Christie
1219.**Morte na rua Hickory** – Agatha Christie
1220.**Ulisses (Mangá)** – James Joyce
1221.**Ateísmo** – Julian Baggini
1222.**Os melhores contos de Katherine Mansfield** – Katherine Mansfied
1223(31).**Martin Luther King** – Alain Foix
1224.**Millôr Definitivo: uma antologia de *A Bíblia do Caos*** – Millôr Fernandes
1225.**O Clube das Terças-Feiras e outras histórias** – Agatha Christie
1226.**Por que sou tão sábio** – Nietzsche
1227.**Sobre a mentira** – Platão
1228.**Sobre a leitura *seguido do* Depoimento de Céleste Albaret** – Proust
1229.**O homem do terno marrom** – Agatha Christie
1230(32).**Jimi Hendrix** – Franck Médioni
1231.**Amor e amizade e outras histórias** – Jane Austen
1232.**Lady Susan, Os Watson e Sanditon** – Jane Austen
1233.**Uma breve história da ciência** – William Bynum
1234.**Macunaíma: o herói sem nenhum caráter** – Mário de Andrade
1235.**A máquina do tempo** – H.G. Wells
1236.**O homem invisível** – H.G. Wells
1237.**Os 36 estratagemas: manual secreto da arte da guerra** – Anônimo
1238.**A mina de ouro e outras histórias** – Agatha Christie
1239.**Pic** – Jack Kerouac
1240.**O habitante da escuridão e outros contos** – H.P. Lovecraft
1241.**O chamado de Cthulhu e outros contos** – H.P. Lovecraft

1242.**O melhor de Meu reino por um cavalo!** – Edição de Ivan Pinheiro Machado
1243.**A guerra dos mundos** – H.G. Wells
1244.**O caso da criada perfeita e outras histórias** – Agatha Christie
1245.**Morte por afogamento e outras histórias** – Agatha Christie
1246.**Assassinato no Comitê Central** – Manuel Vázquez Montalbán
1247.**O papai é pop** – Marcos Piangers
1248.**O papai é pop 2** – Marcos Piangers
1249.**A mamãe é rock** – Ana Cardoso
1250.**Paris boêmia** – Dan Franck
1251.**Paris libertária** – Dan Franck
1252.**Paris ocupada** – Dan Franck
1253.**Uma anedota infame** – Dostoiévski
1254.**O último dia de um condenado** – Victor Hugo
1255.**Nem só de caviar vive o homem** – J.M. Simmel
1256.**Amanhã é outro dia** – J.M. Simmel
1257.**Mulherzinhas** – Louisa May Alcott
1258.**Reforma Protestante** – Peter Marshall
1259.**História econômica global** – Robert C. Allen
1260(33).**Che Guevara** – Alain Foix
1261.**Câncer** – Nicholas James
1262.**Akhenaton** – Agatha Christie
1263.**Aforismos para a sabedoria de vida** – Arthur Schopenhauer
1264.**Uma história do mundo** – David Coimbra
1265.**Ame e não sofra** – Walter Riso
1266.**Desapegue-se!** – Walter Riso
1267.**Os Sousa: Uma famíla do barulho** – Mauricio de Sousa
1268.**Nico Demo: O rei da travessura** – Mauricio de Sousa
1269.**Testemunha de acusação e outras peças** – Agatha Christie
1270(34).**Dostoiévski** – Virgil Tanase
1271.**O melhor de Hagar 8** – Dik Browne
1272.**O melhor de Hagar 9** – Dik Browne
1273.**O melhor de Hagar 10** – Dik e Chris Browne
1274.**Considerações sobre o governo representativo** – John Stuart Mill
1275.**O homem Moisés e a religião monoteísta** – Freud
1276.**Inibição, sintoma e medo** – Freud
1277.**Além do princípio de prazer** – Freud
1278.**O direito de dizer não!** – Walter Riso
1279.**A arte de ser flexível** – Walter Riso
1280.**Casados e descasados** – August Strindberg
1281.**Da Terra à Lua** – Júlio Verne
1282.**Minhas galerias e meus pintores** – Kahnweiler
1283.**A arte do romance** – Virginia Woolf
1284.**Teatro completo v. 1: As aves da noite** ***seguido de*** **O visitante** – Hilda Hilst
1285.**Teatro completo v. 2: O verdugo** ***seguido de*** **A morte do patriarca** – Hilda Hilst
1286.**Teatro completo v. 3: O rato no muro** ***seguido de*** **Auto da barca de Camiri** – Hilda Hilst
1287.**Teatro completo v. 4: A empresa** ***seguido de*** **O novo sistema** – Hilda Hilst
1289.**Fora de mim** – Martha Medeiros
1290.**Divã** – Martha Medeiros
1291.**Sobre a genealogia da moral: um escrito polêmico** – Nietzsche
1292.**A consciência de Zeno** – Italo Svevo
1293.**Células-tronco** – Jonathan Slack
1294.**O fim do ciúme e outros contos** – Proust
1295.**A jangada** – Júlio Verne
1296.**A ilha do dr. Moreau** – H.G. Wells
1297.**Ninho de fidalgos** – Ivan Turguêniev
1298.**Jane Eyre** – Charlotte Brontë
1299.**Sobre gatos** – Bukowski
1300.**Sobre o amor** – Bukowski
1301.**Escrever para não enlouquecer** – Bukowski
1302.**222 receitas** – J. A. Pinheiro Machado
1303.**Reinações de Narizinho** – Monteiro Lobato
1304.**O Saci** – Monteiro Lobato
1305.**Memórias da Emília** – Monteiro Lobato
1306.**O Picapau Amarelo** – Monteiro Lobato
1307.**A reforma da Natureza** – Monteiro Lobato
1308.**Fábulas** ***seguido de*** **Histórias diversas** – Monteiro Lobato
1309.**Aventuras de Hans Staden** – Monteiro Lobato
1310.**Peter Pan** – Monteiro Lobato
1311.**Dom Quixote das crianças** – Monteiro Lobato
1312.**O Minotauro** – Monteiro Lobato
1313.**Um quarto só seu** – Virginia Woolf
1314.**Sonetos** – Shakespeare
1315(35).**Thoreau** – Marie Berthoumieu e Laura El Makki
1316.**Teoria da arte** – Cynthia Freeland
1317.**A arte da prudência** – Baltasar Gracián
1318.**O louco** ***seguido de*** **Areia e espuma** – Khalil Gibran
1319.**O profeta** ***seguido de*** **O jardim do profeta** – Khalil Gibran
1320.**Jesus, o Filho do Homem** – Khalil Gibran
1321.**A luta** – Norman Mailer
1322.**Sobre o sofrimento do mundo e outros ensaios** – Schopenhauer
1323.**Epidemiologia** – Rodolfo Saracci
1324.**Japão moderno** – Christopher Goto-Jones
1325.**A arte da meditação** – Matthieu Ricard
1326.**O adversário secreto** – Agatha Christie
1327.**Pollyanna** – Eleanor H. Porter
1328.**Espelhos** – Eduardo Galeano
1329.**A Vênus das peles** – Sacher-Masoch
1330.**O 18 de brumário de Luís Bonaparte** – Karl Marx
1331.**Um jogo para os vivos** – Patricia Highsmith
1332.**A tristeza pode esperar** – J.J. Camargo
1333.**Vinte poemas de amor e uma canção desesperada** – Pablo Neruda
1334.**Judaísmo** – Norman Solomon
1335.**Esquizofrenia** – Christopher Frith & Eve Johnstone
1336.**Seis personagens em busca de um autor** – Luigi Pirandello
1337.**A Fazenda dos Animais** – George Orwell
1338.**1984** – George Orwell

IMPRESSÃO:

PALLOTTI
GRÁFICA

Santa Maria - RS | Fone: (55) 3220.4500
www.graficapallotti.com.br